晚清至现代中国文学对外译介研究
——一段隐形的翻译史

AN INVISIBLE TRANSLATION HISTORY OF CHINESE LITERATURE

INTO ENGLISH FROM LATE QING TO MODERN PERIOD

耿强◎著

中 国 出 版 集 团

世界图书出版公司

广东·上海·西安·北京

图书在版编目（CIP）数据

晚清至现代中国文学的对外译介研究：一段隐形的翻译史 /
耿强著. ——广州：世界图书出版广东有限公司，2025.1重印
ISBN 978 - 7 - 5192 - 0291 - 0

Ⅰ. ①晚… Ⅱ. ①耿… Ⅲ. ①中国文学—文学翻译—
文学史研究—清后期 ~ 现代 Ⅳ. ①I209

中国版本图书馆 CIP 数据核字（2015）第 242692 号

晚清至现代中国文学对外译介研究——一段隐形的翻译史

策划编辑　汪　玲
责任编辑　钟加萍
封面设计　行言工作室
出版发行　世界图书出版广东有限公司
地　　址　广州市新港西路大江冲25号
电　　话　020 - 84459702
印　　刷　悦读天下（山东）印务有限公司
规　　格　880mm × 1230mm　1/32
印　　张　8.75
字　　数　250 千
版　　次　2015 年 9 月第 1 版　　2025 年 1 月第 2 次印刷
ISBN　978 - 7 - 5192 - 0291 - 0/H - 0984
定　　价　58.00 元

本书是 2011 年度教育部人文社会科学研究青年基金项目《晚清至现代中国文学对外译介史》的最终成果（11YJC751023）

C目录

CONTENTS

导　　论

1.1　研究综述

1.1.1　当前已有研究的特点和问题

对晚清时期翻译活动的研究,目前,翻译界已经有了相当程度的积累,出现了一批很有分量的研究成果[①],这些研究成果在研究对象上有两个显著特点,一是把外语翻译成中文作为重点;二是把国外汉学家和传教士的翻译活动作为核心。晚清至现代这一时期,由中国本土译者所推动的文学对外译介,具有系统性研究成果还不多,归纳起来可以分为以下四类:

第一,史料汇编与梳理。此类成果亦有两种不同的形式。第一种采取学术史的研究方法,编制已出版译作的目录,如 Martha Davidson 编著的 *A List of Published Translations from Chinese into English, French and German*(1952—1957);Donald A. Gibbs 和 Yunchen Li 编著的 *A Bibliography of Studies and Translations of Modern Chinese Literature, 1918—1942*(1975);王尔敏编著的《中国文献西译书目》(1975);K'uei Hsing 编著的 *A Repository of Asian Literature in Translation*(1974);王丽娜编著的《中国古典小说戏曲名著在国外》(1988);Kam Louie 和 Louise Edwards 编著的 *Bibliography of English Translations and Critiques*

---

①比较有影响的成果包括:王宏志:《翻译与创作——中国近代翻译小说论》,北京大学出版社,2000;孔慧怡:《翻译·文学·文化》,北京大学出版社,2000;胡翠娥:《文学翻译与文化参与——晚清小说翻译的文化研究》,上海外语教育出版社,2007;邹振环:《西方传教士与晚清西史东渐》,上海古籍出版社,2007;何绍斌:《越界与想象:晚清新教传教士译介史论》,上海三联书店,2008;赵稀方:《翻译现代性——晚清到五四的翻译研究》,南开大学出版社,2012;杜慧敏:《晚清主要小说期刊译作研究(1901—1911)》,上海书店出版社,2013。

of Contemporary Chinese Fiction, 1945 – 1992(1993);汪次昕、邱冬银编著的《英译中文新诗索引》(1997)等等。此类研究成果以中国文学的对外译介为考察对象,收集各个时期翻译成其他语种的中国文学译本,编制成目录,以供参考。作者在编著的过程中并不区分译者身份,而是以译本为考察重点。这类研究为我们考掘历史上中国本土译者的翻译成绩和活动提供了珍贵的线索。第二种研究立足中国文学。中外文学交往的基本史实,记录中国文学在国外的翻译、流传与评价。葛桂录的《中英文学关系编年史》(2004),以编年史的形式全面而系统地梳理了 1218 至 1967 年中英文化和文学交流的史实。赵毅衡的《伦敦浪了起来》(2002)以及《对岸的诱惑:中西文化交流记》(2007)用学术散文的笔触描画了现代时期中英作家之间交流的鲜活个案,为后人提供了继续深入研究的珍贵线索。

第二,在翻译史著述中,考掘某一时期中国文学对外译介的基本情况,对较有影响的个案进行历史的描述。最具代表性的成果有马祖毅、任荣珍所著的《汉籍外译史》(2003)。作者以译本类型为核心、以地区为单位,对中国典籍在域外的译介历史进行了详细的梳理,提供了一幅中国典籍域外传播的地图。由于汉籍所涵盖的范围十分庞大,该书涉及文学的方面只是其中一个很小的部分。另外,该书所考察的中国文学的对外译介以国外译者的活动为主,涉及本土译者的地方并不多见,只有零星的介绍。值得一提的是,作者专门开辟章节介绍了 1949 年中华人民共和国建立之后,外文局在对外译介中国文学和文化方面做出的努力。另一个具有代表性的成果是方华文的《20 世纪中国翻译史》(2005),该书考察的重点是 20 世纪外语翻译中的活动,另外还专辟章节对中国文学的对外译介做了基本的介绍,但不作为论述的重点。整体而言,上述研究功在资料的梳理和基本史实的介绍上面,相对而言缺少理论方面的阐述,对翻译行为与历史语境之间的互动和影响较少关注。

第三,影响和接受研究。首先,单向探寻中国文学在国外的翻译、流传、评价、研究及影响,分析文学接受过程中不同的阐释及原因,如张弘的《中国文学在英国》(1992)、施建业的《中国文学在世界的传播与影响》(1993)、宋伯年主编的《中国古典文学在国外》(1988)、黄鸣奋的《英语世界中国古典文学之传播》(1997)等。其次,立足世界文学,展现中外文学的双向多层次交流的历程,如夏康达、王晓平的《20世纪中外文学关系》(2000)、吴格非的《1848－1949中英文学关系史》(2010),方长安的《冷战·民族·文学:新中国十七年中外文学关系研究》(2009)等。最后,海外学者从接受者的角度侧重分析译本或翻译背后蕴藏的意识形态。王德威(1995)从翻译与文化身份的塑造这一视点切入,通过对比源文译文,对4部台湾现代文学英译选集进行历时的评论。奚密(1995)梳理了1936至1990年现代汉诗的英译历史,着重分析现代汉诗的特点及英译的困难和得失。陈德鸿主编的《从一到多:古典中国文学的翻译和传播》(2003)则对中国古典文学在国外的翻译传播做了个案式的深入研究。

　　第四,以个案的研究,做历史的考古工作,发现近现代翻译史上不为人知或被历史遗忘的对外翻译活动,或以翻译家为考察对象,或以报刊杂志为核心。前者有对陈季同、辜鸿铭、林语堂、萧乾、姚克、凌叔华、杨宪益等作家或译者所从事的对外译介活动的梳理,后者包括对《中国评论》和《天下月刊》杂志所涉及的中英文学交流的研究。这类研究的特点在于将翻译行为放置在特定的历史语境下,考察诗学观念、赞助人、意识形态、语言变迁和社会环境等对翻译的影响和制约,充分考虑到了主体文化制约给翻译产生的塑造力量以及翻译行为给主体文化带来的冲击与变化。比较有代表性的研究成果包括:凌杨的论文《姚克和〈天下月刊〉》(1993),林克难的论文《增亦翻译,减亦翻译:萧乾自译文学作品启示录》(2005),段怀清与周俐玲的专著《〈中国评论〉与晚清中英文学交流》(2006),李红玲的硕士论文《天下月刊研究》(2007),王少娣的专著《跨文化视角下的林语堂翻译研究》(2012),邹广胜的论文《谈杨宪益与戴乃迭古典文学英译的学术成就》(2007),易永谊的硕士论文《世界主义与民族想象:天下月刊与中英文学交流》(2009)。有的研究者将关注的视角放在了当代,考察政府机构对外主动译介中国文学的情况。如耿强的博士论文《文学译介和中国文学走向世界:熊猫丛书英译中国文学研究》(2010)、郑晔的博士论文《国家机构赞助下中国文学的对外译介》(2012)。以上这类研究虽然不属于我们所要探讨的范围,但其研究方法对我们的研究工作具有一定的借鉴意义。

　　上述研究在挖掘的深度方面做出了不小的成绩,但在研究的广度方面,还缺少从整体上对这一时期由中国本土译者所推动的中国文学对外译介进行梳理和考察的成果。前人的每个个案的研究,都为我们提供了很好的史料,但缺点在于此类研究无法将孤立的对外译介行为放在中国文学对外译介这样一个大的历史脉络中进行历史的考察,这类研究得出的结论,其适用范围尤其是发掘出来的翻译家对外译介实践的意义还有待商榷,更需要在历史前后连贯的语境之下,才能更好地得到评价。一句话,必须将由中国本土译者所推动的中国文学对外译介看作一个前后连贯的整体,只有对其进行系统的考察、比较、分析,才能得出更为客观的结论。

1.1.2 目前的研究趋势

曾几何时,晚清的小说翻译研究并不引人注意,往往被当作余绪处理,并没有获得独立的研究地位。[①] 然而时过境迁,也许受到了王德威"没有晚清,何来'五四'"的影响,如今晚清小说翻译的研究可谓洋洋大观,可是比较来看,其研究的对象在语言方向上是外语译成中文,那些大量存在的中文译成外文被有意无意地忽视了。不过近几年来,学术界对中国文学对外译介的研究已经形成了一个不大不小的热点,随着研究的持续深入,越来越多的史料被发掘出来。当前,在这一方面的研究呈现出以下的研究态势:

第一,史料考掘继续深入,文学史上有一定地位的作家的对外翻译活动得到更多的研究。由于前辈学者所作的不懈努力和学术积累,中国文学对外译介的史料挖掘和梳理逐步深入。最先受到关注的翻译家大都是文学史上有一定地位的作家,但随着晚清至现代这一时期的翻译活动逐渐成为研究的热点,越来越多的隐形译者被发现,这都为未来的研究打下了良好的基础。随着研究的深入和资料的完备,更多的历史细节将会被挖掘出来。

第二,相关的理论研究逐渐加强。受到翻译研究文化转向的影响,翻译史的研究开始摆脱长期以来重资料的罗列而轻历史的解释的做法,将翻译行为放在具体的历史语境中,考察翻译外部因素对翻译行为的影响;开始将翻译行为视作一种社会行为,考察翻译与本土文

---

①胡翠娥:《文学翻译与文化参与:晚清小说翻译的文化研究》,上海外语教育出版社,2007,第1-5页。

化和文学系统之间的相互作用,或通过翻译来考察文化和文学系统的变迁。学者们越来越多地关注翻译行为与社会历史和文化语境之间的这种交织与互动。在这样一种研究趋势下,语言的重要性有所下降,受关注的程度也有所降低。但应该指出,不能忽视对翻译文本语言层面的研究,只有将宏观与微观,语言与社会两个方面综合考察,才能得出较为合理的结论。

第三,亟需从历史的角度综合研究晚清至现代时期由中国本土译者所推动的中国文学对外译介的现象。如上所述,已有的中国现代翻译史并不重视中国本土译者在中国文学的译出过程中扮演的角色和作用,对个体译者以及杂志的挖掘和研究很难呈现出一幅中国文学译出的全景图,其意义有所局限。晚清至现代时期,中国文学的主动译出,在翻译方法、翻译策略和翻译功能诸多方面都与同时期的主流翻译规范有所偏差,从历史纵向发展的角度研究这一现象,将使人们一览历史的丰富和多元,推进翻译史研究的深入。

1.2 研究内容

本书研究的对象是晚清(1840—1911 年)至 1949 年,也即在中华人民共和国建国前的一百多年的时间里,中国本土译者所参与的对外翻译、介绍中国文学的活动,这一时期的翻译、介绍工作,构成了中国文学对外译介的大传统中的一个重要的组成部分。晚清以来中国文学的对外译介是一个十分庞大、复杂而又时兴的研究课题。说它庞大是因为这个课题涉及了多个语种,要想把所有的中国文学对外译介的译本、译者和译事毫无遗漏地纳入该项目的研究,恐怕是单个研究者所不可能完成的任务,也不是区区一本书就可以讲清楚的;说它复杂是因为研究对象发生在一个多世纪之前(而且是一个历史发展的过程),翻译活动的现场早已不在。我们如何才能在历时和共时两个维度准确地把握影响译者行为的种种约束力和规范,通过何种渠道来重构历史的现场,这的确不是一件容易的事,更何况还有大量历史上被有意或无意遗忘的文本、人物和译事在某个角落静静地等待着我们去发掘和阐释,但是,我们研究的结果,很有可能改变甚至推翻我们已经接受为"真"的历史叙事。而影响某个翻译行为或活动的种种因素也会随着时间的推移而变得模糊,难以确定。于是便会出现这样一种趋势,翻译史实越是离我们久远,我们的历史叙事便越具有因果性和历史必然性,这是应该引起我们反思的问题。这个课题同时也是一个时兴的研究方向,近一二十年尤其是最近五年以来,各种以中国文学对外译介和传播为课题的研究项目纷纷出炉,彰显了国家文化战略所具有的强烈的导向作用,研究成果也给之后的研究带来了福音,但同时也提出了更高的要求。如何才能独辟蹊径,探索前人所忽略,但又是十分紧要的问题就成为摆在笔者面前的重大任务和挑战。面对以上种种困难,笔者不得不给本研究划定了一个范围,这也就是本书略显冗长的题目的原因。

下面笔者将对题目里出现的几个关键词进行一番解析,一是为了避免误解,二是为了阐明本书的立场。

1.2.1 关键词:晚清、对外译介、隐形

本书所用"晚清"一词纯粹是从时间的角度着眼,并将其起点定位在19世纪前半叶,这与我们一般所理解的"晚清"这个时间概念略微有所不同。

"晚清",按其字面意义,指的是清朝晚期,但对于"晚清"具体从什么时间开始,来自史学界的学者们在著述中却有不同的观点。常识告诉我们,我们所理解的"晚清"始于1840年的鸦片战争,终于清朝灭亡的1911年,这可能是大多数人所理解的晚清所指的时间段,也是最为经典的一种表述方式。除了"晚清"这一种表述之外,这段时期也是中国近代史的一部分。很多论及晚清时期的著述会以中国近代史的字眼命名,且以1840年作为中国近代史(晚清)的起点,如吕思勉1926年出版的《中国近代史讲义》,将鸦片战争视为"近世史上中西冲突的第一件事"[①];蒋廷黻的《中国近代史大纲》写于1938年,叙述的是从鸦片战争至1926年的中国近代史;唐德刚的《晚清七十年》(1998)也是将鸦片战争作为"晚清"叙述的起点。

有的学者则把晚清向前追溯至19世纪初,如费正清主编的《剑桥

---

① 吕思勉:《中国近代史讲义》(1926),华东师范大学出版社,1997,第175页。

中国晚清史》（1985）中所使用的"晚清"始于1800年，终于清朝灭亡的1911年。熊月之在《西学东渐与晚清社会》（1994）一书中对"晚清"的叙述始于1811年。作者认为这一年，"马礼逊在广州出版第一本中文西书，揭开了晚清西学东渐的序幕。"①

与上述史学界的专业学者相比，来自翻译研究的学者在处理这段时期时，大部分接受经典的处理方式，将1840年鸦片战争的爆发作为晚清叙事的起点。王宏志（2000）主编的《翻译与创作—中国近代翻译小说论》是一本专论晚清小说翻译的论文集，从各篇文章的研究对象上看，叙述的时间基本上从1840年鸦片战争开始。如王晓明的《从奏章到小说—试论近代的一种前景想象》聚焦于19世纪下半叶；王继权的《略论近代的翻译小说》，关注的是从1840年鸦片战争至1919年"五四运动"前夕的这段时间。方开瑞在《语境、规约、形式：晚清至20世纪30年代英语小说汉译研究》一书中明确指出，"本书所说的'晚清'，指从1840年鸦片战争至1911年清朝倾覆这段时间。"②胡翠娥的《文学翻译与文化参与：晚清小说翻译的文化研究》一书，研究的核心对象，其时间跨度是1902至1909年，但作者在绪论的最后也不忘提到："'晚清'的时间为1840至1911年。"③

少数学者按照自身研究的需要设定"晚清"具体的时间范围，如郭延礼（2000）在"中国近代翻译文学史的分期及其主要特点"一文中将1870至1919年作为中国近代翻译文学史的发展阶段。杜慧敏（2007）的《晚清主要小说期刊译作研究（1901—1911）》处理的对象时间跨度从1901至1911年。然而如果我们仔细对比翻译学者和历史学者对"晚清"这一概念的使用会发现，少数翻译学者虽然论述的对象并不以1840年为起点，但时间跨度处于我们一般理解的"晚清"或"近代"这个时段之内。可以这样说，无论是历史学者还是翻译学者，主流观念一般习惯性地将1840年鸦片战争作为晚清这个时间阶段的

①熊月之：《西学东渐与晚清社会》，上海人民出版社，1994，第7页。

②方开瑞：《语境、规约、形式—晚清至20世纪30年代英语小说汉译研究》，北京大学出版社，2012，第2页。

③胡翠娥：《文学翻译与文化参与—晚清小说翻译的文化研究》，上海外语教育出版社，2007，第22页。

起点。

本研究在使用"晚清"这个概念的时候,更愿意将其往前延长至19世纪上半叶,这样做的原因有两条。其一,进入19世纪上半叶,西学东渐的序幕已经拉开。1811年,马礼逊在广州出版第一本中文西书,算是一个重要标志。从此开始到鸦片战争这段时间,虽然翻译的西书数量不多,但从整体的发展趋势来看却呈现逐渐递增的态势。中国文学的对外译介发展趋势也是如此。其二,为了具体研究的需要。本课题研究的对象虽然是由中国本土译者参与的中国文学的对外译介活动,其最早的翻译并不在1840年之前,但如果不将其放在一个连贯的历史背景下去对比分析,很难看出来它的特点。它其实是中国文学在进入19世纪后对外译介中的一个组成部分,是中国逐渐融入世界,走向开放和现代化的时代大潮的一个活生生的缩影。中国本土译者主动对外译介中国文学,无论在动机、方法、策略等方面都和国外译者的翻译特征有所区别。为此,本书将进入19世纪的由中国译者参与对外译介中国文学的活动视为一个具有相对独立性的整体看待,在梳理它所构成的传统中通过比较的方法来考察和研究中国本土主动译介所具有的特点、差异和给我们带来的启示。这就需要我们在更长的历史时段中观察对象,将其放在不同的参照系下进行对比和分析。

第二个关键词是"对外译介"。本书所说的"对外译介"专指由中国本土译者所参与的从母语译至外语的行为和活动。

单纯从翻译所涉及的语言方向来看,大致可以分为两种翻译类型:从外语至母语的翻译以及从母语至外语的翻译。人们对翻译活动的研究,关注的重点是从外语至母语的翻译,如外国文学的中文翻译以及国外汉学家和传教士对中国文学的翻译。从现有的多部中国翻译史著述来看,绝大部分叙述的对象是外国文学的中文翻译,也即是外译中,可以说基本忽略了中国本土对外译介中国文学的努力。少数中国翻译史著述将国外汉学家、传教士以及本土译者翻译的中国文学译本纳入叙述的范围,如马祖毅、任荣珍所著的《汉籍外译史》(2003)、李岫、秦林芳主编的《中外文学交流史》(2001)、方华文所著的《20世纪中国翻译史》(2005)和谢天振等著的《中西翻译简史》(2009),这些是为数不多的例外。对于中国文学的对外译介来说,对国外译者,如理雅各、翟理斯、霍克斯、葛浩文等人所从事的翻译活动进行的深入研究已经有了很多的成果和积累。相比之下,从母语至外语的翻译活动在学术界所受的关注度并不高。具体到中国本土译者所参与的对外译介中国文学的情况,研究成果数量不多,且主要集中在屈指可数的几位大家身上,如林语堂、杨宪益、许渊冲等。由母语至外语的翻译活动长期以来得不到人们应有的重视,在翻译史上成为一种隐身的存在。为什么会出现这样一种情况? 我们认为主要有以下两个原因。

首先,人们普遍认为,自然状态下的翻译应该是从外语至母语,因为译者对母语的掌握一般而言要远远高于对外语的掌握,因此这个方向的翻译质量理应最高。也只有坚持这种翻译方向,译者才能"翻译得自然、准确并获得最大程度的效果。"①比如,我们不大愿意去读英国译者所翻译的中文版的《呼啸山庄》,就像英语读者也不愿意去读中国某位译者从汉语翻译成英语的某部文学作品一样。

这种认识其实仍然在语言学层面认识翻译现象,并不具有多少科学性。翻译是发生在具体的、特定的社会、历史与文化语境中的社会行为。在某些社会和文化语境中,在一定的社会条件下,翻译活动大部分是从母语译至外语,而且译本同样受到接受语文化系统内读者的欢迎。典型的例子有晚清时期洋务运动兴起之后,外国传教士在中国大量翻译国际法、国别史、科学技术、经济、外交和医学等领域的书籍,成为西学东渐最早也最有力的推动之一。如丁韪良在上海传教期间翻译《万国公法》,此书后来对清政府处理与西方国家的外交关系起到了十分重要的作用。有学者指出"这一时期他们的西学翻译对晚清传统文化造成一系列冲击"②,其中最具代表性的是收入梁启超《西学书目表》中的《列国岁计政要》和《东方交涉记》两本翻译书。《列国岁计政要》"于为国之计,安攘之道,裨益者广"③,在当时被国人认为是了解世界大势的必读书籍;《东方交涉记》"所载系近日俄土之战之本末,有关于欧洲各国及文件往来若何办法之处言之甚详,对英俄无

---

① Newmark, Peter. *A Textbook of Translation*[M]. Prentice-Hall International, 1988, p.3.
②③ 高黎平:《美国传教士与晚清翻译》,百花文艺出版社,2006,第9页。

所偏袒"。① 这些书籍为当时的有识之士提供了了解西方世界的知识的途径,启迪了民智,为推动社会变革起到了不可忽视的重要作用。

其次,忽视从母语至外语的译介,与翻译研究强调目标语导向(target - orientedness)这一翻译研究范式的转移有很大关系。在20世纪60年代之前,人们对翻译现象的探讨一直围绕着忠实、直译、意译等翻译技巧层面展开,其核心观念是翻译必须忠实于源文,源文成为衡量翻译质量的至高无上的标准。结果造成了翻译成为派生的产品,无论翻译如何成功,它都无法代替源文或在艺术上达到源文的高度。这种以源文为导向的途径(source - oriented approach)将翻译研究局限在源文和译文这样一种狭窄的框架内,完全忽略了翻译所发生的具体历史、社会和文化语境。

到了70年代,一个强调系统、描述、目标语导向和规范的新的研究途径开始在翻译研究领域发展,并在80年代传播普及,最终促成了一场研究范式的转变,引发这场转变的学者们有霍尔姆斯(James S. Holmes),佐哈尔(Itamar Even - Zohar),图里(Gideon Toury),勒斐伏尔(André Lefevere)等人,他们构成了赫曼斯(Theo Hermans)所称的"隐形的学会"(invisible colleges)。②

霍尔姆斯在他的那篇十分重要的论文《翻译研究的名与实》(*The Name and Nature of Translation Studies*)中指出:"翻译研究有两个主要目标,即(1)如实地描述翻译活动和翻译文本;(2)建立普遍原则,以此解释和预测翻译现象。"③在这里,霍尔姆斯并没有对翻译活动和翻译文本做任何限制,也就是说,翻译现象无论发生在何种语境下(源语或目的语),都应该成为翻译研究的研究对象。然而,霍尔姆斯在论述翻译研究的一个分支——描述翻译研究(Descriptive Translation Studies)下的功能导向的研究方面表明了自己的立场。他明确指出:"以功能

---

①高黎平:《美国传教士与晚清翻译》,百花文艺出版社,2006,第9页。

②Hermans, Theo. *Translation in Systems: Descriptive and Systemic Approaches Explained* [M]. St. Jerome Publishing, 1999, p.9.

③Holmes, James S.. 1972. The Name and Nature of Translation Studies [A]. *The Translation Studies Reader* [C], edited by Lawrence Venuti. London and New York: Routledge, 2000, p.176.

为导向的描述翻译研究对翻译的描述本身不感兴趣,但专注于描述它们在接受方社会文化语境中的功能。它是语境研究而不是文本研究。"①这句话的潜台词已经十分清楚,那就是翻译研究所要描述的对象应该是发生在接受方社会文化语境中的文化现实,其研究途径以目标语为导向(target - oriented)。这一点与佐哈尔的多元系统理论(Polysystem Theory)对翻译文学系统的认识有相通之处,同时也在勒斐伏尔和图里等人的著述中有更为直接的体现。勒斐伏尔将翻译视为最为主要和重要的一种重写(rewriting)形式,并指出意识形态和诗学是影响翻译重写的最主要的两个要素。②虽然他并未明确说明这两个要素到底来自哪个文化系统,但他据以立论的翻译文本和现象无一例外都发生在目标语文化系统。这一点在图里那里得到了最为明确的表达:翻译是且仅是目标语系统中的文化事实。③

这样一来,目标语文化系统内部的需求以及各种限制条件成为决定翻译什么、怎么翻译、如何接受等等一系列问题的关键。由本土主动对外翻译的行为并非源自目标语文化系统的主动引入,因此不会受到目标语文化系统内读者的青睐。一句话,"我们不需要,你不用送过来,送过来也不看"。由本土译者主动对外译介中国文学的活动很容易被认为是源语文化系统中的译者自己的一厢情愿,人们故而对由中国本土译者所参与的译介活动和产品本身存有偏见,尤其对中国外文局对外译介中国文学的做法持有强烈的批评,认为是官方意识形态的产物。其实,已经有学者研究发现,《中国文学》杂志和《熊猫丛书》对中国文学的主动译介有着更为复杂的动机和目的,不是简单的政府推行意识形态这样一句话就可以轻易打发掉的。④

如果我们一味坚持"翻译是且仅是目标语系统中的文化事实"这

①Holmes, James S.. 1972. The Name and Nature of Translation Studies[A]. The Translation Studies Reader[C], edited by Lawrence Venuti. London and New York: Routledge, 2000, p.177.

②Lefevere, André. *Translation, Rewriting and the Manipulation of Literary Fame.* [M]. London and New York: Routledge, 1992, pp.1 - 10.

③Toury, Gideon. *Descriptive Translation Studies and Beyond*[M]. London and New York: Routledge, 1995, p.65.

④读者可以参考耿强的《文学译介与中国文学走向世界——熊猫丛书英译中国文学研究》(2010)和郑晔(2012)对《中国文学》杂志的相关研究。

个理论前提,反而会有意无意地回避甚至无视实际发生的翻译现实。正如巴斯奈特(Susan Bassnett)和勒斐伏尔(André Lefevere)所承认的那样:"翻译总要发生在某个语境之中,文本总要源自某个历史并被转移至某个历史","翻译作为一种行为总是受到双重语境的制约,因为这一文本在两个文化系统中占据位置。"[1]这表明,翻译作为一种社会现象,不可能发生在真空里,它总要发生在特定的历史、文化与社会现实之中。我们只能从具体的社会和文化现实出发去关照和考察翻译现象,而不能从某个理论假设出发去规划现实。如果我们坚持从实际发生的翻译现实出发,就会发现真实发生的翻译活动有的是被目标语所驱动(target - motivated),有的是被源语所驱动(source - motivated)。中国本土译者所参与的文学对外译介则属于后一种情况。

从晚清至建国前夕这段时间内,中国本土译者所参加的文学对外译介活动一直发生着,有着一批又一批的翻译家、学者、文学家参与其中,创造出了属于他们的时代的译作,成为中国文学对外译介这一大传统中的重要的组成部分。因此,我们不能无视历史上实际存在的翻译事实,而应该在晚清中西文化交流和碰撞的这样一个大的背景下去思考中国本土译者翻译了什么、如何翻译的、为什么翻译等等问题,这样才能弥补外译中翻译史的不足和缺陷,让我们对翻译的规律以及文化交流的规律有着更为深刻的认识。

第三个关键词是"隐形",这一概念的英文对应词是 invisibility。本书对这一术语的使用来自韦努蒂(Lawrence Venuti)在《译者的隐形:一段翻译史》(1995)中所提出的概念。他使用"隐形"(invisibility)这个术语是用来描述当代英美文化中译者的生存状态以及一种文化现象。具体而言,"指的是两个互相决定的现象:一是话语产生的幻象效果,即译者对英语的自我操纵;一是在英美两国长期存在而盛行的

---

①Lefevere, André and Susan Bassnett. Introduction: Proust's Grandmother and the Thousand and One Nights: The 'Cultural Turn' in Translation Studies[A]. In Susan Bassnett and Andre Lefevere, eds. Translation, History and Culture[C]. Pinter Publisher: London and New York, 1990, p. 11.

阅读和评价翻译的实践"①一个翻译文本，无论是散文还是诗歌，小说还是纪实，只要读起来流畅，尽管这些作品缺少语言或风格上的独特性，但其看起来透明，并且反映了外国作者的个性或意图以及反映了外语文本的本质意义，换句话说，翻译看起来不像是翻译，而成为"源文"，这种翻译就被大多数出版商、评论家和读者视为可接受的。②

针对这种现象，韦努蒂从解构主义和后殖民主义的角度进行了批评，认为英美国家很少从其他文化系统翻译引进作品，其出版的翻译作品的数量只占其出版总量的2.5%—3%，这表明了英美文化并不重视对其他文化的翻译问题，在国际文化交流中它处于强势位置，对其他国家的文化采取了傲慢的文化霸权的姿态。受其影响，在英美国家从事翻译的工作者不仅收入低，而且地位也不高，对译作并不享有版权。可以这样说，英美文化中的译者和译作实际上处于"隐形"的状态。

在韦努蒂看来，造成译者隐形的原因是"由于英美主流翻译界采取了归化的翻译方法所致。"③归化翻译"削除了外国文本中的异质成分，使其让位于（英美）译入语的文化价值观，而透明、流畅的翻译则使译文几乎没有'异国风味'。"④为了抵抗英美的文化霸权，韦努蒂主张利用异化方法（foreignization），号召译者采取抵抗式的翻译策略（resistant translation），让自己在翻译文本中显身。所谓的"抵抗式翻译"指的是译者通过采用不流畅的翻译手法，突出翻译作品中外国文本的外来身份并保护源文本不受译入语文化意识形态的控制，从而使自己不再是翻译的隐形人。⑤对于这种翻译策略的效果，韦努蒂认为异化翻译能够"抑制翻译中的我族中心主义暴力，抑制英语国家'暴力'的归化翻译文化价值观。"⑥

笔者借用"隐形"这个术语用来指中国近现代翻译史中长期存在

①②Venuti, Lawrence. *The Translator's Invisibility: A History of Translation* [M]. Routledge: London and New York, 1995, p. 1.

③④⑥Venuti, Lawrence. The Translator's Invisibility: A History of Translation [M]. Routledge: London and New York, 1995, Ibid, p. 20.

⑤Venuti, Lawrence. The Translator's Invisibility: A History of Translation [M]. Routledge: London and New York, 1995, Ibid, pp. 305 – 306.

的一个现象,即那些从事中国文学对外译介的中国译者以及他们所生产的译本,在外译中主流翻译的掩盖下,处于隐形的状态。如果说像林语堂、杨宪益等人是中国文学主动对外译介这个领域的高不可及的山峰,其成就令后人仰止,那么除了他们之外,还有没有其他人也从事这一领域的工作和活动? 他们的活动是否构成了一个自足的传统? 我们认为,那些不太出名的译者构成了这一领域的山丘和细流,但遗憾的是他们一直处于隐形的状态,大多数被人们遗忘。本研究就是要通过深入系统的考察,将他们放到中国文学对外译介这个大传统之中,视其为自足的发展脉络。这条脉络有着自己的翻译家、译本和译事,呈现出来不同于同一时期主流翻译的特点。本书的任务就是要梳理出来这条脉络的发展过程,展示不同时期翻译活动的特征,挖掘那些被主流翻译史湮没和遗忘的翻译家和译作,换一个角度重新思考翻译与主体文化系统之间的关系。

最后需要指出的是,本书所说的"中国文学"涵盖古典和现代两个方面,也就是1949年之前所创造的中国文学。从晚清至建国前夕,中国文学被翻译成几十种语言,形成了十分庞大的资料库,远远超出了笔者个人所能够处理的能力范围。因此,本书在梳理中国文学的对外译介脉络的时候,仅仅关注翻译成英、法、德三种语言的文本,且以英译本为主。从体裁上而言,本书关注的重点是小说、戏剧、诗歌三个大类。特此说明。

1.2.2 研究的理论框架

翻译研究作为一门独立的学科,自20世纪70年代发展到今天,涌现出了众多理论和研究途径,大致可以分为语言学研究途径和文化研究途径,其发展趋势是从源语导向(source - oriented)的研究转向以目标语导向(target - oriented)的研究。所谓的源语导向指的是这种研究以源语、源文、源语文化为导向和核心。在这种框架下,源文和源语文化是衡量翻译的最高原则。一直到20世纪70年代,传统的语言学翻译研究途径就是典型的以源语为导向的研究,它将翻译视作语言的转换,关心的是源文和译文之间的等值如何实现,研究方法以规定性为主导,以源语为中心。然而人们在历史和现实中却发现翻译活动与译本生产不是在真空中进行的,它实际上与文化的其他表现形态存在有机的密切联系。历史上,翻译促进了民族语言的形成,塑造并强化了新的文化身份,引进了新的文学规范促成了文学体系的演化和民族文学的建立,"人们甚至可以说,没有翻译就没有世界历史"①。但由于早期语言学翻译研究对翻译文本之外的意识形态、诗学等因素并不太感兴趣,它关心的是文本间的等值和双语转换的规律,因此它也无力有效地解决翻译文本之外的问题,如为什么目标语在某个时期特别青睐某个文类的翻译,为什么某个作家的作品在一段时期里被翻译得很多,而后出的更忠实源文的译本却不如早期不太怎么忠实源文的译本受欢迎,等等。

　　自20世纪70年代开始,翻译研究开始突破单一语言学的研究视角,超越了以源文为导向的文本层面,开始关注文本所在的目标语的社会、历史与文化。"这就是发生在翻译研究领域最激动人心的进展之一,即翻译研究的文化转向。"②转向文化意味着翻译研究不再去问"应该怎样翻译?","什么是好的翻译?",而是把重点放在了一种描述性的方法上,去探索"译本在做什么? 它们怎样在世上流通并引起反响?"③"翻译研究也走出了没完没了的关于'对等'问题的辩论,转而讨论跨越语言界限的文本生产所涉及的诸多因素。"④

　　翻译现象的复杂性和翻译功能的多样性开始受到研究者的关注,现在人们更关心"社会、文化与交际实践,关注翻译行为和文本具有的文化和意识形态意义,关注翻译的外部政治因素以及翻译行为与社会文化之间的关系。"⑤翻译研究发生文化转向以后,人们的翻译观念开

①Ouyang, Eugene Chen. *The Transparent Eye: Reflections on Translation, Chinese Literature, and Comparative Poetic*[M]. Honolulu: University of Hawaii Press, 1993, p.27.

②③Simon, Sherry. *Gender in Translation: Cultural Identity and the Politics of Transmission*[M]. Routledge: London and New York, 1996, p.7.

④Bassnett, Susan and André Lefevere. *Constructing Cultures: Essays on Literary Translation*[C]. Clevedon & London: Multilingual Matters Ltd. 1998, p.133.

⑤Schäffner, Christina. Politics and Translation[A]. *A Companion to Translation Studies*[C], eds., by Piotr Kuhiwczak and Karin Littau. Multilingual Matters LTD: Clevedon, Buffalo, Toronto, 2007, p.136.

始走向多元。因为：我们今天所提出的翻译的概念，已经不仅仅是从一种语言转变成另外一种语言的纯技术形式的翻译，而且也是从一种形式转化成另外一种形式，从一种文化转变为另外一种文化的"转化"（transformation）、"阐释"（interpretation）和"再现"（representation），这种转化和再现恰恰正是通过语言作为其主要媒介而实现的。①

翻译不再被视为简单的语言文字的转换，而被看作"对源文的一种重写（rewriting）。任何重写，无论其意图如何，都反映了特定的意识形态和诗学，并由此操纵社会体系中的文学以特定的方式发挥功能。"②在特定的历史文化语境下，作为重写的翻译背后包含有各色各样的或隐或显的意识形态动机，它可能来自民族国家借翻译塑造新的国家意识或文化身份的需要，也可能源自译者个体为实现自我文化身份建构的渴望。而无论是在国家层面抑或是个体层面，翻译与政治权力的关系始终交织在一起，即便翻译的政治曾被国内翻译研究长时期地遗忘，以至于成为"思考中的一个盲点。③ 由此可以清楚地看出来，翻译研究文化学派的讨论与传统的翻译研究所关注的重点是不同的。

首先，对翻译的基本认识不同。传统的翻译研究一般将翻译视为单纯的语言文字转换。如国外早期语言学翻译研究④的代表奈达、卡特福德、纽马克、费道罗夫等人从结构主义语言学视角研究翻译问题，将翻译视作科学，认为翻译隶属于普通语言学或应用语言学。奈达把翻译定义为"从语义到文体在译语中用最近似的自然对等值再现源语的信息。"⑤卡特福德认为"任何翻译理论都必须采用某种关于语言的理论"⑥，并进而将翻译定义为"用一种等值的（译语）的文本材料去替

---

①王宁：《翻译研究的文化转向》，清华大学出版社，2009，第8页。

②Bassnett, Susan and André Lefevere. *General editors' preface. Translation, Rewriting, and the manipulation of Literary Fame*[M], by André Lefevere. London: Routledge, 1992, p. 7.

③孙歌、徐宝强、袁伟，编译：《前言.语言与翻译的政治》，中央编译出版社，2001，第1页。

④20世纪50至70年代，从结构主义语言学研究翻译成为学术共同体的主导性研究范式。

⑤Nida, Eugene A. and C. R. Taber. *The Theory and Practice of Translation*[M]. Leiden: E. J. Brill, 1969, p.12.

⑥Catford, J. C.. *A Linguistic Theory of Translation*[M]. London: Oxford University Press, 1965, p.1.

换另一种语言(源语)的文本材料"①。纽马克将翻译定义为"把一种语言中某一语言单位或片段,即文本或文本的一部分的意义用另一种语言表达出来的行为"②。费道罗夫认为"翻译就是用一种语言把用另一种语言在内容与形式不可分割的统一中,已表达了出来的东西准确而完全地表达出来。(准确而完全的表达——这正是翻译与改作、重述、简述以及任何种类的所谓'改写'根本不同的地方)。"③从以上几位代表人物对翻译的定义中可以清楚地看出来,他们把翻译定义为语言符码的转换,对翻译的认识局限在语言层面。而与之相比,翻译研究的文化学派并不怎么关心双语之间如何转换,而更关心的是翻译"作为人类一种跨文化交流的实践活动所具有的独特价值和意义"④,因此它将翻译视作是文学或文化的交流,而不仅仅是语言的转换。

其次,研究对象不同。传统的翻译研究关注更多的议题是翻译方法如直译或意译、双语之间如何转换、文本等值如何实现等十分具体的涉及语言操作方面的问题。研究者将更多的精力放在了怎样实现不同语言之间更好地转换上面,于是,提出了一系列的双语转换的规律。而翻译研究的文化学派研究的内容不是追究译文是否忠实于源文,而是要超越语言转换的层面进入文学甚至文化交流的领域思考问题,如译本在接受语内部的传播与接受,译本的生产到底受到哪些因素的操控,背后又体现出了怎样的文化和文学关系,等等。最后,研究目的不同,这也是两者之间最根本的区别。前者的根本目的在于探索双语转换的规律,以便指导翻译实践,生产出更好的译文,或者关心如何培养合格的译者,以生产出合格的译文。因此其研究以源文为中心,以双语比较为重点,属于规定性的研究,侧重于应用方面。而后者的研究并不以总结指导如何翻译的规律为旨归,它对已经存在的译本进行描述,在此基础上展开对"文学交流、影响、接受、传播等问题的考

①Catford, J. C.. *A Linguistic Theory of Translation* [M]. London: Oxford University Press, 1965, p. 20.

②Newmark, Peter. *About Translation*[M]. CLevedon: Multilingual Matters Ltd., 1991, p. 27.

③李流等译:《费道罗夫·翻译理论概要》,中华书局,1955,第9页。

④谢天振:《译介学》,上海外语教育出版社,1999,第1页。

察和分析"①。

翻译研究文化学派的途径告诉我们,必须超越语言学层面的翻译研究,在翻译活动所发生的现实语境中去考察翻译现象,关注社会文化因素对翻译行为的约束以及翻译文本在主体文化系统中发挥的功能。因为研究已经证明,即便是语言层面的翻译问题,仍然需要考虑更大的文化系统才能最终得到解决。然而问题在于,这一研究途径是建立在对目标语文化系统中的翻译现象研究的基础上,它的理论预设前提是:翻译是目标语文化系统内的现实。显然,这个前提从根本上并未考虑从源语文化导向的翻译活动。这便引出了一个十分关键的问题,也是我们当前研究所要必须面对和解决的问题,即如何将这样一种研究途径应用到一个完全不同的翻译现象上面?

从实际发生的翻译现象出发,可以看到特定的翻译行为既可以由目标语文化系统所促发,也可以由源语文化系统所促发。无论翻译行为由哪一文化系统推动,其共同点在于这种活动发生在特定的时空之中,有着一系列的互有联系的参与者。由中国译者所参与的中国文学的对外译介基本上属于由源语文化系统推动的翻译。

我们应该在源语特定的历史、社会和文化空间中去考察翻译活动,不能先入为主地设定条条框框来对现实进行分割。我们必须超越简单地对比源文与译文,判断哪个译本更加忠实这种做法,而应该更多地在特定的社会、历史和文化语境下,尽可能还原译者活动的历史情境,条分缕析地考察译者整个的翻译过程,追踪译本的生产效果,在西学东渐这样一个大的历史背景下,思考有中国本土译者所参与的中国文学对外译介的动机、效果和所具有的意义。

晚清至新中国建国前由中国本土译者参与的中国文学的对外译介具有十分复杂的动机,这与参与翻译活动的译者所持的翻译目的有密切的关系。总体来看,这一时期的译者从事中国文学的对外译介主要有三个目的。第一,对外介绍中国文学,推动参与世界文学,促进中外文学和文化交流。晚清驻法公使陈季同身体力行,将中国诗歌和戏剧翻译成法文,他的翻译活动并非一时一地的随意之举。相反,他以世界文学的眼光,洞察自家文学的短长,认为我们现在应该做到:不要

---

①谢天振:《译介学》,上海外语教育出版社,1999,第11页。

局于一国的文学,嚣然自足,应该推广并加入世界的文学译介活动中去。既然要参加世界的文学译介活动,就要先从"去隔膜,免误会"入手。要去隔膜,非提倡大规模的翻译不可,不但他们的名作要多译进来,我们的重要作品,也须全译出去。19世纪末,国人的目光几乎一致投向域外,师法他者成为浩荡的潮流,有多少有识之士能像陈季同那样,从世界文学的高度提倡输出中国文学作品的重要性呢?可见其眼光无疑远远超越了那个时代。1938年,上海出版发行的《天下月刊》亦以沟通中外文化和文学为己任,在传播中国文学方面亦做出了巨大贡献。第二,从意识形态的角度使用翻译,发挥翻译具有的塑造本土文化形象和身份的功能,满足知识分子对民族国家和文化身份的需求。中外翻译史一再表明,当翻译所牵涉的双方在政治、经济和文化交流过程中处在不平等的地位,翻译活动的主体处在自身文化发展脉络的关键时刻,翻译更会常常被赋予强烈的意识形态色彩,以实现翻译文本所要完成的文化使命。旅英时期的中国现代作家萧乾利用文学翻译与英文书写,塑造了自己独特的文化身份,在自我安身立命的同时,完成了对外展示民族国家形象的任务。凌叔华在英国女性作家沃尔芙的鼓励下,积极将自己的创作翻译成英文。在翻译的过程中,译者在中西文化的交汇处苦心经营,用另一种语言传达出自我文化身份的归属,实现了文化身份的建构。第三,利用翻译,远离主流意识形态的纠缠。20世纪40年代上海出版的《竞文英文杂志》旗帜鲜明地打出了"不以翻译介入主义之争",其翻译中国文学纯粹把中国读者学习和掌握另外一种语言作为唯一目的。然而,这种远离意识形态之争的声明恰恰发挥了意识形态的效果,而使刊物的执笔者们生产的文本又具有了别样的景象。

晚清至现代中国文学的对外译介的复杂性还体现在翻译行为所发生的文化语境的混杂性上。这里所谓的混杂性指的是译者在翻译活动过程中所处的真实而具体的社会、历史和文化环境。这个时期的很多译者往往同时跨越了源语和目标语两个系统,他们可能在本土地理环境中进行翻译,但自身却已经接受了西方文化的教育和熏陶,而译本借以传播的报刊杂志和图书也可能同时在源语和目标语两个系统内传播。更为复杂的是,译本针对外国读者,但传播却在中国语境下进行。这种现象一再提醒我们,不能简单地在以源语为导向和以目标语为导向之间划上一个截然分明的界限。

以源语为导向的研究被认为是传统翻译研究长期以来的最主要特征,因为它最为关心的问题是译本对源文是否忠实。而实际发生的翻译活动表明,译本能否取得规划的效果"基本上取决于译者使用的话语策略,但同时也取决于接受方的各种因素,包括图书的装帧和封面设计、广告推销、图书评论、文化和社会机构中怎样使用译本以及读者的阅读和教育体系内的教学。"①正因为译本主要在接受方的文化和社会语境内延续自己的生命,发挥特有的功能,译学理论家图里(Gideon Toury)才认为翻译研究应该以目标语为导向,而"翻译则是存在于目标语文化体系中的一个文化事实"②。但强调目标语为导向并不能对源语文化悬置不问,尤其是在研究这一时期有中国译者所参与的中国文学的对外译介的现象时,更应该在目标语与源语所构成的复杂文化环境中来考察翻译现象,而不能将两者割裂开来。原因很简单,源语文化内部策划的翻译活动从一开始就已经置身于源语和目标语所构成的更大的关联语境之中,无论从翻译的选材、翻译、出版还是传播等环节来说,都是如此。一句话,翻译作为一种文化生产其实已经无法抽离于中国与西方在政治、经济和文化等方面混杂而成的场域之中,即便考察译本在目标语系统内部的流传,也已经离不开中西方所共同构成的全局语境。

综上所述,本研究将综合上述两种基本的视角,既关注译本语言微观层面的特征,也考察文化和社会系统对译本生产和译者行为施加的影响以及双方产生的互动,在翻译行为所发生的主体文化内部去探索翻译活动所具有的文化交流意义。具体而言,晚清至新中国建国前中国文学的对外译介不仅仅是纯粹的从中文翻译到外语这样一种语言的转换,这背后同时也体现出中国近代以来面对西学东渐的浪潮,中国文学如何主动参与世界文化的努力,如何在西方文化的参照下重新叙述中国文化和文学的特质。这是中国近代民族国家形成过程中,

①Venuti, Lawrence. *Translation and the Formation of Cultural Identities* [A]. *Cultural Functions of Translation* [C] eds. , by Christina Schäffner and Helen Kelly - Holmes. Multilingual Matters LTD. , 1995, p.10.

②Toury, Gideon. *Descriptive Translation Studies and Beyond* [M]. Amsterdam / Philadelphia: John Benjamins, 1995, pp.24 – 25.

艰难走向现代化的历史进程中的一个缩影甚至是体现。在这样一种语境下,我们不能将翻译视作简单的语言转换,而应该从文化的交流与冲突、文化身份的塑造层面来思考翻译的功用和本质。

1.2.3　研究模式与方法

研究模式指的是在一定的理论假设的支撑下,可以重复使用的用以对研究对象进行观察和分析的模型。研究方法指的是具体的手段。采取什么研究模式和方法要视研究对象及研究问题等实际因素而定。

国外翻译研究学者珍妮(Jenny Williams)和切斯特曼(Andrew Chesterman)总结出了翻译研究的三类主导模式,分别是比较模式(comparative models)、过程模式(process models)和因果模式(causal models)。比较模式指的是通过比较源文和译文确定两者之间是否存在某种关联[①],如等值关系。过程模式将翻译视作过程来研究,它广泛应用在研究翻译活动经历的不同阶段、译者处理翻译问题的程序以及译者大脑的运作流程,等等。如果说前两种模式探究的是"什么"和"何时"的问题,那么因果模式要解决的就是"为什么"的问题,即为翻译行为和现象提供解释,在现象和结果之间建立某种联系。因果联系可以建立在三个层面上:译者认知层面、翻译任务的外部条件层面以及社会文化层面[②],三个层面之间应该存在某种互动式的影响。当然,以上三种模式之间不是相互替代和否定的关系,而是相互补充,并有一定程度的交叉。

从历时的角度来看,翻译研究中所使用的研究模式经历了一个演变。这种演变和研究对象及研究问题的变化有着密切的关系。语言学视角下的翻译研究视双语转换为基本研究对象,研究问题局限在文本层面,这就决定了研究模式更多地采用比较模式(comparative mod-

---

①Williams, Jenny and Andrew Chesterman eds. *The Map: A Beginner's Guide to Doing Research in Translation Studies*[M]. St. Jerome Publishing: Manchester, UK & Northampton MA, 2002, p.51.

②Williams, Jenny and Andrew Chesterman eds. *The Map: A Beginner's Guide to Doing Research in Translation Studies*[M]. St. Jerome Publishing: Manchester, UK & Northampton MA, 2002, p.54.

els),通过对比源文和译文,确定两者之间是否存在某种等值关系、译文是否忠实于源文等。而翻译研究发生文化转向以后,语言转换已经不再是研究的最主要的对象;相反,"翻译行为的过程、语境、产品以及翻译活动的参与者"①成为翻译研究描述、分析与理论化的重点,因此翻译研究模式也相应地转变到以过程模式和因果模式为主。

本书将综合使用三种研究模式,在探索翻译行为背后的动机和目的的时候,将使用因果模式,在描述译本的语言特征时,将使用比较模式,在描述翻译行为的过程时,将使用过程模式。总体来看,本研究将更多地使用比较和因果模式,而过程模式的使用也仅仅集中在对翻译外部过程的关注,而不涉及对译者翻译中的认知心理状态的研究。

就研究方法而言,本研究要处理的具体问题可以说涵盖了大至历史与意识形态的阐释,小至文本的比较和分析,因此将采取阐释学方法与实证主义方法兼用,但以阐释学方法为主。具体而言,本研究所采取的研究方法包括:

(1)阐释学方法

阐释学的根本任务是解释和说明,采用阐释学方法就是要"在兼顾文本语境及其内部结构的基础上,阐释文本或文本类似体(如某种观念或行为)的意义"②,它侧重观点、概念的逻辑推理和演绎。这十分适合用来探索某个时期为什么某种文学类型被大量翻译,为什么采取了这样的翻译方法和策略,等等。在本研究中,阐释学方法要用来处理下列问题:[a]是不是翻译产生? 这里不是翻译产生,而是翻译生产,对应的英文表述是:production of translation 的历史语境;[b]主动对外译介的本质和目的;[c]哪些因素影响甚至决定了对外译介的选材、翻译方法和目的等方面。

(2)社会学方法

充分利用社会学理论,如利用法国社会学家布迪厄的"文化生产

---

①Williams, Jenny and Andrew Chesterman eds. *The Map: A Beginner's Guide to Doing Research in Translation Studies*[M]. St. Jerome Publishing: Manchester, UK & Northampton MA, 2002, p.1.

②Nathan, Andrew J.. *Is Chinese Culture Distinctive? —A review Article* [J]. *The Journal of Asian Studies*, 1993, Vol. 52, No. 4, p.924.

场"理论分析下列问题:[a]翻译活动发生的历史、社会与文化语境;[b]赞助人(出版社)对翻译文本、译者对象的筛选。

(3)文献法

尽可能穷尽性地查阅与课题相关的既有成果,进行下列问题的研究:[a]课题史的梳理和评价;[b]一手史料的收集和整理。

(4)文本分析的语言学方法

阐释的基础是具体的数据和材料,这都属于实证主义方法发挥作用的地方。实证主义方法的特点是以数据说话。通过在文本层面对比译本与源文,考察源文和译文的语言转换的机制,以研究对外译介的翻译方法、策略和目的,为建构这一时期影响中国文学主动对外译介的翻译规范提供数据。但需要注意的是,孤立的数据并无法自动地对现象进行有力的解释,它需要研究者进行阐释,以便释放出数据所具有的潜力。最后一点需要提及的是开展研究的方法,即通过何种手段和途径获取并收集资料。一般而言,所有的收集资料的方法都可以归为下面三类:"与被访问者进行交流(或咨询)、观察行为、查阅历史资料与记录"①。本研究从大的范围来看,属于历史研究的一种,因此主要采用第三类方法收集资料。

笔者首先对前辈学者编纂的关于中国文学对外译介的资料目录进行了收集和整理,制作出了晚清至现代这一时期中国文学对外译介的综合目录。在此基础上,笔者根据平时积累所收集的中国文学对外译介的线索,对综合目录进行了补充和完善,并利用 excel 软件,对已有的数据进行了简单分析与归类。除此之外,笔者利用在渥太华大学访学的一年时间,对涉及中国文学对外译介的原始资料又进行了细致的挖掘,可以说在资料的收集方面有了一定的积累。还有一部分研究资料便是通过国内外各大图书馆以及学校现有的网络资源进行搜寻。资料的搜寻和发掘是没有止境的,也是十分艰苦的过程,研究者需要在海量文献中筛选,而后续的阅读分析更是一项艰巨的任务,这也从另一个侧面加大了研究的难度。

---

①*Harding, Sandra. Introduction: Is There a Feminist Method?* [A]. *Feminist Research Methods* [C], Sun Zhongxin and Zhang Lili eds. Fudan University Press, 2007, p.2.

1.2.4 研究议题和意义

本研究所要处理的议题主要包括以下5点：

第一，史料梳理。在现有研究的基础上，详细梳理晚清至现代这段时期本土译者主动对外译介中国文学的译本情况，厘清主动对外译出的实绩，形成一幅前后相贯的历史图景。从晚清最早对外翻译中国古典文学的陈季同，到20世纪40年代大力对外译介中国现代文学的萧乾，中国文学的主动译出迈出了第一步，积累了大量的译本，成为有待发掘与研究的宝库。

第二，译者研究。翻译史的主角是一个个鲜活的译者，他们通过不懈的努力，利用翻译建立了一座沟通的桥梁，在让世界了解中国文学，了解中国人的心灵方面做出了不朽的贡献。本课题一方面进一步深入研究文学史或翻译史上已有的著名作家兼翻译家的中译外活动；另一方面，竭力挖掘那些在历史上隐身的译者，详细描述他们在翻译活动中的种种表现，表彰他们对外译介中国文学的努力，为读者勾画出一个个鲜活的历史人物，还原历史的本来面貌。

第三，翻译史方法及理论研究。如何准确评价并分析那些在历史中湮没的隐形译者的对外译介活动的意义，是翻译史理论和方法需要解决的关键问题。为此，我们提出翻译史的分层理论，即翻译这个场域包含不同的话语实践，有占据文化主流的话语实践，有身处文化边缘的话语实践。对前者而言，翻译的功能主要是文化的参与、改造和引进，译者所扮演的角色为"文化型译者"。对后者而言，翻译的功能主要是维持现有的结构，译者所扮演的角色更多的是"事务型译者"。很多隐形的译者就属于事务型译者。虽然他们无法直接介入当时主流的文化论争，但他们务实的翻译实践构成了翻译史的另一面相，为中国文学的对外传播作了开拓。在一些情况下，翻译史的分层并非如此分明，两者有相当一部分是重合的。这样一来，就要求我们在史学方法论上从不同的层面处理那些隐形译者的翻译和文化活动，其价值的阐述也应该放在不同的层面上进行。

第四，翻译史分期研究。从历时的视角，按照中国文学主动译出的特征，可以将这一时期划分为两个发展阶段：从1843年至20世

20 年代为第一阶段。1843 年,未名译者沈汀(音译)在老师理雅各的指导下完成了文言小说《正德皇游江南传》的翻译,可以看作是较早的由本土译者主要完成的翻译活动。之后,晚清驻法公使陈季同将中国古典诗歌、戏剧和小说翻译成法文并在法国出版,成为这一时期不多的本土译介的最主要代表。不过一直到"五四"前期,本土译者对外译介的重点是中国古典文学。20 世纪 20 年代至 40 年代末为第二阶段。在这一阶段,涌现出了一批从事中国文学对外译介的本土译者,而且出现了一个新的趋势,即译者对外译介的重点开始转向中国现代文学,即"五四"新文学。从事这一阶段译介实践的译者身份既有文化型译者如萧乾、凌叔华等,其翻译的目的在于文化介入,也有事务型译者,翻译的目的是为了语言学习。翻译所发挥的功能也有所变化。

第五,从翻译研究文化学派的视角及对外译介的实践出发,研究中国文学主动对外译介的本质和目的。在相当长的一段时期内,中国文学的主动对外译介被视为简单的文学翻译,认为只要忠实于源文,只要翻译质量高就可以将中国文学推向世界。显然,这一观点并没有将中国文学的对外译介视作文学的对外交流和传播。而从译介学的视角,我们可以更清楚地发现,文学的对外翻译,语言因素固然重要,但影响译本接受的因素却不止语言方面,还包括了诗学观念、意识形态和赞助人等多个方面。同样,如果我们考察从晚清到现代这一时期,中国文学主动译出的实例,也会得出相同的结论。在主动对外译介中国文学的过程中,当时的译者在翻译方法、翻译策略以及对翻译的认识方面有很多值得后来人借鉴的地方。在这一时期,很多译者已经从跨文化交流的视角来认识中国文学的主动译出,因此在选择翻译方法的时候,以达意晓畅的翻译为主;在翻译策略方面则强调贴近接受方的审美习惯和诗学标准。而很多译者翻译的目的是为了对外传播中国文学,让世界了解中国文学,在此基础上,推动中国文学尤其是现代文学走向世界,进入世界文学的舞台。

鉴于此,本课题的研究首先可以在史料层面补充和丰富中国现代翻译史及文学史的内容,还原历史的丰富与多元。如研究中国现代著名女作家凌叔华对外的翻译活动,对理解作家创作的丰富性以及创作和翻译活动之间的关系无疑大有益处。其次,本课题的研究可以修正现代翻译史甚至文学史上的一些固有观点,丰富对这一时期翻译规范的认识。由于本土的对外译介基本没有纳入翻译史考察的范围,一些关于中国现代翻译史的理论认识几乎建立在外译中实践的基础上,这样得出的理论认识就有可能存在某些偏差。对这一时期对外译介的研究可以揭示出更多的关于翻译方法、翻译策略、翻译功能等方面的内容,加深对这一时期翻译理论和实践的认识。最后,本课题根据对这段历史的考掘,建构出一段不同的翻译史,它与我们习以为常的历史形成了有益的对话和交流,不仅可以加深人们对翻译现象复杂性的认识,而且对现代时期翻译与中国社会与文化之间的复杂互动也有了更加深入的体验和认知。

1.3　各章内容简介

以下笔者将对本书的章节内容做一个简要介绍:

第 1 章《晚清至现代中国文学对外译介的特点》主要从方法论的角度,探讨译本目录的编制在翻译史研究领域中的作用,在此基础上建立起对晚清至现代中国文学对外译介趋势的全局性把握和了解。本章首先从方法论角度论述了编制译本目录对翻译史研究的功用和价值;其次,对目前最为全面和权威的三本关于中国文学对外译介的资料目录进行了综合,并根据从其他途径收集的信息进行补充和完善,最终编制出来这一时期中国文学对外译介的总目录。在编制目录的过程中,充分使用了 excel 办公软件,并利用软件中的筛选和排序功能,一目了然地获取了一些最为关键和有启发性的数据。目录的编制过程充分展示了计算机技术对推动翻译史研究所带来的益处。最后,形成了对中国文学对外译介总趋势的全局性的把握。本章在比较分析的基础上考察了中国文学主动对外译介的特点,研究的内容为此后章节的研究提供了基本的脉络和参照体系。如果说第 1 章内容是从总体上对研究对象进行的宏观考察,那么后续的章节则是按照不同的时间阶段,以译本类型和译者为核心贯穿起主要的叙述。

第 2 章《中国文学对外译介的前奏》主要论述早期中国文学主动

对外译介的史实。论述的重点放在两位早期译介的开拓者身上,即未名译者沈汀和近年重新被发掘出来的陈季同。本章主要根据文学译介的过程探索以下问题:谁是最早从事中国文学主动对外译介的本土译者? 是以什么方式参与译介活动的? 选择了哪些文本进行翻译? 有什么特点? 如何进行翻译的? 翻译的效果如何? 翻译活动体现出了译者所遵循的哪些翻译的规范? 等等。

第3章《中国文学对外译介的活跃期(1920—1949)》则涵盖了四节内容。第一节从宽泛的角度对隐形的译者群像进行了介绍。第二节介绍了诗歌译介的情况,重点描述了古典诗词翻译中本土译者的贡献,以及隐形的译者群体对中国现代新诗最早的两部诗集的翻译情况。第三节介绍了中国现代小说翻译的历史,特别是对译者与翻译活动之间的复杂关系进行了分析。指出对中国文学的译介并不是简单的一种文字翻译,而是一种文化译介,尤其是对自身文化身份的有意识的主动建构。第四节则对戏剧的译介做了简要描述,重点放在了译者所持的翻译目的,对翻译文本的影响和控制上。

结语《中国文学对外译介———一种翻译模式的形成及意义》则是在对整个中国文学主动对外译介脉络的梳理基础上,总结一种主流的合作翻译模式的形成以及它对我们当前反思中国文学走出去所具有的意义和价值。

第1章 晚清至现代中国文学对外译介的特点

任何翻译史的研究都包括三个相互关联的部分：与翻译相关的史料考掘；对史料的评价以及历史解释。[①] 除了这三个部分之外，我们认为翻译史研究还应该包括对研究方法论的探讨。本章就是从方法论的角度论述译本目录这种形式对翻译史研究所具有的功能和意义。具体而言，本章探讨的问题包括三个大的方面。第一，从方法论的角度探讨译本目录这种形式在翻译史研究中的功能和作用；第二，编制这个时期中国文学对外译介的目录，以构建中国文学对外译介的全局性的发展趋势的框架。第三，在此背景下，重点考察有中国译者参与的中国文学对外译介的整体发展脉络。本章的研究意在为后续的研究提供一个宏观的参照语境，帮助我们更好地对翻译现象进行语境化，而后续章节则会在个案研究方面提供具体的细节支持和佐证。

1.1 译本目录的方法论意义

1.1.1 史料收集与译本目录

"历史"作为一个概念至少有两层含义：其一指的是过往发生的真实的事件；其二指的是人们对前者的理解和阐释。过往发生的事件稍纵即逝，不可能重演或再现，因此人们只能通过遗留下来的实物或者记录来了解历史。这些遗留下来的实物或者记录就成了史料，它是任何历史研究的基石。当然，史料也分为很多种类型，如一手史料和二手史料，而且不是所有的史料都具有同等的历史价值。对于历史发生

---

① Pym, Anthony. *Method in Translation History*[M]. St. Jerome Publishing, 1998, pp. 5 – 6.

过的事件,事件的参与者所写的回忆录比起同时代其他人的记录,具有更高的可信性,除非参与者因为种种原因刻意修饰和掩盖,不过这也可以使用多重证据的方式或遵照"孤证不立"的原则进行多方论证或否证。

这样看来,历史就是真实的化身了,可是后现代主义历史学家如海登·怀特(Heydon White)诸君宣称"历史中的叙事",揭开了历史元语言所具有的如小说叙事的虚构性。因为如上所述,我们无法重演历史,只能通过史料来理解历史,而史料又经过了人的阐释和处理,因此就给历史想象留下了空间,这给历史中的叙事提供了一个脚注。但任何秉承历史精神的学者都会赞同历史到底不同于小说中的虚构。小说可以无中生有,但历史绝不会无中生有,或有中变无,除非这种历史要达到另一种目的;除此,真正的历史终究要有史实来作为基础,缺少了这个基础,整个历史的大厦将即刻倾倒,不复存在。历史的目的在于求真,求真的基础在于史料。

作为历史研究的一种,翻译史研究也同样离不开把史料作为基础。翻译史研究学者安东尼·皮姆(Anthony Pym)在他的《翻译史研究方法论》(*Methodology in Translation History*)一书中构建的翻译史研究框架第一部分为《翻译考古学》(archaeology),也就是翻译史料学,指的是对翻译的一些基本史实进行考察,弄清楚"谁翻译了什么、怎么翻的、在哪儿、什么时间、为了谁、有什么效果,等等。"[1]这是下一步探索翻译史现象之间的因果联系并进行理论研究的基础。对于史料的重要性,中外学者们的意见比较一致,都认识到史料对翻译史研究所具有的基础作用。岳峰指出:"研究翻译史,如果没有全面收集的译本与其他第一手相关资料,那么有关的分析是缺乏说服力的。"[2]王建开认为,翻译史研究要继续深入拓展,"史料(中文和外文)的挖掘是极其重要的方面",甚至断言"史料的停滞已成了翻译史研究新进展的一个障碍"。[3] 史料对翻译史研究的重要性怎么强调都不过分。不过根

---

①Pym, Anthony. *Method in Translation History* St. Jerome Publishing, 1998, p.5.

②岳峰:《翻译史研究的资讯与视角——以传教士翻译家为案例》,外国语言文学,2005(1),第34-40页。

③王建开:《翻译史研究的史料拓展——意义与方法》,上海翻译,2007(2),第56-60页。

据一些学者的观察,在实际的翻译史著述中,史料的运用情况并非令人满意,存在多种问题。卫茂平发现:"有些翻译文学史研究及人文科学的研究课题回避不该绕过的个案,过于宏观,具体脉络(史料)却不清楚。"①孔慧怡在《重写翻译史》一书中指出:"现有的翻译史倾向于引用的多半是第二、三手资料,同时也颇爱引用名人评语,很少再加考证或思考。"②

既然翻译史料问题如此重要,而实际的研究中又存在着这样那样的问题,那么,下一步自然应该是探讨就现有搜集、整理到的史料,利用什么样的研究方法,来提高翻译史研究的质量。这类研究有点像烹饪书之类的程序性知识,主要任务是向读者展示如何做。目前,专门以介绍如何全方位搜集与利用翻译史料的研究成果还不多见。郑锦怀和岳峰(2011)在《翻译史料问题研究》一文中对史料的搜集、整理、分类和利用进行了初步的分析;邹振环(2011)在《西学汉译文献与中国翻译史研究》一文中,更进一步提出了翻译文献学的概念,从版本、校勘、目录入手推动中国翻译史的研究。而大部分研究者主要将这个问题融汇到了具体的研究实践当中,以扎实的史料研究为基础来推动翻译史研究的新发现,比较有代表性的学者包括孔慧怡(2005)、岳峰(2005)、王建开(2007)、查明建和谢天振(2007)等。整体来看,上述学者并未专门针对如何处理史料这一具体的翻译史的研究方法,进行过详细论述。

如果我们做一个横向的比较会发现,与翻译史研究多少有些联系的其他学科在这方面做了很多工作,收到了很多比较成熟的成果,值得我们学习。比如,中国现代文学史这一研究领域就有独立的史料学,出版了至少两部相关的专著:谢泳的《中国现代文学史料的搜集与应用》(2010)和刘增杰的《中国现代文学史料学》(2012)。这两本书专门讨论中国现代文学史料的搜集、整理与应用,具有极强的实用性,是从事这个学科研究的基本工具书。由于中国现代文学史上很多作家同时也是翻译家,如鲁迅、茅盾、巴金等,两个学科实际上在对史料

① 卫茂平:《导言. 德语文学汉译史考辨——晚清和民国时期》,上海外语教育出版社,2004。
② 孔慧怡:《重写翻译史》,香港中文大学翻译研究中心,2005,第12页。

的需求上具有共性,因此这两本书对翻译史料研究也有很大的指导作用。但另一方面我们也要注意,翻译史研究具有自身的特点,对史料的要求也会和其他学科不同,因此如何搜集、整理和利用好翻译研究的史料仍然是个亟待解决的问题。

翻译史料的搜集与利用是个很大的题目,涉及史料的来源、范围、发掘、考辨等不同方面的内容,每一个方面都可以再细分为具体的研究工具和手段。本章并不打算对上述内容一一交代,而是对译本目录这一工具在翻译史研究中所具有的方法论上的作用进行展示和说明,以目录这种传统的史学研究工具为例,通过对现有的几部译本目录的对比、分析与综合,揭示出中国文学对外译介的总体趋势。

1.1.2 目录:特点与功能

什么是目录? 简单来说就是"把篇名(或书名)与说明编辑在一起就是目录"。[①] 目录学在中国有着十分悠久的历史。西汉刘向、刘歆父子分别所撰的《别录》和《七略》就是中国最早的群书目录。就结构而言,中国古典目录"主要包括篇目、解题(书录、叙录)、小序三种要素"。[②] 篇目直接反映图书的外在基本特征,它包括"篇名或书名(异名)、篇卷数、撰述者、版本及藏者等项"。[③]解题也称叙录、书录或提要。它是用来考察作者生平行事、揭示图书主旨和用途,向读者指示门径和提供方便的。[④]小序是指部序和类序在内的惯称,其主要功能是为了"辩章学术,考镜源流",对某一部类图书的学术流派、演变和特点加以论述,并对某一部类的分类沿革及类目变更、设置及缘由等进行说明和介绍。这对于掌握和了解这类图书起了提纲挈领、鸟瞰全局的作用。[⑤]

由此可见,传统的目录编制所要做的工作不仅要整理有关图书的基本外在信息,同时还要从学术发展史的角度对篇目的内容进行考察和介绍。"全部工作要经过整理篇次、校正文字、辨明学术、介绍梗概,

---

①来新夏:《目录和目录学》,历史教学,1981(1),第40–44页。

②③④来新夏:《古典目录学》(修订本),中华书局,2013,第16页。

⑤来新夏:《古典目录学》(修订本),中华书局,2013,第21页。

撰写书录,最后把全过程的成果集中反映为目录。"①如学者余嘉锡所言,"(我国传统目录)体制虽异,功用则同。盖吾国从来之目录学,其意义皆在'辩章学术,考镜源流'。"②到了现代,目录学的内涵和外延都在发生着变化,其分类以及相关的研究技术更加复杂。

目录对学术研究而言起着引导的作用,历代学者对此都有所论述,最经典的莫过于晚清张之洞在《书目答问·略例》中"读书不知要领,劳而无功。知某书宜读而不得精校精注本,事倍功半"③这番话,指出了书目引导读书门径的重要性。今之史学研究者王尔敏也认为:"古今治学,以目录为始基。目录备,则事半功倍;目录不备,必至不明津涯,无从入手。"④可见,目录为治学的根本。有了目录,就会对某一领域的知识发展脉络了如指掌、一清二楚,可以说是入门的指引。

1.1.3 翻译史研究中的目录

在中国翻译史研究领域,译本目录或者说具有类似功能的著述已经有了一定程度的积累,举起要者有:

梁启超的《西学书目录》(1896)、孙景康等编的《江南制造局译书提要》(二册)(1909)、毕树棠的《汉译意国书籍及关于意国之汉译目录》(1942)、周越然的《稀见译本小说》(1945)等就是典型的译本书目的编录和译本概况的简介。此类编录一般列有原作者、中文书名、译者、出版社等信息,为我们统计此一时期翻译出版情况提供了基本材料。研究者亦可以循此而考辨真伪,做综合的工作;或者抓住目录中的某个线索,挖掘下去,往往会有意想不到的收获。

有的著述则在记述翻译机构或事件的同时将译本目录纳入其中,这体现在对晚清时期的翻译机构的介绍之中。此类著述一般从历时的角度介绍机构之沿革、组织、活动等情况,附带对机构翻译的译本进行介绍。如傅兰雅的《江南制造总局翻译西书事略》(1880)。此文原载《格致汇编》1880 年第 5 卷,内容包括五部分:序、论源流、论译书之

---

① 来新夏:《目录和目录学》,历史教学,1981(1),第 40－44 页。

② 余嘉锡:《目录学发微》,中华书局,1991,第 12 页。

③ 张之洞、尹小林整理:《书目答问·略例》,山东画报出版社,2004,第 5 页。

④ 王尔敏:《中国文献西译书目》,台湾商务印书馆发行,1975,第 6－7 页。

法、论译书之益、论译书各数目与目录。丁韪良著《同文馆记》（晚清），分上、中、下三部分详细介绍了同文馆的沿革、组织、人员组成、职能、活动情况，对译书情况亦有所介绍。毕乃德的《同文馆考》(1935)分七个部分介绍了同文馆的前身、同文馆的创立、同文馆的扩大、同文馆的组织、毕业生的活动、上海广州两同文馆、同文馆的结束，也留下了关于译本的目录。

　　此外就是研究者编制的专门目录，比较有代表性的成果包括：法国汉学家高第（Henry Cordier）发表于《通报》1904 年第 5 卷第 1 期的 *Bibliotheca Indo – Sinica*；Martha Davidson 编撰的 *A List of Published Translations from Chinese into English，French，and German*(1952)；中国目录学家袁同礼（Yuan Tung – Li）编撰的 *China in Western Literature：a continuation of Cordier's Bibliotheca Sinica*(1958)；John Lust 编撰的 *Index Sinicus：a catalogue of articles relating to China in periodicals and other collective publications，1920—1955*(1964)；K'uei Hsing 编著的 *A Repository of Asian Literature in Translation*(1974)；Donald A. Gibbs and Yun – chen Li 编著的 *A Bibliography of Studies and Translations of Modern Chinese Literature，1918—1942*(1975)；王尔敏所编《中国文献西译书目》(*A Bibliography of Western Translation of Chinese Works*,1975)；王丽娜编著《中国古典小说戏曲名著在国外》(1988)；Kam Louie and Louise Edwards 编制的 *Bibliography of English Translations and Critiques of Contemporary Chinese Fiction，1945—1992*(1993)；汪次昕、邱冬银编著的《英译中文新诗索引：1917—1995》(*Guide to Modern Chinese Poems in English Translations 1917—1995*,1997)；汪次昕所编《英譯中文詩詞曲索引：五代至清末》(*Guide to Classical Chinese Poems in English Translation：Five Dynasties through Qing*,2000)。以上是以书目的形式出版的单篇论文或编著，其特点是收入详尽，针对性强。除此之外，还有一些研究不属于书目性质，但其中亦收录了不少关于译本的情况，有的虽然会冠以"史"的形式，但其主要内容是对译本翻译情况的介绍，因此也可以被视为具有目录的功能，它们为我们了解某个时期或某个原本翻译的情况提供基本信息和追查的线索。此类图书至少包括下列几种：

苏尔梦主编的《文学移民：传统中国文学在亚洲（17—20 世纪）》（1987）；李明滨所著的《中国文学在苏俄》（1990）；钱林森所著的《中国文学在法国》（1990）；严绍璗、王晓平的《中国文学在日本》（1990）；韦旭升的《中国文学在朝鲜》（1990）；范存忠的经典著作《中国文学在启蒙时期的英国》（1991）；张弘的《中国文学在英国》（1992）；施建业编著的《中国文学在世界的传播与影响》（1993）；宋伯年主编的《中国古典文学在国外》（1994）；黄鸣奋的《英语世界中国古典文学之传播》（1997）；闵宽东的《中国古典小说在韩国之传播》（1998）；Tak‐hung Leo Chan 主编的 *One into Many：translation and the dissemination of classical Chinese literature*（2003）；葛桂录编写的《中英文学关系编年史》（2004）；马祖毅、任荣珍编著的《汉籍外译史》（1997/2007）。

1.2 翻译目录的综合

1.2.1 三本译本目录的简介

从上述摘选的有关资料可以看出，与翻译史相关的译本目录数量十分可观，但上述工具书并不是所有的都和本研究相关。我们研究的对象是有中国译者所参与的中国文学的对外译介，而上述目录书很多记录的是外文翻译成中文的情况，或者不分译者的情况，将所有中国文学的对外翻译纳入考察范围。除此之外，在使用这些目录的时候，还有两点需要注意：其一，不同的作者编著的目录范围有大有小，对象互有差别，但仔细观察会发现有些目录其实具有一定程度的重复；其二，目录书的出版日期有前有后，结果会造成所编目录有的详细，有的简略。一般情况下，我们会认为，后出的目录应该比此前出版的同类著述更为详尽，但实际情况可能并非总是如此。这就要求我们对上述目录做综合的编辑工作，通过对比不同版本的目录，筛除那些重复的目录，将不太完整的目录补充完整。为此，我们选取三本译本目录作为构建晚清至现代时期中国文学对外译介综合目录的来源，即《中国文献西译书目》（王尔敏，1975）；《中国古典小说戏曲名著在国外》（王丽娜,1988);《汉籍外译史》(马祖毅、任荣珍,1997/2007)。下面我们将对这三本书的内容做一个简要介绍。

《中国文献西译书目》由台湾商务印书馆1975年发行。作者王尔敏编辑此书的目的在于"欲以是编为探讨入门,或能藉此以见西人对中国文化之用心,与积年所获之成就。进而以了解中国文化在西方世界中所产生之意义。"[①]本书收入中国文献西译条目三千多种,分成思想、宗教、文学、科学、农事、艺术、历史、地理、教育、社会、经济、法律、军事13个类别。其中文学部分又分为7个子类,即文学总论、小说、戏剧、诗歌、散文、语言、格言。作者在编辑过程中得到海外多位学者的协助,此书收入的西译语言不仅包括英语,还有法、德、俄、拉丁等诸多语言,十分全面。作者指出此书的用途"尚可据为数量测计之资料","当必予后人以永久性参考"。[②]值得一提的是,本书征引的参考文献中有 Martha Davidson 编撰的 *A List of Published Translations from Chinese into English, French, and German*(1952)这本书,因此本书涵盖的内容应该更为全面。由于我们需要考察的是晚清至现代中国文学的对外译介,时间范围和对象都已经确定了,因此选择录入的条目来自文学大类下的小说、戏剧、诗歌三个子类。

王丽娜编著的《中国古典小说戏曲名著在国外》由学林出版社1988年出版。此书对中国古典小说与戏曲在国外的翻译和研究情况作了系统的介绍,涉及的语种多达30多个。本书主体分两部分:小说部分和戏曲部分,每个部分以作品名为编排体例。这种编排的好处在于可以集中将某个作品的外文译本尽量毫无遗漏地收入。本书在学界影响较大,也是多部类似编著的主要参考文献之一。

马祖毅和任荣珍合编的《汉籍外译史》初版1997年由湖北教育出版社出版,2007年出版了修订本。从书名来看,本书所涵盖的汉籍十分广泛,包括中国古典和现当代哲学、宗教、历史、经济、社会学、语言学、艺术、文学、自然科学等9大类。该书的《文学作品的翻译》一章,以国别为叙述体例,论述了中国文学在世界30多个国家的翻译和研究情况。该书大量借鉴了前人的研究成果,如王丽娜的《中国古典小说戏曲名著在国外》、张弘的《中国文学在英国》、钱林森的《中国文学

---

①②王尔敏:《中国文献西译书目》,台湾商务印书馆发行,1975,第1页。

在法国》等。由于此书的出版时间最新，里面所涵盖的内容较为全面。不过必须指出的是，本书并未列出具体的参考文献来源，有的地方出现明显的错误，这都需要参考多种资料来源才能辨析清楚。

1.2.2 综合目录的编制

译本目录的编制首先需要制定一个十分详细而且可以操作的标准，然后才是具体实施的方法和过程。

标准的制定包括宏观标准和微观标准。宏观标准包括：需要确定综合目录的时间范围、语种、文本类型。根据研究需要，我们设定的时间范围是 1800 至 1949 年，语种为中国文学的英、法、德译本，文本类型为戏剧、小说、诗歌三种类型。微观标准指的是具体条目的组成。我们需要根据条目组成部分，将书中和译本相关的信息输入电脑，制作成 excel 文件。至于选择将什么样的信息输入，这取决于我们研究的具体需要和要回答的问题。对本研究而言，我们要回答的问题包括：某译本是哪一年出版的？译者是谁？译本的出版形态，是单篇译文，还是单行本？如果是单篇译文，发表在哪个刊物？刊物或出版社的出版地？译本的语种？是否转译？源文出处和作者？源文体裁是戏剧、小说、诗歌还是其他？如果我们有了上述信息，我们就可以考察出来一个时期译本出版数量的发展趋势——哪些译者在从事翻译，翻译的对象是什么，哪种语言的译本最多，哪些地方出版发行的译本数量最多，什么样的文类受到欢迎，等等。综合上述问题，我们设计的单个条目所需基本信息构成按照前后顺序应该是：出版年；译者外文/中文名；报刊/杂志；收入图书；出版地；出版社；说明；源文；源文出处；源文作者；文类；语种或方向；来源。

下面我们对条目的具体组成信息进行简要说明。

"出版年"指的是单个文献的出版时间。"译者外文名/中文名"指的是文献翻译者的名字，如果是国外译者，则先给出外文名，再给出中文名（如果有的话）。假如译者是中国本土译者，则先给出中文名，然后再给出外文名（如果有的话）或威妥玛氏拼音的拼法，如王际真的中文名威妥玛氏拼法是 Chi－chen Wang。这样做的好处是可以利用 Excel 软件的筛选功能，轻松区分开中外译者，方便查阅。"译文"即翻译的译本题名，由于译本的出版形态可以是报刊杂志里刊登的文章或者收入其他图书,如果译本发表在刊物上,则在报刊/杂志这一栏下填写具体的报刊/杂志名,如果译文来自某图书,则在收入图书这一栏输入图书的题名。对于报刊杂志,我们尽量将英文和中文的题名全部给出,这样方便以后的检索。出版地指的是报刊杂志或图书的出版地,后面的出版社一栏指的是图书的出版社。"源文""源文出处"和"源文作者"三栏表示的是源文的基本信息。源文一栏指的是源文的题名,源文出处指的是源文是否摘自某图书,如《董卓之死》摘自《三国演义》。对于本研究而言,源文的基本信息相对而言并不重要,只要三栏中填入源文题名或源文出处即可。"文类"则包括古典戏剧、古典小说、古典诗歌、现代戏剧、现代小说、现代诗歌以及杂类,后者包括散文、文集、文学史等不同种类的作品,这些类别分别用阿拉伯数字1至7来表示,如1表示这个译文属于古典戏剧,5则表示属于现代小说。这样做的好处是可以利用Excel本身的筛选功能快速查看某种类型的翻译数量的多少。"语种或方向"指的是译本是用什么语言翻译的,我们纳入考察范围的是三种语言,即英语、法语和德语,分别用EN,FR和GER代替;而方向则指的是译本是否是从其他语言转译过来的,如果某译本是从英语转译成法语,则用EN to FR表示。最后的"来源"一栏指的是本条目出自以上三部目录书中的哪个作者的编著,没有填写内容的均来自王尔敏;来自王丽娜和马祖毅的条目都已经标注上了,而写有"其他"的则来自笔者自己从其他渠道搜集而来的补充信息。

综合书目具体的编制过程如下:

首先,使用扫描仪将纸质图书扫描成电子文档,然后利用文字识别软件(OCR)将扫描好的电子文档进行文字识别,处理成可以编辑的word文档,接着需要进行人工校对,将软件识别错误的地方修改过来。这是一个十分繁琐的工作。在校对的过程中,我们有时候会发现某一本书中存在着一些问题,最突出的就是外国人名的翻译并没有采取早已接受的经典译法而是进行了音译,这在王丽娜的书中表现尤为突出,如以下介绍某个译本的条目所示:

(1)《伟大的弓箭手:养由基》(*The History of the Great Archer Yang yu - chi*,即《东周列国志》第五十八回"报魏锜养叔献艺"选译),詹姆斯·莱格(James Legge)译。载《皇家亚洲学会学报》(Journal of the

Royal Asiatic Society)45,NS25,(1893,806—822 页)。在译文之外,译者还介绍了神箭手养由基的故事。①

这则条目包含了我们需要的一些基本信息,如译文题名、译者、刊登译文的报刊杂志、源文情况等。可是在译者这里,此处的"詹姆斯·莱格(James Legge)"学界通用的中文译名应该是"理雅各"无疑。因此需要修改过来。

(2)《<玉娇梨>或<两表姐妹>》(*Iu – Kiao – Lior, the Two Fair Cousins*)。据阿贝尔·雷米扎(J. P. Abel – Remusat)法译本转译。1827 年伦敦亨特及克拉克出版社出版。②

这一条译文的译者是"阿贝尔·雷米扎(J. P. Abel – Remusat)",但经过查询核实,实应为法国著名汉学家"雷慕沙",后者是学界通用的中文名。

(3)《两表姐妹》(Les Deux cousines),朱利安(S. Julien)译,二卷本(上卷 362 页,下卷 335 页》,1864 年巴黎 迪迪埃(Didier)出版社出版,书中附有哲理性及历史性的注释。③

这一条译文的译者被王丽娜翻译成了"朱利安(S. Julien)",其实他应该是法国著名汉学家"儒莲"。作者显然违反了学界通用的译名或国外汉学家通用的中文名的书写规则,因此在录入我们编制的目录的时候,必须更改过来。

另外一个问题就是专名不统一,表现在同一个译者被翻译成了两个不同的名字。如:

(4)《老残》(*Mr. Decadent* by Liu Ngo),《老残游记》的全译本,杨宪益(Yang. Hsien – yi)与戴乃迭(G. M. Taylor [Gladys yang])合译,此为 1947 年南京独立出版公司出版,共 319 页。④

(5)《老残刘鹗》(*Mr Decadent* Liu Ngo),杨宪益与 G. 泰勒合译。1948 年伦敦艾伦与昂温出版社出版,167 页。⑤

杨宪益的夫人是英国人 G. M. Taylor,一般习惯称其为戴乃迭女

---

① 王丽娜:《中国古典小说戏曲名著在国外》,上海:学林出版社,1988,第 349 页。

② 王丽娜:《中国古典小说戏曲名著在国外》,上海:学林出版社,1988,第 356 页。

③④ 王丽娜:《中国古典小说戏曲名著在国外》,上海:学林出版社,1988,第 357 页。

⑤ 王丽娜:《中国古典小说戏曲名著在国外》,上海:学林出版社,1988,第 391 页。

士,但(5)中用了"G. 泰勒"这个名字,没有保持一致,容易产生误解。如果不加识别地录入我们准备制作的综合目录中,在统计的时候会出现这种情况,即同一个译本被当作两个不同的条目,这样会影响数据的准确性。当然,指出这些存在的问题并不是对前人研究成果的苛求,而是提醒我们在录入的过程中要认真对待,避免发生上述情况。

经过校对并确保没有任何错误的文档保存为 *.doc 格式,然后手工将文档中的信息逐一填写进表格1,每一本书的条目分开保存。最后,将三本书所输入的条目拷贝到同一个 Excel 文档中,将其命名为"中国文学对外译介综合目录(1800—1949)"。

工作进行到这一步,可以说完成了一半,还有一半需要更为细致的比对和修补,而且这一步工作更为重要。将三本书中的信息输入 Excel 文件并进行综合后,我们发现一个很突出的问题:有相当一部分条目虽然来自不同的书目,但内容十分类似,这说明不同来源的条目有重合的地方,需要我们逐一进行比较,互相参考,删除重复的以及没有具体出版时间的条目,修订有明显错误的条目,最后利用 Excel 软件以时间先后为标准进行排序。在这一步的整理工作中,我们遇到了很多问题,现说明如下:

第一,来自不同作者所编图书的两个甚至三个条目所录内容实际上指向的是同一个译本。如王丽娜的书中收录了:罗伯特·莫里森(Rev Robert Morrison) 翻译的题为《中国通俗文学翻译》的译本,英文名称为 *Horae Sinicae: Translations From the Popular Literature of the Chinese*,出版时间为 1812 年,出版地是伦敦布莱克,由帕里印刷社印刷,译本内容包括道教、佛教及《搜神记》中的故事,共 41 页,1817 年再版,为 160 页。而来自王尔敏的所录内容为:马礼逊(Robert Morrison),译介过《搜神记》里的故事,译本英文题名为 *Horae Sinicae: Translations From the Popular Literature of the Chinese*,出版时间 1812 年,出版社为 London, Printed for Black and Parry,并记录 1812 年版本为 41 页,1817 年为 160 页。这两条所录内容应该是同一个译本,因此必须删去一个。来自王丽娜的条目在人名的翻译上采取的是音译,这并不准确,Robert Morrison 的中文译名统一是"马礼逊",因此人名这一部分采用"Robert Morrison/马礼逊"这一形式。其他方面则根据实际情况,综合两个条目,整合的原则就是综合后的条目信息要更加丰富。

再比如,来自王丽娜的一个条目,显示的译者是卫礼贤,译文题名为:*Die Geschichte der Tus－chiniang*(《杜十娘的故事》),刊发在 Chinesische Bl？ter für Wissenschaft und Kunst(《科学与艺术中国之叶》)杂志,出版地不详,说明一栏表明出版时间从 1925 至 1927 年,源文出自《今古奇观》。另一条来自王尔敏,所录译者为 Richard Wilhelm,译文刊发杂志题名为:Chinesische Bl？ter für Wissenschaft und Kunst(1925——1927),源文出处为《今古奇观》,其他信息没有。经过对比,卫礼贤的德文原名是 Richard Wilhelm,因此这两条应该指的是同一个译本,应该综合成一条。

第二,两个来源不同的条目在译者信息或者译本出版年等地方不同,经过多方核实,实为同一条目。如来自马祖毅、任荣珍的有这样一个条目:译者为 R. W. Hurt/赫特;译文题名为《幽王的衰败》(*The Downfall of the Emperor Yu Wang*);出版时间为 1892 年;所刊杂志为 China Review, Notes and Queries(《中国评论》);出版地为香港。而来自王尔敏的一则条目为:译者名为 R. W. Hurst;译文题名为 *The Downfall of the Emperor Yu Wang*;所刊杂志为 China Review, Notes and Queries;出版地为香港。这两个条目应该指的是同一个译本,但译者名拼法不同。可以断定,其中一个应该是错误的。为了核实这一点,笔者借助于网络进行核查,经确定为 Hurst。这样,我们就可以在译者外文名/中文名这一栏输入"R.W. Hurst/赫斯特"。

第三,所录条目具体信息存在缺失,需要通过其他途径进行补充。比如,来自王尔敏的有一则条目,信息如下:译者名为 Eduard Erkes/埃尔克斯;译文题名为 *The God of Death in Ancient China*;源文为屈原的《九歌》,可是其他信息不详。笔者借助于网络,终于找到这条文献来自 T'ong Pao(《通报》),出版地为荷兰的莱顿,出版的具体时间为1939 年第 35 卷第 2 期,译本页码为 185 至 210 页。这样,这条目录的信息就被补充完整了。

第四,外文译者姓名的拼写经常会出现错误。有时候不同来源的条目在译者姓名的拼写方面的差别仅仅是一个字母的不同。如有这样四个条目:(1. 王尔敏)译者名为 Anna Bernhard and E. von Zach,译本出版年为 1912,源文作者陶潜,语种为德语,其他未详;(2. 马祖毅、任荣珍）译者名为白哈蒂,译本出版年1912,译本收入图书《陶渊明的生平及其诗歌》,其他不详;(3. 马祖毅、任荣珍)译者名为白哈蒂与察赫,译本出版年1915,收入图书《陶渊明》,其他不详。(4. 马祖毅、任荣珍)译者名 Anna Bernhardi/安纳·贝恩哈蒂,出版年1916,译本名《李太白》,出版刊物《东方语言学院通报》,其他不详。

对比第1条和第4条中译者姓名,发现外文拼写并不一致,经核实,此栏外文译者的姓名拼写应该是:Anna Bernhardi,而第2和第3个条目中的汉语名称是根据 Bernhardi 的音译而来的。因此,可以将这一条目的译者姓名综合为:"Anna Bernhardi/安纳·贝恩哈蒂"。

还有一个问题,即两个译本条目在很多栏目完全一致,但出版年代不同,有的还相差很远。出现这种情况很可能是不同的著述选入的是同一译本的不同版本,因此出版年代不一致。但也有可能是录入者因为疏忽而造成了错误。针对某些译本的不同版本,我们录入的原则是收录第一版,其他的版本信息在说明一栏进行介绍。以下的例子就出现了出版年代不一致的问题。第1个条目译者名为蔡廷干/TS' AI T' ing – kan,译文名《唐诗英韵》(Chinese Poems in English Rhyme),出版年1923,出版地芝加哥;第2个条目和第1个除了出版年是1932之外,其他都一样。这两个条目应该指向同一个文献,但两者的出版时间相差太远,经进一步核实,这个译本的出版年应为1932年。

经过上述细致的对比、核查、增补和整合,我们就可以得到一个比较准确的中国文学对外译介的译本目录。这个目录可以为我们揭示出一些中国文学对外译介的整体趋势和特征,有助于我们从宏观的角度对所要研究的对象进行整体的把握,为以后进一步研究提供一个基本的参照语境。

1.3　中国文学对外译介的基本概况

中国文学的对外译介有两种途径,一种是目标语文化驱动的主动引入,另外一种是源语文化驱动的对外译介。前者的代表是国外的汉学家和译者,后者的主体多是由中国本土译者所承担。显然,中国译者所参与的对外译介中国文学的活动属于中国文学对外译介这个大的历史脉络中的一个组成部分,对前者的研究和分析离不开对后者进行整体的关照与描述。只有通过比较,才能较为清晰地考察出有中国译者所参与的中国文学对外译介所具有的特点或者不同之处。为此,我们将从两个大的方面来进行论述,首先从整体上介绍中国文学对外译介的基本情况,然后再聚焦于有中国译者参与的中国文学的对外译介情况。我们将根据已经整理出来的中国文学对外译介的译本目录,回答翻译史研究中考古学所涉及的一些基本问题,即翻译了多少译本、哪些译本、谁翻译的、什么语种、通过什么渠道翻译出版的,等等,这些问题属于基本的翻译史实,是我们后面研究的基础。

1.3.1 每年出版译本情况

经过细致的筛选和整理,最后我们得到的译本目录共有 1490 条,每 10 年出版译本的情况如下所示:1800 至 1890 年共 2 条;1810 至 1819 年共 10 条;1820 至 1829 年共 36 条;1830 至 1839 年共 36 条;1840 至 1849 年共 33 条;1850 至 1859 年共 83 条;1860 至 1869 年共 25 条;1870 至 1879 年共 65 条;1880 至 1889 年共 82 条;1890 至 1899 年共 56 条;1900 至 1909 年共 81 条;1910 至 1919 年共 88 条;1920 至 1929 年共 298 条;1930 至 1939 年共 377 条;1940 至 1949 年共 218 条。

通过上述数据,我们可以对中国文学的对外译介的整体趋势有个大致的了解。显然,从 1850 年以后,中国文学对外译介数量才有逐渐地增加,但真正的译介高峰在 20 世纪 20 至 40 年代这个时期。如果将上述统计数量转换成 Excel 曲线图,可能会更加直观地看出来其基本的发展走势。

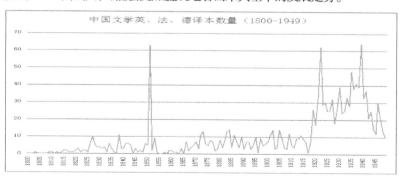

图表 1　中国文学英、法、德译本数量（1800—1949）

从图表 1 的曲线图可以看出来①,在整个 19 世纪,中国文学的对外译介数量一直不高,但基本保持着十分缓慢的增长,这个趋势一直延续到 20 世纪的头 20 年。之后,中国文学的对外译介呈现出集中增长的态势,这在 20 世纪的 20 至 40 年代这个时间段里表现得十分突出。上述曲线图有一处不可思议,那就是在 1850 年左右有一个突然的增高。这是因为,1851 年,法国汉学家巴赞(Antoine P. L. Bazin)在《亚洲杂志》(Journal Asiatique)上连续发表了一系列译作,所译源文既有《三国演义》《金瓶梅》,也有《玉娇梨》《平山冷燕》和《好逑传》等,范围十分广泛。但整体来看,这种数量的突然增加并不能说明太多问题。表格 1 是每年出版情况的总趋势,如果我们以每 10 年作为一个单位来统计,就可以排除那种因为某一年而突然出现的数量的激增情况,这种统计更具有合理性,也更容易看出来一段时期译本译介的趋势,为历史分期的划定提供一些依据。

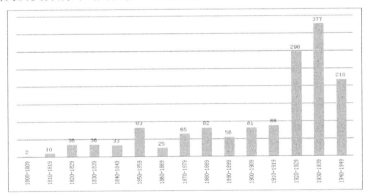

图表 2　每 10 年译本出版情况(1800—1949)

如果以每 10 年出版的数量做一个统计,如图表 2 所示,可以基本上把中国文学的对外译介分为这样 3 个时期,初期或者说萌芽期大概可以从 1800 年算到 1869 年。在这个时期,翻译的数量基本保持在较低的水平。1850 至 1859 年的突然增长并不说明法国人对中国文学突

①此表格中的横坐标轴表示的是时间,从 1800 至 1949 年,但由于统计的时间跨度长,受到图表宽度和刻度显示的影响,1949 年并未显示出来。纵坐标轴从 0 至 70 表示的是数量。

然增加了兴趣,毕竟这一时期大部分的译本仅仅出自一个译者之手。第二个时期大致从 19 世纪 70 年代至 20 世纪的头 10 年。这个时期的译介数量保持着缓慢的稳步增长。进入 20 世纪 20 年代至 40 年代是第三个时期,即高潮时期。这个阶段的译介数量增长十分显著,远远高于前期的出版数量。

1.3.2 译本类型

什么类型的文本被选中并被翻译了过去,这是我们关心的第二个问题。大体来说,中国文学可以分为戏剧、小说和诗歌,从年代上又可以分为古典和现代。这样我们就有了 6 种类型,即古典戏剧、古典小说、古典诗歌以及现代戏剧、现代小说和现代诗歌。问题是,我们如何才能统计出来每种类型的译本翻译的数量?

前面我们已经提到,统计每种类型译本的数量是研究之前就已经确定的要解决的问题之一,因此在我们制定译本目录的阶段,就已经把译本类型作为单个条目中的一栏信息加了进去。我们将译本的类型分为 7 个,并用数字 1 至 7 来表示。1 代表古典戏剧;2 代表古典小说;3 代表古典诗歌;4 代表现代戏剧;5 代表现代小说;6 代表现代诗歌。最后一种 7 表示的是译本既有诗词又有小说或其他内容的情况,如有的译者的著述从题名来看并非单纯的翻译作品,但里面有些对中国文学作品的译介。利用 Excel 软件的筛选功能,我们可以很容易地得到各类文本的数量。具体如下:

类型	代码	数量	百分比(%)
古典戏剧	1	241	16.2
古典小说	2	690	46.2
古典诗歌	3	407	27.2
现代戏剧	4	8	0.5
现代小说	5	112	7.6
现代诗歌	6	14	1.1
其他	7	19	1.2
总计		1490	100

表格 1　不同类型中国文学译本的数量

从表格 1 可以清楚地看出这样几点。首先,整体比较,对古典作品的翻译数量要远远超过对现代作品的翻译,不过必须指出的是,由于现代文学的诞生时间并不长,短短 30 年的时间(1919—1949)里就有如此的成绩,已经非常不易了。其次,中国文学对外译介最多的类型是古典小说,几乎占了总数的一半;其次是古典诗歌,然后分别是古典戏剧和现代小说。古典小说中翻译较多的作品有《玉娇梨》《聊斋志异》《金瓶梅》《水浒传》等经典作品;古典诗歌翻译较多的从《诗经》《楚辞》到唐诗之李白、杜甫、白居易一并包括。可以这样说,中国古代文学史上的经典诗人和作家都有翻译。翻译最少的类型是现代戏剧。至于这背后的原因,我们将在以后的章节里进行详细考察和分析。

1.3.3 语种

自 19 世纪以来,中国文学被翻译成世界上很多种语言,由于语种众多,我们只能对西方主要 3 种语言,即英、法、德的中国文学译本情况进行统计。这一统计数据可以为我们对中国文学在这 3 种语言中的接受情况提供一个基本的参照。

为了回答上述问题,我们在译本目录的制作阶段就已经将目标语言的类型作为一栏信息输入了进去,这样十分方便我们做相关的统计。在"语种或方向"这一栏,我们设计了这样的选项:EN,英语,表明译本是从汉语直接翻译成英语;EN and ZH,英语和汉语,指的是译本是以英汉对照本的形式存在,在统计的时候算作英译本;EN to FR,英语到法语,指的是从英语译本转译成法文译本,而不是从汉语源文直接翻译的情况;EN to GER,英语到德语,即从英语转译成德语;FR,法译本,直接从汉语源文译出;FR and ZH,法汉对照本,算作法译本;FR to GER,即法语转译为德语;LA to FR,即从拉丁语译本转译为法语;MANCHU to GER,即从满族语译成德语;POR to EN,即从葡萄牙语转译为英语;ZH and GER,即汉德对照本,算作德文译本。我们利用 Excel 的筛选功能,统计结果如下所示:英语(EN),数量为 795,占53.4%;法语(FR),数量为 414,占 27.7%;德语(GER),数量为 281,占 18.9%。共计 1490 条。

53.4% 的译本是英语译本,占据总数的一半以上,可见英语是中国文学最大的目的语。紧随其后的是法语和德语。不过必须注意的是,英语虽然是中国文学翻译最多的目的语,但有可能存在这种情况,即某个特定的时期,其他语种的翻译数量可能比英语译本要多。因此,我们最好对同时期3种语言的翻译情况做一个历时的和横向的对比,这样会更好地掌握中国文学对外译介的发展趋势。以下我们将3种语言的译本按照出版年代分别列出来,看是否体现出来相似的发展态势。

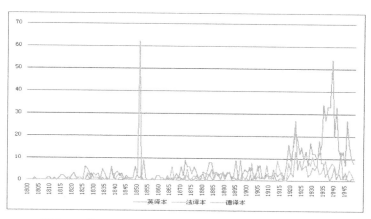

图表3　英、法、德语中国文学译本出版趋势(1800—1949)

从以上图表可以看出以下几个趋势:第一,中国文学的法语翻译较早,而且在19世纪70年代之前,法语翻译中国文学的数量也较多。第二,从19世纪70年代至20世纪20年代,3种语言翻译的中国文学数量相比并没有多么明显的差距,基本上是相当的。第三,进入20世纪20年代之后,3种语言的中国文学翻译都进入了一个显著的增长时期,而进入40年代后期,又有一个下降的趋势。第四,英语成为中国文学最大的目标语这一现象发生在20世纪30年代至40年代这个时间段。

1.3.4　译者

翻译作为一种活动总是发生在一定的社会和文化语境中,因此从社会学和文化研究的角度研究翻译现象成为翻译研究的十分重要的途径。当前,人们更多地将翻译视为一种社会行为,整个过程离不开人的参与,比如编辑、翻译项目的策划者、翻译活动的赞助人,其中译者是最为关键的环节。没有译者参与翻译活动,也就不存在所谓的翻译。因此,翻译史的主角应该是作为社会存在的活生生的译者。本书将贯彻这一理论立场,从各个角度去探索作为生活在一定社会和历史文化语境下的译者的活动,即便描述的主题是翻译者、出版者或赞助人以及经济、政治等诸多因素对翻译行为的影响,但反过来,这些因素也对译者的翻译行为具有参考价值。在这个意义上,我们深入挖掘这个时期参与中国文学对外译介的译者群体,展现一个个鲜活的中外文化和文学交流的个案。

对于本书所要研究的对象而言,谁在翻译是个很复杂的问题。在19世纪的很长一段时间里,参与中国文学对外译介的译者绝大多数都是国外译者,有的是专门以研究东方文学、文化、社会为职业的汉学家,有的是来华的传教士、商人和政府官员。他们中的绝大多数来到中国,在旅行的途中,实实在在地观察古老的东方文明。他们中间很多人从事中国文学的译介,很大程度上是根据自己的喜好,或者说是一时兴起,有的时候翻译某个文本并没有什么特殊的目的。整体而言,他们以翻译来促进西方社会对中国人和中国社会与文化的了解。19世纪中期以后,出现了中国人参与的翻译活动。有的是独立进行翻译,有的是和国外人士进行合作翻译。不论采取哪种形式,中国的译者或多或少都有双语或双文化的经历。他们从事中国文学对外译介的动机,基本上以介绍中国文化和文学为目的,有的则从纯粹美学的角度进行译介。关于中国译者的翻译情况,有一个十分突出的现象,那就是他们和国外的赞助人进行合作翻译。这种翻译模式对翻译的选材、具体的翻译处理以及译本的传播都有很大的影响。

通过对这一时期的译介活动的梳理,在译介中国文学方面十分积极的国外译者有以下代表:来自英国的译者有:德庇时(John Francis Davis)、塞缪尔·伯奇(Samul Birch)、翟理斯(Herbert Allen Giles)、理雅各(James Legge)、亚瑟·韦利(Arthur Waley)、倭纳(E. T. C. Werner)、哈罗德·阿克顿(Harold Acton);来自法国的译者有:儒莲(Stanislas Julien)、雷慕沙(M. Abel – Rémusat)、巴赞(Antoine P. L. Bazin)、戴遂良(Léon S. J. Wieger)、苏利埃·德·莫朗(Soulié de Morant)、顾赛芬(Séraphin Couvreur);来自德国的译者有:郭实腊(Karl

A. F. Gützlaff)、卫礼贤(Richard Wilhelm)、洪涛生(Vincenz Hundhaus-en)、弗朗茨·库恩(Franz Kuhn);来自美国的译者有:卫三畏(Samuel Wells Williams)、罗伯特·白英(Robert Payne);来自奥地利的译者有察赫(E. von Zach)。

以上所列的国外译者大都在中国文学译介方面享有盛誉,他们都是著名的海外汉学家,被称为这一领域的开拓者,在目标语文化系统中传播中国文学方面发挥了重要的作用。正因为如此,人们对他们的研究也比较集中,积累了很多成果。如果单纯从史料的角度看,已经不太可能有什么大的进展和突破,所能增添的无非是一些散佚的作品,而且需要一定的运气才能碰到。从理论描述的角度看,前代研究者也对此进行了多方位、多角度的研究。

除了目标语系统内的国外译者,从事中国文学对外译介的还有一批身份特殊的译者,他们就是中国本土译者。其中译介成果比较丰富的译者有:陈季同(Chean Ki Tong)、徐仲年(Sung-nien Hsü)、林秋生(Ling Tsiu-sen)、敬隐渔(Kyn Yn Yu)、林语堂(Lin Yutang)、姚莘农(即姚克,Yao Hsin-nung)、陈世骧(Ch'en Shih-hsiang)、辛墨雷(即邵洵美,Shing Mo-lei)、任玲逊(Richard L. Jen)、初大告(Ch'u Ta-Kao)、李宜燮(Lee Yi-hsieh)、温源宁(Wen Yuan-ning)、萧乾(Hsiao Ch'ien)、顾宗沂(Ku Tsong-nee)、袁嘉华(Chia-hua Yuan)、王际真(Chi-chen Wang)、梁社乾(George Kin Leung)。他们无论在中国近现代文学史还是翻译史上都不算太知名,除了少数几位如林语堂之外,大部分本土译者处于高度的隐身状态,并未留下过什么痕迹,如林秋生、徐仲年、任玲逊、顾宗沂、初大告等人。由于史料的匮乏,这给我们的研究带了相当大的困难。

1.3.5 中国译者参与的中国文学对外译介

本书的研究对象是有中国译者参与的中国文学的对外译介。上面已经就中国文学对外译介的整体情况进行了描述,本节我们将对有中国本土译者参与的译介活动进行整体考察。

利用译者姓名作为筛选条件,Excel 软件筛选出来由中国译者参与翻译的译本数量有 349 条,占统计总量的 23.4%,即大约为 1/4。其整体的发展趋势如下表所示:

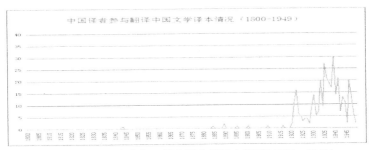

图表4　中国译者参与翻译中国文学译本情况（1800—1949）

　　从上述表格可以清楚看出两个发展趋势：一、在20世纪20年代之前，中国本土译者鲜有从事对外译介中国文学活动的，可以说只有零星的译介实践。之所以会出现这种情况，很大程度上和当时中外国家实力的对比以及当时西学东渐的大趋势有关。关于这一点，我们将会在后面的章节里进行详细分析，这里就不一一交代了。二、中国译者参与对外译介中国文学的高峰期是在20世纪20至40年代。在这段时期，涌现出了一批比较有代表性的译者，起到了开疆拓土的作用，举其要者有陈季同、徐仲年、林语堂、姚莘农、任玲逊、王际真、初大告、萧乾、李宜燮、熊式一等人。根据统计数据，最早参与中国文学译介的本土译者叫作沈汀（音译，Tkin Shen）。1843年伦敦朗曼公司出版了他翻译的《正德皇帝游江南》，英文名为 *The Rambles of the Emperor Ching Tih in Këangnan—a Chinese tale*。本书由理雅各作序，书中并无关于译者是谁的过多信息，只知道译者是当时马六甲英华书院（Anglo‐Chinese College）的学生。除了这位默默无闻的译者之外，译介中国文学较多而且时间较早的中国译者是陈季同，他是晚清驻法国公使，有一定数量的作品流传。深入考察他们参与中国文学译介的方式、翻译的方法和策略、译本出版传播的渠道等方面，可以为我们加深对中国近现代翻译史的全面了解提供了一个有意义的视角。

　　如果将中国译者翻译出版的情况放在整个中国文学对外译介的大背景下考察，可以看到其发展趋势和整体的发展趋势保持着相当程度的对应。另外，假如我们仅仅考察中国译者参与的对外译介中国文学的活动，这段历史的分期就有了不同的版本。我们可以根据上述图表中的趋势大致将1920年作为前后两个时期的分界线。1920年之前可以算作第一个时期，也就是零星译介时期。这个时期中国译者并未广泛从事这方面的工作，只有极少数的人进行翻译，翻译什么具有很大程度的偶然性和随意性。1920年之后,中国译者开始较多和频繁地参与中国文学的对外译介,因此可以算作中国文学对外译介的高峰期。在这段时期,中国本土译者翻译了大量的中国文学作品,可他们并未在中国文学或者翻译史上留下自己的名字。本书就要对他/她们的翻译活动进行挖掘、整理、分析和评价,让其发出自己被埋没很久的声音,塑造一个众声喧哗的翻译史场景。

根据上节中表格1的统计数据,在中国文学的对外译介过程中,古典文学(戏剧、小说、诗歌)的翻译数量占总体的89.6%,其中小说占46.2%,诗歌占27.2%,戏剧16.2%。可见,古典文学是对外译介的主要对象,那么这是不是说中外译者都对古典文学表示了同等程度的兴趣呢?中国本土译者在译介的过程中到底青睐哪些类型的文本呢?

中国译者参与翻译的文学作品种类各样,有古典戏剧、古典小说和诗歌,也有现代戏剧、现代小说和诗歌。具体如下表所示:

类型	代码	数量	总体	百分比(%)
古典戏剧	1	31	241	12.9
古典小说	2	119	690	17.2
古典诗歌	3	78	407	19.2
现代戏剧	4	7	8	87.5
现代小说	5	92	112	82.3
现代诗歌	6	13	14	93.3
其他	7	7	19	36.8
合计		349	1490	23.4

表格3 中国译者所译中国文学种类

表格3中的数据显示出一些十分有意思的地方,值得我们注意。

纵向来看,中国本土译者翻译最多的是古典小说,其次分别是现代小说、古典诗歌、古典戏剧、现代诗歌和现代戏剧。如果单从这个维度观察,我们可能会得出结论,认为中国本土译者表现出了和国外译者同样的趋势,即青睐古典作品,忽略了现代文学作品。可是如果我们横向比较的话,会得出完全迥异的结论。

我们可以横向进行对比,看中国本土译者在总体以及各个单项方面所做贡献的大小。中国本土译者参与翻译的数量总体为349,占所有中国文学译本的23.4%。这可以看作中国译者在中国文学对外译介中所扮演角色份额的大小,占了总体的近 1/4。但是如果一个一个单项对比,可以发现中国本土译者在古典文学的译介方面并没有发挥多大的作用,反而是在中国现代文学的译介上面成为绝对的主力。现代戏剧译介的总量为 8 个,中国本土译者翻译的占据了 7 个;译介的现代小说为 112 个,出自中国本土译者的有 92 个;现代诗歌的译介总数为 14 个,其中 13 个是中国译者参与译介的。这些数字表明,就中国现代文学的早期译介而言,中国本土译者发挥了主导性的作用。

长期以来,人们总有这样的印象,认为中国文学对外译介的主要对象应该是古典文学,因为它的翻译时间久,名家辈出,在国外的影响力也比较大和广。但就是在这个特定的时期,中国本土译者纷纷转向了对现代文学的译介,这背后是否蕴藏着更加有意义的动机和原因呢? 是否可能通过对其的探索来揭示出关于中国文学对外交流的某些不同的结论呢? 这些都将在后面的章节里一一阐述。

1.3.6 译本传播的方式

译本如果想要传播到广大的读者群中,必须通过现代的出版发行渠道才能实现。现有的数据表明,中国文学的译本要么在报刊杂志上刊行,要么通过单行本的方式流传。据统计,借助报刊杂志的方式流通的译本数量有 625 条;以单行本的形式出版的译本数量有 788 条,剩下的 77 条具体出版形式信息不详。这还需要更进一步地对相关条目进行考察和核实。

就报刊(杂志)而言,出版中国文学作品较多的有代表性的杂志包括:纽约出版的《亚洲》(*Asia*)、《远东》(*The Far East*);莱比锡出版的《大亚细亚》(*Asia Major*);伦敦出版的《亚洲杂志》(*Asiatic Journal and Monthly Resistor*)、《亚非学院学报》(*Bulletin of the School of Oriental and African Studies*)、《皇家亚洲学会学报》(*Journal of the Royal Asiatic Society*);上海出版的《中国科学与美术集志》(*China Journal of Science and Arts*)、《亚东杂志》(*East of Asia Magazine*)、《皇家亚洲学会华北分会杂志》(*Journal of the North China Branch of the Royal Aisatic Society*)、《华北捷报》(*North China Herald*)、《天下月刊》(*T'ien Hsia Monthly*);香港出版的《中国评论》(*China Review, Notes and Queries*);广东出版的《中国丛报》(*Chinese Repository*);巴伐利亚出版的《德国卫报》(*Deutsche Wacht*);巴黎出版的《亚洲杂志》(*Journal Asiatique*);北京出

版的《北京东方学会杂志》(*Journal of the Peking Oriental Society*)、《中国》(*La Chine*);柏林出版的《东亚杂志》(*Ostasiatische Zeitschrift*);法兰克福出版的《中国学》(*Sinica*);莱顿出版的《通报》(*T'oung Pao*)

上述所列杂志有的属于专门的汉学研究刊物,如《亚非学院学报》、《皇家亚洲学会学报》、《中国学》和《通报》;有的属于外国基督教会在华主持的刊物,如《北京东方学会杂志》;有的是中国机构出版的刊物,如《天下月刊》。仅仅从刊物的名称来判断,这些杂志的特点是都和远东、东亚或中国事物相关。这表明中国文学的传播渠道主要依赖这些专门刊登中国事物或和中国相关问题的刊物。从刊物发行的地点来看,有的来自英、美、法、德等国,有的来自国内的北京、上海、广东和香港,其中上海出版的英文杂志刊登了相当一部分中国文学的译本,为中国文学的对外译介做出了不可磨灭的贡献,值得我们认真地挖掘和研究。

值得一提的是,当时相当一部分的中外译者将自己的译作刊登在中国出版发行的报刊杂志上,其针对的读者既有在中国的主要以英语为媒介的读者,也有在国外的英语读者,这表明翻译行为发生在源语和目标语文化交织而成的混杂的环境之下,给翻译研究提出了十分有价值和意义的课题。上述情况表明,翻译不仅仅是目标语文化中的事实,它实际上是两种语言文化甚至是多种语言文化混杂状况下的事实。

除了报刊杂志之外,单行本是中国文学对外译介的另外一种主要形式。出版中国文学译本较多的出版社有以下代表:伦敦的乔治·艾伦与昂温出版社(George Allen & Unwin Ltd)、约翰·默里出版社(John Murray);上海的别发洋行(Kelly and Walsh Limited)、商务印书馆(Commercial Press)、北新书局(Beixin Press);莱比锡的莱比锡岛社(Leipzig, Insel - Verlag);巴黎的德拉格拉夫书局(Librairie Delagrave)、巴黎 B. 迪普拉书局(Benjamin Duprat)、巴黎文艺出版社(Paris, L'Edition D'Art);纽约的纽约 D. 阿普尔顿出版社(New York, D. Appleton)

英国伦敦的乔治·艾伦与昂温出版社以及约翰·默里出版社,出版过大量的中国文学或和中国文化相关的译著。就目前的研究来看,专门从国外出版的角度研究中国文学海外传播和译介的成果十分罕见。主要原因在于以下几点:一、搜寻相关史料有很大难度;二、国外出版社属于目标语文化系统内的运作机构,要研究长时段国外出版社的变迁需要从目标语的文化史、社会史的角度进行探索,这些都必须完全在目标语文化系统内进行,其难度可想而知。相比之下,那些设在中国的一些出版中国文学译本的出版社也没有得到很好的研究。别发洋行的出版就是一个很好的例子。英国驻上海开办的别发洋行自 19 世纪下半叶开始,出版了大量的中国文化和文学方面的著译,但截至目前,仅仅有少量的单篇论文论述别发洋行的中国文学译介情况。类似的情况也发生在上海的商务印书馆和北新书局等出版单位身上。上述几家出版社在晚清至现代时期对外译介中国文学,促进中国文学的传播方面做了很多工作,深入研究它们在图书传播方面的运作机制以及图书出版的整个过程,对我们了解这个时期中国文学的对外译介有着非同寻常的意义和借鉴价值。这将是后面章节所要重点处理的问题,此不赘述。

1.4 小结

综上所述,中国文学的主动对外译介呈现出以下特点:

第一,与国外译者较早从事翻译中国文学相比,中国本土译者参与这一活动的时间相对晚了很多。在 20 世纪 20 年代之前,只有极少数的中国本土译者对外译介中国文学,产生这种局面的原因很可能和当时中国学人对自身文化和文学的认识、保持的文化心态以及当时西学东渐的浪潮有很大关联。相比之下,国外译者很早便开始了中国文学的翻译。整个 19 世纪以及 20 世纪的前 20 年都是国外译者扮演着主要角色。参与翻译活动的国外译者,一般是对中国文化、社会和历史怀有浓厚兴趣的学者、汉学家、传教士、官员等。这个时期几乎没有中国本土译者参与译介活动。从 19 世纪 70 年代至 20 世纪的头 10 年,这个时期中国文学译介数量保持着缓慢的稳步增长。开始有零星的中国译者参与这一活动,但翻译的数量仍然十分稀少。进入 20 世纪 20 年代之后,出现了相对的高峰时期。这个阶段的译介数量增长十分显著,远远高于前期的出版数量。最为引人注意的是中国译者开始较多地从事中国文学的对外译介,并表现出来不同的选材兴趣。与国外译者专注于中国古典文学不同,中国本土译者在翻译古典文学的同时,也竭力将中国现代文学介绍给世界读者,有的译本还引起了很大的轰动。他们将中国人的喜怒哀乐,将处于巨大变革中的现代中国介绍给世界,他们真正是从国家民族复兴的角度从事这一活动,翻译在他们手中成为自我寻求身份建构以及为民族和国家命运呐喊的武器与工具。这表明了翻译的政治和审美复杂地交织在一起,也成为我们研究翻译史无法绕过去的课题。

第二,在整个晚清至现代时期,无论是中国译者还是国外译者,他们从事翻译的形式都以个人译介的方式进行,即翻译行为纯粹属于个人的爱好,背后并没有机构赞助人进行推动。或者说,翻译项目的推动者就是译者本人。就中国译者而言,他们有的进行独立翻译,有的倾向于合作翻译,赞助人由国外人士担当。这种译介方式对翻译选材、翻译方法及读者对象的期待方面都有很大影响,与中国译者独立承担的译介方式表现出了不同。当然,这种译介方式的长处是译者可以比较深入地对少数作家进行翻译介绍,但不足之处也很明显,那就是翻译缺乏系统性与针对性。或许这从另一个角度说明,对中国文学的译介还没有上升到自觉的高度。这种译介方式与1949年之后,中国政府所推动的由政府组织人力进行大规模的翻译完全不同。后者在某些方面体现出了机构译介的优势所在,但难免也存在一些问题。不过,这不是本研究讨论的重点。

第三,中国文学对外传播的方式以传统的纸质媒体为主导。这里有两点值得我们注意,一是刊登中国文学译作的刊物大都与东亚或中国有关,也就是说绝大多数的译作都刊登在了以论述东亚、远东或中国事务为主的专门刊物上。这起码表明,中国文学的真正影响力其实并没有数字本身所能说明的那样广泛和深入。二是刊登中国文学译作的部分媒介或机构本身就在中国境内。译本针对的读者也十分明确,就是在中国或在国外的外国人,目的是为了帮助他们了解近代中国发生了什么。可以这样说,一部分中国文学的译介动机并非纯粹出于文学的视角,而是服务于一时一地的政治或意识形态的需要。从这个方面来看,整个1949年之前,中国文学的对外译介和传播其实都无法算得上是真正意义上的中国文学译介的高峰期。为了真正在精神上、美学和诗学的层面产生影响,中国文学的对外译介还有很长的路要走。

第四,积极参与中国文学对外译介的中国本土译者有相当一部分在中国近现代文学史和翻译史上处在隐身的状态,不被人们所知晓。他们所创造的这样一个对外译介的脉络也处在隐形的状态。为了改变这一现状,本研究的一个主要目标就是对他们的翻译活动进行挖掘、整理、分析和评价,让其发出自己被埋没很久的声音,塑造一个众声喧哗的翻译史场景,改写中国现代翻译史的地图。

第2章 中国文学对外译介的前奏

从19世纪40年代至20世纪20年代,有中国译者所参与的中国文学的对外译介一直零星地发生着,因此可以称这段时期为萌芽阶段,或者称作前奏。只有极少数的中国本土译者参与过对外译介中国文学的活动,屈指可数。他们是本章要重点介绍的两位译者,分别是沈汀(音译,Tkin Shen)和陈季同。如同所有其他领域的拓荒者一样,他们孑然而行,翻译的文本数量并不算多,有的参与翻译活动具有相当大的偶然性和随意性。整体而言,对外译介的意识尚不清晰,只能说处于萌芽阶段。这给我们的研究带来了三个大的困难。首先,研究对象的数量太少,是否能从中找到一些共性还是个疑问。我们所能做的只能是对这零星发生的个案进行尽可能详尽的描述和分析,将具体的翻译活动放在它所发生的特定社会历史语境中去考察,通过分析译者在文本层面采取的翻译方法和策略,将对文本内与文本外资源的分析综合起来,由此揭示出早期中国文学主动对外译介所要实现的目的或所持有的动机。其次,文本生产的相关信息匮乏。这里所谓的相关信息指的是与译本生产有关的信息,如出版说明、译者对翻译活动的总结和评价、译本流传和消费过程中的信息,等等。我们知道,作为一种社会性活动,翻译总是发生在一定的社会情境中,总会有参与这一活动的各种人和机构所构成的社会关系。译本所具有的意义以及译本以某种特定方式的呈现,都离不开我们对翻译活动所发生的这一社会情境的空间进行重构和描述。我们不可能仅仅依赖文本本身去寻求它之所以以某种方式呈现的最终原因。我们必须"重构那些原初可能性构成的空间"①,这种空间就是译本生产所发生的空间,它可以从三个方面获取的信息进行重构,即机构、人和观念。由于历史的原因,这三个方面的信息有可能并不完整,这多少会影响我们对历史事件的

---

① Bourdieu, Pierre. *The Field of Cultural Production: Essays on Art and Literature* [C]. Columbia University Press, 1993, p.32.

合理阐释。最后,也是最重要的,即研究的意义何在?如果某个翻译事件并没有在历史中产生任何影响,对它进行研究是否具有合理性?我们认为,历史事件本身的价值总会有一个重新语境化的过程,即历史化的过程。本研究中所涉及的中国译者有的处于完全隐身的状态,有的仅仅在最近几年才逐渐得到一点关注,而有的随着研究的逐渐增多,其重要性反而逐渐增加。这种情况反而揭开了上述对研究意义的质疑实际上掩盖了这种历史重新语境化的过程。从这个角度看,我们的研究也是一种重新语境化的过程,而且这一过程不会停止。在实际的操作层面,我们将早期的这些零星个案视为一种原型,即它典型代表了某种翻译方式和对待翻译的态度。这些译者在翻译的过程中所持的翻译目的十分鲜明,翻译分别被用来进行语言学习、文学交流、文化身份的自觉塑造等目的。这样一来,就可以凸显某个个案所具有的意义和价值。

本章将利用布迪厄(Bourdieu)的文化生产场理论,视翻译活动为发生在特定场域或空间内的一种社会活动,译者作为翻译活动的参与者与其他参与者构成了一种客观的社会关系,并在这种关系中进行翻译活动。为此,我们从机构、人和观念三个方面重构这种社会空间。机构指的是翻译活动在何种社会机制中发生,如译本的翻译可能在译者的家里或学校里进行,但译本的出版却是在报刊杂志或出版社进行,而对译本的评论也需要通过一定的印刷媒介。人指的是参与社会活动的施为者(agents),这里指的是和翻译活动相关的施为者,如译者、合作者、师生、出版商、赞助人,等等。这些施为者相互之间组成了某种社会关系,施为者的行为需要在这种关系中来考察。观念指的是在特定场域中流行的、弥漫开的一种思想、假设、价值观、话语、甚至小道消息和传言等。在这里,观念指的是和翻译相关的一些认识和态度。

本章重点研究两个个案,即研究沈汀(Tkin Shen)和陈季同所参与的中国文学译介活动。通过对前人的研究成果以及现有史料的综合利用,考察他们是如何在特定的历史语境和社会情境中参与翻译活动的;他们在选材、翻译、出版发行等阶段都体现出了什么特点或规律,都传达出来怎样的对待翻译的态度。本章将这两个个案视为中国文学对外译介历史脉络中反复出现的两个原型,即作为语言学习手段的翻译和作为文学交流及塑造文化身份的翻译。

2.1 作为语言学习手段的翻译

本书将 1843 年作为有中国译者参与的中国文学对外译介的开始,因为这一年英国伦敦的朗曼斯(Longmans)公司出版了一本由中国译者沈汀翻译的叫作《绣像正德皇游江南》的小说,英文题名为 *The Rambles of the Emperor Ching Tih in Këang Nan—A CHINESE TALE*。将"他"作为本书所要建构的历史脉络叙事的起点并无什么特殊的起源意义,而其真正的意义在于他代表了一种翻译的原型,即作为语言学习手段的翻译。

2.1.1 译者的身份

沈汀是谁?我们对他的了解十分有限。连他名字的写法都是从译本扉页上印着的译者姓名 TKIN SHEN(威妥玛氏拼法)音译回中文的。他属于彻头彻尾地隐而不在的译者,不知道他的真实姓名,不知道他的生平。这样一位译者,如何能对他展开研究呢?译者到底是谁?有着什么背景?在什么情况下进行翻译的?又有着哪些动机和目的?这些问题并非一目了然,需要我们在研究过程中一一解开。

我们所能依据的史料就是这部译本以及这部译本所能牵连出来的整个特定历史时期的社会关系网络。仅仅从名字的拼法来看,似乎应该是华人。不过这不能作为唯一的证据。本书的扉页提供了一些十分有价值的信息。译者姓名下面有一行英文,指明了译者的身份:STUDENT OF THE ANGLO - CHINESE COLLEGE, MALACCA. 译者为马六甲英华书院的学生。另从扉页上还可以看出,本书的序出自 James Legge,PRESIDENT OF THE COLLEGE. 读者如果对 19 世纪新教传教士在华传教的历史有所了解,一眼便能看出"英华书院"所指为何,谁又是 James Legge。他就是 19 世纪著名的英国汉学家理雅各(1815—1897),曾任香港英华书院的校长,伦敦布道会传教士。他是第一个系统研究、翻译中国古代经典的人,从 1861 年到 1886 年的 25 年间,将《四书》《五经》等中国主要典籍全部译出,共计 28 卷。理雅各不是我们这里论述的重点,不过他的经历以及有关他的一些史料有希望能够帮助我们了解甚至揭开译者沈汀的身份之谜。

英华书院(Anglo - Chinese College)是由来自伦敦传道会的苏格兰传教士马礼逊(Robert Morrison)于 1818 年创办于马六甲,马礼逊的助手米怜(William Milne)担任第一任院长。理雅各 1839 年 7 月携妻子和友人出发前往马六甲,1840 年 1 月 10 日抵达。1841 年 11 月,他正式担任英华书院院长一职。1842 年,中英两国签署了《南京条约》,把香港割让给英国。正因为如此,书院才于 1843 年 7 月和中文印刷所一并迁往香港。在马六甲时期(1840—1843),理雅各的工作除了主管着隶属于书院的印刷所,还负责白天给 45 个中国少年和年轻人上课,晚上则布道和传教。他把主要精力都放在了传教上面,另外还着手对基督教汉语文献方面进行整理、翻译与编撰。① 另根据理雅各自己的日记记载,他在马六甲英华书院所教的学生都是华人青少年,年龄从 10 到 16 岁不等。② 根据这些史实,以及译本扉页所提供的线索,我们可以得出以下的结论:沈汀是理雅各在英华书院的华人学生,年龄不详,大约为 16 岁。另根据理雅各的女儿海伦(Helen Edith Legge)在回忆她父亲的一本书中提到了他的学生 Ho - tsun - sheen,但并未提到 TKIN SHEN。因此,关于译者更为具体的信息,我们无从知晓。但有一点是明确的,那就是译者和理雅各之间为师生关系。

2.1.2 翻译动机

从译者和作序者之间的关系判断,理雅各应该在这本书的翻译中间扮演着某种角色。这一推测在理雅各为此译本所写的前言中得到了证实。理雅各在前言中主要谈论了三个问题,一个是翻译此书的由来和目的;一个是对小说本身的评价;一个是翻译本身是否忠实源文等。

前言写作的时间落款为 1843 年 1 月 16 日。理雅各用短短的 400

---

①Legge, Helen Edith. *James Legge: Missionary and Scholar*[M]. London: The Religious Tract Society, 1905, p.13.

②Legge, Helen Edith. *James Legge: Missionary and Scholar*[M]. London: The Religious Tract Society, 1905, p.17.

多字陈述了译本翻译的由来和目的。大约在1842年1月份,理雅各计划利用英华书院印刷所出版一套四书五经,附上翻译和注释,使其成为外国学生学习中国典籍(Chinese literature)的标准参考书,让普通读者窥见这一伟大民族的哲学、宗教和道德。为了实现这个目标,理雅各便安排学院的学生华人沈汀(TKIN SHEN)动手翻译《书经》(Shoo King,即《尚书》),结果还没等翻译多少章节,理雅各便发现原作十分晦涩、语言简省,需要译者对英语有深厚的掌握,这远远超出了沈汀的能力。也就是说,理雅各布置给学生的翻译任务太难了,超出了译者的语言能力范围。于是,理雅各将这本《绣像正德皇游江南》交给沈汀翻译,算是让他练练手,做个前期的准备工作。随着翻译的进行,理雅各发现这个作品变得更有趣,于是他决心利用闲余时间对学生的译文进行修改,"一来可以提高自己对汉语的掌握程度,二来也希望译作能被公众接受,带来益处。"①

以上关于这次翻译的来龙去脉描述得十分简略,却透露出来很多有意思的问题。

首先,翻译的方式。翻译这本历史小说并非译者自己选择的结果。理雅各原本打算让他翻译《书经》(即《尚书》),可是读完翻译的个别章节,发现英文表达有问题。于是理雅各给他换了一本历史小说来翻译。在这种师生关系中,我们看到作为学生的译者是相当被动的,而理雅各则充当了老师的角色,对前者施加了绝对的控制。他不仅选择了翻译的对象,而且还对译者的翻译进行修改。至于修改是不是要和译者协商,我们起码目前在这里还看不出来。

其次,翻译的困难和过程。原本理雅各让沈汀翻译《尚书》,可是他发现,"原作十分晦涩、语言简省,需要译者对英语有深厚的掌握,这远远超出了译者的能力"。这句话其实强调的是译者在译入语的掌握上有问题,于是才更换了源文。看起来好像前者是原因,后者是结果。但实际上却恰恰相反:更换源文应该是源文的晦涩影响了译者的理解,进而影响了译者用英语进行地道的表达。否则理雅各也没有必要更换源文,只需要加强对英语的学习就行了。这种矛盾的表述让我们

---

①Legge, James. Preface. *The Rambles of the Emperor Ching Tîh in Këang Nan—A CHINESE TALE*. London: Longman, Brown, Green & Longmans, 1843, p.6.

不禁想作出以下的假设,设想他审阅译文的过程。沈汀翻译完了几个章节,拿给老师理雅各审阅。理雅各这时候有两种选择。要么对比译文和源文,对译文质量进行评估;要么他会只看英译文,看语言是否地道,表达是否流畅。如果是前者,这要求理雅各对《尚书》有深入的研究和理解,但接下来我们却看到,理雅各修改沈汀翻译的历史小说的目的之一居然是为了提高自己对汉语的掌握程度。我们知道,《尚书》的语言十分古老,语义极其晦涩,即便是鸿儒硕士在理解上也存有差异;而《绣像正德皇游江南》①为清晚期作品,作者是何梦梅(字庄,道光中叶广东顺德人),其阅读难度远远在《尚书》之下,即便是当代中国人也能比较顺利地读下去。理雅各拿这么简单的汉语来促进自己对汉语的掌握,可以想见,他对《尚书》恐怕并无法读懂多少,或者仅仅是一知半解,甚至是没有研读过。我们对他的汉语水平的推测可以从他女儿后来所写的传记中得到一些佐证。理雅各的女儿海伦(Helen Edith Legge)所写的《理雅各:传教士和学者》(1905)这本书的第三章标题是《马六甲的生活》,描述了理雅各初到此地的工作情况,其中谈到:"起先,他不得不十分辛劳地完善自己的汉语能力。"②书中援引了她父亲的日记,有这样的记述:我的疾病拖累了我,在汉语上有点退步,但是,我得在下一个安息日开始积极的劳作了。这项工作是巨大的,而且其艰巨超出了想象,可这是上帝的工作。③

这样一来,我们就不难想象他为什么仅仅指出译者对英语的掌握没有达到要求。如果他对比了源文和译文,一般情况下会指出译文丢失了源文的某些意义,译文添加了源文没有的意义,译文翻译错了源文的某些意义,并进而得出译文忠实或不忠实于源文的结论。因此,我们甚至可以推断,理雅各主要阅读英译文,并从本族语者的角度对

---

①据《中国通俗小说书目》记载:大明正德皇游江南传45回,存高丽抄本4卷。[日本宫内省图书寮]。坊刊7卷本。以上2本并45回。坊刊4卷本24回。清何梦梅撰。首道光壬辰黄逸峯序,又同时自序。演正德游幸遇李凤姐事。书甚陋。梦梅字庄,广东顺德人。(孙楷第,1982:70 – 71)

②Legge, Helen Edith. *James Legge*: *missionary and scholar*[M]. London: The Religious Tract Society, 1905, p. 13.

③Legge, Helen Edith. *James Legge*: *missionary and scholar*[M]. London: The Religious Tract Society, 1905, p. 16.

之进行了一次语言地道与否的评判。

最后,翻译动机:作为语言学习手段的翻译。从理雅各的描述来看,这部历史小说的翻译就是老师布置的一次课堂翻译练习作业,是为了让译者学习、提高并掌握英语为目的的,除此之外,并无其他什么目的。这种翻译并非为了文学或文化的交流,一般而言也不太可能在两种文化的交往过程中产生什么影响。这一个案所代表的类型,即把翻译作为一种语言学习的手段,在日后的翻译史中反复出现,成为中国文学主动对外译介的一个典型模式。它的背后所体现的翻译观念就是传统的语言翻译观,即将翻译视作一种语言转换的技术,却忽略了翻译本身作为文化交流的功能、作用和意义。

在前言的后半部分,理雅各对小说的故事进行了介绍。他认为,和欧洲的多数历史小说一样,这本书中的故事大多有现实的根据。太监的奸计,对年少君主的诱惑,以及反抗者的暴动都和中国历史的脉络完全吻合。因此,这部作品透露出来对中国皇宫和皇帝地位的描述更详细,更可信。最后,理雅各对翻译的质量进行了评价,认为,译本是忠实于原作的,尽可以放心;中国学者也许在书中几个章节前所附的两三个诗节的解释上有所不同,本书的译者有的时候也会表现出来不一致;但众所周知,中国诗歌晦涩难懂,碰到有疑问的地方,我们都征求了几位教师的意见。理雅各希望此译本得到良好的口碑,足以鼓励译者和其他同乡更有效地学习英语,为了向欧洲国家展示他们自己典籍中包含的珍宝,纠正他们的教育偏见,让他们具有那种知识,让他们饱含那些情感,使他们成为对他们的同胞有用之人。

理雅各对这部小说翻译质量的评价极其简单,但还是提到了译文忠实于源文,甚至对这类章回体小说中每一章开头的诗歌翻译都做了说明。与他对译者那次失败的翻译经历相比较,我们似乎更有理由相信理雅各这位翻译活动的合作者此时此刻尚不具备准确理解《书经》的古汉语能力。另外一点值得注意的是关于翻译的合作问题。理雅各提到,当遇到源文中较难的诗歌翻译的时候,他征求了几位教师的意见。从这个描述可以推测,在师生关系这一社会结构中,理雅各占据着控制地位,遇到翻译上的问题他不太可能和他的学生坐下来一起商讨,而是转而向他的同行寻求帮助。

2.1.3 译本语言对比

如果说,以上的阐释给我们提供了一个关于这次翻译活动的大概的背景,那么接下来我们将走向更加具体的细节,对源文和译文文本进行对比分析,对译者的翻译方法或策略进行尝试性的考察。这样做一般而言没有什么困难,只需要将译文与源文进行充分、细致和系统的对比,找出译文当中发生的变化或者转移(shifts),就可以从中重构译者在翻译过程中采取的方法或策略。然后重复这一过程,将更多的个案集合到一起,就可以形成一个数量足够大的数据库(database),为勾画某个译者,甚至为特定时期的翻译规范提供实证支持。

这个过程看似简单,但当应用在翻译史研究中却存在一个十分危险的陷阱,那就是如何确定翻译所依据的源文。这个问题对于当代翻译史研究而言,并不构成一个问题,因为我们可以很容易地确定某个译本所依据的源文是哪一个,但如果所要研究的译本发生在较远的历史中,确定源文就不那么容易做了,除非译者对此有所论述。这一问题之所以重要,原因在于翻译史研究中经常会出现这样一个现象,即经过源文和译文的对比,发现译本中有相当明显的改动甚至删减的痕迹,这种改动甚至删减很有可能是由于译者所依据的不同源文而产生的,因为源文作者有可能对自己早期的作品进行修补甚至删改。如果我们以当代经过重重修改的文本作为对比的依据,就会产生一种"语境的错位",影响分析结果的客观性和历史性。

首先介绍一下源文的情况。

译本的扉页以中英竖排形式印有书名,中文书名是《绣像正德皇游江南》。这部作品的全称为《大明正德皇游江南传》,又题为《绣像正德游江南传》,为清道光时期的作品,刊本由江左书林刊印。书的作者是何梦梅,字庄,道光中叶广东顺德人。关于作者的情况,流传下来的记录很少。所谓"绣像"指的就是插图,这种配图的小说形式自元代流传,但以"绣像"称之是明中期以后才有。① 这部作品目前有3个版本。第1个是高丽抄本,4卷45回,正文半叶10行,行20字。第2个

---

①李玉珍:《以图叙事——从中国古代小说版画集成题书名探讨插图本通俗小说之图文关系》,*Journal of China Institute of Technology*, vol. 40, 2009, No. 6, 617 – 628.

是道光壬寅二十二年（1842）宝文堂藏版本，7卷45回，内封正中为
"绣像正德游江南全传"，右栏上方为"道光壬寅新镌"，左栏下方为
"宝文堂藏版"，首"游龙幻志序"，署道光壬辰仲夏上浣樵西黄逸峰
题，次自序，署道光壬辰季秋中浣顺邑雪庄何梦识。有图28幅。正文
半叶10行，行20字。［藏北京图书馆］①第3个版本是道光江左书林
刊本。此书目前流传为45回。译文有2卷，第1卷有21章，第2卷有
24章，合计45章。由此可以推断，译者依据的原本应为45回本，即目
前通行的版本。作为对比的基础，我们选择的是上海古籍出版社1992
年出版的《古本小说集成：大明正德皇游江南传》（根据道光江左书林
刊）。

　　小说篇幅较长，我们选择第1章和第2章进行对比。对比之前，有一
点需要事先说明：源文虽然半文半白，但其行为仍然具有古文用词凝练的
特征。译者所阅读的原本应该为竖排，且无标点符号，如何断句全凭读者
自己决定。由于我们依据的源文为重排版，段落和标点符号都已经分开
了，利用这个版本和译文进行对比，相互之间肯定有相当大的差别。这种
差别到底在多大程度上说明译者的主动策略，还是一个问题。

　　先来看看源文的结构特征。源文属于典型的章回体历史小说，每
回都有一个概括主要内容的标题，如"第一回 孝宗皇临崩顾命 明武帝
即位封臣"，"第2回 谏新君百官联奏 惑少主群阉用谗"。另外一个
显著的特点在每回的结束，都会出现类似这样一句话，如"欲知正德怎
的分发？且听下回分解。"（第1回），"后事如何？且看下文分解。"
（第2回）等等。然而两相对照，译者的处理毋宁说在保留这种结构上
的特征的同时，做了相当的改动，如下所示：

　　（1）源文：孝宗皇临崩顾命 明武帝即位封臣（第1回回目）

　　译文：How foolishly in schemes and plans,

　　　　　The life of man is spent!

　　　　　When at the last a little earth

　　　　　Makes rich and poor content.

　　　　　Let us seize the time of pleasure,

　　　　　Quickly as it flies along;

---

①百度百科，http://baike.baidu.com/view/4791679.htm，2014年10月下载。

63

When the wind of fortune blows,

Gaily sail with mirth and song. ①

（2）源文:欲知正德怎的分发？且听下回分解。（第1回结尾）

译文:When once recalled to think of cares forgot,

We start and feel as waking from a dream. ②

（3）源文:谏新君百官联奏 惑少主群阉用谗（第2回回目）

译文:Wisdom not oft frequents the royal heart,

And sovereigns seldom act the sage's part;

Yet the true statesman thro' despite and death

Will loyally expend his latest breath. ③

（4）源文:后事如何？且看下文分解。（第2回结尾）

译文:When princes hear not faithful words,

Their kingdoms fall by faithless swords. ④

从以上译文可以看出,译文并非是对源文的字对字的翻译,而更像是根据译者自己的理解而对章节大意的改写。虽然从文字转换的角度看,两者并不等值,但译者移植了中国古典小说的结构,在功能上是等值的。这种结构上的灵活处理也体现在译者在正文中对源文段落的重新划分上面。源文的第1回只有3个大的段落,但在译文中,源文的第1段被分成了7个段落。在段落中,译者在一些地方表现了比较灵活的处理方式,这主要涉及叙事内容方面,也就是说源文有的地方两个内容是分开叙述的,但译者考虑到行文的连贯,会把两者合在一起。比如第1回的一句话:

（5）源文:是年7月,弘宗皇抱恙,日加沉重,召谨身大殿学士梁储、武英殿大学士杨廷和、文华殿大学士刘健、文渊阁大学士谢迁,一

---

①TKIN SHEN. *The Rambles of the Emperor Ching T'th in Këang Nan—A CHINESE TALE.* Longman, Brown, Green & Longmans, 1843, p.1.

②The Rambles of the Emperor Ching T'th in Këang Nan—A CHINESE TALE. Longman, Brown, Green & Longmans, 1843, p.16.

③The Rambles of the Emperor Ching T'th in Këang Nan—A CHINESE TALE. Longman, Brown, Green & Longmans, 1843, p.17.

④The Rambles of the Emperor Ching T'th in Këang Nan—A CHINESE TALE. Longman, Brown, Green & Longmans, 1843, p.33.

班大臣入宫受命。

译文：In the first month of autumn that year, Hung Che fell sick, and got daily worse, notwithstanding the chief physician was called in and prescribed medicine several times. Fearing he should not recover, the Emperor ordered the Eunuchs of the inner palace to summon among others the following great officers to the palace to receive his orders. First, Leang Choo, high chacellor of Kin Shin Hall. He was from Shun Tih heen of Kwang Chow foo, in Kwang Tung province; and before entering upon office had been chief of the graduates of the third degree.[1]

上面译文中下划线部分实际上在源文中的其他地方出现过，但译者可能考虑到连贯，将皇帝召见太医以及召见的几个大臣的背景先做了介绍。

其次，文化特征表达式的处理。源文是中国传统小说，故事以明朝为背景。文中出现大量典型的中国传统文化的表达，包括官职、器物、歇后语、俗语、风俗，等等。官职的翻译是一个比较典型的例子。如第 1 回中的"武英殿大学士"翻译为 high chancellor of Looo Ying Hall；"文华殿大学士"翻译为 high chancellor of Wan Hwa Hall；"文渊阁大学士"译为 high chancellor of Wan Yeen Hall。这里采取的是释义和音译相结合的方式。再如"兵部侍郎"翻译为 vice-president of the board of war；"都御史"翻译为 a member of the censorate；"神机营中军二司"翻译为 general of the army in the Shin Ke camp；"御林军统管"译为 chief command of the life guards。除了官职之外，还有一些关于风土人物和习惯性说法的翻译。如"梦赴南柯"翻译成 go to the yellow stream，即命赴黄泉；"五更三点"翻译成 about the middle of the fifth watch；"先帝言犹在耳"翻译成 The words of his late majesty are still in our ears.；"开金口"被翻译成 open golden mouth；"火速赶往"中的"火速"被翻译成 the quickness of fire；"爱卿"译为 my old and beloved noble，等等。

从以上分析可以看出，译者的翻译具有一定程度的自由，但同时也保留了较明显的中国文化特征。结合前面的分析，我们或可以这样推断：理雅各在结构上以及语言的地道和流畅方面做了很多修改的工

---

①TKIN SHEN. *The Rambles of the Emperor Ching Tih in K? ang Nan—A CHINESE TALE*. London：Longman, Brown, Green & Longmans, 1843, pp. 4-5.

作,而具体的措辞方面估计保留了译者沈汀的相当部分的处理方式。一句话,这个译本很难说是源语导向还是目的语导向,将之称作混杂性文本或许更为合适。

作为最早从事中国文学对外译介的本土译者,沈汀的译者形象始终笼罩着一层神秘和不解,笔者搜罗很多史料,都找不到关于他的只言片语。即便是他的老师理雅各也未在日记或什么地方对他有所提及。可以这样说,这次翻译事件极其偶然,作为有中国译者参与的中国文学对外译介的起点或许有些尴尬,因为当我们设定某个事件、人物或行动为特定历史时期的起点的时候,我们期待看到这一起点本身代表或引起了一种根本的变化。这种变化无法从这个译本的出版看出来。它自身并未能够掀起什么潮流或引起什么热烈反响。然而不可否认,这次翻译实践/事件所代表的模式却是典型的将翻译作为语言学习的手段。这种类似的翻译在日后漫长的历史岁月中反复出现。这提醒我们去提问,为什么这种翻译类型反复出现?难道译者并不明白,意义会在传译的过程中丢失吗?通过沈汀的例子,我们可以看到,此类翻译以合作的方式进行,但合作者并非处于一种平等的地位;合作者采取了混杂的翻译策略,在结构上遵照源文,但在内容的叙事方面采取较为灵活的处理方式;在涉及文化特征表达式方面,合作者似乎有意表现出中国文化的异质性。这种混杂性实际上体现出翻译者的矛盾态度,如果完全以源语文化为导向,生产出完全异质性的译本,这样就可以实现读者了解中国文化的目的,窥见它的真面目,但如果这种异质性达到了某种阻碍理解的程度,又会将普通读者推开。不过,在19世纪中叶,当中国形象开始走向负面,那种看似忠实于源语文化的翻译反而会更加巩固了接受语文化中流传的对待中国文化、社会的偏见,认为中国人举止怪异,中国文化是一种神秘而充满异国情调的文化。

当然,我们也可以换另外一个角度看。作为本土译者,他在对外译介中国特有文化的过程中所遇到的困难反映了当时的中国人如何努力将中国概念传递给世界,也从某种程度上折射出中国文化在面对异域文化的汹涌来袭的过程中如何寻找沟通的等值观念,以世界的语言叙述中国的故事。这种作为语言学习手段的翻译,实际上假设了英语能够很容易地传递出中国本土文化概念和表达,这或许是中国文化自信(或盲目自信)的另一个表现方式吧。

2.2 参与世界文学之业(以陈季同先生为例)

相比隐没无闻的沈汀,真正在中西文化和文学交流过程中留下重要影响的本土人士是陈季同(1852—1905),他可称得上中国在"东学西渐"过程中真正产生重要影响的第一人[①],中西文化交流的先驱。他用法文或著或译,努力消除西方人对中国的误解和偏见,塑造一个理想而充满人情味道的中国形象。他的很多法文著作一经出版,便很快再版,深受西方读者的欢迎,有的还被翻译成英、德、意、西等语言,广为流传。法兰西第三共和国还曾授予他一级国民教育勋章,以表彰他对法国文化的重要贡献。他是第一个获此勋章的中国人。他在中西尤其是中法文化交流过程中扮演了先驱者的角色,理应得到人们的重视。[②] 关于陈季同的研究,已经有了一些成果。施康强的《陈季同的法文作品》(1989)考证了陈季同的法文著译。张先清在《陈季同—晚清沟通中西文化的使者》(1997)一文中对他的生平、在欧洲的外交活动以及沟通中外文化等方面进行了较早且较全面的介绍。桑兵的《陈季同述论》(1999)在收集整理史料和考证史实的基础上重建陈季同的形象,并通过分析其生平活动及交往联系,进一步认识历史的复杂与生动。岳峰的《东学西渐第一人—被遗忘的翻译家陈季同》(2001),对陈季同译介中国文化、翻译法国文学和律法以及西文著作、文化比较等方面进行了论述,对其在中西文化交流史上的先驱者的角色进行了阐发。李华川的《晚清外交官陈季同法文著作考》(2002),则对其法文著述进行了考证和介绍。李华川的专著《晚清一个外交官的文化历

---

① 国内已经发表或出版的研究成果几乎一致将陈季同称为"中学西渐"第一人,但正如笔者在本书中所展示的那样,陈季同并非第一个对外译介中国文学的本土译者,或许将其称作产生真正影响的第一人更为合适。

② 然而截至目前,研究陈季同与中外文化交流的相关论文只有44篇(见 CNKI 中国知网),时间跨度从1993至2014年,平均每年发表的论文数量不到3篇。同样是对外译介中国文学和文化典籍,同样来自福建并晚于陈季同20多年的辜鸿铭却得到了更多的研究。中国知网(CNKI)数据库显示,从1985至2014年,共有493篇论文研究辜鸿铭的翻译活动。远远高于对陈季同翻译活动的关注度。

程》(2004),则以大量第一手材料分述陈季同在欧洲及在国内的文化活动,且对他的文化态度及观念做了较为深入的剖析与总结,可以说是目前研究陈季同最为详细和扎实的成果之一。总体而言,对陈季同研究较多的成果,尤其是新史料的挖掘和整理方面大都来自史学界或比较文学界,来自翻译界的研究成果极少。其次,一个比较突出的现象是,人们强调了他在中西文化和文学交流过程中发挥的典型的先驱者的作用,但对他的那些著作到底如何在当时的西方社会接受的过程没有深入探讨。最后,人们往往对他在翻译中所使用的种种手段语焉不详,对翻译过程缺少系统的研究,往往仅仅凭借他本人在前言后语中的只言片语作为论述的根据。

本书力求挖掘出新的史料,但更重要的是对史料进行条分缕析的阐发。笔者将他参与的翻译活动视为一种典型,即通过翻译来推动中国文学参与世界文学之业。在这个过程中,译者扮演着中西文化的沟通者和协调者的角色,翻译的目的更加明确。译者的身份、文化心态、彼时法语翻译主流视野等因素对其翻译过程产生了影响,通过对他翻译文本中的选择进行深度分析,可以更好地展现出译者在跨文化的阐释过程中所遇到的困难和解决方案,而这对中国文学融入世界文学来说具有更加重要的意义和启示。

2.2.1 陈季同生平简介

陈季同(1852—1905),字敬如(又镜如),号三乘槎客,中文名的西文拼法为 Tcheng‐Ki‐tong,福建侯官(今福州)人。《福建通志》中的《陈季同传》载其"少孤露,读书,目数行下"。1867 年,陈季同 15岁,考入福州船政前学堂,学习法语及其他西学课程,1873 年毕业,"拔充办公所翻译"。1873 年,福州船政大臣沈葆桢上奏清政府,拟派遣学生赴法留学,后因故搁置。1875 年 3 月,趁福州船政局前船政监督日意格(Prosper Giguel)归国之际,沈葆桢又奏请派学堂学习优秀者5 人随他游历英法,兼采购军械。另可以开阔耳目,为清政府日后所用。陈季同为 5 人之一,同行者有刘步蟾等人。

第二年,福州船政学堂派出第一批留学生使团赴英法两国学习驾驶与造船技术,陈季同被召回,以使团文案的身份随使团赴欧。和其他学生不一样,他并未进入机械或舰船厂学习,而是和使团随员马建忠入巴黎政治学堂(Ecole des Sciences Politiques),"专习交涉例律等事"①。清政府意在将陈季同培养成精通西方律法和政治制度方面的人才,为日后处理国际事务做准备。在学习期间,陈季同还兼办使团公务,从事文案与翻译等事务。自此一直到1891年回国,陈季同一直在清政府驻英法德等国的使馆工作。可见,陈季同长期在清政府驻外使领馆工作,属于外交领域,他代表的是当时的中国政府,同时也是中国文化在欧洲舞台的代表。而他的外交官的身份让他有更多机会广泛接触欧洲上流社会。比起普通的学者而言,他的一言一行更容易受到欧洲社会的关注。一句话,他比别人更适合担当对外介绍和传播中国文化的重任。

事实证明,陈季同的确在欧洲表现出非凡的社交工作能力,也颇能吸引欧洲人的目光。清政府驻英法大臣郭嵩焘对陈季同有很高的评价,认为他"活泼,可以泛应世务,再能历练官常,中外贯通,可胜大任"。②而法国著名作家罗曼·罗兰在1889年2月18日写的日记中这样记载了他在法国巴黎高师参加陈季同演讲会时的所见所感:

> 他身着漂亮的紫色长袍,高贵地坐在椅子上。他有一副饱满的面容,年轻而快活,面带微笑,露出漂亮的牙齿。他身体健壮,声音低沉有力又清晰明快。这是一次风趣幽默的精彩演讲,出自一个男人和高贵种族之口,非常法国化,但更有中国味。在微笑和客气的外表下,我感到他内心的轻蔑,他自知高我们一等,把法国公众视作小孩,……听众情绪热烈,喝下全部迷魂汤,疯狂鼓掌。……在今晚的4个讲演者中,无疑,伏尔泰会觉得这个中国人是最有法国味的。③

毫无疑问,陈季同已经完全融入了法国社会的生活。法国汉学家考狄(H. Cordier)曾说:"我从未见过比陈季同更彻底地接受欧洲风格的中国人,实际上他对欧洲习俗的理解甚于他本国。"

陈季同与国外上流社会和政界、商界与文化界交游甚广,活动和办事能力强,成为清政府极为倚重的外交官员,船政局等购买舰船枪

---

①吴赞诚著、牟安世编,《奏续选闽厂生徒随斯恭塞格赴法国习艺法—洋务运动》(五),上海人民出版社,1956,第206-207页。

②李凤苞:《使德日记》(光绪四年十月初四),湖南人民出版社,1981。

③转引自李华川:《一个晚清外交官在欧洲》,(http://www.people.com.cn/GB/guoji/25/95/20010816/536791.html),2001年8月16日。

炮,都要"由季同拆验,而后运归"。由于他工作极为出色,在中法战争期间为维护国家利益做了很多实际工作,后被清政府调任驻德法两国使馆军事参赞(Military Attaché),升副将加总兵衔。此后,他还一度"代理驻法公使,兼驻比、奥、丹、荷四国参赞"。

1891 年,陈季同卷入清政府对外借款的纠纷中,被时任驻法大使薛福成参奏撤职,被召回国革职查办。后得李鸿章力保,得以留北洋办理洋务。1895 年,中日甲午战争爆发,中国战败割台湾,赔巨款。时任台湾巡抚谋求法国支持,召陈季同共商拒日举措,计划成立台湾民主国,但以失败告终。陈季同后来避难上海,在 1900 年庚子之难中亦积极投身其间。自回国后,他积极从事维新活动,兴办女学,主持官报《求是报》,翻译西方法律制度以及法国文学作品。"自 1897 年起,陈季同的全部精力转向了兴办女学、创办维新报纸《求是报》、参与维新变法活动、向国人介绍西方法律及社会制度。这种转变,与他对时局的深沉思考息息相关。"①1907 年,陈季同病逝于南京(另说上海)。

陈季同近 20 年时间生活在欧洲,与上流社会有深度接触,对西方社会的法律制度和风土人物都有深刻了解。彼时的欧洲正处于上升阶段,西方列强凭借武力早已经将中国古老的封闭大门打开,面对实力不如自己的东方国家,西方人自然在心底产生一种自大情绪,这种自大凭借科学技术、文学艺术等方面的成就而不知不觉中发酵成为一种根深蒂固的傲慢,进而对中国文化和文明产生难以根除的误解和偏见。陈季同长期生活在这种社会环境中,肯定切身感受到国家羸弱、国民受歧视,包括它的文化被轻视所带给他的强烈刺激。正是在这样一种环境下,陈季同借着自己外交官的身份,通过参加沙龙、公开演讲、著书翻译等形式,努力把一个积极正面的中国形象介绍给西方人,以消除误解,增进文化间的理解和尊重。

2.2.2 陈季同的著述

陈季同的著述可分为外文和中文两类。他的绝大部分外文著述以法文出版,研究者对此多有介绍,现分述如下。

---

① 杨万里:《又伤利器未逢时—陈季同手稿学贯吟读后》,清华大学学报(哲学社会科学版),2007(4),第 46－54 页。

杨万里认为"现在可知的陈季同法文著作有 8 种"[1],但并未详细列出具体书目;张先清在《陈季同—晚清沟通中西文化的使者》一文中认为:陈季同一生中至少用西文出版过 12 种有关中国的专著,仅仅在库寿龄(Sammel Couling)编著的《中国百科全书》(Encyclopaedia Sinica)中所列出他的法文专著就达 7 种。文中列述了以下 8 种专著:《中国人自画像》(Les Chinois Peints par Eux – Mêmes,1884,法文版)、《中国戏剧》(Le Theatre des chinois,1886,法文版)、《中国故事集》(Les Contes Chinois,1889,法文版)、《中国人的娱乐生活》(Les plaisirs en chine,1890,法文版)、《中国现状》(La China Contemporanea,1894,法文版)、《中国人在家中》(Chih – Chin or the Chinaman at home,1895,法、英版)、《中华帝国的历史与现状》(The Empire of China past and present,1900,英文版)、《英雄的爱》(1904,法文版)。[2]

李华川在《晚清外交官陈季同法文著作考》一文中认为陈季同的主要法文著作有 8 种,分别是:《中国人自画像》(1884),此书是陈季同与蒙弟翁(Foucault de Mondion)合著;《中国人的戏剧—比较风俗研究》,陈季同与蒙弟翁合著;《中国故事集》(Les Contes Chinois,1884);《中国的娱乐》;《黄衫客传奇》(Le Roman de l'Homme Jaune,1890);《一个中国人描绘的巴黎人》(Les Parisiens Peints par un Chinois,1891);《吾国》(Mon Pays,1892);《英勇的爱》。[3]

黄兴涛在《近代中西文化交流史上不应被遗忘的人物—陈季同其人其书》一文中指出"陈季同一生用流畅的法文写了大量著作,在当时的法国多很畅销。"[4]作者所见到的有:《中国人自画像》《中国戏剧》《中国故事》《中国人的快乐》。另根据曾朴介绍,还有以下著作:《黄人的小说》《黄衣人戏剧》《中国人笔下的巴黎》《吾国》等。这里也是 8 种。

---

①杨万里:《又伤利器未逢时—陈季同手稿学赍吟读后》,清华大学学报(哲学社会科学版),2007(4),第 46 – 54 页。

②张先清、陈季同:《晚清沟通中西文化的使者》,中国中外关系史学会第六次学术讨论会,中国广西东兴,1997,第 124 – 138 页。

③《晚清外交官陈季同法文著作考》,李华川著,中华读书报,2002 年 3 月 6 日。

④黄兴涛:《近代中西文化交流史上不应被遗忘的人物—陈季同其人其书》,中国文化研究,2000(2),第 39 – 45 页,第 145 页。

刘红在《陈季同与中法文化交流》一文中提到他的法文著述有 8 种，分别是：《中国故事》(1884)、《中国人自画像》(1884)、《中国人的快乐》(1890)、《中国戏剧》(1886)、《黄衫客传奇》(1890)、《中国人笔下的巴黎》(1891)、《吾国》(1892)、《英雄的爱》(1904)。①

岳峰在《东学西渐第一人—被遗忘的翻译家陈季同》一文中，列出了陈季同的译著年表：1884 年在法发表《中国人自画像》(*Les Chinois Peints par Eux - Memes*)；1884 年在法翻译《中国故事》(*Les Contes Chinois*)；1885 年,《中国故事》由 James Millington 译成英文在伦敦等地出版；1886 年,在法国发表《中国戏剧》(*Le Theatre des Chinois*)；1890 年在法国发表《中国人的快乐》(*Les Plaisirs en Chine*)；1892 发表《我的祖国》(又译《吾国》,*Mon Pays*)；《黄衫客传奇》(*Le Roman de I Homme Jaune*)与《中国人笔下的巴黎》(*Les Parisienne Peints par Chinois*)发表的精确时间不详，应当在 1877 至 1891 年；1895 年由伦敦 *A. P. Marsden* 发表译作 *Chin - Chin; or the Chinaman at home*(原作书名与作者未详)；1904 年法文轻喜剧《英雄的爱》(*Le Homme de La Robe Jaun*)。②

综合上述 5 位学者的论述，我们可以发现几个问题。第一，由于翻译的缘故，有的著作中文名字有些许差异，如《中国人笔下的巴黎》《一个中国人描绘的巴黎人》《中国的娱乐》和《中国人的快乐》等；第二，虽然大家一致认为陈季同的法文著作有 8 种，但具体哪 8 种还存有差异。

根据上述学者的研究以及笔者自己的考证，陈季同的著译至少包括以下 10 种（按出版时间的先后顺序）：

1.《中国人自画像》,*Les Chinois Peints par Eux - Mêmes*,1884,法文版；

《中国人自画像》,*The Chinese Painted by Themselves*, 1885,英文版,James Millington 翻译,伦敦 Field & Tuer, The Leadenhall

---

①刘红：《陈季同与中法文化交流》,法国研究,2012(3),第 38 - 43 页。

②岳峰：《东学西渐第一人—被遗忘的翻译家陈季同》,中国翻译,2001(4),第 54 - 57 页。

Press，E. C. 出版；

《中国和中国人》，*China und die Chinesen*，德文版，1896，Adolph Schulze 翻译，C. Reissner 出版；

2.《中国故事》，*Les Contes Chinois*，1884，法文版；

3.《中国戏剧》，*Le Théatre des Chinois*，1886，法文版；

4.《中国人的乐趣》，*Les Plaisirs en Chine*，1890，法文版；

《中国轶事》，*Bits of China*，1890，英文版，*R. H. Sherard* 翻译自法文版《中国人的乐趣》，伦敦 *Trischler and Company* 出版；*Chin - Chin, or the Chinaman at Home*，*R. H. Sherard* 翻译自法文版《中国人的乐趣》，伦敦 A. P. Marsden 出版；两个英文译本出自同一位译者之手，只不过书名换了一下，而并非岳峰认为的这是两本不同的著述。

5.《黄衫客传奇》，*Le Roman de l' Homme Jaune*，1890，法文版；

6.《中国人笔下的巴黎》，*Les Parisiens Peints par un Chinois*，1891，法文版；

7.《吾国》，*Mon Pays*，1892，法文版；

8.《中国现状》，*La China Contemporanea*，1894，法文版；

9.《中华帝国的历史与现状》，*The Empire of China：Past and Present*，1900，英文版，作者署名为 General Tcheng - Ki - Tong，John Henry Gray，M. A.，LL. D.，and Others. 芝加哥和纽约 Rand，McNally & Company 出版。

10.《英勇的爱》，*Le Homme de La Robe Jaun*，1904，法文版；

陈季同的中文著述有《西行日记》4 卷，《卢沟吟》1 卷，《三乘槎客诗文集》10 卷，《黔游集》1 卷。另外，他还发表过单篇论文，对中国的社会、政治、经济方面进行介绍。[1]

---

[1]*Chinese Culture as Compared with European Standards*—I. Chins, Literary and Commercial. General Tcheng - Ki - Tong.（The Review of Reviews，1891，vol. 3，p. 524）1891 年 5 月，第 3 卷，第 17 期. Leading Articles In the Reviews 一栏以"Alas the Poor English"为题刊登了陈季同在 the Imperial and Asiatic Quarterly Review 上的一篇文章"China：Literary and Commercial"。该评论对陈季同的这篇文章的要点进行了转述。显然，陈季同在文章中指出中国在很多地方比欧洲优越，重点介绍了商业和士人阶层。（466 页）

2.2.3　翻译与评论

　　在陈季同上述 10 种作品中,前 3 种和翻译相关,而其他都是作者的创作,有的属于小说,如第 5 种,有的是戏剧,如第 10 种,另外就是对中国社会、历史、文化等方面的介绍。

　　1884 年出版的《中国人自画像》是陈季同向西方介绍和传播中国文化与社会状况的最早尝试。本书由他与蒙弟翁合著,从"中西风俗比较"的视角出发重新塑造一个正面的"中国形象"。本书最初以《中国和中国人》为题发表在巴黎的《两个世界》(*Revue de. sdeu. z mondes*)杂志上。这本书的第 3 版一共有 21 章。第 1 章是《中国人的家庭生活》(*considérations sur la famille*);第 2 章是《宗教与哲学》(*religions et philosophie*);第 3 章是《婚姻》(*le mariage*);第 4 章是《离婚》(*e divorce*);第 5 章是《女性》(*la femme*);第 6 章是《书面语》(*la langue écrite*);第 7 章是《阶层》(*les classes*);第 8 章是《文人阶层》(*les lettrés*);第 9 章是《新闻与公识》(*le journal et l'opinion*);第 10 章是《史前时代》(*époques préhistoriques*);第 11 章是《格言与警句》(*proverbs et maxims*);第 12 章是《教育》(*l'éducation*);第 13 章是《祭祖》(*le culte des ancêtres*);第 14 章是《圣婴会》(*l'ouvre de la sainte – enfance*);第 15 章是《劳动阶级》(*les classes laborieuses*);第 16 章是《史诗》(*les chansons historiques*);第 17 章是《娱乐》(*les plaisirs*);第 18 章是《欧洲社会》(*la sociétê européenne*);第 19 章是《古典诗歌》(*la poésie classique*);第 20 章是《东方与西方》(*orient et occicent*);第 21 章是《福州军工厂》(*l'arsenal de Fou – Tchéou*)。[1]

　　从上述所列章节可以看出,作者对中国社会的文学、历史、哲学、宗教等学科进行了全方位的介绍,其目的在于纠正西方人对中国的严重偏见和误解。陈季同旅欧十几载,发现西方人对中国了解得很少很少。这背后的原因在他看来,不是西方人对中国没有兴趣或缺乏好奇心,恰恰相反,"任何来自中国的事物都似乎具有一种特殊的吸引力。那些生活中的琐碎之物——一个小透明瓷杯,甚至是一把扇子,都被看

---

[1]Tcheng – Ki – Tong. *Les Chinois Peints par Eux – Mêmes*[M]. Paris:Ancienne Maison Michel Levy Freres. 1884.

作一种可爱的物品。瞧,那些就是中国人用的东西!"在西方人的眼里,中国人被想象成为"一种被驯化了的类人动物,在动物园里表演着各种滑稽动作。他们总喜欢将我们置于幻灯之中"。① 他常常发现自己"被问及一些极为无知、可笑的问题,而且发现,甚至那些自称要描述中国的书籍也谈到了许多怪诞不经的事情。"面对西方人对中国的这些无知和偏见,作为一个代表中国政府的外交官员,他有责任也有决心消除这些偏见。

他认识到,"这些错误的形成来源于偏见。因此,当我觉得有能力写一部关于中国的书以表达我个人的印象时,就决定提笔写出它并将其发表。作为一个中国人,我想我恐怕更有资格去完成这一任务。至少不比他们缺少便利条件"。② 基于此,陈季同确立了这样的写作宗旨:我打算在这本书中实事求是地描述中国—按照自己的亲身经历和了解来记述中国人的风俗习惯,但却以欧洲人的精神和风格来写。我希望用我先天的经验来补助后天的所得,总之,像一位了解我所知道的关于中国一切的欧洲人那样去思考,并愿意就研究所及,指出西方文明与东方文明之间的异同所在。③

这本书一经出版,便获得了成功。出版的当年,这本书就印到了第3版。1886 年出到了第 10 版。在出版的第 2 年,米灵顿(*James Millington*)把《中国人自画像》翻译成了英文出版,题为 *The Chinese Painted by Themselves*(伦敦 Field & Tuer, The Leadenhall Press, E. C. 出版)。1896 年,舒尔茨(Adolph Schulze)翻译的德文版在 C. Reissner 出版,题为《中国和中国人》(*China und die Chinesen*)。之外,对这本书的评论和介绍也有不少。米灵顿的英文版出版不久,波士顿出版的《文学世界》报(*The Literary World*)于当年的 5 月 30 日第 16 期专门刊登了一篇较长的匿名书评,名为"*The Chinese As They Are*",介绍这本英

①Tcheng – Ki – Tong. *The Chinese Painted by Themselves*[M]. Translated from French by James Millington London: Field and Tuer, The Leadenhall Press. 1885, p. 1.

②Tcheng – Ki – Tong. *The Chinese Painted by Themselves*[M]. Translated from French by James Millington London: Field and Tuer, The Leadenhall Press. 1885, p. 2.

③Tcheng – Ki – Tong. *The Chinese Painted by Themselves*[M]. Translated from French by James Millington London: Field and Tuer, The Leadenhall Press. 1885, p. 3.

译本。评论者认为,此书的作者陈季同具有充分的世界主义经验,在比较的基础上对中国人进行了描述,他对西方文明提出的尖锐批评是有效的,因为他采取了冷静的幽默进行处理。但本书绝不是对西方风俗的攻击。相反,陈季同将军真诚而如实地描述了他眼中的中国人。这本书在陈述证据的时候,是解释性的,而不是描述性的,是泛论而非特指,字里行间透露出作者的真诚实意。① 在这篇书评中,评论者对有关中国人的家庭、社会、女性的地位等社会问题极为感兴趣,也投入了更多的篇幅进行介绍。相比之下,有关文学的部分仅仅一提而过。

关于英文版的另一篇介绍来自伦敦发行的 *Notes and Queries*: *a medium for intercommunication for literary men*, *general readers*, *etc*. 报纸。该报 1885 年 5 月 2 日周日(总第 279 期)刊登载了这篇十分简短的书评。评论者认为这本书十分有趣,风格活泼,让人愉快。本书的作者指出中国是世界上所有国家中最不为人所知而且误解最为严重,由此目的在于向欧洲人展示一个原原本本的中国。陈季同不仅仅描述了他的国人的社会生活,而且十分精妙地对他们的奇怪风俗和偏见进行了辩护。② 与上一篇书评一样,评者似乎对这本书中的文学部分不感兴趣,并没有提到多少,反而对中国人的家庭也就是第一章以及中国社会妇女的状况有浓厚兴趣。

整体来看,这本著作是对中国社会和文化的一个概要式的介绍,并非专门的翻译作品。不过,陈季同在第 16 章《史诗》以及第 19 章《古典诗歌》这两章里选译了中国古典诗歌作品,译介的对象包括《诗经》以及唐代诗歌。在《史诗》一章中,作者对中国古典诗歌的发展作了极为简要的概括,认为如果将诗歌的发展比喻成树的生长,那么古代的《诗经》就是树根。这棵树在后稷统治时期开始萌芽;它在建安时期茁壮成长;最后到了唐朝,已经枝繁叶茂,开出了美丽的花,结出了丰硕的果实。中国诗歌的高峰,是在 1100 年前的公元 8 世纪。③ 作者重点译介了《诗

---

① *The Chinese As They Are*[N]. The Literary World, vol. 16, 1896 – 05 – 30, p.184.

② *A Notes and Queries*: *a medium for intercommunication for literary men*, *general readers*, *etc*. vol. 279, 1885 – 05 – 02, p.360.

③ Tcheng – Ki – Tong. *Les Chinois Peints par Eux – Mêmes* [M]. Paris: Ancienne Maison Michel Levy Freres. 1884, p.192 –193.

经》,认为它可以称之为《史诗》,是一部诗集,它所收集的诗歌都创作于公元前7世纪之前,城市和乡村曾广泛传唱这些诗歌,就和希腊荷马时代一样。[①]陈季同选择了《诗经·魏风》中的《陟岵》;《诗经·国风·郑风》中的《出其东门》;《诗经·邶风》中的《柏舟》《静女》;《诗经·陈风》中的《月出》,这5首诗,还对其写作风格做了简要的剖析。

我们将中文源文、法文和英文译文分别列出如下:

(1)源文:**陟岵**

陟彼岵兮,

瞻望父兮。

父曰:嗟! 予子行役,

夙夜无已。

上慎旃哉!

犹来无止!

陟彼屺兮,

瞻望母兮。

母曰:嗟! 予季行役,

夙夜无寐。

上慎旃哉!

犹来无弃!

陟彼冈兮,

瞻望兄兮。

兄曰:嗟! 予弟行役,

夙夜必偕。

上慎旃哉!

犹来无死!

法译文:

J'ai gravi la montagne sans verdure

Pour fixer mes yeux vers mon pére,

Et j'ai cru l'entendre gémir:

Mon fils est au service militaire,

---

①Tcheng – Ki – Tong. Les Chinois Peints par Eux – Mêmes [M]. Paris: Ancienne Maison Michel Levy Freres. 1884, p.193.

Jour et nuit,
Mais il est prudent, il pourra encore
Revenir, sans y être retenu.

J'ai gravi la montagne verdoyante
Pour fixer mes yeux vers ma mère,
Et j'ai cru l'entendre gémir:
Mon fils cadet est au service militaire
Sans pouvoir dormir ni le jour ni la nuit.
Mais il est prudent, il pourra encore
Revenir, sans y laisser ses os.

J'ai gravi la montagne jusqu'au sommet
Pour fixer mes yeux vers mon frère ainé
Et j'ai cru l'entendre gémir:
Mon jeune frère est au service militaire
Accompagné jour et nuit de ses camarades,
Mais il est prudent, il pourra encore
Revenir, sans y mourir. [①]

英译文:

I climbed the barren mountain,
And looked where dwells my father;
I thought I heard him sigh:
My son serves in the army,
Day and night;
But he is prudent, he may still
Return, and not be detained.

I climbed the verdant mountain,
And looked where dwells my mother;
I thought I heard her sigh:
My young son serves in the army,

---

① Tcheng－Ki－Tong. *Les Chinois Peints par Eux－Mêmes* [M]. Paris: Ancienne Maison Michel Levy Freres. 1884, p.196.

And must sleep neither day nor night;
But he is prudent, he may still
Return, and not leave his bones there.

I climbed the mountain to the top,
And looked where dwells my brother;
I thought I heard him sigh:
My young brother serves in the army,
Day and night with his comrades;
But he is prudent, he may still
Return, and not perish there.[①]

《陟岵》源文 3 个诗节,每个诗节 6 行,译文也是 3 个诗节,每个诗节 7 行。原诗的主题是登高望远,思念亲人,属于中国诗歌中的传统主题。诗中父曰、母曰、兄曰,说出的话实际上是诗人自己的想象。"自己思念亲人,从而设想亲人也在对自己思念、担忧,把亲情表现得更深厚,笔曲而情愈深。"[②]纯粹从诗歌形式上看,无论是法文翻译还是英文翻译都十分忠实于源文的结构。不过让人略感意外的是陈季同对原诗第 1 节第 1 行中的"岵"的理解和翻译。据《说文》,"岵,山多草木也。"而法语翻译为 montagne sans verdure,直译过来就是"没有绿色的山",这和原诗意思完全相反,英文所犯错误源自法文的错误。第 1 节第 5 行的"上"通"尚",意为"希望";"慎",谨慎小心;"旃",语助词,意为"之";第 6 行中的"尤来",还是回来;"无止",不要在外久留。第 2 节第 1 行中的"屺",《说文》解释为:山无草木也。可是陈季同翻译成 montagne verdoyante,直译过来是:葱绿的山,意思完全相反。英文所犯错误也是由法文翻译而起。按理说,对中国经典了如指掌的陈季同不应该犯此类错误,而且两者完全颠倒,只有一种可能,那就是译者故意这样翻译。也许他觉得按照西方人的阅读习惯,应该将美好的东西放到最后。不过,陈季同翻译这首诗歌是想用来说明中国诗歌在处理感情方面是如此的简单和自然。

---

①Tcheng - Ki - Tong. *The Chinese Painted by Themselves*[M]. Translated from French by James Millington. London: Field and Tuer, The Leadenhall Press. 1885, p.168.

②夏传才:《文学名篇选读》(两汉三国六朝卷),知书房出版集团,2006,第29页。

　　这种简单的美同样出现在对夫妻之间关系和情感的含蓄表达中，如《郑风》中的《出其东门》所表现的那样。

　　（2）源文：出其东门

> 出其东门，
> 有女如云。
> 虽则如云，
> 匪我思存。
> 缟衣綦巾，
> 聊乐我员。
>
> 出其闉阇，
> 有女如荼。
> 虽则如荼，
> 匪我思且。
> 缟衣茹藘，
> 聊可与娱。

法译文：

> En dehors de la porte de la ville, à l'Est,
> On voit des femmes belles et nombreuses
> Qui ressemblent à des nuages.
> Mais bien qu'elles ressemblent à des nuages
> Elles ne sont pas l'objet de ma pensée：
> Car avec sa robe blanche et sa toilette simple,
> J'aime mieux ma compagne！
>
> Autour des murs de la ville,
> On voit des femmes souples et gracieuses
> Qui ressemblent aux fleurs des champs.
> Mais bien qu'elles ressemblent aux fleurs des champs,
> Elles n'attirent pas mon amour pour elles：
> Car avec sa robe blanche et son teint rosé,
> Ma femme fait mon unique bonheur！①

---

①Tcheng – Ki – Tong. *Les Chinois Peints par Eux – Mêmes* [M]. Paris：Ancienne Maison Michel Levy Freres. 1884，p.198.

英译文：

  Outside the city gate to the East
  We see many handsome women,
  Graceful as clouds.
  But be they graceful as clouds,
  I think not of them;
  With her white robe and simple dress,
  I love my wife best!

  Around the city walls
  We see lithe and graceful women,
  Looking like flowers of the fields,
  But be they like flowers of the fields,
  They attract not my love;
  With her white robe and rosy cheek,
  My wife is my only joy![1]

  源文分2节，每节6行。从诗歌形式上来看，法文译本和英语译本都保留了原诗的结构。第1节第5行的"缟"，意为白色；素白绢。綦巾指暗绿色头巾。陈季同法文翻译成：robe blanche et sa toilette simple，直译过来是：雪白的连衣裙和朴素的衣服。翻译的不太准确。第2节第5行中的"茹藘"指的是茜草，其根可制作绛红色染料，此指绛红色佩巾。可是陈季同的法文翻译成：son teint rosé，即红润的面颊。

  接着，作者举了《柏舟》与《静女》来说明诗歌中所表达的忧愁与烦恼。

  （3）源文：柏舟

  泛彼柏舟，
  亦泛其流。
  耿耿不寐，
  如有隐忧。
  微我无酒，
  以敖以游。

---

  [1]Tcheng - Ki - Tong. *The Chinese Painted by Themselves* [M]. Translated from French by James Millington. London: Field and Tuer, The Leadenhall Press. 1885, p.170.

我心匪鉴，

不可以茹。

亦有兄弟，

不可以据。

薄言往愬，

逢彼之怒。

我心匪石，

不可转也。

我心匪席，

不可卷也。

威仪棣棣，

不可选也。

忧心悄悄，

愠于群小。

觏闵既多，

受侮不少。

静言思之，

寤辟有摽。

日居月诸，

胡迭而微？

心之忧矣，

如匪澣衣。

静言思之，

不能奋飞。

法译文：SOUPIRS

J'ar pris une barque faite en sapin

Et je me laisse emporter par le courant.

Je ne puis fermer les yeux durant la nuit;

Mon cœur me semble rempli d'un chagrin secret.

Mon coeur n'est pas un miroir

Où je puisse voir ce qu'il éprouve;

Et mes frères, qui cependant ne sont pas mes soutiens,

Se fâchent contre moi si je parle de ma tristesse.

Mon cœur ne ressemble pas à la pierre

Que l'on puisse encore tailler;

Il n'est pas tel qu'un store

Que l'on roule et déroule à volonté;

Il est plein de droiture et d'honnêtcté;

Moi – même ne puis le diriger.

Ma tristesse cst si grande!

Presque tous sont jaloux de moi;

Les calomnies m'attaquent, nombreuses;

Et les railleries ne m'épargnent pas.

Cependant quelle faute ai – je commise?

Je puis mettre la main sur ma conscience.

Le soleil est toujours resplendissant,

Mais la lune décroit chaque jour.

Pourquoi les rôes ont – ils changé?

Mon cœur est comme étouffé,

Semblable au haillon qu'on ne peut blanchir

Ah! Lorsque je pense, au milieu du silence,

Je regrette de ne pouvoir m'envoler![①]

英译文:SIGHS

I took my pine – built bark,

And drifted down the stream;

Mine eyes remained unclosed all night;

My heart seems full of secret grief.

_____

①Tcheng – Ki – Tong. *Les Chinois Peints par Eux – Mêmes* [M]. Paris: Ancienne Maison Michel Levy Freres. 1884, pp.199.

My heart is not a mirror,
That I might see what it feels;
My brothers, although they support me not,
Are angrey if I speak of my sadness.

My heart is not like stone,
To be shaped and cut at will;
It is not like a blind,
To be drawn up and down;
It is full of truth and honesty;
I cannot direct it at will.

My sadness is so great!
Nearly all are jealous of me;
Many calumnies attack me;
And scoffing spares me not.
Yet what harm have I done?
I can show a clear conscience.

The sun is ever radiant,
But the moon is less each day.
Why are these changes?
My heart seems so full,
Like a useless unclean rag,
Ah! When I muse in silence,
I grieve I am not blown away![①]

　　原诗一共5个诗节,每个诗节6行。无论从语义还是诗歌的结构来看,译者的确如其所言,采取了字对字的翻译。不过,译者唯一所作的改变在于给诗歌添加了一个新的名字。原诗为《柏舟》,译者翻译成了《叹息》,显然是根据诗歌内容所作的改变。而在内容上变化最大的是对《月出》的翻译。

---

①Tcheng - Ki - Tong. *The Chinese Painted by Themselves* [M]. Translated from French by James Millington,. London: Field and Tuer, The Leadenhall Press. 1885, p.171.

(4)源文:月出

月出皎兮。

佼人僚兮。

舒窈纠兮。

劳心悄兮。

月出皓兮。

佼人懰兮。

舒忧受兮。

劳心慅兮。

月出照兮。

佼人燎兮。

舒夭绍兮。

劳心惨兮。

法译文:L'ABSENT

La lune cst haute et brillante;

Je viens d'éteindre ma lampe…

Mille pensées s'agitent dans mon cœur,

Mes tristes yeux se remplissent de larmes.

Mais ce qui rend ma douleur plus poignante

C'est que vous ne la connaitrez pas![1]

英译文:THE ABSENT ONE

The moon is high and clear;

My lamp is just put out…

A thousand thoughts mingle in my heart,

My sad eyes are filled with tears;

But that which makes my grief sharper

Is that you will not know it![2]

《月出》这首诗为一首情诗。诗歌中,诗人睹月而思人。第2诗节

①Tcheng-Ki-Tong. *Les Chinois Peints par Eux-Mêmes* [M]. Paris: Ancienne Maison Michel Levy Freres. 1884, pp.170.

②Tcheng-Ki-Tong. *The Chinese Painted by Themselves* [M]. Translated from French by James Millington,. London: Field and Tuer, The Leadenhall Press. 1885, p.172.

和第 3 诗节中的第 4 句,"劳心"指的就是思念,而 3 个诗节中的第 4 句分别用"悄""悁""惨"3 个字来表达自己内心情绪的变化,从忧愁到心神不安到焦躁。不过陈季同在翻译这首诗歌的时候,显然做了很大的改变,可以说对原诗进行了改编。3 个诗节的内容被压缩在 1 个诗节中。题目也和原诗的月亮意向没有任何关系。再看《静女》的翻译如下:

(5)源文:**静女**

> 静女其姝,
> 俟我于城隅。
> 爱而不见,
> 搔首踟蹰。
>
> 静女其娈,
> 贻我彤管。
> 彤管有炜,
> 说怿女美。
>
> 自牧归荑,
> 洵美且异。
> 匪女之为美,
> 美人之贻。

法译文:L'AMOUR

> Une jeune fille jolie et vertueuse
> M'a donné un rendez-vous
> Au pied des remparts.
> Je l'aime; mais elle tarde à venir;
> J'hésite à me retourner, et je suis impatient!
>
> Cette jeune fillé est vraiment belle!
> C'est elle qui m'a donné ce bijou
> De jade rouge.
> Mais ce bijou de jade rouge qui semble s'enflammer
> Augmente encore mon amour.
>
> Elle a cueilli, pour me l'offrir,

Une fleur belle et rare.

Mais ce qui rend la fleur bien plus belle

C'est qu'elle m'a été donnée par la jeune fille. ①

英译文：**LOVE**

A pretty and virtuous young girl

Has given me an appointment

At the foot of the rampart.

I love her, but she delays coming;

I doubt whether to return, and I am impatient!

That young girl is truly beautiful!

'Tis she who has given me this jewel

Or red jade.

But this jewel of red jade that seems to burn

Increases my love.

She has gathered, to give to me,

A flower lovely and rare;

But what makes the flower far more lovely

Is that it was given me by the young girl. ②

原诗第 2 节第 2 行中的"彤管"解释为红色的管箫，而译文中则翻译成 jade rouge，即红玉，可谓创造了。第 3 节第 1 行中的"荑"应该是一种初生的茅草，古代用来互赠表示爱恋。译者也将之处理成了西方人容易理解的 une fleur belle et rare，一种可爱和稀罕的花。与上一首诗歌不同的是，译者并未在结构上有任何变化，只是将题目翻译成了"我的爱情"，似更加通俗。

在《古典诗歌》一章里，作者提到，中国诗歌的高峰在唐代。就如同西方奥古斯都和路易十四时代所产生的那些不朽名作一样。接下来，陈季同在举例说明的时候，征引了法国汉学家和翻译家 Marquis d'

---

①Tcheng – Ki – Tong. *Les Chinois Peints par Eux – Mêmes* [M]. Paris: Ancienne Maison Michel Levy Freres. 1884, pp. 171.

②Tcheng – Ki – Tong. *The Chinese Painted by Themselves* [M]. Translated from French by James Millington. London: Field and Tuer, The Leadenhall Press. 1885, p. 173.

Hervey de Saint-Denys 的翻译,用星号 * 标识出来,有的则是陈季同自己的翻译。他指出,前者的翻译是优雅的,而自己的翻译则不过是没有经过修饰的字对字的翻译。① 在这一章,经陈季同自己翻译的诗歌有 13 首左右,其余 7 首引用了 Marquis d'Hervey de Saint-Denys 的译文。后者即是埃尔韦·圣·德尼,著名的法国汉学家、法兰西学院院士,曾翻译出版过《唐诗选》(*Poésies de l'époque des Thang*)1862 年由巴黎阿米奥出版社出版。② 有趣的是,这部唐诗选主要根据日文版《唐诗和解》《唐诗和选译解》《李太白文集》《杜甫全集译注》选译。计选译李白(24 首)、杜甫、王维、白居易、李商隐等 35 位诗人的 97 首诗。每个重要诗人都附有简介,每首诗都有详细注释。书前附有译者写的长序"中国诗歌艺术和诗律学"。

这一章介绍的诗人和作品有:杜甫的《佳人》,李白的《下终南山过斛斯山人宿置酒》《春思》《将进酒》以及白居易的《长恨歌》《琵琶行》还有常建的《题破山寺后禅院》等。下面,我们选取两首诗作为分析的例子。

  (1)源文:玉华宫 杜甫

    忧来藉草坐,

    浩歌泪盈把。

    冉冉征途间,

    谁是长年者。

  法译文:

    Je me sens ému d'une tristesse profonde,

    Je m'assieds sur l'herbe épaisse.

    Je commence un chant où ma douleur s'épanche,

    Les larmes me gagnent et coulent en abondance…

    Hélas! Dans ce chemin de la vie

    Que chacun parcourt à son tour,

---

①Tcheng-Ki-Tong. The Chinese Painted by Themselves[M]. Translated from French by James Millington. London: Field and Tuer, The Leadenhall Press. 1885, p.168.

②*Trois Nouvelles Chinoises*(*Les AlchimistesComment le ciel donne et reprend des richesses,Mariage forcé*),Herve - St. Denis,Le Ernest Paris Lu Press,1885.

Qui donc pourrait marcher longtemps?①

英译文：

I feel a profound sadness,

I sit upon the thick grass.

I begin a song to express my grief,

Tears rise and flow in streams…

Alas! On this earthly path

That each treads in turn,

Who could walk for long?②

此首诗歌为杜甫的《玉华宫》，陈季同摘录的是原诗的第 4 节的最后 4 句。原诗有着很多典故，表达的是繁华逝去，物是人非的幻灭，一种悲凉的感觉蕴含其间。在历史的漫漫长河中，有谁可以长存永驻？和上一首诗歌相似，译者在韵律的把握上用了心思。

（2）源文：题破山寺后禅院　常建

清晨入古寺，

初日照高林。

曲径通幽处，

禅房花木深。

法译文：**LA CELLULE**

La lumière pure d'une belle matinée

Pénètre déjà dans le vieux convent.

Déjà la cime éclairée des grands arbres

Annonce le retour du soleil；

C'est par de mystérieux sentiers

Qu'on arrive à ce lieu solitaire,

Où s'abrite la cellule du prêtre

Au milieu de la verdure et des fleurs!③

---

①Tcheng－Ki－Tong. *Les Chinois Peints par Eux－Mêmes* [M]. Paris：Ancienne Maison Michel Levy Freres. 1884, p.原稿为 171 页.

②Tcheng－Ki－Tong. *The Chinese Painted by Themselves* [M]. Translated from French by James Millington. London：Field and Tuer, The Leadenhall Press. 1885, p.173.

③Tcheng－Ki－Tong. *Les Chinois Peints par Eux－Mêmes. Paris：Ancienne Maison Michel Levy Freres.* 1884, pp.172.

英译文:**THE CELL**①

> The pure light of a lovely morn
>
> Lights up the old convent;
>
> Already the sunlit tops of the great trees
>
> Announce the sun's return.
>
> It is by mysterious footpaths
>
> We reach this solitary place,
>
> Where the cell of the priest is hidden
>
> Among verdure and flowers. ②

原诗为五言,4 行,译文有所增加,变为 8 行,但仍然在韵脚方面有所作为。相比之下,陈季同的翻译就要简单多了。此外,用法文中的 prêtre 和英文中的 priest 来翻译源文的禅师显然在形象的塑造上并不一致。读译文给人感觉是基督教教士独自一人隐居深山,尤其是 solitary 一词,更加强了这个印象。中国的佛教转身变成了西方的基督教。

从上述对几首诗歌的翻译中可以看出,陈季同的翻译算是比较忠实源文的翻译,并未表现出多大的自由,只能说译者中规中矩地完成了任务。不过有一点需要指出,他对诗歌的挑选显然是为了达到自己对中国文化的介绍这样一个大的目的,翻译诗歌是为了向西方介绍中国人的情感表达。

陈季同的第二部作品《中国故事》(*Les Contes Chinois*,1884,法文版)是《聊斋志异》的选译。早在陈季同之前,西方人就已经开始翻译《聊斋志异》了。如 1848 年,美国传教士卫三畏(Samuel Wells Williams)最早选译了该书的《种梨》和《骂鸭》两篇,收在他编著的两卷本《中国总论》(*The Middle Kingdom*)第 1 卷中。这是最早发表的《聊斋志异》的单篇译文,也是美国最早译介的中国古典小说。1867 年,迈耶斯(William Frederick Mayers)在《中国与日本问题解答》(*Notes and Queries on China and Japan*)杂志上发表了译文 *Boon Companion*(《酒友》)。1874 年,艾伦(*Clement Francis Romilly Allen*)在《中国评论》

---

①细胞

②Tcheng‐Ki‐Tong. *The Chinese Painted by Themselves*[M]. Translated from French by James Millington. London: Field and Tuer, The Leadenhall Press. 1885, p.173.

（*China Review*，*Notes and Queries*）杂志上发表了多篇译文，如《宋焘成神》（*The Apotheosis of Sung Tao*），即《考城隍》；《狐嫁女》（*The Fox's Marriage*），《孔雪笠的运气》（*The Fortunes of K'ung Hsüeh Li*），即《娇娜》；《细柳》（*Hsi Liu*）；《赵城虎》（*The Pious Tiger of Chao cheng*）；《和尚的转生》（*The Metempsy chosis of the Priest*），即《长清僧》；《青蛙神》（*The Frog God*）；《劳山道士》（*The Taoist priest of Lao Shan*）；《安姓一家》（*The An Family*），即《云萝公主》；《偷桃》（*The Theft of the Peaches*）；《巩仙》（*The Fairy Kung*）；《西湖主》（*The Lord of the West Lake*）；《夜叉国》（*The Country of the Sea Demons*）；《倔强的乞丐》（*The Sturdy Begger*），即《丐僧》；《宫梦弼》（*Kung Ming Pi*）；《画皮》（*Painting Skins*）。1877 年，英国著名汉学家翟理斯（*Herbert Allen Giles*）在《华洋通闻》（*Celestial Empire*）上陆续发表了《聊斋志异》的单篇译文，如《罗刹海市》（*The Lo - Ch'a Country and Sea Market*），《续黄粱》等。1880 年，法国汉学家卡米耶·昂博尔·于阿里（*Camille Imbault - Huart*）翻译了《种梨》（*Le Poirier Planté*），发表于巴黎出版的《亚洲杂志》（*Journal Asiatique*）第 117 期（281 - 284 页）。这是法文的《聊斋志异》最早的单篇译文。1880 年，翟理斯于伦敦出版了他的《聊斋志异》英译本《聊斋志异选》（*Strange Stories from a Chinese Studio*）。该书共选译了 164 篇，附有唐梦赉的序及《聊斋自志》的译文，是迄今为止西文选译篇目最多的一个译本。翟理斯在译本初版序言中说，他的译文是根据但明伦评本翻译的，并用 1766 年余集序本作过核对，所选的都是《聊斋志异》中最富有特色的佳作，后来上海别发洋行印过 3 版（1908 年版，1911 年版和 1926 年版）。1925 年纽约保尼与利物赖特出版社也印过 1 版。

而由中国人自己翻译的《聊斋志异》则是自陈季同开始。1889 年，陈季同挑选了《聊斋志异》中的共译《王桂庵》《白秋练》《青梅》《香玉》《辛十四娘》等 26 篇作品译成法文，冠以《中国故事集》（*Les Comes Chinois*）的书名，由巴黎卡尔曼出版社出版。对于这部译文集，研究者一致认为陈季同"采用了意译的手法，对原著内容进行了局部变动。"[①]也有学者指出：陈季同在翻译时既保留了源文的结构和情节，

[①]张先清：《陈季同—晚清沟通中西文化的使者》，中国中外关系史学会第六次学术讨论会，中国广西东兴，1997，第 124 - 138 页。

也做了多处加工。首先是改译了原来的篇名,而代之以较为西化的题目。其次是对源文作了删节,简化较复杂的叙述,删掉"异史氏曰"的内容。① 这部译作可以算得上法语最早的《聊斋》译本,虽然不是最早的翻译。法朗士为之写了书评,称此书"比以前的所有同类翻译都要忠实得多。"汉学杂志《通报》也对此书作了详细介绍。此书 1889 年由法国加尔马恩·莱维出版社初版,年内至少 3 次重印。1900 年,又被译成意大利文在罗马出版。②

除了这部作品是陈季同自己翻译的之外,在 1886 年出版的与他人合著的《中国戏剧》(Le Théatre des Chinois)中,陈季同引用的译文全部来自巴赞(Bazin)译的《中国戏剧》和儒莲(Stanislas Julien)译的《琵琶记》。在解释不直接从中文引用的原因时,他说:"每当我引用中国作家,我总担心好像是在自吹自擂,因此,我决定引用译文。幸好对于读者和我来说,译者与我所引用的作者一样出色。"

《中国戏剧》对中西戏剧作品作了多方面的比较研究,是一部中法文学比较研究随笔集,1 年内 3 次印刷。他的这些法文著、译在当时深受法国读者的喜爱,还"极得法国文坛的赞许,阿拉托尔弗朗士(Anatole France,1865—1924,今译法郎士),向来不容易称赞人的,也说他文笔诚实而轻敏,他的价值可想而知了"③

最后,我们特别要提及陈季同提出来的世界文学的思想。陈季同参与翻译活动并非一时一地的随意之举;相反,他以世界文学的眼光,洞察自家文学的短长,认为我们现在应该"不要局限于一国的文学,嚣然自足,该推广而参加世界的文学;既要参加世界的文学,入手方法,先要去隔膜,免误会。要去隔膜,非提倡大规模的翻译不可,不但他们

---

①② 李华川:《晚清外交官陈季同法文著作考》,中华读书报,2002 年 3 月 6 日。

③ 曾朴:《曾先生答书》,载《胡适文存三集》(卷八),黄山书社,1996,第 559 - 566 页。据胡适给曾朴的信,这句话应该是陈季同所说,而由曾朴所记。但据《梁实秋文集》(4 卷)(2000)中梁实秋的文章"曾孟朴的文学旅程",此句为曾朴所言。梁实秋原文如下:他(曾朴)说:不要局限于一国的文学,嚣然自足,该推广而参加世界的文学! 这是何等的胸襟。(第 103 页)至于此句是否为陈季同所言,还有待第三方的证实。或许两人都说过此话,也有可能。

的名作要多译进来,我们的重要作品,也须全译出去"。① 19 世纪末,当国人的目光几乎一致投向域外,师法他者成为浩荡的潮流之时,还有多少有识之士能像陈季同那样,从世界文学的高度提倡输出中国文学作品的重要性呢?陈季同所提出来的中国文学参与世界文学的观点,虽然只是简单的萌芽,但这一主张的确是远远超出了他那个时代,即便放在今天,也仍然具有现实意义。

2.3 小结

从 19 世纪 40 年代至 20 世纪 20 年代,有中国译者参与的中国文学对外译介拉开了它缓慢的前奏。在这一较长的时期内,只有零星的本土译者从事对外译介中国文学的活动。沈汀和他的老师理雅各合作翻译,但作为署名译者的沈汀在这样一个师生关系中并没有什么权力,他无法选择翻译什么,对译作的修改恐怕也没有多少发言权;翻译合作者在文本层面表现出了在目标语和源语之间的摇摆,隐约体现出早期中国文学对外译介所要解决的如何传译中国本土文化观念和特征所遇到的困境。译本本身并未在目标语系统中产生任何影响,但这一翻译事件的意义在于它最初的动机并非为了文学的交流,而是翻译作为语言学习的工具。它背后透露出关于翻译作为语言转换这样一整套原初的认识和价值观,或用布迪厄的术语叫作"信仰系统"(doxa),即认为应该翻译怎样的一套价值观和话语。在陈季同那里,翻译被用来塑造新的中国形象,同时也是中国文学参与世界文学的途径和工具。他的这一认识与他的生活轨迹密切相关,与他在社会系统中所处的位置相关。上述两个个案代表了在中国文学对外译介过程中经常出现的两个原型,它们的最大意义也在此体现出来。

---

① 曾朴:《曾先生答书》,载《胡适文存三集》(卷八),黄山书社,1996,第 559 - 566 页。据胡适给曾朴的信,这句话应该是陈季同所说,而由曾朴所记。但据《梁实秋文集》(4 卷)(2000)中梁实秋的文章"曾孟朴的文学旅程",此句为曾朴所言。梁实秋源文如下:他(曾朴)说:不要局限于一国的文学,嚣然自足,该推广而参加世界的文学! 这是何等的胸襟。(第 103 页)至于此句是否真为陈季同所言,还有待第三方的证实。或许两人都说过此话,也有可能。

第3章 中国文学对外译介的活跃期(1920——1949)

从 20 世纪 20 年代开始,中国文学的对外译介开始进入了一个十分活跃的时期,并一直持续到 40 年代末。作出这一判断的原因来自以下 3 个方面:首先,这一时期涌现出一批从事中国文学对外译介的本土译者。与前一时期零星的译介个案相比,这个时期出现了更多的本土译者从事对外译介中国文学的活动。他们或者单独进行译介,或者通过和他人(一般是来华的外国人士)合作进行翻译,或者依托现代报刊杂志进行译介,发表并出版了一系列译作,有的取得了十分满意的效果,在读者群中造成了一定的甚至是轰动的影响。其次,更多的中国文学作品被译介出去。译者选材的范围扩大很多,这其中最为突出的是对中国现代文学的译介。可以这样说,中国现代文学自它诞生的初期便被译介了出去,翻译几乎与创作保持了一种同步,这其中发挥主导作用的是中国本土的译者们。他们对早期中国现代文学在域外的传播起到了开疆拓土的重要作用。这体现出本土译者强烈的时代意识和现实关怀。最后,现代出版业的发展成为中国文学对外译介的有力支撑,开始出现致力于对外传播中国文化和文学的本土杂志。

本章将以文类—诗歌、小说、戏剧—为组织框架,从历时的视角展开叙述,并集中考察三个方面的内容:第一,挖掘并塑造隐形的译者群像。这部分工作的重点是挖掘那些被掩盖在主流历史叙事中的隐形译者,尽力还原他们在译介中国文学的过程中所处的社会和历史环境,在具体的社会和文化情境中分析他们在翻译过程中的得失,勾画出一幅幅中外文学和文化交流的使者群像,让有中国译者参与的中国文学对外译介这样一个脉络,清晰地展现出来,最终帮助我们丰富对中国现代翻译史的了解。第二,进入翻译产品研究的细节,在对比源文和译文的基础上,结合翻译活动发生的现实语境,分析并探索特定时期、特定文类的翻译规范。第三,总结这一时期中国文学尤其是现代文学对外译介的模式。以上下等级为特征的师生关系和以平等互助为特征的同人关系为核心的中外人士的合作,成为这一时期中国文学对外译介的主导性模式。我们将从社会学角度探索这一模式的基本特征、优势、效果甚至不足,以及它给今后中国文学对外译介的启示。

3.1 隐形的译者群像

纵览目前已经出版的现代时期中国翻译史的著述,我们都有这样的印象:中国现代翻译史是关于外译中的历史。以文学翻译为例,外国文学在中国的译介占据了历史叙述的主要篇幅。相反,中译外的活动却很难在主流历史叙述中找到。造成这种局面的原因是多样的,我们已经在本书的开始做了交代,这里就不再赘述。可是,有一个现实我们必须承认,那就是中国现代翻译史上发生最多的还是外译中的活动。也许正因为如此,我们才会在主流翻译史叙述中很难找到关于本土译者从事中译外的记录。仅有的叙述也只是针对一些少数的参加中译外的著名翻译家,如辜鸿铭、林语堂、杨宪益等,而且他们好像突然从某个地方毫无缘由地出现。然而我们的疑问在于,除了这些已经被经典化的极少数从事中译外的著名翻译家之外,还有没有其他中国译者从事这方面的工作?难道除了由少数著名翻译家构成的高峰之外,中译外的这幅风景画里就找不到其他绚丽多姿的河流、山丘和丛林了吗?

答案是否定的。经过细致的史料考证,从20世纪20年代至40年代,在对外译介中国文学这个领域里一试身手的本土译者不下70人。他们中间,有的仅仅翻译了一两篇就再也没有了踪迹,他们可以说是这幅风景画中的溪流;有的则在相当长的一段时间内一直十分活跃地从事着对外译介的工作,他们可以算得上这个风景中的丛林甚至山脉。其中翻译成果比较多或者翻译的作品流传较广的本土译者有以下代表:江亢虎(Kiang Kanghu)、贺敬瞻(Hao King - Chan)、吴益泰(Ou I - t'ai)、曾仲鸣、梁社乾(George Kin Leung)、敬隐渔(Kyn Yn Yu)、朱家健(Tchou, Kia - Kien)、徐仲年(Sung - nien Hsü)、王际真(Chi - chen Wang)、林语堂(Lin Yutang)、徐道邻(Hsü Dauling)、林秋生(Ling Tsiu - sen)、萧乾(Hsiao Ch'ien)、蒋恩凯(Tsiang, an - Kai)、熊式一(Hsiung S. I.)、陈世骧(Ch'en Shih - hsiang)、姚莘农(Yao Hsin - nung,姚克)、辛墨雷(Shing Mo - lei,即邵洵美)、凌叔华(Ling Hsu Hua)、任玲逊(Richard L. Jen)、初大告(Ch'u Ta - Kao)、李宜燮(Lee Yi - hsieh)、吴经熊(John C. H. Wu)、毛如升(Lucien Mao,Mao Ju - Sheng)、罗大纲(Lo Ta - Kang)、高克毅(Kao, George)、杨宪益(Yang. Hsien - yi)等人。在这些译者中间,除了林语堂得到最多研究和关注之外①,对其他译者如姚克、萧乾、王际真、凌叔华等人在推动中国文学对外译介过程中所作的贡献算是有了一点研究成果,但数量仍然很少,且并未形成系统和深入的研究。至于剩下的译者,几乎在任何翻译史著中找不到身影,仿佛并不存在一样。其实,对于这些隐形的译者,我们有一系列的问题需要回答:他们都做了哪些工作? 产生过哪些影响? 他们的翻译过程和产品都有哪些特点? 最后的问题是,他们为什么在历史上隐没无闻? 因此,本章的主要任务之一就是要在史料考证的基础上,分析上述隐形译者在中国文学对外译介领域所作的贡献,塑造一批鲜活而生动的译者群像,重构一个丰富而多元的翻译史图景。

3.2 中国译者与诗歌译介

本书第一章对中国译者译介的诗歌情况作了统计:所录古典诗歌翻译的总体数量为 407 个,其中出自中国译者的有 78 个,占总体的 19.2%;现代诗歌翻译的总体数量为 14 个,其中出自中国译者的有 12 个,占总体的 85.7%。

纵向对比,中国译者所译古典诗歌数量远远超过现代诗歌,但如果横向对比所译数量在那一类型译介中的贡献度,中国译者对现代诗歌译介的贡献更大。在仅有的 14 个译介条目中,中国译者参与的就

---

①杨宪益虽然也得到众多的关注,但人们研究的重点是在他 1949 年之后的翻译活动,对他之前的翻译活动所言甚少,尤其是他和戴乃迭首次合作翻译的《老残游记》并没有得到多少系统和深入的研究。

有 12 个,这说明几乎所有的现代诗歌的译介都出自中国译者之手,这是我们不得不注意的地方。整体来看,诗歌译介领域涌现出了一些译者,他们有的翻译产生了不小的反响,其中影响较大的有古典诗歌译介的江亢虎、蔡廷干与初大告,现代诗歌译介的陈世骧、卞之琳、闻一多等人。

3.2.1　江亢虎与中国古诗英译

　　江亢虎曾游历欧美,在加拿大和美国生活过较长时间,和宾纳(Witter Byner)合作将中国古诗《唐诗三百首》翻译成英文,对推动中国文化的海外传播做出了一定的贡献,但截至目前,国内不多的有关江亢虎的研究成果几乎全部来自史学界,研究重点放在江亢虎在二战结束前的政治活动,对其在对外译介中国文学和文化等方面所作的工作视而不见,并无多少研究。仅有的研究成果为:在 2009 年朱徽著的《中国诗歌在英语世界—英美译家汉诗翻译研究》一书中的第六章《宾纳:对唐诗的诗意诠释》,提到江亢虎,并对江亢虎的身份做了简要介绍。他指出:"江亢虎在文学与翻译上的最大成果就是他跟宾纳合作翻译的《群玉山头》,这为他在中国颇不光彩的人生履历上留下了足以传世的重要一页。"[1]但作者并未对江亢虎在合作翻译中的作用有过实际的考察。黄兴涛的《中国文化通史民国卷》(2009)第四章第二节《中国文化的对外传播》中谈及江亢虎的情况。李珊(2011)的单篇论文论述江亢虎在北美传播中国文化的情况。整体来看,江亢虎在中国古诗英译中所发挥的作用还有待发掘和阐发。

　　江亢虎(Kiang Kanghu,1883—1954),原名绍铨,字康弧,曾用名许安诚(Hsü An‐ch'eng),祖籍安徽旌德,1883 年 7 月出生于江西弋阳一个官宦之家。其祖父在清光绪年间入翰林院任编修,其父曾任工部主事、保升员外郎加四品衔,家族地位显赫。少年江亢虎自 12 岁起便随父来京。借助家庭的背景,他得以出入晚清的上层社会。此时的中国,正处在国家和民族危亡日趋严重的时刻。甲午战争清政府的战败让当时一部分先进的知识分子和开明官绅认识到唯有维新变法,才能

---

　　①朱徽:《中国诗歌在英语世界——英美译家汉诗翻译研究》,上海外语教育出版社,2009,第 83 页。

抵御外辱、挽救国家。江亢虎恰恰身处这样一个风云诡谲的政治时代,表现出了超过其年龄的政治热情。他接触到当时晚清社会上层的变法维新的种种主张,思想为之震动,并逐渐走向维新道路。

1901 年,他与几个人在北京创办了东文学社,聘日本人中岛裁之为教员,不久随其到日本,入早稻田大学学习政治、法律,兼修英文和法文,之后游学考察半年后回国。归国后,他被袁世凯聘为北洋编译局总办,兼任北洋官报总编。一年以后,他辞去职务,于 1902 年赴日本留学,接触到西方的无政府主义和形形色色的社会主义思潮,并积极从事各种社会和政治活动。1904 年,他因病回国,得到礼部尚书张百熙的举荐,任京师大学堂东文教习。在袁世凯和端方的赞助下,他在北京创办了 3 所女学传习所。1907 年,他再度留学日本,受到无政府主义和社会主义思想的影响。1910 年,江游历日本、英国、法国、德国、荷兰、比利时、俄国,1911 年春回国,前后一年时间。旅欧期间,他广泛接触了各国无政府主义者和社会民主党人士,还以非正式代表的资格参加了在比利时布鲁塞尔举办的第二国际会议。正是在这段时期,他接受了无政府主义和社会主义思想,回国后开始倡导社会主义。1911 年 7 月 10 日,江亢虎在上海发起成立社会主义研究会,并在辛亥革命之后改为中国社会党,成为中国第一个社会党。1913 年 9 月,中国社会党因涉嫌参加二次革命,被袁世凯下令武装解散。江亢虎为躲避迫害,逃亡美国,在加利福尼亚州立大学担任中文讲师,从事中国文化的宣传和介绍工作。1920 年,江亢虎回国。1922 年,他创立上海南方大学,任该校首任校长。1927 年夏,江亢虎经美国至加拿大,从1930 年至 1933 年在加拿大蒙特利尔的麦吉尔大学任教,创立了该校第一个中国学系,担任中国学系及汉学主任教授。1934 年,他受邀旅台,后于同一年回到中国大陆。1937 年抗战爆发后,他避居香港。1939 年 9 月,他接受了汪精卫的邀请赶赴上海,发表了《双十节对时局宣言》,主张建立以中国传统文化为中心的东亚新秩序。1942 年,他担任汪伪政权考试院院长。抗战胜利后,江被蒋介石领导的国民政府以汉奸罪起诉,被判无期徒刑,被关押在南京老虎桥监狱,后移至上海提篮桥监狱。建国以后,江被继续关押,接受人民政府的改造,1954 年因病死于狱中。

谈及江亢虎译介中国古诗的活动,离不开与他合作翻译的美国人宾纳(Witter Bynner, 1888—1968)。宾纳是一位诗人、作家与学者,出生于纽约的布鲁克林,1898年入哈佛大学读书,积极参加各种文学和社会活动,是该校的学生文学杂志《倡导》(*The Advocate*)的成员,1902年大学毕业。他的第一部诗集出版于1907年,题为《致哈佛》(*An Ode to Harvard*)。毕业后,宾纳在杂志社工作,与纽约的文学界和艺术界的人物交往密切。1917年,宾纳和几位朋友一道赴日本、中国游历。回国后,1918年秋季,加利福尼亚大学伯克利分校英语系聘请宾纳为讲师,为学生军训练团教授英语口语,时间为一年。1919年1月份,政府在该校的军事学校停办,这个训练团也因故解散,宾纳教授口语的教学就此结束,不过他开设了诗歌写作班,教学十分成功。就是在这短短的时间里,他和同样在学校担任中文教习的江亢虎认识了。自此,两人结下了长达十几年的友谊,并合作将中国古诗翻译成英文。

宾纳在回忆两人的相遇时这样说道:"在1918年,我在伯克利担任教职,遇到一位同事,即江亢虎博士,我当时一下子就被他吸引住了。作为一个有原则、行为果敢的人,他当时的所作所为足以激起我的兴趣,甚至在我了解到他是一位文雅和让人振奋的同道之前。"[①]宾纳这里所说的"行为果敢"应该指的是江亢虎在中国发起并创建的中国社会党因涉嫌参加二次革命,而被袁世凯下令取缔,江也因此逃亡美国躲避迫害这件事。

宾纳在此视江亢虎为"同道",之所以这样说是因为两人都对诗歌有浓厚的兴趣。宾纳是诗人,在此之前已经有诗集出版;而江亢虎幼承庭训,受过良好的古典教育,对中国文化和古典诗歌如数家珍,自己也创作古体诗。两人在交往的过程中经常谈到诗歌。宾纳对江亢虎在交谈过程中随便信手拈来中国古诗的做法印象深刻。作为江亢虎,则秉承了中国自古以来以诗会友的传统,视宾纳为志同道合之人,相互之间互赠诗歌以留纪念。1929年,他俩合作翻译的《群玉山头:唐诗三百首》(*The Jade Mountain: A Chinese Anthology: 300 Poems of the*

①Bynner, Witter. Introduction to *The Jade Mountain: A Chinese Anthology, Being Three Hundred Poems of the T'ang Dynasty*, 618 – 906. Witter Bynner and Kiang Kang – hu. *The Chinese Translations: The Works of Witter Bynner*, [C]. New York: Farrar, Straus, Giroux, 1982, p.3.

T'ang Dynasty, 618—906) 英译本在纽约的 Knopf 出版社出版。译本的扉页上这样写着：translated by Witter Bynner from the texts of Kiang Kang-hu。这表明了两人合作的方式。宾纳"无法阅读中文，只能依靠江亢虎将汉语诗歌翻译成字对字的英文（直译的英文，literal English），然后他将其转换为诗歌。"[1]可见，他俩的合作方式和晚清时期林纾与其合作者进行翻译的方式完全一样，宾纳可以算得上是美国的林纾了。

这部译本虽然出版于 1929 年，但里面的 300 多首诗歌并非同一个时间里翻译而成的。李珊（2011）在"江亢虎北美传播中国文化述论"的文章里推测：该书的翻译最迟在 1922 年就已经开始。因为她根据的是 1922 年 7 月 9 日《纽约时报》上的一篇报道，其中提到有一首由维特·宾纳和江亢虎合译的汉诗，并预言待整本书出版后，其中的译作必定会很快被各大报章杂志竞相转载。[2] 不过，另有国外学者指出，在这个译本出版之前，宾纳曾在 48 个不同的流行刊物里出版了 238 首和江亢虎合作翻译的诗歌。这些流行刊物包括《国家》(The Nation)、《新共和》(The New Republic)、《日冕》(The Dial)、《华北捷报》(The North China Herald)、《弗吉尼亚季刊评论》(The Virginia Quarterly Review)、《伦敦水银报》(The London Mercury)等。[3] 根据这一线索，笔者对两人合译的诗歌进行了考察，结果发现《诗歌杂志》(Poetry: a magazine of verse) 在 1922 年 2 月出版的第 19 卷第 5 期上，一共发表了宾纳和江亢虎合作翻译的王维的 15 首诗歌。这些译诗的最后署名是：Translated from the Chinese by Witter Bynner and Kiang Kang-hu. 这当然还不是两人最早合作发表的译诗。1921 年 11 月 2 日美国出版的《国家》(The Nation)杂志第 113 卷，总第 2939 期上在第 502 页刊登了两人合作翻译的两首中国诗，分别是王昌龄的《闺怨》和王翰的《凉州曲》。另外根据宾纳的回忆，他和江亢虎之间通过写信的方式保持联

---

①Mungello, D. E.. *Western Queers in China*: *Flight to the Land of Oz* [M]. Rowan and Littlefield Publishers. 2012, p.119.

②Anonymous. Current Magazines, *The New York Times*, July 9th, 1922, p.53.

③Mungello, D. E.. Western Queers in China: Flight to the Land of Oz [M]. Rowan and Littlefield Publishers. 2012, p.119.

系。在收到江亢虎的初步翻译后,他在 20 年代一遍又一遍地修改翻译,经常"整天工作 8 至 10 个小时,什么也不做,就琢磨这些诗歌。"[1]1920 年 6 月 22 日,江亢虎和宾纳一同回到中国。同年冬天,宾纳来到北京。在北京游历期间,他还曾就唐诗的翻译问题请教了几位中国人。从以上的诸多信息点综合判断,江亢虎和宾纳合作翻译唐诗应该最早从 1920 年开始,而且有的是在中国完成。江亢虎在两人的合作过程中起着跨语言转换的作用,他所作的是语际翻译(interlingual translation),即把一种语言转换为另外一种语言;而宾纳所作的是语内翻译(intralingual translation),即将江亢虎的英译本作为源文,然后转换成更为地道的英文表达。

下面我们以 1922 年《诗歌杂志》上发表的宾纳和江亢虎合译的 16 首王维的诗歌以及 2 首江亢虎自译的诗歌为例,通过对比源文和译文,分析译者的翻译选择和体现出来的翻译规范。

(1)源文:酬张少府

晚年唯好静,

万事不关心。

自顾无长策,

空知返旧林。

松风吹解带,

山月照弹琴。

君问穷通理,

渔歌入浦深。

英译文:**Answering Vice – Prefect Chiang,Wang Wei**

AS the years go by,give me but peace,

Freedom from ten thousand matters.

I ask myself and always answer,

What can be better than coming home?

A wind from the pine – trees blows my sash,

And my lute is bright with the mountain – moon.

You ask me about good and evil?

---

①Bynner,Witter. *Prose Pieces*[C]. Ed. By James Kraft,,New York:Farrar,Straus & Giroux,1979,p.69.

Hark, on the lake there's a fisherman singing![1]

中国古诗惯于用典,背后一般都有一段历史,这首诗也不例外。这首诗作于唐玄宗开元二十九年(公元 741 年),王维 41 岁。题目中的张少府指的是张九龄,官至宰相。张九龄任宰相时,王维对他的政治主张十分支持,因此得到张的提拔和器重。不过很快,张九龄受到排挤被罢免,王维十分沮丧,对朝廷政治失望,于是写了这首诗,表达了一种退隐与出世之间的矛盾心态。诗歌第 8 行中的"渔歌"让人想起《楚辞·渔父》的典故。诗歌的第 7 行中的"穷通"两字亦可以理解成处江湖之远和居庙堂之高之意。第 3 行和第 4 行表达了诗人自嘲的态度,自己想想并无什么好的对策献给朝廷,只剩下旧日曾经归隐的山林可以退隐。如果完全从诗歌隐晦意义的表达上看,通读译文,恐怕英美读者面对空荡荡这样一首诗,不可能读出来背后的文化典故和所具有的现实意义的。原诗所具有的政治内涵以及诗人所表达的矛盾心态并无法从译文中读出来。不过,译者的创造性体现在将原诗对现实的关怀转化成了基督教的善与恶的交锋。在译文的最后两行,诗人在问:你问我什么是善,什么是恶?听啊,湖上传来渔父的歌声!所以读完译文,我们感受到的诗人形象更像是厌倦了世事而遁入田园追求上帝的传教士。从诗歌形式上看,源文的 8 行转换成译文的 8 行。源文中体现特定文化内容的词汇有两处,一个是"少府",一个是衣带。唐代"少府"指的是掌管百工的官职,官阶为从六品下。译文翻译成 vice - prefect,也就是副长官。查柯林斯高阶英汉双解词典,prefect is the head of the local government administration or of a local government department[2] 直译过来就是指:地方政府行政首脑或地方政府部门的主管。译者之所以会用 vice 对译"少"字,可能受江亢虎直译的英译文的影响。这个影响还体现在"山月"的翻译上,被直接翻译成 mountain - moon。第二个具有典型文化差异的是源文的"衣带"。唐代官吏的主要服饰为圆领窄袖袍衫。腰间束一道腰带。这里所说的"带"应该指的是垂下来的腰带。英文翻译用 sash,可这个带子指的是

---

[1] Witter Bynner and Kiang Kang - hu, Answering Vice - Prefect Chang. *Poetry*: *A Maga-zine of Verse*, vol. 19, No. 5 (Feb., 1922), p.235.

[2]《柯林斯高阶英汉双解词典》,商务印书馆,2008,第 1244 页。

斜挎过肩的带子。恐怕和源文所指不甚吻合。不过,基本而言,译文还是十分忠实于源文,并没有出现大幅度删改的迹象。不过另一个值得注意的现象是,译者也没有刻意地追求源文的韵脚和格律。再看下面的《归嵩山作》这首诗的翻译。

（2）源文:归嵩山作

> 清川带长薄,
> 车马去闲闲。
> 流水如有意,
> 暮禽相与还。
> 荒城临古渡,
> 落日满秋山。
> 迢递嵩高下,
> 归来且闭关。

英译文:**Bound Home to Mount Sung**

> The limpid river, past its bushes
> Flowing slowly as my chariot,
> Seems a fellow – voyager
> Returning with the evening – birds.
> A ruined city – wall overtops an old ferry,
> Autumn sunset floods the peaks…
> Far away, beside Mount Sung,
> I shall rest and close my door. [1]

《归嵩山作》描写了诗人辞官归隐途中所见景色以及恬适的心境。清川、车马、流水、暮禽皆描绘出了一种从容自在的心情。译者题目所用 Home 将诗人归家的心情前景化了,具有同样效果的还有译文第4行和第5行,尤其是 fellow – voyager 的使用让诗歌具有了一层悲凉感。尤其是随着负面意象的出现,a ruined city – wall,以及那远远的嵩山,最后一句读起来仿佛游子历经岁月沧桑磨难终于归来安息。无论从哪种角度看,译文在情绪的传达上进行了某种创造,可算得上某种收获吧。再看下面一首诗的翻译。

---

[1]Witter Bynner and Kiang Kang – hu, Bound Home to Mount Sung. *Poetry*: *A Magazine of Verse*, vol. 19, No. 5 (Feb., 1922), pp.235 – 36.

（3）源文：**辋川闲居赠裴秀才迪**

> 寒山转苍翠，
>
> 秋水日潺湲。
>
> 倚杖柴门外，
>
> 临风听暮蝉。
>
> 渡头余落日，
>
> 墟里上孤烟。
>
> 复值接舆醉，
>
> 狂歌五柳前。

英译文：**A Message to P' ai Ti**

> Cold and blue now are the mountains
>
> From autumn – rain that beat all day.
>
> By my thatch – door, leaning on my staff,
>
> I listen to cicadas in the evening wind.
>
> Sunset lingers at the ferry,
>
> Cooking – smoke floats up from the houses···
>
> Oh, when shall I pledge Chieh – yu again,
>
> And sing a wild poem at Five Willows![1]

《辋川闲居赠裴秀才迪》为诗人闲居山林赠送友人之作，题目中交代了地点、心态、人物、身份，这些在译文中只保留了最为基本的信息，只能算是对诗歌内容的一个提示而已。原诗第 1 行和第 2 行描绘了苍翠的寒山和潺湲的秋水，一派纯净的自然景色，此时的诗人倚着柴门，聆听蝉的暮歌，心情如这平静的自然一样，超然物外，不为世俗所累。此时日头已经斜下渡头，家里也已经生火做饭，诗人想到什么时候能再和友人把酒言欢，吟诗作曲呢？诗人以接舆比友人，以陶潜自喻，可见诗人自己洁身自好，超凡脱俗，乡野生活令人情趣盎然。原诗包含两个人名，在中国文化中有它独特的意义，这个意义在译文中并没有表达出来。将人名用拼音拼出，并不能让西方读者明白这到底是什么。另外一处让读者费解，就是原诗第 2 行"秋水日潺湲"被翻译成 autumn – rain beat all day，直译过来是"秋天的雨水下了一整天"。这明显和原诗的"秋天的河流日日缓缓地流向远方"相差甚远。如果我

---

[1] Witter Bynner and Kiang Kang – hu, A Message to P' ai Ti. *Poetry*：*A Magazine of Verse*, vol. 19, No. 5 (Feb. , 1922), p.236.

们不改变原诗的意义,将之翻译成:autumn - river flows all day 似乎也可以。再看下面一首《过香积寺》的翻译。

（4）源文:过香积寺

不知香积寺,

数里入云峰。

古木无人径,

深山何处钟。

泉声咽危石,

日色冷青松。

薄暮空潭曲,

安禅制毒龙。

英译文:**On the Way to the Temple**

Not knowing the way to the Temple of Heaped Fragrance,

I have roamed, under miles of mountain – cloud,

Old woods without a human track.

But far on the height I hear a bell,

A rillet sings over winding rocks,

The sun is tempered by green pines…

At twilight, close to an emptying pool,

I lie and master the Passion – dragon.[①]

《过香积寺》是一首写景诗,诗人虽然描写的是寺庙,但却不直接描写,而是从其周围的环境入手,刻画出一幅幽深、寂静、人迹罕至的去处。译者的翻译显然用的句子都比较完整,如果从阅读的感受上来看,更像是散文或者散文诗的意境。原诗第8行"毒龙"指人的机心妄想,说明安禅已经领悟到禅理的高深,制服了内心的邪念。译文第8行用"Passion – dragon"对译"毒龙",还是比较贴切。但至于读者是否能从译文中解读出来禅理,那又另当别论了。再看下面一首诗的翻译。

（5）源文:终南山

太乙近天都,

连山接海隅。

---

①Witter Bynner and Kiang Kang – hu, On the Way to the Temple. *Poetry: A Magazine of Verse*, vol. 19, No. 5 (Feb., 1922), p.236.

白云回望合,

青霭入看无。

分野中峰变,

阴晴众壑殊。

欲投人处宿,

隔水问樵夫。

英译文:**Mount Chung – Nan**

The Great One's height near the City of Heaven

Joins a thousand mountains to the corner of the sea.

Clouds, when I look back, close behind me;

Mists, when I enter them, are gone.

A central peak divides the wilds

And weather into many valleys…

Needing a place to spend the night,

I call to a wood – cutter over the river. [①]

《终南山》也是一首写景诗。终南山是古人对秦岭山脉主峰的称呼,在帝都长安南50里。这首诗用了很多夸张的手法,描写终南山的雄伟气魄。原诗第1行中的"太乙"在唐代又称为"太一",指的就是终南山。译文第1行里的"the Great One"对译的就是"太一"。对比原诗和译文,两个文本十分对应。原诗里并没有什么翻译的难点。再看下面几首诗的翻译。

(6)源文:**汉江临眺**

楚塞三湘接,

荆门九派通。

江流天地外,

山色有无中。

郡邑浮前浦,

波澜动远空。

襄阳好风日,

留醉与山翁。

英译文:**A View of the Han River**

---

①Witter Bynner and Kiang Kang – hu, Mount Chung – Nan. *Poetry*: *A Magazine of Verse*, vol. 19, No. 5 (Feb., 1922), p.237.

With its three Hsiang branches it reaches Ch'u border

And with nine streams touches the gateway of Ching:

This river runs beyond heaven and earth,

Where the color of mountains both is and is not.

The dwellings of men seem floating along

On ripples of the distant sky…

O Hsiang–yang, how your beautiful days

Make drunken my old mountain–heart![1]

汉江即汉水,发源地在陕西省宁强县,流经湖北至汉阳入长江。这首诗是诗人在开元二十八年,即740年以殿中御史的身份去黔中等地任选补使的时候,途径襄阳所作。原诗前6行是诗人登高远眺汉江所观所感,有写实的景物,有内心的想象。整首诗给人的感觉是气魄雄伟阔大。译文的处理和之前的几首诗歌一样,十分忠实,表现也是中规中矩,其特点在于译者使用的都是完整的英文句子。只是译文第7行中的叹词"O"给人的感觉不太协调,打断了整首诗的节奏。而最后一行中的"mountain–heart"可谓是创造性的翻译了。虽然并未出现原诗的"山翁",但其情绪的传达是到位的。

(7)源文:积雨辋川庄作

积雨空林烟火迟,

蒸藜炊黍饷东菑。

漠漠水田飞白鹭,

阴阴夏木啭黄鹂。

山中习静观朝槿,

松下清斋折露葵。

野老与人争席罢,

海鸥何事更相疑。

英译文:**In My Lodge at Wang–Ch'uan After A Long Rain**

The woods have stored the rain, and slow comes the smoke

As rice is cooked on faggots and carried to the fields;

Over the quiet marshland flies a white egret,

And mango–birds are singing in the full summer trees.

---

[1]Witter Bynner and Kiang Kang–hu, A View of the Han River. *Poetry*: *A Magazine of Verse*, vol. 19, No. 5 (Feb., 1922), p.238.

I have learned to watch in peace the mountain morning –
glories,
To eat split dewy sunflower – seeds under a bough of pine,
To yield the place of honor to any boor at all···
Why should I frighten sea – gulls even with a thought?[①]

《积雨辋川庄作》是王维后期的作品,主要写诗人隐居辋川的闲情逸致的生活。原诗第1行中的"积雨"指的是下了很长时间的雨。"空林",空疏的树林。因为积雨的缘故,树林湿润,烟火迟迟无法升起。第2行中的"藜"和"黍"都是当时人们吃的食物。"饷"是动词,送饭。"东菑"(音 zī),东边田里干活的人。开垦了一年的土地叫作"菑",这里泛指田地。原诗第3行,"漠漠"形容广阔无边,但在译文中,空间的概念被翻译成了一个听觉上的安静,而且水田也和沼泽地相去甚远;第4行中的"阴阴"指幽暗,夏木指高大的乔木,这些在译文中并没有翻译出来;第5行,"山中"说明此时诗人深居在此,望着槿花的开落以修养宁静之性。槿,(音 jǐn),植物名。落叶灌木,其花朝开夕谢,故古人常以此悟人生荣枯无常之理。从字面上看,仿佛译文并没有翻译原诗使用的树木,但译者用 morning – glories 恰恰将原诗所要表达的深层含义,即人生荣枯的无常之理传递得十分到位。第6行,"清斋"指素食;第7行的"野老"是诗人的自称,争席罢表明诗人要退隐山林,与世无争。原诗最后一行中的海鸥这个意象的使用有其典故,但在译文中的直译并不能将其准确传达出来。

(8)源文:**竹里馆**

> 独坐幽篁里,
> 弹琴复长啸。
> 深林人不知,
> 明月来相照。

英译文:**In a Retreat among Bamboos**

> Alone I am sitting under close bamboos,
> Playing on my lute, singing without words.
> Who can hear me in this thicket? ···

---

① Witter Bynner and Kiang Kang – hu, In My Lodge at Wang – Ch'uan After A Long Rain. *Poetry: A Magazine of Verse*, vol. 19, No. 5 (Feb., 1922), pp. 238 – 39.

Bright and friendly comes the moon. ①

　　从诗歌意境上来说,《竹里馆》和其他几首比较相似。如果说原诗表达了诗人隐居竹林的闲适生活,高雅闲淡,那么译文读起来却像一个我行我素,在竹林荒野仰天长啸的嬉皮士。周围没有别人,只有这幽深的竹林和明月相伴。译文中的 friendly 一词恰恰体现出来译者对原诗趣味的准确把握。

　　(9)源文:**终南别业**

中岁颇好道,

晚家南山陲。

兴来每独往,

胜事空自知。

行到水穷处,

坐看云起时。

偶然值林叟,

谈笑无还期。

英译文:**My Retreat at Chun‐nan**

My heart in middle age found the Way,

And I came to dwell at the foot of this mountain.

When the spirit moves, I wander alone

Where beauty is known only to me.

I will walk till the water checks my path,

Then sit and watch the rising clouds,

And some day meet an old woodcutter,

And talk and laugh and never return. ②

　　《终南别业》描写的是诗人隐居终南山的生活,充满闲情逸致,表达了诗人随遇而安的心情。这首诗读起来十分平淡,却有禅意,翻译起来从语言上而言,并没有什么难处。原诗第 1 和 2 行写的是诗人因为厌烦俗世而转向佛教,寻求解脱,到了晚年归隐南山,也就是王维在辋川的居所所在地。从第 3 行至第 6 行的描写中可以看出,诗人的生

---

①Witter Bynner and Kiang Kang‐hu, In a Retreat among Bamboos. *Poetry: A Magazine of Verse*, vol. 19, No. 5 (Feb., 1922), p. 239.

②Witter Bynner and Kiang Kang‐hu, My Retreat at Chun‐nan. *Poetry: A Magazine of Verse*, vol. 19, No. 5 (Feb., 1922), p. 239.

活是极其简单、自然、与世无争的。每次诗人感到兴趣所至，会独自往来，走到水穷处，看见云起时，没有人和他有着共同爱好，唯有偶尔遇到林叟，谈笑一番。诗人只求自得其乐，随遇而安。上面提到，译文在语言层面并没有遇到什么困难，整首诗的意境传达也比较到位，那种平淡自然的生活情趣在译诗中也表露无遗。

（10）源文：杂诗·君自故乡来

> 君自故乡来，
> 应知故乡事。
> 来日绮窗前，
> 寒梅著花未？

英译文：Lines

> You who arrive from my old country,
> Tell me what has happened there!
> Did you see, when you passed my silken window,
> The first cold blossom of the plum?[①]

这首杂诗描写的是诗中的主人公的思乡之情。诗歌第3行中的"来日"指的是来的那一天；"绮窗"指的是雕画花纹的窗户；"著花未"指的是开花没有。诗中的主人公遇到来自家乡的人，于是急切地询问家乡的近况，那株梅花开了没有。诗人思念故乡，喜欢梅花，这些都以极其自然，浑然天成的方式表现了出来。于平淡中见真情。译诗必须使用人称代词 you 来点明对话的对象。与其他几首译诗一样，这首译文翻译得十分工整，语义表达完整和准确。

（11）源文：山中送别

> 山中相送罢，
> 日暮掩柴扉。
> 春草明年绿，
> 王孙归不归？

英译文：A Parting

> Friend, I have watched you down the mountain
> Till now in the dark I close my thatch - door⋯

---

①Witter Bynner and Kiang Kang - hu, Lines. *Poetry: A Magazine of Verse*, vol. 19, No. 5 (Feb. , 1922), p.240.

Grasses return again green in the spring,

But, O Wang Sun, will you return?[①]

这首《山中送别》表达的是怀念友人,盼望早归的浓厚情意。王孙并非人名,意为贵族的子孙,这里指送别的友人。后两句化用《楚辞·招隐士》的"王孙游兮不归,春草生兮萋萋"句意。译文显然在处理上有误。不过,对于西方读者而言,这并不影响对整首诗歌的理解。译文第4行中的叹词"O"表达一种惋惜之情,但感觉打断了诗歌的节奏,不过整体来看,译文所表达的情绪在平淡中见热烈。

(12)源文:**渭城曲**

渭城朝雨浥轻尘,

客舍青青柳色新。

劝君更尽一杯酒,

西出阳关无故人。

英译文:**A Song at Wei – Ch'eng**

The morning rain settled the dust in Wei – ch'eng;

In the yard of the tavern green willows revive…

Oh, wait to empty one more cup!

West of Yang Gate—no old friends![②]

《渭城曲》在中国家喻户晓,又称"送元二使安西",诗人送朋友去西北边疆时作离别诗。原诗第1行和第2行写送别的时间、地点、环境气氛。第3行和第4行更像是脱口而出的劝酒辞,具有强烈的现场气氛,深挚的惜别之情由此表达了出来。或许是为了特别突出这一点,译诗加入了叹词"Oh",不过问题和之前的几首诗歌一样,破坏了整体的韵律感,使得诗歌不像是诗歌,而成为散文了。原诗有"阳关"这一中国文化中十分经典的意象,译诗中的对等表达并无法在西方读者心目中引起同等效果的反应。

(13)源文:**西施咏**

艳色天下重,

---

① Witter Bynner and Kiang Kang – hu, A Parting. *Poetry*: *A Magazine of Verse*, vol. 19, No. 5 (Feb. , 1922), pp. 241.

② Witter Bynner and Kiang Kang – hu, A Song at Wei – Ch'eng. *Poetry*: *A Magazine of Verse*, vol. 19, No. 5 (Feb. , 1922), p. 241.

西施宁久微。

朝为越溪女,

暮作吴宫妃。

贱日岂殊众,

贵来方悟稀。

邀人傅脂粉,

不自著罗衣。

君宠益娇态,

君怜无是非。

当时浣纱伴,

莫得同车归。

持谢邻家子,

效颦安可希。

英译文:**The Beautiful Hsi - Shih**

Since beauty is honored all over the empire,

How could Hsi - shih remain humbly at home?

At dawn washing clothes by a lake in Yueh;

At dusk in the Palace of Wu, a great lady!

Poor, no rarer than the others—

Exalted, everyone praising her rareness.

But above all honors, the honor was hers

Of blinding with passion an emperor's reason.

Girls who had once washed silk beside her

Now were ordered away from her carriage…

Ask them, in her neighbors' houses,

If by wrinkling their brows they can copy her beauty. [①]

　　《西施咏》是王维的一首篇幅较长的讽刺诗。诗人借历史上西施从平民女到宫廷宠妃的典故,揭示出人生的荣辱沉浮全凭一时的际遇,表达了对市井势力小人的嘲讽,尤其是对那些凭借权贵骄横跋扈之人的讽刺。就翻译而言,这首诗的译文省略了原诗第 7 行和第 8 行,而且将第 9 行和第 10 行的意思浓缩在了一行里。在其他方面,译

---

①Witter Bynner and Kiang Kang - hu, The Beautiful His - Shih. Poetry: A Magazine of Verse, vol. 19, No. 5 (Feb. , 1922), p.242.

者的翻译十分忠实于原诗,由于读者可以借助诗歌内容本身来判断西施的身份,因此就没有对这个典故进行加注解释。

(14)源文:洛阳女儿行

> 洛阳女儿对门居,
> 才可容颜十五余。
> 良人玉勒乘骢马,
> 侍女金盘脍鲤鱼。
> 画阁朱楼尽相望,
> 红桃绿柳垂檐向。
> 罗帏送上七香车,
> 宝扇迎归九华帐。
> 狂夫富贵在青春,
> 意气骄奢剧季伦。
> 自怜碧玉亲教舞,
> 不惜珊瑚持与人。
> 春窗曙灭九微火,
> 九微片片飞花琐。
> 戏罢曾无理曲时,
> 妆成只是熏香坐。
> 城中相识尽繁华,
> 日夜经过赵李家。
> 谁怜越女颜如玉,
> 贫贱江头自浣沙。

英译文:**A Song of Young Girls from Lo – Yang**

> There are girls from Lo – yang in that door across the street,
> Some of them fifteen and some a little older.
> While their master rides a rapid horse with jade bit and bridle,
> Their handmaid brings them codfish on a golden plate.
> On the painted pavilions, facing their red towers,
> Cornices are pink and green with peach – bloom and with willow;
> Canopies of silk awn their seven – scented chairs;
> Rare fans shade them home, to their nine – flowered curtains.
> Their lord, with rank and wealth and in the green of like,
> Exceeds, for magnificence, even Chi – lun;
> He favors girls of lowly birth and teaches them to dance,

And he gives away his coral – trees to almost anyone.

The wind of dawn just stirs when his nine soft lights go out,

Those nine soft lights like petals in a flying chain of flowers.

From play to play they have barely time for singing over the songs;

No sooner are they dressed again than incense burns before them.

Those they know in town are only the rich and the lavish,

And day and night they're visiting the homes of Chao and Li⋯

Who cares about a girl from Yueh, face jade – white,

Humble, poor, alone, by the river, washing silk![1]

《洛阳女儿行》是这几首诗歌中篇幅最长的一首。原诗第 1 行中的"洛阳女儿"典出梁武帝萧衍《河中之水歌》中"洛阳女儿名莫愁",这里用来泛指出生权贵家的女子。第 2 行的"才可"即恰好。第 3 行中的"良人"是古代妻子对丈夫的尊称;"玉勒"即玉饰的马衔;"骢(cōng)马",青白色的马;第 4 行的"脍(kuài)鲤鱼",切细的鲤鱼肉;第 7 行的"罗帷"指丝织的帘帐;七香车,以 7 种香木做的车;第 8 行的"宝扇"指古代贵妇出行时用来遮蔽的用鸟羽编成的扇子;"九华帐"即鲜艳的花罗帐;第 9 行的"狂夫"是古代妇女自称其丈夫的谦辞;"剧"指戏弄;"季伦"指的是晋代石崇,字季伦,出生富豪;第 14 行的"片片"指灯花;"花琐"指雕花的连环形窗格。第 18 行的"赵李家"也是一个典故,即汉成帝的皇后赵飞燕、婕妤李平,这里泛指贵戚之家;第 19 行的"越女"指西施。这首诗描写了小家女子因为嫁入富贵之家而一跃成为身价百倍的贵妇人,过着骄奢淫逸的生活,持宠享乐。而不遇之女,即便美若西施,也只能在河边浣纱,无人怜惜。诗歌中的讽刺、怜惜、感慨皆有之,可以做多种阐释。译文的表现没有可以指责的地方,倒是第 3 行和第 9 行中使用的"良人"与"狂夫"作为敬称和谦辞,很难直接翻译,译者就将所指意义翻译出来。第 11 行中的"碧玉"一般用来指小家的女子,译者用 girls of lowly birth 翻译的确将这个词语的所指意义翻译了出来,十分准确。当然,原诗第 18 行中的"赵李家"的典故在翻译中肯定是丢失了其应有的语义效果。

---

[1] Witter Bynner and Kiang Kang – hu, A Song of Young Girls from Lo – Yang. *Poetry*: *A Magazine of Verse*, vol. 19, No. 5 (Feb. , 1922), pp. 243 – 44.

(15)源文:**赠郭给事**

> 洞门高阁霭余晖,
>
> 桃李阴阴柳絮飞。
>
> 禁里疏钟官舍晚,
>
> 省中啼鸟吏人稀。
>
> 晨摇玉佩趋金殿,
>
> 夕奉天书拜琐闱。
>
> 强欲从君无那老,
>
> 将因卧病解朝衣。

英译文:**Harmonizing a Poem by Palace – Attendant Kuo**

> High beyond the thick wall a tower shines with sunset,
>
> Where peach and plum are blooming and willow – cotton flies.
>
> You have heard it in your office, the court – bell of twilight:
>
> Birds discover perches, officials head for home.
>
> Your morning – jade will tinkle as you thread the golden palace,
>
> You will bring the word of heaven from the closing gates at night.
>
> And I should serve there with you; but, being full of years,
>
> I have put aside official robes and am resting from my ills. [1]

《赠郭给事》是王维晚年赠与给事中郭某的一首酬和诗。"给事",即给事中,是唐代门下省的要职,官阶为正五品上,由于常在皇帝周围,掌管政令的宣达,地位十分显赫。译者将这个官职翻译成皇宫的随员,还是比较切近的。原诗赞扬了郭给事的政绩,尤其是第3行和第4行,通过一个"疏钟"和"吏人稀",反衬政通人和,世事太平,以至衙门清闲,看似谀词,却不留痕迹。第5行和第6行描写出了郭给事地位的显赫,常与皇帝相伴,但诗歌最后点明了诗人的志趣所在,以病为由,表达出世的思想。译文没有什么地方偏离源文,可以说是十分忠实而自然的翻译,至于读者是否能解读出来诗人的意图,那就是另一回事了。

(16)源文:**青溪**

> 言入黄花川,
>
> 每逐青溪水。

---

①Witter Bynner and Kiang Kang – hu, Harmonizing a Poem by Palace – Attendant Kuo. *Poetry*: *A Magazine of Verse*, vol. 19, No. 5 (Feb. , 1922), p. 244.

随山将万转，

趣途无百里。

声喧乱石中，

色静深松里。

漾漾泛菱荇，

澄澄映葭苇。

我心素已闲，

清川澹如此。

请留盘石上，

垂钓将已矣。

英译文：**A Green Stream**

I have come on the River of Yellow Flowers,

Borne by the current of a green stream

Rounding ten thousand turns through the mountains

To journey less than a hundred li.

Rapids hum on scattered stones,

Light is dim in the close pines,

The surface of an inlet sways with nut – horns,

Weeds are lush along the banks.

Down in my heart I have always been clear

As this clarity of waters.

Oh, to remain on a broad flat rock

And cast my fishing – line forever![1]

《青溪》以描写景物为主，表达的是诗人的闲淡心情。这首诗的译文和其他译文比较类似，在处理源文特有的项目时，尽量采取忠实的直译，实在无法处理的才仅仅保留源文的所指意义，如这里原诗第8行中的植物"葭苇"以野草对应。和其他几首诗相似的地方还有一处，就是感叹词"Oh"的使用。前面已经对这种处理方式做了说明，不知道是否诗人当时所了解的诗歌创作是否有此类感叹词的大量使用。

经过我们的对比可以看到，译者在翻译的时候十分忠实于源文，这体现在诗歌的形式方面，除了原诗的押韵在译文中无法移植，其他

---

①Witter Bynner and Kiang Kang – hu, A Green Stream. *Poetry: A Magazine of Verse*, vol. 19, No. 5 (Feb., 1922), p.245.

方面都是一致的。遇到中国文化中的专有项的时候,译者也尽量将其译出,专有名词基本上是采取音译。从语法上看,译文几乎都是完整的英文句子,主谓宾安排得十分整齐。这阅读的感觉并不像是诗歌,而更像是散文诗或叙事散文。此外,译者比较喜欢用感叹词来表达比较强烈的情感或明显的惆怅、感慨等情绪,但在阅读上却会造成一种障碍,使得整首诗歌的节奏并不一致。原诗有的地方使用了大量的中国文化中的典故,这些典故所激发出来的情感意义在译文中无疑基本上都丢失了。译者在少数地方表现出了创造性,将佛教或禅宗的意象转化为基督教意象,虽然背离了原诗的意境,却获得了其他的效果。整体来看,所选的这些诗歌大部分属于自然描写和情感抒发的类型,而且这种情感十分平淡,恰恰符合西方汉学家所想象中的中国诗人的形象:他们恬淡自然,追求精神的崇高,远离喧嚣的闹市,在山林中弹琴作画,饮酒唱和。这种自然之风从某种程度上来说,在译文中传达了出来,它们是否能为西方读者接受,还需要时间的检验。

以上已经提到,江亢虎和宾纳1918年相识,他们从1920年6月离开美国到中国之后才开始合作翻译唐诗。在此之前,江亢虎从1913年至1920年6月份这长达7年的时间里旅居美国,有没有译介过中国文学? 如果没有,为什么回到国内才开始呢? 我们可以继而提出疑问,如果江亢虎没有在1918年遇到宾纳,他会主动将中国文学译介出去吗? 当然,历史是无法提出假设的。如果江亢虎没有遇到宾纳,很可能会出现其他的机缘,让他走上唐诗译介的道路,不过我们更关心的是,江亢虎在旅美的7年里到底做了哪些和译介中国文学有关的活动,这种迟到的文学译介现象反映了江亢虎怎样的译介动机。

江亢虎旅美7年时间主要在加州大学伯克利分校教中文,他可以说几乎是当时唯一一个在美国高校教中文的中国人。加州大学也是美国第二个开设中文课程的高校。曾任职于江南制造总局的英国传教士傅兰雅(John Fryer,1839—1928)在这里担任东方语言文学教授。傅兰雅退休之后便是江亢虎在此教中文课程。加州大学后来授予江亢虎名誉博士学位。据江亢虎在一次公开演讲中透露,他在加州大学除了教授中文之外,还"兼任讲座,讲中国文化,全课分为四部:(一)历史地理;(二)政治社会;(三)宗教哲学;(四)文学美术,都用英文讲授,学生前后不下数百人,还有许多长期旁听与临时旁听的。"①他的这些讲座后来被他本人整理成书出版,即《中国文化叙论》(*Chinese Civilization: An Introduction to Sinology*),1935 年由上海中华书局出版,封面右侧印有"英文讲义"字样。此书 1936 年东方文化出版社还有一版。在本书出版的前一年,即 1934 年,商务印书馆出版了江亢虎的《论中国学》(*On Chinese Studies*)这本书。

除了教书和讲座之外,江亢虎其实最主要的兴趣并不在单纯的传播中国文学和文化方面。说到底,最让他醉心的还是政治和社会活动,投身他所谓的社会主义和无政府主义的宣传和工作是他终身追求的目标。我们知道,江亢虎之所以赴美,起因是他所发起并成立的中国社会党遭到袁世凯的解散。他没有办法,只能暂时离开国内的政治泥潭,逃亡美国。在旅美的 7 年时间里,他远离了国内的政治斗争和活动,感到十分轻松,可他并没有表示主动译介中国文学,而是明确宣称:但愿假此数年,遍读社会主义、无政府主义各家原始之著作,广交社会党、无政府党派主动之人物,虚心研究,实力传布,愿为学者,不为党魁。② 这表明了他仍然放不下的工作和事业是到中国做政治的宣传。因此,他广泛接触在美国的各国社会党人,积极参加他们的社会主义活动,进行演讲。另外就是利用一切机会,宣传中国的革命,反思中国历史的革命问题。③ 可见,从事政治活动,宣传社会主义才是他梦寐以求的事业,翻译中国文学不过是副业罢了。由此就不难理解,为什么在旅美 7 年时间里,他并没有译介什么中国文学作品,不过他倒是在和友人的交往中写下了一些中文诗和英文诗,他自己将其翻译成英文或中文发表。

江亢虎翻译自己创作的诗是他旅美期间十分少见的诗歌翻译活动,一共翻译了 3 首。对于他的自译活动,迄今为止国内还尚未有研究者有所论述。

1919 年,伯克利出版了一本《献给加州的宾纳》(*W. B in California: A Tribute*)的诗集,其中有江亢虎献给宾纳的两首诗歌,一首为英

---

①江亢虎:《江亢虎博士演讲录》,上海南方大学出版部,1923,第 25 页。

②江亢虎:《江亢虎文存初编》,江亢虎博士丛书编印委员会,1944,第 100 页。

③江亢虎:《江亢虎博士演讲录》,上海南方大学出版部,1923,第 2 页。

文,一首为中文,江亢虎自己将其分别翻译成中文和英文。在这首诗集的扉页上,提到了这本诗集的来由。1919 年 5 月 27 日夜,宾纳的学生、朋友和同事参加了"波希米亚人俱乐部"(Bohemian Club)举行的一次晚餐会,这本诗集就是他们献给宾纳的。一共印刷了 400 本,供私下传阅。显然,江亢虎参加了这次活动,而且是以他的朋友和同事的身份参与的。江亢虎所写的诗有两首,一首为英文,他自己翻译成了中文。一首为中文,并被他本人翻译成英文。两首中文诗(源文和译文)都是手写,诗题名为:赠彬诺诗友。先看他所写的英诗源文:

Original In English

A precious plant produced in a free country

Stands high among its fellows and masters its own season.

The air is perfumed; the land is beautified; and Heaven and Earth are made harmonious.

Winds are its fan; clouds its canopy; and rain and dew its jewels.

Bees and butterflies, dancing and questing around and around,

Share the sweetness of the flower which yet loses none.

Spring stays while the flower lives.

Odor remains after the flower has passed

A thousand years, ten thousand years. [①]

中文译文如下所示:

赠彬诺诗友(其一,由英译汉)

自由花报自由春,

烘染乾坤色色新。

树杪晴云张锦幔,

枝头细雨点文茵。

蜂狂蝶浪皆无赖,

绿瘦红肥各有真。

一寸芳心千古在,

不辞历劫逐轻尘。[②]

---

①Kiang, Kang – hu, Original In English. *W. B. In California: A Tribute*[C]. Berkeley, Privately Published. 1919, p.32.

②Kiang, Kang – hu, Original In English. *W. B. In California: A Tribute*[C]. Berkeley, Privately Published. 1919, p.33.

单纯从中文译诗来看,表达的是诗人的自我期许。从翻译的角度对比两个文本,中文的翻译更为自由。另外一点值得我们注意的是,英文诗作为创作,其内部结构比较奇怪。尤其是第3句和第4句,中间出现较多分号。这很少在英语诗歌中看到。再看他的一首中文诗的写作:

赠彬诺诗友(其二,由英译汉)

海内诗家星向晨,

欲泛海外识斯人。

眼中坐看风华老,

笔底虚描世界新。

脱帽放语惊意气,

当筵泼酒见精神。

锦囊满压归鞍重,

三百明珠照后尘。[1]

这首诗是典型的酬和诗,主要作用是对诗歌的赠予者进行赞美,这可以从这首诗的最后两句可以看出来。江亢虎对宾纳的诗歌成就进行了赞美,认为他诗歌创作数量之多使得"锦囊满压"连骑马回家都感到十分沉重,而"三百明珠"更是一种比喻,形容其诗歌创作的成果就像一颗颗明珠一样照亮他骑马归家而在身后扬起的后尘,这里还有另一层含义,暗指他的诗歌成就之高,成为后人模仿的对象。下面我们来看看他的翻译:

Poets of the Flowery Land, few as stars toward morning—

Poets beyond the seas rise as the moon from mountains.

Before my eyes green youth grows old—it can be naught but old;

Under your wrist the muddy world speaks anew—but can aught be new?

Brown face, brilliant glance; with brave voice you sing.

Bowls of China, pots of Japan, pouring the spirit of East and West, you drink.

Turning homeward, your saddle is heavily burdened

With the silken bag of three hundre pearls lighting the way.[2]

---

[1] Kiang, Kang-hu, 赠彬诺诗友. *W. B. In California: A Tribute* [C]. Berkeley, Privately Published. 1919, p.34.

[2] Kiang, Kang-hu, 赠彬诺诗友. *W. B. In California: A Tribute* [C]. Berkeley, Privately Published. 1919, p.35.

　　源文有 8 句,译文也有 8 句,应该是句句对应。但需要指出的是,江亢虎在英译文诗歌的形式方面并不符合一般英诗的习惯。第 3 句中出现破折号,而且 old 明显在一个诗行里重复;第 4 句中也出现同样的问题。在第 5 行,中间出现了一个分号,其实分号后面的应该单独成行。第 1 句和第 2 句开始处都是"诗人",明显重复。原诗的"脱帽放语惊意气,当筵泼酒见精神"与译文中的两句并没有多少对应的地方,什么"中国碗,日本壶"都是江亢虎自己的创造了。单单从诗歌形式上看,江亢虎从中文翻译到英文的译文不太符合英语诗歌的规范,从语言上看,很多句子并非完整的英文句子,这和他与宾纳合作翻译的那些诗歌差距很明显。从这里,我们也能感受到宾纳作为合作者在两人的合作翻译中确实起到了很大的作用。

　　第 3 首诗来自《未来诗人:1918—1920 校园诗集》(*The Poets of the Future*: *A College Anthology for* 1918—1920)这本书中,此书由 Henry T. Schnittkind 博士主编,波士顿的 The Stratford Co. , Publishers 出版于 1920 年。江亢虎这首诗的题目是:The Dear Old Days,题目下面注明:S. C. Kiang Kang Hu University of California,translated by the author from Chinese。现将全诗收录如下:

> Pleasure lives a moment
> And sorrow is with it all the time.
> How much is the period of youth in a life
> When flowery days live briefly as flowers,
> When yesterday's child in his mother's bosom
> Is today's old man burdened with children?
>
> I used to play with my bamboo horse,
> Riding back and forth around the lakeside,
> When peach blossoms fell as red rain
> And the water carried some to the east and some to the west,
> My playmate was about thirteen or fourteen;
> She joined my hand with her uncovered arm white as jade,
> She sang "Picking Lotus Flowers"
> And rushed her boat which broke cold green glassy water.
> Turning her neck and sending her glance
> To me, she issued no words but a smile,

Then, she raised her oar and splashed along her way
Till the sleeping mandarin ducks were all awakened.

I left my country when I was twenty,
Now dim are the paths back to the dear old day's home,
But the visions hang in my sight and my mind
As in the mid – sky hangs the bright moon.
The moon retains her former brightness
And glints upon my side – hair white as frost.
Playmate, could you know me now if we should meet,
My playmate who is in the other corner of the world?

Boys and girls, how trivially
You think and talk about love and lament.
There is no end of love, and so is it with lament.
Do you not see the constant change of autumn clouds?
The vast ocean may be turned to a mulberry field,
And each worldly affair hurries to its own end.
Thus is the universe made quiet for a time
Before again the change in which everything vanishes,
And I am thankful for the little restful ailment. [①]

　　整首诗分为4节,每节的诗行数量并不相同,也没有规律可言。从题目 My Dear Old Days 来看,主题应该是怀念儿时美好时光。这也比较符合作者此时的处境和感受,离乡背井,漂泊海外,思念故去的美好时光。在第1节,诗人表达了快乐总是短暂,忧愁永远相伴,美好青春如花落花开般稍纵即逝,昨日母亲怀中的婴儿转眼成为今日为家庭生计所累的老者。在第2节,诗人从时间上回到了过去儿时的时光。和竹马相伴,在湖边玩耍,桃花纷纷落下如红雨,流水漂去任东西。青梅竹马的少女豆蔻年华,我挽着她洁白如玉的胳膊,听她唱起了"采莲曲",她调皮地撑开小船,打破碧绿晶莹的湖水,转身一言不发,朝我回

---

①Kiang Kang Hu, Pleasure Lives a Moment. Henry T. Schnittkind, edited. *The Poets of the Future: A College Anthology for* 1918 – 1920 [C]. Boston: The Stratford Co., Publishers, 1920, pp. 70 – 72.

眸一笑。只见她抬起船桨,拨开水面,惊起入睡的鸳鸯。第3节,诗人已经成人,离开故土,满怀治国平天下的愿景,可是返回家乡的路如今已经模糊不清。空中挂着的明月留下了她的光华,照在我霜白的鬓发。此时此景,我不禁想起她在世界的另一端,如何才能两人再见面?最后一节,少男少女谈着爱情和离别之痛,爱情无边无尽,痛苦无尽无休。沧海变沧田,万物终归灭。通过对4节诗歌内容的陈述,我们可以看到江亢虎使用了大量的中国传统诗歌中的很多经典意象,如青梅竹马、采莲嬉戏、明月和思恋等等。这首诗和上面两首相比,有明显不同。首先是结构上没有出现那种奇怪的排列;在阅读的流畅性方面也比较高。也许这是因为江亢虎有感而发,而直接将自己心中所想的诗歌直接用英文写出来的缘故。

1920年,他回到中国,因为忙于国内的社会和政治活动,并无暇经常进行翻译,和宾纳的合作也是时断时续。在政治得意的时候,江亢虎无暇抽出时间翻译中国文学,等到他遇到挫折处于政治低谷的时期,又会暂时走进书斋,进行中国文化的研究、译介与传播。这一点在他第2次旅居海外的时候亦表现得十分明显。回国后的江亢虎一直积极从事各种政治活动。1922年,他创办了上海南方大学,自任该校首任校长。1924年1月,江亢虎在北京第3次组建中国社会党,自任总理,总部设在北京,1925年该党改名为中国新社会民主党。同年,他以社会党代表的资格出席了段祺瑞召开的"善后会议",并成为制宪委员。同年8月,他因两件事被披露而声名狼藉:一是晋见清废帝溥仪;二是写给溥仪的恭维信被冯玉祥查获。南方大学师生认为江亢虎参与"甲子清室密谋复辟案件",掀起驱江风潮。他被迫卸去校长职务。在中国国民党实行北伐之时,江亢虎却支持直系军阀吴佩孚,遭到中国国内舆论的众声谴责。1926年,他自行解散了中国新社会民主党。

1927年夏,他经美国辗转赴加拿大,从1930至1933年,江亢虎任加拿大麦吉尔大学中国文学院院长及汉学主任教授。1932年,他写信给宾纳,表示自己要辞去汉学系主任的职位,回到中国,和他的同胞同甘共苦。1933年,他返回中国,居上海。而麦吉尔大学中国文学院也因为江亢虎的离职而被迫停止招生并关闭。

相比于江亢虎的无心插柳,宾纳对翻译中国唐诗可是投入了极大的精力,表现出了极其强烈的动机。宾纳从事中国唐诗的翻译是为了反思他所接受的西方文明，从东方去寻找新的不同的智慧，以实现东西方文明的互补。宾纳在《群玉山头》的前言中开门见山地指出这个事实：

"如同我们很多在西方世界接受过教育的人一样，我年轻时期接受的文化学习主要来自两个来源，希腊和希伯来。我因此觉得诗歌艺术必定包括来自它们其中之一：一方面是来自希腊的诗歌，具有整齐、客观、对称和运动的美；另一方面是来自希伯来的诗歌，它的美夸张、主观、曲折而精致。如同我的学生一样，我从没有从远东文学中获得过任何东西。"①

宾纳意识到了自己成长所依赖的那个文化的价值的源头，它并非是普世真理，仅仅是这个世界多元文化的一支而已。他难能可贵之处在于，清楚地预见到了美国的多元文化主义：我预测，未来西方诗人们将从唐代的大师们，希腊黄金时代的大师们，或者希伯来的先知或英国戏剧家或浪漫主义者那里学习。②对于宾纳来说，《群玉山头》这部作品在美国文化中的重要性在于"它预示着从唯一的欧洲中心的文学模式重新寻找方向，使其包括中国作品，成为灵感的来源。"③

《群玉山头》这个译本自 1929 年一出版就获得了热烈的赞扬，到 1994 年已经出了 15 版。美国著名评论家、唐诗研究学者柯睿（Paul W. Kroll）在评论中国文学的翻译时承认这部作品作为灵感的来源的重要性，他写道："就我而言，多年以前，正是宾纳从《唐诗三百首》翻译的《群玉山头》点燃了我对中国文学的热情，鼓励我终身追求中国文学，尽管译文中时不时地有一些瑕疵。"④知名翻译家华兹生（Burton Watson）称赞宾纳和江亢虎的合作努力，指出在诗歌翻译中，"两人的合作产生了精彩的译文，还有数不清的令人惊奇的诗篇，让人能够像

---

①②Bynner, Witter. Introduction to *The Jade Mountain*: *A Chinese Anthology, Being Three Hundred Poems of the T'ang Dynasty*, 618 – 906. Witter Bynner and Kiang Kang – hu. *The Chinese Translations*: *The Works of Witter Bynner*[C]. New York: Farrar, Straus, Giroux, 1982, p. 39.

③WATSON, B. Introduction to *The Jade Mountain*[M] BYNNER W. The Chinese Translations: The Works of Witter Bynner. New York: Farrar, Straus and Giroux, 1982: 15 – 32.

④Kroll, Paul W., Reflections on recent anthologies of Chinese literature in translation[J]. Journal of Asian Studies 61, 2002, p. 988.

阅读源文那样获得完美的感受。尽管今天的学者发现它有不尽人意的地方,但都承认它也许是目前最好的英文翻译了。"①

虽然江亢虎在这本诗集的翻译过程中并没有表现出来特别的主动,但他对整个诗集所作的贡献是不可否认的。尤其是在旅美和旅加期间,他通过各种形式的演讲、著文、翻译介绍了中国文化和文学,这在他写的《论中国学》一书中有所体现。他对中国文学的译介可以看作他努力让西方人了解古老东方文明的价值和意义,也是他旅居国外寻求自我身份归属的一种需要。或许他认为,进行演讲和鼓动要比埋头书斋翻译一本书的价值更大。在社会动荡和多灾多难的现代中国,爱国的知识分子很少不体现出来对祖国命运的深切关心,从而表现出深深的感时忧国之情,从而将自己的文学创作活动也视为爱国的一部分。江亢虎就是一个代表。至于后来他走上歧路,充当汪精卫政府的汉奸,实在是他在面对国家大义面前作出的最为失败和可耻的选择。然而他晚期的所作所为不能否定他在青年时期所作的贡献。

3.2.2 独立译介诗歌的尝试:蔡廷干与初大告

继江亢虎和宾纳合作翻译唐诗之后,1930 年代,出现了两本由中国人独立完成的中国古典诗词英译作品,分别是蔡廷干的《唐诗英韵》(*Chinese Poems in English Rhyme*,1932)和初大告(Ch'u Ta - Kao)的《中华隽词》(*Chinese Lyrics*,1937)。

蔡廷干是 20 世纪 30 年代独立译诗的最早的中国译者,他翻译的《唐诗英韵》(*Chinese Poems in English Rhymes*)1932 年由芝加哥大学出版社出版。可惜的是,他的翻译活动并没有得到多少人关注,目前只有江岚(2009)和马士奎(2012)曾著文进行介绍。产生这一局面,和译者的翻译方向有关,也和译者翻译作品的多寡有关。如果翻阅民国时期的一些文献和记录,我们发现蔡廷干留给后人的形象并非是一位译者,而是民国时期著名的军人和外交家。对他的有关介绍虽然不多,仅有的成果也基本来自民国史研究领域。翻译史研究对两人的诗词翻译活动并无介绍,相关研究更是少见。

---

①WATSON, B. Introduction to *The Jade Mountain*[M] BYNNER W. The Chinese Translations: The Works of Witter Bynner. New York: Farrar, Straus and Giroux, 1982, pp.15 –32.

关于译者初大告，情况也差不多。现存史料和研究成果屈指可数，计有以下几种：温军超的《初大告与〈道德经〉翻译》(2014)；管永前的《初大告与中文典籍英译》(2012)；周流溪的《掌握语言的精神——初大告的实践》(上、下)(1999)；袁锦翔的《一位披荆斩棘的翻译家：初大告教授译事记述》(1985)。此外，王寿兰编的《当代文学翻译百家谈》(1989)收入《初大告传略》和初大告所写的《我翻译诗词的体会》两篇文章。其余尚有零散文章在介绍中国文学对外译介过程中时会提到初大告，如元青、潘崇的《中国文化走出去的一段经历——以20世纪上半期中国留英学生为中心的考察》(2013)。

蔡廷干1861年出生于广东香山，是清末民初的海军将领和北洋政府时期税务处督办，政治家。1873年，他作为清政府选入的幼童留美学习，专攻机械操作。1881年被召回国，入北洋海军大津水雷学堂学习，毕业后担任大沽口炮台鱼雷艇管带。参加了1894年中日甲午海战，负伤并被俘，后被释放。1901年经唐绍仪引荐，入袁世凯幕府，1911年担任海军部军制司司长。之后，他投身政界，担任多个职务。如1917年，任税务学校校长；1921年任华盛顿会议中国代表团顾问；同年8月，担任中国红十字会副会长等。晚年，蔡廷干定居北平，在清华大学和燕京大学教授中国文学。1935年在北平去世。这本《唐诗英韵》就是他晚年定居北平时期出版的。①

《唐诗英韵》1932年由芝加哥大学出版社出版，英文题名为 *Chinese Poems in English Rhyme*，和中文题名遥相呼应。不过必须指出，汉语题名虽为唐诗，但实际上收入的包括唐宋诗。在这本诗集的译者前言中，蔡廷干就诗集的选材、翻译等情况作了十分详细的介绍。诗集的翻译在30年前就已经开始。一共选译79位唐宋诗人的122首诗，皆选自千家诗的第1和第3卷。《千家诗》是由宋代谢枋得《重定千家诗》(皆七言律诗)和明代王相所选《五言千家诗》合并而成，全书共22卷，录诗1281首，都是律诗和绝句。《唐诗英韵》所选诗歌都是4句，每行5言或7言。

译者在诗歌形式上遵循着一定的规则。每个汉字相当于英语中

---

①关于蔡廷干的生平介绍，本书借鉴了谭启浩(1998)的文章、刘绍唐(1977)主编的相关材料，以及维基百科，在此说明，以示感谢。

的一个音步或两个音节。因此，如果原诗为每行5言，那么就将之转化为英诗中的五音步(pentameter)。如果每行是7言，一般就用六音步(hexameter)处理。全篇主要使用的格律是抑扬格(iambic)，元音省略现象尽量避免，以防对字造成损害。不过在个别诗中有例外。

译者指出，他并没有遵循汉语押韵的顺序，一般是第1行、第2行、第4行押韵，或者是第2行和第4行押韵。他所采用的押韵形式是押韵双行（即对联形式，rhyming couplet）和行内韵（alternate rhyme），以避免同一个声音经常反复出现，这样会让读者厌烦。具体的押韵形式为阳韵(masculine rhyme)，即最后一个音节押韵，如 complain and disdain；或者完全韵(perfect rhyme)。我们知道，中英诗歌的押韵和格律并不一样，如果用英诗的韵律来归化汉诗，总会出现因韵害辞的现象，就是为了押韵而损害了意义的传达。对于这一点，译者也注意到了，并指出"源文的意义若被扭曲以适合押韵的需要，这不是我愿意看到的结果"。①

接下来，译者重点谈了中国古典诗歌所体现出来的精神特质。中国古代诗人的一个主要特征是对闲适和宁静的热爱。这份热爱并不是源自诗人的慵懒，而是因为他们要努力获得一种可以享受某种快乐的心境，闲适和宁静是他们寻求更高层次的喜悦的垫脚石。有了闲适，才能实现自我修养以及对自然的沉思。通过这些诗歌，读者会看到中国古代诗人是多么地热爱自然，与它保持着多么紧密的关系。花鸟山水仿佛都注入了精神，成为诗人们渴望的伴侣。他们喜爱爬山登高，在树荫下聆听轻柔的风吹过松林的乐声，或注目于日光在波光粼粼的水面嬉戏舞蹈；他们喜爱在月光之夜泛舟湖上，或者在崎岖的山谷摘一朵小花，忘却归家或用餐；他们常常退隐人迹罕至的寺院，在午后时光与住持闲谈，或陷入沉思。甚至那些今日的苦力，也能抓住古老华夏的精神，提着鸟笼在清晨外出闲逛。②

此外，蔡廷干对这本诗集的注释也做了简短说明，值得一提的是，

---

① Ts' ai Ting - Kan, *Chinese Poems in English Rhyme*[M]. The University of Chicago Press, 1932, p.10.

② Ts' ai Ting - Kan, *Chinese Poems in English Rhyme*[M]. The University of Chicago Press, 1932, pp. 11 - 12.

他在注释的处理方面还是体现出了对读者的关心。诗集中的注释构成了诗集本身的一部分,它们的作用是用来解释原作中的一些难点。但相比于正文,注释就像一个仆人一样,在戏剧中扮演次要的角色。如果它们站在显眼的位置,会将人们的注意力从主要对象那里吸引去。这显然喧宾夺主了。因此,在这部诗集中,所有的注释都集中列在了全书的最后,而不是和诗放在一起,置于每页的页脚。他对注释的安排体现了对读者的考虑。不过需要指出的是,译者虽然在前言中对这次翻译情况进行了说明,但诗集本身是否真的如此,还需要对它进行一番考察,这就是以下我们重点研究的内容,即对比源文和译文,考察译者的诗歌翻译手法(devices)。

译者所选诗人数量太多,但平均下来,每位诗人的诗作数量选入的就比较少。选入的诗人诗作在3首或以上的有:苏轼7首;杜牧5首;王安石4首;刘禹锡4首;朱熹4首;杜甫、程颢、韦应物、孟浩然各3首。而我们认为影响较大的诗人王维的只选入2首。杜甫被后人尊称为"诗圣",在这部译文集中也只有区区3首而已,而且所选诗歌并非我们认为的经典名篇,而是一首《绝句》和两首《漫兴》。这一选目和我们心目中唐宋诗歌的代表李白、杜甫、白居易、韩愈、苏轼、陆游这样的排序不太一样。译者似乎更喜欢宋诗。《唐诗英韵》所选苏轼的7首诗分别是《春宵》《上元侍宴》《海棠》《花影》《冬景》《西湖》《湖上初雨》;杜牧的5首分别是《清明》《江南春》《七夕》《中秋》《秦淮夜泊》;李白的5首分别是《独坐敬亭山》《静夜思》《秋浦歌》《题北榭碑》《客中行》;朱熹的4首分别是《春日》《题榴花》《观书有感》《泛舟》;杜甫的3首分别是《漫兴》2首和1首《绝句》。从所选诗歌的主题上看,译者偏重描写自然景物的抒情之作,这种主题的选择对外塑造了一种闲适、宁静和自然的田园风光,可以说从某种程度上顺应了一部分西方读者对古老华夏的想象。

在诗歌翻译的分析中,如果我们单单对比译者所译诗作和源文,往往看不清楚其特点。如果能进行横向的对比,将不同译者翻译的译本放在一起,反而能发现一些有趣的地方。前面一节在介绍江亢虎和宾纳的唐诗译介时,分析过王维的那首《竹里馆》,这首诗也在这部诗集里出现了,因此我们拿来作为第一个比较分析的对象。

（1）源文：**竹里馆**

> 独坐幽篁里，
> 弹琴复长啸。
> 深林人不知，
> 明月来相照。

蔡廷干英译文：In A Summer – House Among the Bamboos

> Alone I sat beneath the bamboos' shade,
> And hummed an air, whilst on the lute I played,
> Unseen by all within the thicket deep,
> Except the shining moon that came to peep. [1]

江亢虎和宾纳英译文：In a Retreat among Bamboos

> Alone I am sitting under close bamboos,
> Playing on my lute, singing without words.
> Who can hear me in this thicket? …
> Bright and friendly comes the moon. [2]

译者在诗集前言中已经讲明，采取英语诗歌的韵律翻译中国古诗，这是和江亢虎和宾纳译文最大的不同。蔡廷干的译文每行采用的是抑扬五音步，第1行和第2行，第3行和第4行压尾韵。先看标题的翻译。蔡廷干的翻译是逐字翻译，译文陈述的是一个物质空间，而江亢虎和宾纳的译文用了一个 retreat，十分贴切地传达了诗歌的主题，而且意味更加深长。第1行，两个译文所用时态完全不一样。蔡廷干用过去时态，好像是在陈述一件发生过的事件；而江亢虎和宾纳用的是现在进行时态，强调当下感，一下子拉近了和读者的心理距离，也使得读者感到这种生活方式是一种常态。从语法来看，两个译文都是最为正规的，蔡廷干的译文用 shade 似乎不妥，因为如果诗人坐在幽篁里，应该有很多很多竹子，可能根本看不到什么阴影。译者选择这个词，或许想到第2行有一个弹琴的 play 在那里，于是为了押韵而作了这个选择。这个出于押韵的选择使得译者不得不将源文中的"弹琴"放在了行末，而在江亢虎和宾纳的译文中，它是依从源文的自然顺序的。

---

①Ts'ai Ting – Kan, *Chinese Poems in English Rhyme* [M]. The University of Chicago Press, 1932, p.13.

②Witter Bynner and Kiang Kang – hu, In a Retreat among Bamboos. *Poetry: A Magazine of Verse*, vol. 19, No. 5 (Feb., 1922), p.239.

第3行,译者为了押韵,将 deep thicket 的顺序颠倒,不仅如此,读完这一行,感到并无诗意,好像译者在简单地描述着一个外部事物,没有感情的投入;相反,江亢虎和宾纳的译文是以诗人自身为发问的主体,更为感人。两相比较,蔡廷干的译文还有一个地方十分突出,那就是连接词的使用。第2行和第4行的 And 和 except 的使用感觉很是累赘,这很可能是为了兼顾韵律的缘故而损害了诗歌意境的创造。这不能不说是一个遗憾。

　　下面我们再分析一下译者所翻译的苏轼的《春宵》这首诗的情况。原诗和译文如下:

　　　　(2)源文:**春宵**

　　　　　　　春宵一刻值千金,
　　　　　　　花有清香月有阴。
　　　　　　　歌管楼台声细细,
　　　　　　　秋千院落夜沉沉。

　　　　英译文:**A Spring Evening**

　　　　　　One eve of spring exceeds the price of finest gold;
　　　　　　Then sheds the moon pure light and flowers their scent unfold,
　　　　　　From banquet halls come strains of joyous music soft,
　　　　　　And maidens happy rock their garden swings aloft. [1]

　　这首诗意思明了清楚,但似有深意。前面两句写春宵之迷人之处,明月花香让人陶醉于这宜人的夜色,但诗人从第3行开始转向官宦贵族人家的享乐夜宴,更是让整首诗有了一层批判的味道,含蓄地对醉生梦死、贪图享乐之人的谴责。从译文来看,全篇使用一般现在时态,似在陈述一件事实。诗歌第1行中,译文以 one eve of spring 对译源文的"春宵一刻"有不当之处,若改为 one second of spring evening 可能更好。与上一首诗的翻译一样,这首诗的译文也因为受到英诗韵律的限制,在词序方面不得不做了调整,主要在每行的行末,如第2行的动词和宾语的颠倒;第3行的修饰语和名词的置换。另外,第2行和第4行行首的连词也比较突兀。诗歌最后一

---

[1]Ts'ai Ting-Kan, *Chinese Poems in English Rhyme*[M]. The University of Chicago Press, 1932, p.42.

行的翻译并不符合源文语义，译者做了修改，可能是为了对上第3行行末的尾韵。

从上述两首诗的对比和分析可以看出，译者固然用了英语诗歌的韵律来处理中国古诗，但一些地方出现了因韵害义的情况，这不能不说是一个遗憾。其实，汉诗英译并非一定要移植源语的韵律格式，这是无法实现的。无韵诗也一样可以传递出汉诗的意境，而且这种处理方法也已成为汉诗英译的一个规范。这表明，接受语文化内的诗学规范会影响甚至左右译者采取的翻译策略，当然这并不是说译者一定遵守这个规范，但考虑到文化间的不平衡的关系，在一定时期内，某种普遍流行的规范还是有它自身存在的合理性的。另一方面，某种诗学规范或意识形态并非永远如此，它也是经历着变化的，如 Lefevere 所说的，希望西方文化能不囿于自身的意识形态和诗学传统，从东方文化的自身来欣赏和接受东方文化，这一期待显然不是短时期内可以实现的，虽然它可以作为一个译者在跨文化协商过程中奋斗的目标。

除了蔡廷干之外，和他同一个时期单独对外译介中国古典诗词的另一位译者是初大告。

初大告（1898—1987），出生于山东省莱阳县一个贫苦农民家庭。早年他在乡间私塾读过四书五经。1914 至 1918 年，初大告在山东省第一师范学校学习。1918 年考入北京高等师范学校英语系。此时的北京正处在"五四运动"的前夜。1919 年 5 月 4 日，初大告参加了北京大专学校学生的反帝爱国示威游行，结果被捕入狱，3 天后在民众声援下获释。[①] 1923 年，初大告升入北京师范大学英语研究科学习。1929 至 1934 年，他先后在北平女子师范大学、北平师范大学任讲师。1933 年，他和张今铎创办进步刊物《世界文化讲座》，宣传进步思想，后被国民党当局查抄。为了躲避逮捕，初大告于 1934 年秋，赴英国剑桥大学学习英国文学、语音学。1938 年回国，之后一直在大学从事教学工作，并积极参加进步活动。1945 年 9 月 3 日，他和许德珩、潘菽等筹建了九三学社。

初大告从事中译外的活动全部在留学英国的时候完成。1937 年，他 1 年出版了 3 本翻译作品，分别是：*Chinese Lyrics：Translated into Eng-*

①初大告：《五四运动纪实》，北京外国语学院院刊，1984（3），第 43 - 44 页。

lish Verse. Cambridge University Press；*Tao Tê Ching*：*A New Translation by Chu Ta-Kao*. London：Mandala Books；*Stories from China. Put into basic English. Psyche Miniatures. General series.*

第 1 部译本中文题名叫《中华隽词》，只有不到 60 页的篇幅，译介了 24 位词人的 53 篇词，其中收入最多的是李后主的 10 篇，苏轼的 8 篇，朱敦儒的 6 篇，辛弃疾的 7 篇。此书初版于 1937 年，后来初大告对原书扩充了内容，改为 *101 Chinese Lyrics*（《中华隽词 101 首》），1987 年由北京新世界出版社出版。第 2 部是他翻译的《老子道德经新译》，此书 1959 年由 George Allen & Unwin 出版公司出了第 5 版，在西方读者中间享有很高的评价。最后一部译作是译者为了配合在剑桥大学的导师理查德（Richards）和奥登（Ogden）提倡基本英语的计划而受命翻译的，作品以基本英语翻译，简单易懂。

《中华隽词》（1937 版）具体选入的诗人和诗作分别是：

WEI CHUANG（A. D. 850？—910）韦庄：*The South Country*；NIU HSI-CHI（c. 925）：*For Remembrance*；FêNG YEN-CHI（d. 960）：*Her Birthday*；PRINCE LI Yü（936—978）李煜：*The Fisherman's Song, Court Life, The Tryst, Past and Present, Separation, A Love-Song, Regrets, Longing for the South Country, The Land of Drunkenness, The Everlasting Sorrow*；FAN CHUNG-YEN（989—1052）范仲淹：*On the Frontier*；SHUN CH'I（998—1061）：*To a Friend*；LIU YUNG（c. 990—1050）柳永：*Parting in Autumn, Home Thoughts*；ANONYMOUS 佚名：*A Blossom*；OU-YANG HSIU（1007—1072）欧阳修：*IN the First Full-moon Night*；*WANG AN-SHIH*（1021—1086）王安石：*A Farewell*；SU SHIH（1036—1101）苏轼：*After Drinking, In Memory, Drinking in the Mid-autumn Night, On the Red Cliff, A Plan for the Future, Where Travellers Go, The Recluse, The Home-coming*；YEN CH'ING-CH'êN（c. 1030）：*Peony Time*；CH'IN KUAN（1049—1100）：*The Seventh Night of the Seventh Moon*；LI CH'ING-CHAO（1081—1140?）李清照：*Weighed Down*；CHU TUN-JU（1080—1175）朱敦儒：*Plum-Blossoms, Sorrow and Flowers, Leaning on the Balustrades, The Golden Days, Leisure, Old Age*；LI CHIH-YI（c. 1100）李之仪：*A River-long Love*；HSIANG KAO（c. 1100）：*Solitude*；Lü-CH'IU TZ'U-KAO：*On the River*；HSIN CH'I-CHI（1140-

1207)辛弃疾:*In My Carousal*,*Now I Know*,*To the Moon at the Mid - autumn Night*,*Walking by the Stream*,*My Sorrow*,*Life in the Cup*,*To My Children*;LIU K'ê - CHUANG (1187—1269):*Absence*,*Flowery Questions*;KUAN CHIEN:*Spring*;KUAN TAO - SHêNG(c.1250):*You and I*;LIU YIN(1249—1293):*Drinking beneath the Blossoming Trees*;BHIKSHU CHêNG YEN(c.1700):*The Master of the Western Lakes*

译者选译了 53 首词,而不是如有的学者所言的 50 首[①],特此更正。

初大告之所以选译这部作品,最初的动机是为了将优秀的中国文学作品翻译成英文,沟通中英文化,也就是说他翻译的动机以传播中国文化为己任。至于为什么选择词而不是诗来翻译,是因为旅英期间他发现,中国古典诗歌已经有了很多的译本了,涌现出了很多著名的翻译家,如庞德、魏礼、宾纳和江亢虎,等等。相比之下,他发现词还尚未有人涉足,于是他决定将中国文学中的瑰宝词这种文学形式翻译成英文,向西方世界介绍中国文学。这种立足于文学和文化交流的动机影响了他具体的翻译过程,我们将在下面的分析中进行展示。

根据以上表格所示,初大告选译的词人中最为著名的有李煜、苏轼、朱敦儒、辛弃疾、李清照、柳永、王安石、欧阳修、范仲淹,但并非所有的都是著名的词人。李清照作为著名的女性词人在这本文集中只入选了一首,相比其他不那么知名的词人,实在是太少了。选入最多的词人有 4 位,分别是李煜的 10 首,苏轼的 8 首,朱敦儒的 6 首,和辛弃疾的 7 首,共 31 首,占整个选集的近 60% 的篇幅。整体来看,这本选集具有一定的代表性,但在个别词人的选择方面有失公允。下面我们就入选的主要词人的作品进行文本层面的对比。

在比较之前,我们对诗歌翻译的描写框架进行一番说明。

诗歌翻译长期以来是翻译活动的主要针对的对象,诗歌翻译也在目标语文化中发挥了重大作用,成为目标语文化中的一个组成部分,如菲兹杰拉德翻译的《鲁拜集》以及庞德翻译的《华夏集》。正因为如此,诗歌翻译才成为译者和研究者关注的一个焦点,并产生了大量的关于诗歌翻译的观点、话语和理论。但总体来看,在雅克布森(Jackob-

---

①周流溪:《掌握语言的精神——初大告的实践》(上、下),福建外语,1999(3,4)。

son），霍尔姆斯(Holmes)和勒斐伏尔(Lefevere)之前，所有的诗歌翻译研究都是规定性的，以如何翻译以及怎样翻译得更好作为研究的全部内容，大部分关于诗歌翻译的讨论"从理论层面探讨诗歌翻译的可能性"①，也就是可译性问题，而对如何开展诗歌翻译的研究，如何进行描述和分析等方面的论述很少。这里我们简要回顾诗歌翻译研究方法方面的内容，在此基础上总结出我们所使用的用来分析诗歌翻译的框架。

诗歌翻译中会遇到很多问题，如原诗的音律格式是否要移植，文学和历史典故是否要翻译出来，原诗的诗歌形式是否要保留，意象是否要再创作，等等，针对这些问题，出现了两种主要的处理方式。一种来自诗歌翻译者，他们有的是单纯的诗歌翻译者，有的还是诗人。他们提出的解决方法以具体问题为目标，陈述自己在诗歌翻译过程中所使用的方法和策略，但缺乏理论性和系统性，只能算作译者对自身翻译行为的反思，而且往往充满了奇闻异事。另外一种是理论性的探索，一般采取某个语言学分析框架，从诗歌翻译涉及的各个层面进行分析。

1970年，霍尔姆斯在他的一篇论文"诗歌翻译的形式和诗歌形式的翻译"中，根据罗兰·巴特的元语言(meta - language)概念提出了元文学(meta - literature)的概念，用来描述以诗歌为核心的和其有关的不同的元文学形式，他将其分为7种类型，分别是以诗歌的语言写成的批评论文，以另一语言写成的批评论文，散文翻译，诗歌翻译(元诗歌)，模仿，关于诗歌的诗歌，受诗歌启发的诗歌。他将第3类散文翻译(prose translation)又分为几个子形式，包括字面翻译(逐行、直译、字对字翻译)、受级阶限制(rank - bound)的翻译和不受限制的设法传递原诗模糊性的文学翻译。② 诗歌翻译(verse translation)很好理解，而最后3种类型指的是受原诗的启发而创作的在主题上类似，从形式上看

---

①Connolly, David. Poetry translation [A]. *Routledge Encyclopedia of Translation Studies* [C], edited by Mona Baker, and Kirsten Malmkjar, Routledge: London and New York, 2001, p. 170.

②Holmes, James S. Forms of Verse Translation and the Translation of Verse Form[A]. *The Nature of Translation: essays on the theory and practice of literary translation*[C]. Edited by James S. Holmes, Frans de Haan & Anton Popovic. Bratislava: Mouton, The Hague, Paris, 1970, p. 92 from pp. 91 – 105.

起来像诗歌翻译,但在内容上和原诗没有关系。① 它们之间的区分仅仅是程度上的区别。霍尔姆斯对诗歌形式的区分实际上指出了诗歌翻译和源文之间的关系,这种关系也是译者在翻译过程中经常需要考虑并采取的一种措施。他的这种分类直接影响了勒斐伏尔对诗歌翻译策略的分析。

勒斐伏尔在1975年出版的专著《翻译诗歌:7种策略和一张蓝图》(*Translating Poetry*: *Seven Strategies and a Blueprint*)中专门就诗歌翻译进行了探索。他将研究对象限制在一个源文,即卡特卢斯(Catullus)的第64首诗歌,以及多个译文的对比上面,以此总结不同类型的诗歌翻译。他划分了7种诗歌翻译的类型,即音素翻译(phonemic translation),直译(literal translation),韵律翻译(metrical translation),诗歌译为散文(poetry into prose),押韵(rhyme),无韵诗(blank verse),模仿(immitation)。音素翻译指的是译者设法将原诗的声音传译过来;直译侧重于源文和译文之间的语义等值;韵律翻译中,译者没有受到声音或语义的太大束缚,他仍然能够在源文的格律范围内保持一定程度的忠实,因此或多或少保留了其外部形式。② 译者也可以将诗歌翻译成散文;如果译者认为源诗的格律十分重要,他可以选择保留源诗的格律;押韵翻译时,译者面临着来自格律和押韵的双重束缚。译者可以将源诗的格律转换为目标语熟悉的格律,或者舍去这种格律,而代之以目标语流行的诗歌规范,这就是"无韵诗"。所谓模仿指的是仿作,仅仅在题目和目的方面和原作保持一致,其他都不一样,此类作品不是翻译而是一种创作。

仔细对比可以发现,勒斐伏尔和霍尔姆斯对诗歌翻译形式的划分有相当一部分是相似甚至一样的。导致这一共性的基础在于他们都采纳了元文学这个概念,用它来指那些关于文学的语言形式,如评论、批评、改编、翻译、编辑、历史编纂,等等。这一概念后来在勒斐伏尔(1992)的理论中被"重写"(rewriting)所替代。围绕诗歌为中心的各

---

①Holmes, James S. Forms of Verse Translation and the Translation of Verse Form[A]. The nature of Translation: essays on the theory and practice of literary translation[C]. edited by James S. Holmes, Frans de haan & Anton Popovic. Bratislava: Mouton, The Hague, Paris, 1970, p. 93.

②Lefevere, Andre. *Translating poetry*: *seven strategies and a blueprint*[M]. Amsterdam: Van Gorcum. 1975, p.37.

种元文学形式在实际的翻译中大量存在,造成这不同形式的原因在于译者采取了不同的翻译策略和处理手段。这从一个侧面说明诗歌翻译的难度更大,需要译者根据特定的文学和社会语境进行选择和处理。雅克布森就认为"诗歌就其定义而言是不可翻译的,只能进行创造性的转换。"①原因在于诗歌文本把使用词语对仗作为其构成性原则。句法和形态的范畴,词根,前缀,音素及其成分(区别性特征)——简言之,语言符号的任何组成成分——都根据相似性和对立性的原则被放到一起并置起来,形成一个相邻的关系,同时承载着它们各自的自动的意指过程。音素的相似性被理解为语义的关系。②也就是说,一个语言中的语言符号的成分的意义要放在一个并置的相邻关系中才能具有意义,脱离了这个意指过程,符号本身就会失去应有的意义。比如,中国古典诗歌中出现的鸳鸯意象,这个词语在汉语的系统中和其他的词如凤凰、麻雀等都不一样,正是在这个相似和对立的关系中,鸳鸯才获得了它自身的意义,用来意指忠贞的爱情。可是,单单将这个词翻译成对等的英语中的符号 mandarine duck,这个符号本身在英语中所处的语义关系和爱情没有任何关系。

根据霍尔姆斯和勒斐伏尔的研究,我们认为可以从声音、语义和形式三个层面分析诗歌翻译。

我们选择分析的对象是译者选译最多的 4 位词人——李后主、苏轼、朱敦儒、辛弃疾的词作,又在每位词人的作品中,选择其最为家喻户晓的作品来分析。

李后主即中国诗词史上赫赫有名的南唐末代君主李煜(936 - 978),原名从嘉,字重光,号钟隐。他在政治上虽庸碌无为,但由于国破家亡给他造成的痛苦却成就他一代词圣的成就。975 年被北宋俘获之前,李煜的词作主要反映宫廷柔靡的生活和浪漫的男女情爱,题材较窄,仍然呈现出"花间词"的气息。975 年被俘之后,李煜因亡国创痛甚巨,书写亡国恨、家破泪,词风悲壮,语言也自然真率,朴实生动,

---

①②Jakobson, Roman. 1959. On Linguistic Aspects of Translation [A]. *The Translation Studies Reader* [C]. edited by Lawrence Venuti. Routledge; London and New York, 2000. pp. 113 – 118.

感情真挚。李煜后期词作,凄凉悲壮、意境深远,如王国维《人间词话》所言:"词至李后主而眼界始大,感慨遂深。"李煜本有词集,现已失传,今流传他的完整词44首,基本确定为他本人所作的有38首。初大告选译李煜词中最为传唱至今的是"虞美人"了:

(1)源文:**虞美人**

> 春花秋月何时了,
> 往事知多少。
> 小楼昨夜又东风,
> 故国不堪回首月明中。
>
> 雕栏玉砌应犹在,
> 只是朱颜改。
> 问君能有几多愁,
> 恰似一江春水向东流。

英译文:**The Everlasting Sorrow** *

> SPRING flowers and autumn moon, when will you come to an end?
> And how much do you know of the past?
> On my small chamber last night blew the vernal breeze once again;
> I cannot endure to think of my native land in the moonlight.
>
> The carved balustrades and the marble steps must still be there,
> But my youthful features have changed.
> You ask me, ' How much sorrow do you bear?'
> ' As much as a whole river in spring flood flowing towards the sea!' [①]

译文对标题加了一个注释,但这个注释并没有放在译文的页脚,而是安排在整个文集的最后,读者如果想要查阅,可以翻到最后查看,如果不予理会,也不影响阅读的连贯性。这种安排显然是考虑到了读

---

① Ch'u Ta-kao, *Chinese Lyrics* [M]. Cambridge University Press, 1937, p.13.

者的情况。翻到后面的注释,我们发现,这个注释对诗人进行了一番介绍:王子李煜(又称李后主)南唐(公元937—975)最后一个君主,都城南京。后被宋代(960—1296)第一位君主破城,被俘关押在汴梁(今开封),两年后死于此。他流亡期间所写可能只有3首诗,但传言正是因为这最后一首的"故国不堪回首月明中"一句而遭毒杀。他的词风混合了优美的曲调和无限悲凉,给他赢得了词中最为重要的位置。[①]

上述介绍简洁明了,对西方读者了解词作者及背景知识十分有帮助。

我们先从源文的形式分析入手。"虞美人"为词牌名,双调,56个字,上下片各4句。译文也分为上下两节,每节4句,共84个单词。译文的标题没有字对字翻译"虞美人",而是用了一个能总结全词主旨的"永远的忧愁"代替。这样做的好处是,读者看了标题就能够了解这首词的主题,对进一步的理解提供了一个基本指导。译者显然保留了词这种中国文学形式的最基本的结构性特征,因此从这一层面而言,译者和源文的距离保持得十分紧密。

中国古词都有一定的格式,对字数和格律有一定的要求。以这首词为例,皆为两仄韵转两平韵。仄韵和平韵是中国古典诗词所使用的规范。凡属上声、去声、入声的韵,皆为仄韵,与"平韵"相对。现代汉语音调的第一声就是阴平,第二声是阳平,第三声是上声,第四声是去声。源文的"了"和"少"是第三声,属上声,即仄韵;"风"和"中"是第一声,属阴平,为平韵。下片的"在"和"改"一个是第四声,一个是第三声,分别属于去声和上声,皆为仄韵,而"愁"和"流"同属第二声,是阳平,为平韵。

从是否押韵以及格律的层面来看,译文很难说在这方面进行有意识的努力。第1节中,第2行的past和第3行的last,light和第4行的moonlight形成了某种程度的押尾韵,但却不在一行里出现,而是跨行;译文第2节第2句和第3句末尾的there和bear押尾韵,但是否是译者有意为之还很难确定。从每个诗行的长度来看,长短不一,没有什么规律。如果朗诵这首诗歌,还是能感觉到这些尾韵制造出了一点韵律,但并不强烈。因此,从声音层面来看,译文没有刻意追求源文的韵

---

①Ch'u Ta–kao, Chinese Lyrics[M]. Cambridge University Press, 1937, p.55.

律格式。

从语义层面来看,译文使用人称代词 you 将源文隐在的旁观者推向了前景,使得这首词变成了两个人之间的对话。春花秋月、雕栏玉砌都采取了字对字的翻译。从语法上看,译文十分规范,主谓搭配合理,第2行的连接词 And 以及第2节第2行的 But 的使用形成对照,这也许是译者深思熟虑的处理方式。

整体来看,这首词的翻译用比较规范的英语将源文的内容表述了出来,在形式上基本上忠实于源文,韵律方面虽然有少许的尝试,但并没有形成大的明显的效果,可以这样说,译者将源文翻译成了散文的风格。

第二首我们选择分析苏轼的《念奴娇·赤壁怀古》,源文和译文如下所示:

(2)源文:**念奴娇·赤壁怀古**

> 大江东去,
> 浪淘尽,
> 千古风流人物。
> 故垒西边,人道是,三国周郎赤壁。
> 乱石穿空,
> 惊涛拍岸,
> 卷起千堆雪。
> 江山如画,
> 一时多少豪杰。
>
> 遥想公瑾当年,
> 小乔初嫁了,雄姿英发。
> 羽扇纶巾,
> 谈笑间,樯橹灰飞烟灭。
> 故国神游,
> 多情应笑我,早生华发。
> 人间如梦,
> 一尊还酹江月。

英译文:**On the Red Cliff**

> (Where Chou Yü of the Wu State defeated the fleet of the Wei State in A. D. 208)

THE waves of the mighty River flowing eastward

Have swept away the brilliant figures of a thousand generations.

West of the old fortress,

So people say, is Lord Chou's Red Cliff of the time of the Three States.

The tumbling rocks thrust into the air;

The roaring surges dash upon the shore,

Rolling into a thousand drifts of snow.

The River and the mountains make a vivid picture—

What a host of heroes once were!

It reminds me of the young Lord then,

When the fair younger Ch'iao newly married him,

Whose valorous features were shown forth;

With a feather fan and a silken cap,

Amid talking and laughing, he put his enemy's ships to ashes and smoke.

While my thoughts wander in the country of old,

Romantic persons might smile at my early grey hair.

Ah! Life is but like a dream;

With a cup of wine, let me yet pour a libation to the moon on the River. [①]

　　词有豪放、婉约之分,这首《念奴娇·赤壁怀古》可谓豪放派的经典之作,被誉为"古今绝唱"。作者在上阕写景,下阕咏史和抒情,凭借对古战场和风流人物的追念,表达了自己的旷达之情和恢弘气魄,整首词大气磅礴,境界宏阔,集写景、咏史、抒情为一体,给人以撼魂荡魄的艺术力量。

　　下面我们逐一对这首词的翻译从语音、语义和结构3个方面进行分析。念奴娇为词牌名,双调共100字,具有特定的押韵形式,即前后阕各四仄韵,一韵到底。译文并没有考虑诗词行内的韵律,这一点是

---

①Ch'u Ta-kao, *Chinese Lyrics*[M]. Cambridge University Press, 1937, p.23.

可以确定的。语义上,译文对源文涉及的典故做了很多说明,算是对读者的交代。首先看标题,原题的词牌名并未翻译,只是将词的主题"赤壁怀古"作了解释。为了给读者提供必要的信息,译者还在标题下加上了一行背景介绍。虽然西方读者不太可能都了解三国的典故,但击败舰队这样的字眼至少可以让读者知道这是一首和之前发生的一场战争有点关系的诗歌。上阕中的第1句有3个小句,"大江东去,浪淘尽,千古风流人物",译文用了一句话,不过是分行排列罢了,如果将两行并作一行,是一句十分完整的句子。"大江"并未翻译成长江,但用 mighty River 恰恰传递了河流的气魄。下一句"故垒西边,人道是,三国周郎赤壁"出现了三国典故,这在中国是众人皆知的历史,但西方读者并不一定知晓,译者将"周郎"翻译成 Lord Chou 可谓恰到好处,点明了人物的身份。下面一句也包括3个小句,译者逐一翻译成独立而完整的句子,而且字数一样,都是7个单词。上阕最后一句"江山如画,一时多少豪杰"也被各自翻译成完整的句子。下阕第1句中有两个人名"公瑾"和"小乔",译者依然用 Lord 指代,而通过英文主谓宾的搭配所创造的句子语境,读者可以清楚 Ch'iao 和 Lord 的关系。后面的译文坚持了前面的特点,即每个句子都是完整的,都符合语法规则,而且语义表达得十分完整和清楚。从结构上而言,译者也将译文分为上下两块,尽量在字数上使得英语的单词结构与源文类似。这表明,译者在词的形式上做了很大的保留,在语音层面只能舍弃源文的韵律,而在语义方面则考虑到西方读者对中国文化的了解程度,做了可能的归化处理。甚至利用词的标题来提供一定的背景信息。这些都和译者立志于将中国文学传播到西方世界的目标是一致的。至于西方读者阅读这个译本的效果,我们可以从初大告的导师和朋友库奇(Arthur Quiller – Couch)为这本译作所作的前言看出一二。在前言中,库奇对自己不会汉语做了直截了当而坦诚的说明,他对中国古典诗词的了解是通过阅读其他译本和相关研究以及友人的交往中获取的。他指出:很显然,我们的诗歌传统中的重音和押韵不可能适合汉语诗词,不论是翻译或是复制以传达它的特殊之美;因为我们的诗歌处于两个完全不同的轨道,我们注重重音,汉语强调声调。① 但是库奇同时也指出,英语的日常会话大部分也有声调,因此他建议那些在诗歌创作方面进行试验的诗人们多多研究一下汉语的诗词,肯定会带来益处而没有害处。由于库奇并不懂中文,因此他的上述建议多少有点像是一厢情愿的猜想。但有一点他确信无疑,那就是他认为中国诗歌的内容最为重要的是反思性的,为了自身而寻求智慧,因此研究中国诗歌的内容"肯定会对这个混乱的时代任何欧洲诗人而言是一副良药。"② 尤其是考虑到当时欧洲二战阴云密布,库奇从中国古诗(他引用了李华的《吊古战场文》)中发现中国人对战争的嘲弄和憎恨,战争意味着对文明的毁灭,这给西方人敲响了一记警钟。接下来,库奇介绍了中国人对爱情的观念,他指出:为了理解中国人的爱情,你必须首先考虑大量的表达分别、流亡的思念的诗歌。③ 在对陶渊明的《桃花源记》做了一番介绍之后,库奇指出,与其说中国人的性格并不像纽曼笔下的人物一样阴郁,毋宁说中国人是平静淡泊的,只有当野蛮人摧毁他们的文化的时候,他们才表现出忧愁和愤怒。最后,库奇认为初大告所选的诗人代表了一个时代,以及一般中国人的心灵。他希望读者也会像他一样发现初大告的翻译所体现出来的节奏韵律是那么悦耳。从这篇评论我们可以得出这样的印象,初大告的这部译本还是比较成功的。事实也证明了这一点。这个译本后来再版多次,成为较受欢迎的古词选集。这本选集一出版,就得到评论界的注意,如 1939 年 4 月《英国和爱尔兰皇家亚洲协会》会刊第 2 期发表了蒋彝(Chiang Yee)的评论;《细察》(Scrutiny)也发表过类似评论。有的论者甚至认为,初大告的这部译作使得他成为了魏礼的竞争对手,可见这部译文集在评论界被重视的程度了。

---

①Arthur Quiller – Couch. Preface. Ch'u Ta – kao, *Chinese Lyrics*[M]. *Cambridge University Press*, 1937, *p*. 11.

②Arthur Quiller – Couch. Preface. Ch'u Ta – kao, *Chinese Lyrics*[M]. *Cambridge University Press*, 1937, *p*. 12.

③Arthur Quiller – Couch. Preface. Ch'u Ta – kao, *Chinese Lyrics*[M]. *Cambridge University Press*, 1937, *p*. 13.

3.2.3　中国现代新诗的最早译介

在中国文学的对外译介的过程中,无论是国外译者还是本土译者,翻译的重点均放在了中国古典文学上面,其中诗歌占据了十分重要的位置,而唐诗的译介尤为突出,涌现出了一批著名的翻译家和译作①。相比之下,对中国现代诗歌也就是"五四"新文学运动之后的新诗的译介就十分罕见了。在20世纪20年代末期,美国人包贵斯(Miss Grace M. Boynton)翻译了冰心的《春水》,于1929年出版,算是较早的中国现代诗歌的译作。而到了三四十年代,分别出现了3本译介中国现代诗歌的选集,成为这一时期新诗译介的最主要的成绩,这背后离不开中国译者如陈世骧、卞之琳、林庚、闻一多、袁可嘉、俞铭传等人的贡献。可以这样说,中国现代新诗在三四十年代的早期译介主要是中国本土译者集体努力的结果。

《中国现代诗选》(*Modern Chinese Poetry*)是最早的中国现代新诗的译本选集,由阿克顿(Harold Acton)和陈世骧(Ch'en Shih－Hsiang)合作翻译,1936年在伦敦达克沃斯(Duckworth)出版。这部翻译诗集选入的诗人一共15位,入选作品数量总共为96首。具体情况如下:陈梦家(CH'EN MêNG－CHIA),7首;周作人(CHOU TSO－JEN),4首;冯废名(FêNG FEI－MING),4首;何其芳(HÖCHI－FANG),10首;徐志摩(HSü CHIH－MO),10首;郭沫若(KUO MO－JO),3首;李广田(LI KWANG－T'IEN),4首;林庚(LIN KêNG),19首;卞之琳(PIEN CHIH－LIN),14首;邵洵美(SHAO HSüN－MEI),2首;沈从文(SHEN TS'UNG－WEN),1首;孙大雨(SUN TA－Yü),1首;戴望舒(T'AI WANG－SHU),10首;闻一多(WEN YI－TUO),5首;俞平伯

---

①关于唐诗的翻译尤其是英译的研究已经有了很多成果,如朱徽的《中国诗歌在英语世界:英美译家汉诗翻译研究》(上海外语教育出版社,2009)从19世纪中叶以来的英美翻译家中精选最具代表性的20位(含4位美籍华裔学者),运用现当代西方翻译理论观念和丰富的译例,对他们英译汉诗的主要成就、译学思想、翻译策略、形式技巧、历史贡献和误解误译等作系统的分析评述,以此对一个多世纪以来中国诗歌在英语世界的翻译与传播作历时性的全面描述。江岚的《唐诗西传史论:以唐诗在英美的传播为中心》(北京:学苑出版社,2009)则以历史的视角对唐诗在英美两国的传播和接受过程进行了十分详尽和系统的研究。

（Yü PING - P'O），2 首。

单纯从选译数量上来看，诗集具有明显的倾向性，重点译介的是林庚、卞之琳、何其芳、徐志摩和戴望舒 5 位诗人，他们大致可以归为新月派诗人，而郭沫若和闻一多——这两位对中国现代新诗产生较大影响的诗人倒没有多少作品入选。这多少让人感觉有些意外。此外，诗集还收入了几位在当时诗坛相对比较"边缘"的诗人，如沈从文、邵洵美和孙大雨。不过，考虑到选集总是体现出编者的眼光和立场。他可能出于文学的考量，也可能受制于外部种种非文学的制约，从而做出某种选择，最终塑造了选集所呈现的样式，也在很大程度上决定了读者的接受视野。在这种情况下，探究选编者的选择标准更能透露出这一时期文学生态的有趣信息，而这同时也构成了译者翻译活动所处的社会环境，从某种程度上也或显或隐地影响了译者所遵循的翻译规范。下面我们将考察这部选本的三个方面内容，第一，为什么选译这样一个诗歌选集；第二，选编者兼译者选译的标准；第三，选本的翻译过程、方式以及译本所透露出来的译者所遵循的种种翻译规范。

第一，选集的背景。要考察这本新诗译本选集的出版，必须从这部诗集的编者和译者阿克顿和陈世骧开始谈起。阿克顿 1904 年出生于意大利的佛罗伦萨一个显赫家族，父亲为英国人，是艺术品收藏家和商人，母亲是美国人，来自芝加哥的银行业家庭。优越的家庭环境使得他接受了良好的艺术教育，培养了他对唯美主义的艺术追求。1918 年，父母送他到英国伊顿公学读书，在毕业最后一年，他成为伊顿艺术学会的创立成员之一。1923 年，他入牛津大学学习，在文学和艺术领域十分活跃，毕业后经常往来伦敦和巴黎的文艺界。然而，当时西方社会信仰迷失、政治狂热，这一切让他难以忍受，于是，他开始周游世界各国，足迹遍布美国、法国、日本以及东南亚各国，最后他来到北京，深深地被中国的历史、社会和文化所吸引，于是投身于中国文学艺术的研究和翻译之中。从 1932 至 1939 年，他先在中国国内旅行，随后定居在北京，并在北京大学任教，期间认识了梁宗岱、杨周翰、袁家骅、朱光潜等学者，以及卞之琳、李广田、林庚、陈世骧、李宜燮等青年学生。这部《现代中国诗选》就是他和他的中国学生陈世骧合作的产物，其合作的具体细节，阿克顿在他出版于 1948 年的回忆录——《唯美者的回忆》（*Memoirs of An Aesthete*）中有所交代。

　　阿克顿居住在北京期间,与北京的学术界、艺术界交游甚广,曾结识了温源宁。温源宁当时任北京大学西方语言文学系主任和教授,他邀请阿克顿到北大英语系讲授英国文学,后者欣然接受。[1] 阿克顿给学生讲授雪莱的诗歌、莎士比亚的悲剧、复辟时期的喜剧还有现代派诗歌艾略特的《荒原》,等等,可是,他发现,中国学生十分矜持,虽然他的住处离课堂步行只有5分钟,但并没有谁拜访过他。随着教学的深入,有的学生离开,只有少部分学生还坚持听课。不过阿克顿却觉得这样反而给了他机会,可以近距离了解他的学生,尤其是关于他们对课程的看法。此时中日关系紧张,从1931年"九一八"事变的爆发到1932年初的"一·二八"事变,北京的形势不容乐观。到了7月份,很多学生离开,而坚持到最后的寥寥无几,只有三四个学生来上课。校方不得不取消课程和考试。这个时候,阿克顿收到了来自学生十分感人的告别信,其中一封给他留下了十分深刻的印象,这封信来自三年级的学生陈世骧。他的信是一首散文诗,简短而有力,使阿克顿想起了白居易的诗歌。[2] 在这之前,他对陈世骧这位学生并没有什么印象。之后,他邀请陈世骧留下来,后者接受了他的邀请。随着危机逐渐走向缓和,陈世骧带着他的朋友来拜访阿克顿,并向他展示了他们的诗歌创作,其中给阿克顿留下印象的是卞之琳的《三秋草》。在教学以及和学生密切的交往过程中,阿克顿发现,"中国年轻的一代早已开始反抗压抑感情的修辞、对自然无关痛痒的描写和僵化的诗歌语言。"[3]阿克顿尤其被卞之琳诗歌中所传递的纯净的情绪所感染和陶醉,于是受其鼓舞,决定和陈世骧合作对其进行实验性的翻译。这就是两人合作翻译的由来。不过必须指出,阿克顿虽然此时已经开始学习中文,但他对中国现代文学并没有什么了解。对于这一点,他在另外一处毫不掩饰地给予了澄清:"我对中国现代文学的了解,都归功于陈世骧。"[4]据此,我们可以大胆地推测,这部诗集选谁来翻译,很大程度上应该取决于陈世骧的意见。不过至少有一位诗人是阿克顿执意

---

[1]Acton, Harold. *Memirs of An Aesthete*[M]. London:Methuen Co. Ltd.1948,p.328.

[2]Acton, Harold. *Memirs of An Aesthete*[M]. London:Methuen Co. Ltd.1948,p.335

[3]Acton, Harold. *Memirs of An Aesthete*[M]. London:Methuen Co. Ltd.1948,p.340.

[4]Acton, Harold. *Memirs of An Aesthete*[M]. London:Methuen Co. Ltd.1948,p.336.

要收入的,他就是林庚。林庚当时并不是特别著名的诗人,他的诗歌在国内也没有得到很多批评家的关注,但阿克顿认为他的诗歌"充满激情",这是他创新的地方。更重要的是,林庚具有中国传统诗歌的特点,他因此执意将其收入,虽然这样做"违背了他的意愿"。

第二,诗学主张。上面提到,这部文集在选材方面具有一定的倾向性,这同时也受到选编者诗学观的影响。这种影响最明显地体现在选材方面,选编者会将符合自身诗学观的作品选入文集,同时也会将不符合这种观念的作品排除出去。同时,诗学观也会对翻译产生一定的影响。因此,考察这部文集所宣称的诗学观对我们了解翻译的过程和产品至关重要。

所谓的诗学观简单来说指的是"关于文学应该以及可以是什么的主流观念"①。它包括两个成分,即库存清单和功能成分。前者由文学手法、文类、主题,原型人物和情景及象征意义所构成;后者指的是,文学在整个社会系统中应该扮演什么样的角色的观念。后者在主题的选择上有影响。②

这部诗集所体现的诗学观最明显地在阿克顿写就的长篇前言以及一篇题为《论现代诗歌》的对话——受访者冯废名和编者以问答的形式对中国现代诗歌进行了探讨——这两篇文章中体现了出来。这可以看作是编者文学立场的最好声明,里面透露出来的信息对我们了解相关问题大有帮助。阿克顿在前言中对中国现代诗歌从诞生到30年代中期的这段历史进行了回顾,并对这个时期诗坛上引起注意的诗人进行了评论,包括胡适、冰心、郭沫若、徐志摩、周作人,新月派的卞之琳、林庚、孙大雨、戴望舒、冯废名、俞平伯等人。"白话文运动"或"国语运动"提出用日常语言即白话文而不是古典语言文言文来书写现代生活经验,因此需要在语言形式、语法、词汇等很多方面进行改革。这实际上是传统诗学遭遇了挑战和危机,新的诗学开始在边缘诞生并努力走向并占据中心位置,和传统诗学展开竞争。"中国诗歌长

---

①Lefevere, André. *Translation*, *Rewriting and the Manipulation of Literary Fame* [M]. London and New York: Routledge, 1992, p.14.

②Lefevere, André. *Translation*, *Rewriting and the Manipulation of Literary Fame* [M]. London and New York: Routledge, 1992, p.26.

期以来在洛可可的笼子里走向衰败,这一困境与我们在18世纪碰到的何其相似。"①然而情况的复杂性在于:尽管很多作家采用白话写作,即所谓的口语,可是他们发现要想从那个无法抵抗的令人着迷的传统中挣脱出来并不容易。对于"五四"之后的现代诗人而言,他们需要鼓足勇气面对那个十分强大而又让人恋恋不舍的传统,重新创造新的语言表现方式和手段,来表达自己现代的生活感受,而不是模仿古人,让自己的精神跪倒在强大的传统面前。这的确不是一件容易的事情。可是,正如编者所言,诗人是被塑造出来的,而不是天生的,诗人需要根据自己的生活经验去创造。然而这种独立的创造说起来简单,做起来并不容易,尤其是要跨越古典和现代的桥梁。作者指出,与胡适同时代并不缺少天才诗人,他们努力表达自我,尽管到处弥漫着内战和政治动乱以及普遍的幻灭气氛。但对于所有急于将自己从传统中解放出来的诗人而言,很多用白话写作的作家忘记了传统仍然深入他们的骨髓。冰心选择的主题和意象虽然和后期古典派的诗人们同样在狭小和精致的圈圈里缠绕,但是她没有理由相信为什么《繁星》和《春水》(1923)非得用白话写作。也许正是因为如此,《繁星》和《春水》获得了相当的追捧,比较时髦;其他的白话诗人急切地想要摆脱古典的传统,坚定地依赖现实,可是现实如此残酷,有时会让他们受伤。他们歌唱人类的痛苦和遭遇,诗歌中充满了对不平等以及残酷压迫的控诉。再如陈独秀主持的《新青年》杂志,刊登了很多白话诗,但作者认为,他们憎恨艺术,虽然写了很多,可没有根基。②

编者认为,"在诗歌实验的一片废墟中,凸显出两个新的诗人清晰的面影,他们是郭沫若和徐志摩。两人都体现出了天真的浪漫主义。"③郭沫若的诗歌完全受着情绪的驱使,是内心原始冲动的产物。从这一点上而言,他与中国传统诗歌是不同的。传统诗歌在处理情绪和情感的时候不是直接的,而是隐晦的,通过花鸟等外部客观事物曲折地表现出来。这种诗歌中大量存在的"唤起和暗示虽然矛盾,却构

①Acton, Harold and Ch'en Shih – hsiang, trs. *Modern Chinese Poetry* [C]. London: Duckworth, 1936, p. 13.

②③Acton, Harold and Ch'en Shih – hsiang, trs. *Modern Chinese Poetry* [C]. London: Duckworth, 1936, p. 19.

成了中国诗歌的最突出的特征。"①就像瓦莱里（Verlaine）的美学原则
"没有颜色，一切只是精巧"。（Pas de couleur, rien que la nuance）从
它最普遍的应用上看，更多地在中国诗歌中找到了例证。郭沫若会把
诗歌的种种精巧抛到九霄云外，他的冲动和本能让他远离现实，而他
则错误地将其视为一种夸张。②"凤凰涅槃"备受人们尤其是激进主义
者高度赞扬，称其表现了力量、鼓动、速度、20世纪和立体主义的精神。
但是，他的绝大多数诗歌的特质是一种爆炸，让他的读者喘不过气
来。③郭沫若的诗歌是自发的，和他的同代人相比，他的能量和热情让
人印象深刻，可是它们给西方读者带来的印象不如给他的同胞带来的
更加深刻。因为相对于后者而言，他的思想和技巧看起来让人惊讶，
如此新颖。④

相比之下，徐志摩对新诗运动的发展来说影响更大。在他的更短小
的诗中，其音乐如同他的意象一样那么自然和轻松。像那些古代诗人一
样，他可以利用最为精简的必要手段获取神奇的效果。但是，当徐志摩
有意识地介绍西方的狂想曲的时候，他急切地冲到中国古典诗歌的对立
面，沉溺于夸张和重复，用充沛的意象损害了他的诗行。有的地方处理
不当，有的地方却又纤美精致——所谓精致，我们指的是它们具有纯粹
汉语修饰所具有的完美，就像一个被切割的玉的最为细腻的片段，但却
只能通过视觉手段传递给外国人。节奏的活力是徐志摩所拥有的，可是
纪律是他缺乏的。他对新诗的重要性在于为新的"修辞"打开了那扇长
期闭锁的大门，尽管他并没有达到诗歌艺术的巅峰。⑤

周作人是文坛的老一辈作家，和陈独秀的新青年同人保持着某种
距离。他拥有对精致诗歌的感受力，他和他的哥哥鲁迅一样，在中国
文坛上享有盛誉。如同一位中国评论家所言，周作人将优雅和力量结
合起来，他的散文属于兰姆的类型，具有不自觉的，因此也是具有魅力

①②Acton, Harold and Ch'en Shih-hsiang, trs. *Modern Chinese Poetry* [C]. London：
Duckworth, 1936, p.19.

③④Acton, Harold and Ch'en Shih-hsiang, trs. *Modern Chinese Poetry* [C]. London：
Duckworth, 1936, p.20.

⑤Acton, Harold and Ch'en Shih-hsiang, trs. *Modern Chinese Poetry* [C]. London：
Duckworth, 1936, p.22.

的唯我主义和安静的论调。他只出版了一部诗集《过去的生活》,但却表现出来他能如此精妙地从琐碎之中见出意义。俞平伯也出版过有趣的诗歌,那个时候白话实验普遍充满疑问,但是,他好像并没有被十分正面的信念所刺激。新月派的成员们如闻一多、孙大雨和陈梦嘉在诗歌形式上展示出了很大的进步:他们接过伟大的欧洲浪漫主义的旗帜,重新将中国诗歌的传统排序,留下了他们的印记;他们将欧洲诗歌的韵律融入中国诗歌,毫无疑问地获得了成功。但此后,他们不受欢迎了。戴望舒强大的影响更加预示了未来的趋势。他完全用自由体进行创作。戴望舒处于新月派和更年轻一代之间。他的一些附带说明可以在《中国现代诗选》的附录中找到,但是他的那些追捧者们并没有把它们当回事。冯废名,他的诗读起来就像是捉摸不透的谜语,独来独往,生活在自己暗淡灯光照耀的圈子里。[①]

更年轻一代的诗人比起他们的前辈表现得更加复杂,更加书卷气。他们对语言有着更为细密的感受。新月派主要坚持诗歌的韵律,模仿彼特拉克的十四行诗以及其他西方形式,他们认为卞之琳和林庚更青睐的自由体诗歌是一种手段而不是目的。[②]最终,他们希望重回中国古典诗歌的形式。孙大雨是个例外,他用无韵诗创作长的自传体诗歌。[③]两千年来,中国传统诗歌追求极度的简洁明了,中国作家们不可能在没有严重损害他们的视野的前提下突然改变这种重心,去创作史诗和英雄传奇。[④]

从以上的分析中可以看到,编者对中国现代诗歌创新以及和传统复杂的关系进行了辩证分析,认为现代新诗需要用新的语言、形式、技巧、手段、意象来观照诗人现代的生活体验和感受,完全和中国传统诗歌体现的诗学决裂,但编者同时指出这种决裂并不彻底,因为传统无论如何都早已深入他们的骨髓和精神,成为他们创造的一部分。中国

①Acton, Harold and Ch'en Shih – hsiang, trs. *Modern Chinese Poetry* [C]. London: Duckworth, 1936, p. 23.

②③Acton, Harold and Ch'en Shih – hsiang, trs. *Modern Chinese Poetry* [C]. London: Duckworth, 1936, p. 24.

④Acton, Harold and Ch'en Shih – hsiang, trs. *Modern Chinese Poetry* [C]. London: Duckworth, 1936, p. 25.

传统诗歌所形成的一些规范不可能在短时间内被彻底打破,就像中国诗人们不太可能突然去创作史诗和英雄传奇一样。从另一个方面来说,现代新诗又不同于古典诗歌,它有着极为灵活的形式,细腻和难以捉摸的情绪以及新的技巧和手段。"古典的典故很少在他们的诗歌中出现。"①同时,编者注意到中国现代诗人通过翻译接受了来自西方文学的营养,受到启发,卞之琳、郭沫若、徐志摩、梁宗岱无一不从事诗歌的翻译工作。关于中国新诗的未来,编者正确地指出:必须保持一种历史感。除了欧洲的影响,来自中国辉煌过去的某些最伟大诗人的影响"完全发生质变,被两次蒸馏过"必须为当代诗歌风格和情感做出贡献。②

在这篇简要的前言之后,是冯废名关于现代新诗的一个对话,对话以一问一答的形式进行。冯废名重点对早期和现代诗人对诗歌认识的差异、新诗的形式与内容,以及新诗和散文之间的关系进行了论述。他指出,当代诗人(指30年代更新一代的诗人)在创作诗歌的时候,所持的态度和那些首次尝试用白话作诗的诗人十分不同了,这种差异表现在,"这些更年轻的诗人现在使用新的形式,仅仅是因为他们受到某种新的诗歌情绪的触动,而不是因为他们想要打破古典诗歌留下的传统规则。他们对欧洲文学的熟悉程度远超过对中国古典作品比如诗和词的熟悉程度。但是当他们真正读到后者的时候,他们认为那些诗歌是极其出色的。他们认为新诗不应该超越旧诗,只是觉得新诗是另一种诗歌而已。③

接下来,冯废名重点谈了自己对新诗的认识。他认为,诗人由于年龄和情感的不同,在不同阶段会写出来不同的诗,因此并不是后来的诗比不上唐诗宋词。冯废名认为,真正的诗人应该一直创作前人所没有创作的诗歌。④ 他因此得出结论,"在中国诗歌史的每个时期,诗人根据对生活、自然和美的回应,通过完全不同的对思想和情绪的表

----

①Acton, Harold and Ch'en Shih - hsiang, trs. *Modern Chinese Poetry* [C]. London: Duckworth, 1936, p.30.

②Acton, Harold and Ch'en Shih - hsiang, trs. *Modern Chinese Poetry* [C]. London: Duckworth, 1936, p.30 - 31.

③Acton, Harold and Ch'en Shih - hsiang, trs. *Modern Chinese Poetry* [C]. London: Duckworth, 1936, p.33.

④Acton, Harold and Ch'en Shih - hsiang, trs. *Modern Chinese Poetry* [C]. London: Duckworth, 1936, p.38.

达获得自己的个性,与别人不同。"①他最后指出,我们的新诗最重要的是它的内容;它的形式是次要的。② 关于内容,他认为,古典诗歌的语言十分精巧,但其内容大部分都是散文性的(prosaic)③。最后,他给新诗提出了要求,认为:如果我们想要使新诗不同于古典诗,我们应该创造诗性的内容和散文化的语言。④ 这个散文化的语言是否指的就是民歌的语言,对此他回答道:有时候,民歌可以帮助我们解释新诗。它们用词粗糙,多乡俗俚语,但是它们具有诗歌的很多素质,它们一般具有普遍的形式。民歌口头相传,不写在纸上。只要写下来,它就立刻失去了生命。我们的新诗像民歌一样是自然生长起来的。它不同于民歌仅仅因为它必须书写下来。但它不会采取任何有规律的形式,因为为了和古典诗歌区分开来,它必须摆脱那些古典诗歌语言的规则。一些人质疑我们是否会有所谓新诗,因为他们仅仅依赖诗歌的形式来做出判断。⑤

简要来说,新诗将不会有一种固定的形式。但是我坚信我们的时代充满了诗性的内容。我们新诗一定会成功。只有当它繁荣了,我们才能说了有了新文学。因为我们在白话散文(prose)上的成功很难超越古典散文。即使它在形式上成功了,它的内容也不比古典的强。如果我们的新诗能繁荣起来,我们将肯定会有一个更新更具有活力的散文。⑥

总体来看,这本诗集所要呈现的是中国现代新诗在继承本土古典诗歌、吸收借鉴国外诗歌艺术的基础上所体现出的既传统、又创新的特点和风格。古典诗歌的传统在每个诗人中都留下了痕迹,但林庚表现得尤为明显。他具有丰富的灵感,这个灵感来源于中国古典诗歌传统中的王维、苏东坡、白居易。尽管他的诗歌用的是自由体,用口语写

---

①Acton, Harold and Ch'en Shih-hsiang, trs. *Modern Chinese Poetry* [C]. London: Duckworth, 1936, p.40.

②Acton, Harold and Ch'en Shih-hsiang, trs. *Modern Chinese Poetry* [C]. London: Duckworth, 1936, p.42.

③Acton, Harold and Ch'en Shih-hsiang, trs. *Modern Chinese Poetry* [C]. London: Duckworth, 1936, p.43.

④⑤Acton, Harold and Ch'en Shih-hsiang, trs. *Modern Chinese Poetry* [C]. London: Duckworth, 1936, p.44.

⑥Acton, Harold and Ch'en Shih-hsiang, trs. *Modern Chinese Poetry* [C]. London: Duckworth, 1936, p.44-45.

就,但它们却掌握了大量的中国古典诗歌中的有特色的个人特征,他的诗歌有限的主题和表现出来的直觉和唐诗一样古老。同时,现代新诗又具有和中国古典诗歌不同的特点和风格,如郭沫若诗歌中的情绪的自发冲动,徐志摩诗歌中充沛的意象和精妙的修辞,以及卞之琳诗歌中的空灵和精妙的和音。这种既传统又现代的特质正是编者想要向西方读者传达的关于中国现代文学的新信息。

第三,翻译的困难。一般认为,现代新诗应该比古典诗词更容易翻译,原因很明显:中国新诗所使用的白话,其语法显然受到欧洲语言翻译的影响,现代新诗看起来比唐代或宋代的诗词格律的创作规则更容易翻译。可是编者提醒我们注意的是,"如果走近了解的话,这个明显的便利被证明是具有欺骗性的。"中国现代新诗的翻译具有自身翻译的困难,主要体现在以下几个方面:

首先,诗歌的音乐性,也就是它独有的韵律很难翻译。许多人都对现代新诗有所误解,认为它并不像古典诗词那样有固定的诗歌韵律。的确,现代新诗努力打破中国古典诗歌传统的束缚,十分自由,但这并不是说现代新诗就缺乏了声音上的特质。编者指出,在徐志摩的更短小的诗中,诗中的音乐如同他的意象一样那么自然和轻松。像那些古代诗人一样,他可以利用最为精简的必要手段获取神奇的效果,可是这种空灵,依赖所选单音节字创造的精妙和音,让译者产生绝望。本书中的"午夜"和"群山"有8行简单的诗行,可是,在翻译的过程中,它们的神奇效果就散失了,这种情况,除了徐志摩,其他诗人十有八九也会发生。[1]

其次,现代新诗所使用的一些具体的语言手段,如夸张、重复以及口语的使用难以翻译。编者认为,郭沫若的诗歌充满韵律,其奔腾而出的情绪让人感动,但这种气势却无法翻译。[2] 在郭沫若和卞之琳的很多诗歌中,某些诗行经常重复使用,这在翻译成英语的时候易于丢掉其效果,就像叶芝的诗歌"A bone wave – whitened and dried in the

---

[1]Acton, Harold and Ch'en Shih – hsiang, trs. *Modern Chinese Poetry* [C]. London: Duckworth, 1936, p.21.

[2]Acton, Harold and Ch'en Shih – hsiang, trs. *Modern Chinese Poetry* [C]. London: Duckworth, 1936, p.20.

wind"翻译成汉语也会丢掉其效果一样。①

最后,现代新诗表达的是诗人对现代生活的一种情绪反应,它不同于古典诗歌有着相对固定的主题、意象和情绪,翻译在捕捉这种微妙情绪方面存在困难。更年轻一代诗人比起他们的前辈表现得更加复杂,更加书卷气,他们对语言有着更为细密的感受。②

戴望舒的两首印象主义诗歌,在翻译过后就不是诗歌了,它们让我们明白这种困难无论如何对我们而言是不可逾越的。其中一首是这样的:③

A LITTLE WALK

Let us go round the wooden hedge

And sit on a chair by the river.

Wavelets forever nibble at the bank

And from your foot outstretched and white

Your tight lips tremble.

Here the fêng – tree wood

Is red and silent as your lips.

Though autumn's withering wind has not yet come,

From your very silence

I have felt its chill.

作者指出,按照严格的顺序,第4行和第5行应该这样:

Must from your outstretched white foot

Tremble your tight – closed lips. ④

即便我们拿出超现实主义的招牌,这也让人怀疑它们是否在英语里和在诗歌中靠得上边。

当然,我们或许要灵活处理;将诗行增长,以解释少女的细脚(在中国女性的脚具有所有的弗洛伊德所谓的隐含意义)冰冷,冷战通过

---

①Acton, Harold and Ch'en Shih – hsiang, trs. *Modern Chinese Poetry* [C]. London: Duckworth, 1936. p. 25.

②Acton, Harold and Ch'en Shih – hsiang, trs. *Modern Chinese Poetry* [C]. London: Duckworth, 1936. p. 24.

③Acton, Harold and Ch'en Shih – hsiang, trs. *Modern Chinese Poetry* [C]. London: Duckworth, 1936. p. 25.

④Acton, Harold and Ch'en Shih – hsiang, trs. *Modern Chinese Poetry* [C]. London: Duckworth, 1936. p. 26.

血管向上传递,乃至穿过她的整个身体,她紧闭颤抖的双唇,不管她有多么的矜持(在中国,女性的矜持受到赞扬)。但是,除了解释糟糕的结果以及前面露骨地提及敏感女孩对秋天的快速预感之外,诗歌最后两行创造的细腻效果[①],即把冷战作为最后高潮的来临,全被毁了。而Fêng 树:是否需要用它来体现出当地特色,让读者去猜,或者译者应该换一种植物或用枫树代替(maple),并满足于这种创作手法?如同大多数中国的树,枫树具有明确的个性。它在中国语境下完美地契合。它的另一个学名叫 liquidambar Formosana,很美,可是译者将这么长的名字引入这么短小的诗歌中,肯定会被谴责为迂腐或矫揉造作。它就不得不在脚注中解释说明,可又会对读者的注意力造成纷扰。[②]

另一首戴望舒的诗歌,叫作秋天的梦,让译者备受挑战:

Thc bell of thc distant shepherdess
Shakes the light leaves down.

In autumn dreams are light;
They are the love of a shepherdess.

Then my dream comes silently,
Sustained by old and heavy days.

O, now I feel a touch of cold,
A touch of cold and a touch of sadness.

秋天的玄想被令人战栗的惊叹打断。在原诗中,这种心境,这种情绪如同轻轻的叶子飘动那样,稍纵即逝,如此轻轻地触碰地面。但是这个"哦",在汉语中大声朗读,突然而又有质性,在英语中一点点融化成为乏味的东西。那种稍纵即逝的感觉消失了,一并消失的还有那只触摸人的心脏的鬼魅般的手。[③]

---

①Acton, Harold and Ch'en Shih – hsiang, trs. *Modern Chinese Poetry* [C]. London: Duckworth, 1936, p.26.

②Acton, Harold and Ch'en Shih – hsiang, trs. *Modern Chinese Poetry* [C]. London: Duckworth, 1936, p.27.

③Acton, Harold and Ch'en Shih – hsiang, trs. *Modern Chinese Poetry* [C]. London: Duckworth, 1936, p. 27 – 28.

正是上述种种困难存在,编者不得不放弃很多在某个方面值得人们称赞的诗歌,因为它们"非常自由和灵活,最终对满怀期待的译者而言变成了石楠遍地的灌木丛。"[1]

下面,我们进入具体的文本分析看影响译者翻译选择的规范。

这本诗集由两人合作翻译而成,但具体情况我们并不知晓,比如是否所有选译作品都是两人合作的成果,还是有的出自阿克顿的译笔,有的出自陈世骧的译介。笔者注意到这部诗集中的选译作品并非翻译自同一个时期。编者在目录之前的说明中提到,有些诗歌先期在3个刊物上发表过,分别是芝加哥出版的《诗歌》杂志(Poetry)、上海出版的《天下月刊》(T' ien Hsia Monthly)以及《北平导报》(Peiping Chronicle)。笔者根据这一线索,对上述刊物进行了检索,发现芝加哥出版的《诗歌》杂志上出版的诗歌翻译得最早。1935年4月份第46卷第1期上刊登了阿克顿翻译何其芳的《夜景》(16页)以及林庚的一组关于自然的诗歌5首。署名是阿克顿一个人。《天下月刊》1935年8月第1卷第1期(70-71页)上刊登有阿克顿和陈世骧合译的两首现代新诗,分别是邵洵美(Zau Sinmay)的《蛇》(The Serpent)和闻一多(Wen Yi-tuo)的《死水》(The Dead Water)。下面我们将选择几首进行文本层面的比较和分析。先看何其芳的《夜景》,源文和译文如下所示:

(1)源文:**夜景(一)**

> 市声退落了
> 像潮水让出沙滩。
> 每个灰色的屋顶下
> 有安睡的灵魂。
>
> 最后一乘旧马车走过……
>
> 宫门外有劳苦人
> 枕着大的凉石板睡了
> 半夜醒来踢起同伴,
> 说是听见了哭声

---

[1]Acton, Harold and Ch' en Shih-hsiang, trs. *Modern Chinese Poetry* [C]. London: Duckworth, 1936, p.25.

或远或近地，
在重门锁闭的废宫内，
在栖满乌鸦的城楼上。
于是更有奇异的回答了，
说是一天黄昏，
曾看见石狮子流出眼泪……
带着柔和的叹息远去，
夜风在摇城头上的衰草。①

英译文：**A NIGHT SCENE**

The noise of the city surges back

Like the ebbing tide uncovering the sand.

Under each of the ridged grey roofs

Are souls asleep.

The last old cab goes by…

Outside the palace toil – worn people lie

Pillowed upon cold pavers, dozing.

One wakes at midnight, kicks his numb companion

And tells him of a wailing he has heard,

Sometimes far and sometimes near,

Behind the deeply closed deserted palace

From the turret where the crows have made their nest.

More strange the answer of that numb companion,

Since night, he says, has witnessed

The hard stone lions shedding bitter tears.

Some one passes along with sighs.

A night wind shakes dry grass on the citadel. ②

　　源文作于 1934 年 4 月 16 日,是两首《夜景》中的第 1 首。单单读这首诗,其意义并不那么明晰。看到题目"夜景",我们首先想到的应

---

①何其芳:《何其芳全集》(第 1 卷),河北人民出版社,2000,第 47 – 48 页。

②Acton, Harold and Ch'en Shih – hsiang, trs. *Modern Chinese Poetry* [C]. London: Duckworth, 1936, p.63.

该是视觉的观看,但诗人引着我们去听退落的"市声"。"像潮水让出沙滩",将"市声"比作潮水,那么城市就应该是沙滩了。生活常识告诉我们,沙滩就是沙子,或许还会冲上来一些贝壳,但沙子应该是荒芜而不生的,如同诗人眼中的城市一样。"灰色的屋顶"这个意象并不欢快;"安睡的灵魂"指的是死去的亡灵还是正在睡去的人呢?"最后一乘旧马车走过……",这省略号让读者心中响起旧马车走过留下一串哒哒哒的声音,逐渐消失。这"旧马车"到底喻指着什么?象征着什么?是那个古老而无可奈何走向衰落和死亡的帝国吗?第3诗节出现了"宫门""废宫""城楼"和"石狮子"一连串的意象,让我们想起古老帝国或者古老城市的面影,或许这是诗人生活的城市——北平。半夜听到或近或远的哭声,只让人顿感毛骨悚然,是鬼魂吗?或者是冤魂吗?"重门锁闭"说明与世隔绝,或许是那宫女为不得见自己的亲人而哭泣吧,或许是为古老帝国的灭亡而悲伤绝望。"栖满乌鸦的城楼"这个意象让人联想到死亡将至。石狮子当然也是古老帝国的象征,它流出眼泪,是为帝国的衰亡而悲痛吗?可是帝国的一切也只能留在劳苦人间不可思议的街头巷尾的流言中了。在第4节中,"带着柔和的叹息远去",指的是谁带着叹息远去?是那个古老的帝国吗?是诗人自己叹息着远去吗?如果是前者,说明那个古老帝国虽然已经消失,但它仍然在这个城市中留下了自己的印记,只不过无可奈何地走向历史的尘埃中。如果是后者,那么诗人是留恋那个帝国吗?可是整首诗歌的最后,"城头上的衰草"更加强化了这个城市的衰败和荒凉。而且通观全诗,没有一丁点这个古老帝国留给诗人的美好。如果结合诗人的生活和创作的时代背景,我们或许可以把握这首诗所要传递的情绪。何其芳早期的诗歌可以说是"青春与爱的人生独语",然而1933年之后,他走出了自我狭小的空间,看到了社会的病痛,创作的风格和格局为之大变。"我读着 T·S·艾略特,这古城也便是一片'荒地'。"①他被艾略特对人类社会精神堕落的批判所吸引,于是"以批判的眼光审视现实社会,以深层次的象征意象,做出了绝望的姿势,发出了绝望的叫喊"②。诗歌中帝国留下的衰败象征着一个时代走向死亡。

---

①《论梦中道路》,何其芳著,天津大公报·文艺,1936年7月19日第182期,诗歌特刊创刊号。

②孙玉石:《论何其芳三十年代的诗》,文学评论,1997(6),第11-23页.

但诗人并非冷对这一切，"这些冷漠意象的抒写，象征了诗人对现实与历史追问的清醒。诗人关注民族的命运。冷漠中深藏着愤激和热情。"[1]或许，我们没有感受到热情，但那种愤激、冷峻和荒凉却能直达我们的内心。

让我们考察一下翻译的情况。源文为自由体诗，没有统一的韵律格式，如果算押韵的话，或许第 3 节的第 6 和第 7 行字数相同。源文第 1 节的"灰色的屋顶"被译成了"ridged grey roofs"，译者加了一个形容词，可能是他对北京的屋顶比较了解，形状有棱纹。但增加的这个形容词冲淡了灰色的意象。第 3 节第 3 行中，源文的"同伴"在译文中增加了一个修饰语 numb，十分贴切；第 10 行中，源文的"石狮子流出眼泪"，译者在翻译的时候又增加了修饰语，分别是 hard 和 bitter，不知是不是译者想要突出一种悲伤的情绪。争议最大的应该是第 4 节的第 1 行，源文应该有着一些语义的歧义，并未说明是谁叹息，可是译文将这种歧义消除了，变成了某个路过的人的叹息。整体来看这首诗歌在意象、语言、修辞等方面并未造成翻译的困难，译者可以说较好地完成了任务。

林庚的 5 首诗是一组关于自然的诗。阿克顿对它的喜欢主要源自诗人的诗歌中体现出了对中国诗歌传统的继承和创新，译者这样说道："林庚，如同唐代诗人一样，将自己局限在狭窄的主题范围——冬日清晨，晨曦，晨雾，夏雨，春日乡村，春日之心，等等。像白居易一样，他承认自己的诗主要由一些瞬间的感觉或过往的事件所启迪灵感；冬日清晨吹响的号角，飞翔中的蜻蜓，唱着歌曲的妇人走回到修建的长城，身处 20 世纪杂声纷扰的上海，林庚的直觉同样也是古老的——他坐在有轨电车上，心中突然充满对南方的渴望。"[2]

他选译的这 5 首诗分别是《春野》《风雨之夕》《红日》《遗忘》《破晓》。我们选择《春野》和《风雨之夕》作为分析说明的例子，英文翻译如下：

（1）源文：春野

　　春天的蓝水奔流下山

---

① 何其芳：《何其芳全集》（第 1 卷），河北人民出版社，2000，第 47－48 页。

② Acton, Harold and Ch'en Shih－hsiang, trs. *Modern Chinese Poetry* ［C］. London：Duckworth, 1936, p.29.

河的两岸生出了青草

再没有人记起也没有人知道

冬天的风哪里去了

仿佛傍午的一点钟声

柔和得像三月的风

随着无名的蝴蝶

飞入春日的田野

英译文：**THE COUNTRY IN SPRING**

Spring's blue water gushes down the hill,

Beside the brook the lush grass thickens.

No one remembers, and none can tell,

Where winter's wind has gone.

A sound as of a bell at noon,

Soft as the breeze in blossom – time.

Follows the freckled butterfly,

Over spring's country.[1]

《春野》这首诗读起来具有明显的乐感。头两行诗句字数相等，诗行中的停顿也一致：

春天的/蓝水/奔流/下山

河的/两岸/生出了/青草

第3行"再没有人记起也没有人知道"使用了重复"没有人"，造成了一种和谐的声音效果。而且这一行和下面一行行末押韵"道"和"了"；第5行和第6行的行末也押韵"声"和"风"。诗歌的最后两行对仗，在音步和押韵方面都十分明显，读起来有一种乐感：

随着/无名的/蝴蝶

飞入/春日的/田野

从声音层面的处理来看，译文并没有刻意去移植源文，但第1行和第2行中的尾音"s"重复出现，制造了一种流水的声音效果，或许可以看作一种对源文这种韵律和押韵的补偿。源文第3行中的重复在译文中显然被避免了，译者用 no one 和 none 做到了这一点；或许是为了再现行内的节奏，译者选择的 no one 和 none 其实十分接近，由于 re-

---

①Acton, Harold and Ch'en Shih – hsiang, trs. *Modern Chinese Poetry* [C]. London: Duckworth, 1936, p.102.

members 音节较多,后面译者用了 can tell 进行平衡。"像三月的风"对于这里的时间,译者也做了创造性的翻译,用了"blossom – time",可以说是十分高超的处理。"无名的蝴蝶"被翻译成"freckled butterfly",显然是一种创造了。源文"无名的蝴蝶"看不出来是单数还是复数,译文中用了"那只斑点的蝴蝶"用单数处理。译文最后一行读起来十分尴尬,仿佛戛然而止,比较突然。整体来看,译者在声音方面并没有刻意复制源文,但在个别的措辞方面,体现出了精致的思考,尤其在重复的处理方面,颇具匠心。

(2)源文:**风雨之夕**

> 濛濛的路灯下
> 看见雨丝的线条
> 今夜的海崖边
> 一只无名的小船漂去了
>
> 高楼的窗子里有人拿起帽子
> 独自
> 轻轻的脚步
> 纸伞上的声音……
> 雾中的水珠被风打散
> 指明上清寒的马鬃
> 今夜的海崖边
> 一只无名的小船漂去了

英译文:**RAINY WINDY EVENING**

> Fine filaments of rain are visible
> Under the blurry street – lamps.
> Tonight on the sea
> An unknown little craft floats far away.
>
> Through a high window someone, hat in hand,
> Paces alone;
> Light is his footfall.
> He hears the rain on the umbrella⋯
> Waterdrops in the mist are scattered by the wind
> And splash the cold horse's mane.

Tonight on the sea

An unknown little craft floats far away. [1]

《风雨之夕》有着多种情景的并置。首先出现的是一个近景,烟雨朦胧的夜晚,看见无数雨丝的线条。这雨丝确实如诗人所描述的,像线条一样,没有声音。这一下子将我们拉进了一个无声而寂静的夜色中。一切都是那么纯净、自然。突然,我们的视线来到了今夜的海边,无名的小船漂去,没有留下一丝波澜。这个时候,捕捉景物的镜头对准了高楼上窗子里的人,他拿起帽子,独自轻轻地踱着步。是夜的静反衬了步的轻盈,还是这轻轻的脚步不忍打破这宁静的夜。"纸伞上的声音……"让我们的心里响起细密的雨滴,在敲击纸伞发出的声音,以及纸伞下的人。这时候,风吹散了水珠,如同拂上清寒的马鬃。最后,诗歌以两行重复回应了第1节,让我们在无声的视觉的镜头中沉入一种孤独和美。译文在两个地方突破了源文。首先最为明显的是诗节的重新分配。译者将重复的两行单独列为第3节,或许是为了凸显这两行在整首诗歌中的作用。另外一处在于,源文"纸伞上的声音……",译者将其理解为"他"听到雨滴落在雨伞上的声音。源文"纸伞上的声音"中的"上"是一个方位词,这个词的使用突出了细雨和伞的亲密无间。还有一点,当我们用这个方位词时,搭配的一般不应该是声音,而是其他的客体,或起码要加上"发出的",如楼上发出的声音,或楼上的人。而且,源文"纸伞上的声音"是一个名词词组,没有说是谁听到的。译文将这种单纯的声音消失了,变成了一个陈述句,即主语加上谓语和宾语。此外,仅仅用 umbrella 应该无法准确传递出纸伞所蕴含的那种江南水乡的柔美和意境。此时译者应该添加上一个修饰语,可译者并没有这样做。这个例子也证明了现代新诗中那种难以捉摸的情绪在比较明晰化的英语译文中会消失,但这是译者无法避免的损失。相比那种以写景和叙事为重的诗歌主题而言,这种主题的诗歌翻译对译者带来了不小的挑战。

《天下月刊》1935年8月第1卷第1期(70-71页)上刊登有阿克顿和陈世骧合译的两首现代新诗,分别是邵洵美(Zau Sinmay)的《蛇》

---

[1]Acton, Harold and Ch'en Shih - hsiang, trs. *Modern Chinese Poetry* [C]. London: Duckworth, 1936, p.104.

（*The Serpent*）和闻一多（Wen Yi-tuo）的《死水》（*The Dead Water*）。两首诗的源文和译文分别如下所示：

（1）源文：蛇

> 在宫殿的阶下，在庙宇的瓦上，
> 你垂下你最柔软的一段
> 好像是女人半松的裤带
> 在等待着男性的颤抖的勇敢，
>
> 我不懂你血红的叉分的舌尖
> 要刺痛我那一边的嘴唇？
> 他们都准备着了，准备着
> 在同一时辰里双倍的欢欣！
>
> 我忘不了你那捉不住的油滑
> 磨光了多少重叠的竹节：
> 我知道了舒服里有伤痛，
> 我更知道了冰冷还有火炽。
>
> 啊，但愿你再把你剩下的一段
> 来箍我箍不紧的身体，
> 当钟声偷进云房的纱帐，
> 温暖爬满了冷宫稀薄的绣被！[①]

英译文：**The Serpent**

> BELOW the stairs of the palace, on the tiles of the temple roof,
> Downwards you droop your delicatest coil,
> Just like a woman's girdle half-released,
> That bides the trembling male's audacity.
>
> Which of my lips your bloody forked tongue,
> Will choose to prick, I know not.
> My lips are ready, ready to receive,
> The twofold simultaneous ecstasy.

---

①邵洵美：《诗二十五首》，上海时代图书公司，1936，第55-56页。

I cannot forget the unseizable slipperiness,

That polishes your many linked knots.

I know that there are agonies in pleasure,

Better I know that there are fires in ice.

I only hope you'll use your other half,

To fasten on this flaccid body of mine,

When the bell – sound steals beneath the gauze in the monastic cell,

And the broidered coverlet is warm in the deserted palace,

NOTE: Gauze, literally " gauze tent," i. e. mosquito – net![1]

邵洵美是二三十年代上海的诗人、翻译家、出版家。他的诗歌深受英美唯美主义的影响,表现出声色美的情色肉欲。他的这首《蛇》可以说是他的"颓加荡"诗歌的代表作。蛇的意象在中国传统诗歌中十分少见,倒能让读者想起《圣经》中那条诱惑夏娃品尝禁果的蛇,但那里的蛇只能说代表了狡诈,并无性的暗示。在这首诗中,血红的颜色、暧昧的感觉、油滑,还有舒服的伤痛,以及动作上的颤抖的勇敢,这些通过色彩、触觉、感觉、以及最后的意象"纱帐"和"绣被",无一不让读者在性的诱惑和危险之间做出联系和联想。如李欧梵所分析的:邵洵美在这首诗歌中把蛇做美人处理,而没有忽略蛇本身的动物特性,在技巧上只能算是差强人意,比较出色的在于邵洵美不但把蛇美人变成诗人的对象,而且要在对象身上做爱,达到一种极致的欢欣,最后带入神话的意象。[2] 译者在翻译的时候尽量忠实于源文。题目用 Serpent,显然让英语读者联想到圣经故事,关于诱惑和堕落。在第3节的第2行,源文的"重叠的竹节"被翻译成 Linked knots,已经丧失了原诗的竹子意象。其实源文"重叠的竹节"有点暗示男根的倾向,从而指向一场性爱场面。英语中的动宾搭配 polish your linked knots 缺少这方面的

①Zau Sinmay . The Serpent. Trans. By Acton, Harold and Ch'en Shih – hsiang. *Tien Hsia Monthly*, 1935 (1):1, pp. 70 – 71.

②李欧梵:《现代性的追求》,北京三联书店,2000,第162页。

联想。在第 4 诗节,第 1 行中的第 1 个感叹词"啊"在译文中被省略,这很可能和译者在翻译的时候保持译文的紧凑节奏有关。英文中并没有多少感叹词可以在诗歌中灵活表达,如果添加 Ah,或者 Oh 进去,会打断全诗的节奏。第 2 行中用到了"箍"这个字,原意指用竹篾或金属条束紧,用带子之类勒住,如头箍。亦可以指紧紧套在东西外面的圈。"箍不紧的身体"暗示了一场性爱之后的筋疲力尽,尤其最后两个诗行中出现纱帐和稀薄的绣被,更让读者相信诗中人物所经历的欢愉和肉体快乐。译文中用 flaccid body of mine 来翻译"箍不紧的身体",似乎并不妥当,因为形容词 flaccid 并无性的关联和搭配。原诗最后一行中的搭配"温暖爬满绣被"采取拟人手法,在中文语法里属于十分创新的组合。这些在英文译文里已经丢失了。

下面我们再看闻一多的《死水》的翻译。

(2)源文:**死水**

> 这是一沟绝望的死水,
> 清风吹不起半点漪沦。
> 不如多扔些破铜烂铁,
> 爽性泼你的剩菜残羹。

> 也许铜的要绿成翡翠,
> 铁罐上锈出几瓣桃花;
> 再让油腻织一层罗绮,
> 霉菌给他蒸出些云霞。

> 让死水酵成一沟绿酒,
> 飘满了珍珠似的白沫;
> 小珠笑一声变成大珠,
> 又被偷酒的花蚊咬破。

> 那么一沟绝望的死水,
> 也就夸得上几分鲜明。
> 如果青蛙耐不住寂寞,
> 又算死水叫出了歌声。

> 这是一沟绝望的死水,

这里断不是美的所在,

不如让给丑恶来开垦,

看他造出个什么世界。

英译文:**THE DEAD WATER**

HERE is a ditch of dead and hopeless water,

No breeze can raise a riple on its skin;

Better cast into it scraps of brass and iron

And pour the refuse of your dishes in.

Maybe emeralds on the brass will grow,

And rust on the iron turn to ruby flowers,

Let rank oil weave a layer of silky gauze

And microbes broider cloudy patterns there.

Let it ferment into a ditch of wine,

Green wine with opal froth upon the brim,

A lustrous pearl will spring and swell in a laugh

To be burst by gnats that come to rob the vintage.

And thus a ditch of dead and hopeless water

May boast of vivid colour.

If frogs cannot endure the deathly silence,

The water may have songs.

There is a ditch of dead and hopeless water:

The region where no beauty ever is.

Better abandon it to ugliness—

See from it what a world may still be wrought![1]

《死水》是闻一多诗歌的代表作品,是诗人 1925 年 5 月从美国归国后所作。读完这首诗,我们的眼睛仿佛一下子就注意到诗中第 2 节和第 3 节里集中出现的五颜六色的颜色,尽管它们并非引起美的联想。这种鲜明的意象加上死水中耐不住寂寞的青蛙的鸣叫,让我们的

---

①Wen Yi - tuo. THE DEAD WATER. Trans. By Acton, Harold and Ch'en Shih - hsiang. *Tien Hsia Monthly*, 1935 (1)1,pp. 71 - 72.

视觉和听觉一起造成了立体的感受。而诗歌开篇的"破铜烂铁""剩菜残羹"还有"油腻"和"霉菌"这些意象造成我们相当不舒服的感觉。死水在人的视觉、听觉、感觉上造成的丑恶是诗人批判的对象,它不是美的所在。如果我们将这一沟的死水视为诗人隐喻中所指的中国社会,那么它的形象和西方汉学家在文字中所建构的隐士在竹林下饮酒作诗、举杯邀月的抒情浪漫图景可谓地狱和仙境之别了。或许,作为爱国诗人的闻一多从国外归来,遇到的看到的就是如这一沟死水一样的中国社会,让他爱之深、恨之切的心不能平静。索性让丑恶来开垦这个世界,看他造出个什么东西,而当这个世界腐烂发臭到无法再烂的地步,或许就是摧枯拉朽的革命爆发之始。除了主题,在诗歌形式上,这首诗也体现出闻一多的诗歌主张。全诗 5 个诗节,每个诗节 4 句,每句 9 个字,而每行有比较整齐的音律,如第 1 个诗节的后 3 句具有整齐的音律格式:

> 这是/一沟/绝望的/死水,
>
> 清风/吹不起/半点/漪沦。
>
> 不如/多扔些/破铜/烂铁,
>
> 爽性/泼你的/剩菜/残羹。

这种"节的匀称,句的均齐"的形式,鲜明的色彩与有节奏的声音恰如闻一多所提倡的诗歌应该具有的"三美",即建筑美、绘画美和音乐美。这首诗歌在形式、色彩与节奏三方面的特征是否能被无损失地转移到译文中,对译者而言肯定是一大挑战。

从形式上看,译文如果说其他诗节算得上是差强人意,第 4 诗节第 2 行和第 4 行特别短小,给人一种明显的不同。从节奏方面而言,译文第 1 节中的第 2、第 3、第 4 行结尾均为鼻音"n";第 2 行中的"braise and raise"押尾韵。第 1 行似是抑扬五音步,但其他诗行并无贯彻。这一方面译者应该整体上放弃了对声音乐感的移植的努力。源文"这是一沟绝望的死水"在第 1、第 4、第 5 个诗节中重复出现,译者为了避免重复,分别用了"here is"与"there is"处理,也算在结构上形成了某种对应。从语义对应的角度看,十分忠实,并无什么改变。

上述分析其实部分印证了奚密(1995)在分析中国现代新诗的翻译所必需面对的 3 个障碍。第一是口语的使用,这种语言对不了解或不熟悉当时使用的口语的人而言,诗歌中的意义被遮蔽了;第二个是繁复的句式，它产生了歧义；另外一个就是重复的使用。这在汉语诗歌中常见，但英语诗歌中尽量避免重复。除此之外，我们想要指出的是另外一个难点，那就是诗歌中所表达的诗人当时的情绪或者那种感受，往往难以捕捉，成为译者必须解决的难题。这些翻译中遇到的困难恰恰凸显出新诗本身独特的特性。提醒人们注意，中国现代新诗已经和传统中国古典诗歌划清了一道分界线。

继阿克顿和陈世骧的现代诗歌选集出版 10 年之后，又有两部关于中国现代新诗的选集翻译出版，它们分别是罗伯特·白英（Robert Payne）主编的《当代中国诗歌》（*Contemporary Chinese Poetry*）和《白驹：从早期至当代的中国诗歌选集》（*The White Pony：an Anthology of Chinese Poetry from the Earliest Times to the Present Day*）。两部诗集同时出版于 1947 年，前一部由英国伦敦的路透勒基（Routledge）出版社出版，后一部由纽约的约翰戴（John Day Company）公司出版。这两部诗集虽由罗伯特·白英（Robert Payne）主编，但参与选编和具体翻译的任务几乎全部由本土译者承担，其整个翻译的方式和阿克顿与陈世骧翻译的现代诗歌选集十分相似。

这两部诗集和上一部诗集出版于两个完全不同的历史时期，表达出了编者十分不同的美学立场和意识形态观念，在中国现代新诗的对外传播过程中占据着十分重要的位置，因此对它们进行研究是十分必要的。目前，已经有部分学者关注到这两部诗集的情况，如葛桂录（2004：253）在《中英文学关系编年史》一书中对此有简要述评，北塔（2006；2010；2011）在系列文章里对这两部诗集有所探讨，李章斌（2012）在"罗伯特·白英《当代中国诗选》的编撰与翻译"一文中对诗集的编撰过程有详细的描述和分析，赵俊姝和王志勤（2008）的"论赞助人对西南联大文学翻译活动的操控"以及赵俊姝、林德福和王志勤（2010）的"以白英个案为例，解析编辑对翻译作品的影响"，则从赞助人和翻译活动的关系角度入手对白英的翻译活动进行了分析。上述研究提供了很好的基础，但不足在于缺乏对具体翻译产品的系统描述和分析，对诗集所体现出来的翻译规范没有集中的论述和分析。编者所说的内容和诗集本身实际的表现并不总是一致的。因此，我们的研究准备从诗集的选编背景、翻译产品的分析、翻译规范的整体研究 3 个方面进行拓展。在描述诗集的选编背景的时候，我们将尽量挖掘更为详细的史料进行充实和补充,还原翻译活动所发生的历史现场;在具体的翻译产品分析阶段,我们重点放在译者是如何进行翻译的,都对翻译中遇到的难点采取了哪些应对措施,体现出来何种规律性;在综合分析诗集所体现出来的翻译规范的时候,总结翻译活动中各种要素对翻译行为的影响,为今后的翻译活动提供经验和借鉴。

让我们首先来考察一下诗集的选编背景:

翻开《当代中国诗歌》这部诗集,目录页之后写着:纪念闻一多。这明显指向 1946 年 7 月 15 日闻一多被国民党当局暗杀一事。不过从这个简单的事实我们或许可以看出作为编者的罗伯特·白英和闻一多之间的关系应该不同寻常。我们或许可以从白英的经历中找到一些背景线索。

罗伯特·白英(1911—1983)全名为皮埃尔·斯蒂芬·罗伯特·白英(Pierre Stephen Robert Payne),出生于英国西南角的康沃尔(Cornwall),父亲为造船设计师,母亲为法国人。白英当过大学教授,又是小说家、历史学家、诗人和传记作家,集多种角色为一身,一生富有传奇色彩。他曾先后就读于英国、法国、德国的几所大学,肄业于巴黎大学。1936—1939 年的西班牙内战期间,他以外国记者身份赴战场采访。1937 年他曾在德国慕尼黑见过希特勒。1941 年,他在英国驻新加坡陆军情报军备处和谍报处任职,后来因为日军入侵东南亚,他被迫赶赴英国在重庆的驻华使馆供职,后任复旦大学英文教授。之后,他来到云南昆明,从 1943 至 1946 年在西南联大授课。在联大期间,他既在外文系讲授英国诗史、现代英诗、伊丽莎白时期文学,又在机械工程学系讲授造船学、造船设计等有关课程。他在教学过程中和中国师生建立起了十分友好而密切的关系,其中最为著名的就是闻一多先生。后者对白英了解和亲近中国文学产生了很大的影响。这本《当代中国诗歌》选集以及《白驹:从早期至当代的中国诗歌选集》就是他在联大的时候和师生们共同合作的产物。1946 年,白英在延安遇见并采访了毛泽东。之后,他定居美国,1949 至 1954 年任阿拉巴马州蒙特瓦洛大学英国文学教授,并专门从事小说和名人传记的写作,共出版过不下于 110 部作品。

由此可见,这两部诗集的翻译和出版是白英在西南联大教学和生活的这段时期完成的,要想对这两部诗集选编的过程有详细的了解,必须走进西南联大的这段历史。庆幸的是,白英在他写于这个时期的日记当中以及两部诗集的前言中对此有过十分详细的记录,成为我们考察诗集选编过程的关键。

第一是选编过程和标准。

从某种程度上而言,文学选集这种形式是编者的文学观念、意识形态、生活环境决定的产物。如果我们对第一部诗集以及白英主编的这两部诗集的内容进行对比,会发现两者在文学观念、意识形态立场等方面有很大不同。《当代中国诗歌》和《白驹》①这两个选集选入的情况如下所示。

《当代中国诗歌》入选的现代诗人、诗作数量、译者分别是:徐志摩(HSU CHIH - MO),8 首,袁可嘉翻译;闻一多(WEN YI - TUO),14 首,Ho Yung 翻译;何其芳(HO CHIH - FANG),8 首,Chiang Shao - yi 翻译;冯至(FENG CHIH),15 首,Chu K'an 翻译;卞之琳(PIEN CHIH - LIN),17 首,卞之琳翻译;俞铭传(YU MIN - CHUAN),11 首,俞铭传翻译;臧克家(TSENG K'O - CHIA),12 首,Chang Tao 翻译;艾青(AI CHING),8 首,Ho Chih - yuan 翻译;田间(TIEN CHIEN),12 首,Chu Chun - I 翻译。

《白驹》入选的近现代诗人、诗作数量、译者分别是:八指头陀(The Monk of Eight Fingers),1 首,Wang Sheng - chih 翻译;闻一多(WN YI - TUO),4 首,Ho Yung 翻译;冯至(FENG CHIH),8 首,Chu K'an 翻译;卞之琳(PIEN CHIH - LIN),2 首,卞之琳翻译;俞铭传(YU MIN - CHUAN),1 首,俞铭传翻译;艾青(AI CHING),3 首,Ho Chih - yuan 翻译;田间(TIEN CHIEN),3 首,Chu Chun - I 翻译;毛泽东(MAO TSE - TUNG),1 首。

这两部诗集出版于同一年,从两部诗集都选入的诗作的译者来看,都是一样的,从这一点可以推断,这两部诗集具有某种互补性,而且应该是同一时期翻译的,只不过分开出版罢了。与阿克顿和陈世骧编译的第一部诗集相比,《当代中国诗歌》这部诗集在选入的诗人数量

---

①《白驹》这部诗集选入的是从古至今的诗人作品,为了对比的方便,我们这里只列出诗集中民国时期即 1911 至 1947 年收入的现代诗歌。

上减少了许多,除保留了徐志摩、闻一多、何其芳和卞之琳这4位诗人之外,另增加了新的诗人代表,即冯至、臧克家、艾青和田间。而《白驹》中关于现代新诗的部分仍然保留了艾青和田间的作品。这种变与不变显然是选编者有意识做出的选择。在《当代中国诗歌》这本诗集的前言中,编者简要介绍了编译这部诗集的目的。罗伯特·白英本打算编选一部能反映自卢沟桥事变到抗战结束这8年间中国当代诗歌的变化的诗集,但考虑到阿克顿和陈世骧所编诗集出版于1936年,反映了中国现代新诗从中国的文艺复兴运动到当时的发展历程,因此他觉得可以接着这一部诗集做接力工作,完整反映中国新诗到40年代,也就是田间和艾青的出现为止的这段时间的表现。而在《白驹》中,白英在前言里开门见山地指出:我们可以通过中国人写的诗歌来彻底了解这个民族,因为中国人自文明开始之初就开始创作诗歌,他们把诗歌视为他们文化的最绚烂的花朵。① 编者想通过这个选集,让更多的西方人去了解中国文化、中国人的性格以及这个国家正在经历的巨变。可见,编者的目的首在文化的交流。但光有这个目的,还无法完成选编的任务。编者需要进行淘筛,而如何选择则在很大程度上受到编者对中国文学所持的认识和判断的影响。

　　对于中国现代新诗,白英在《当代中国诗歌》的前言中指出:艾青和田间这两位新出现的诗人具有不可思议的力量以及持续的诗歌创新,"有了他们两位和其他很多诗人,中国诗歌最终进入了一个完全崭新的世界,在这个新的世界里,所有或者说近乎所有的古典诗歌传统被抛开;那些仍然认为中国诗歌是退隐智者的优雅作为的人,也许要为今天所创作的新诗所表现的蛮劲、力量和真诚而沉思。"② 白英对田间和艾青的评价很高,认为他们的诗歌的创造力和表达出来的力量让人觉得不可思议,而且代表了某种新的方向,使得诗人摆脱了那种退隐文士不闻国事天下事的形象。那么我们的问题是:白英的这种对中国现代新诗的认识到底从何而来? 他并不懂中文,他所能读到的关于中国现代新诗的英译本只有阿克顿和陈世骧编译的那部诗集,可后者

---

①②Payne, Robert. *The White Pony: an anthology of Chinese poetry from the earliest times to the present day, newly translated*[M]. The New American Library, 1947, p.7.

传递的中国现代新诗的信息是另外一番景象。因此，我们可以推断，他对中国文学，尤其是诗歌的见解只能从课堂或平日里与师生友人的交谈中获得，而对他产生最大影响的应该是闻一多等同时期在西南联大授课的教授们，如卞之琳、俞铭传等人。如果我们考察一番抗战爆发后中国诗坛发展的历史，尤其是检视闻一多在对待文艺与现实之间关系的认识，会发现白英的认识和闻一多的文艺观之间有着十分惊人的相似甚至重合之处。

1937年全面抗战爆发以后，中国现代新诗的发展出现了某种转折。之前标举各种主义和立场的诗歌流派之间的对峙"仿佛在一夜之间就陡然消失，几乎所有的诗人都一起唱起了民族解放的战歌。"①诗人的小我已经被抗日战争的炮火炸得粉碎，忧郁的歌唱已经被高亢的呐喊所代替，哪里还有心情去听秋虫的鸣叫，去看花影的婆娑。写实主义的诗风得到不同流派诗人的共同认可和实践。诗歌成为时代的忠实记录，成为唤醒民族危亡的重鼓巨锣。诗人们积极寻求和探索诗歌的新形式，来写作鼓动的诗，直击普通民众内心的诗。正是在这个背景下，田间（原名童天鉴）以抗战初期创作的政治抒情诗《给战斗者》（1937）在诗坛产生影响，被广大读者所接受。闻一多先生对田间的诗给予很高的评价。他在1943年11月13日《生活导报周年纪念文集》上发表的文章"时代的鼓手——读田间的诗"，对田间诗歌的特点做了十分形象和深刻的分析。他从诗和音乐的联系入手，指出田间的诗如同鼓声一样，具有原始男性的力量，整肃、庄严、雄壮、刚毅，是"生命情调的喘息"。他指出，新诗刚开始的历史被"靡靡之音"所支配，而这些面对着抗日战争民族解放的战火，显出"疲困与衰竭"。然而田间的诗传达出来的是"鼓的声律和鼓的情绪"，雄壮而有力，比如《多一些》这首诗：

    （3）源文：多一些

        "多一颗粮食，

        就多一颗消灭敌人的枪弹！"

---

① 钱理群、温儒敏、吴福辉：《中国现代文学三十年》，北京大学出版社，1998，第508页。

听到吗
这是好话哩!

听到吗
我们
要赶快鼓励自己底心
到地里去!

要地里
长出麦子;

要地里
长出小米;

拿这东西
当作
持久战的武器。

(多一些! 多一些!)

多点粮食,
就多点胜利。

　　读完这首诗,我们会感觉到明显强烈的节奏,如沉稳而有力的鼓声一样,敲击着你的心,攫住你的灵魂。闻一多认为:这里没有"弦外之音",没有"绕梁三日"的余韵,没有半音,没有任何"花头",只是一句句朴质,干脆,真诚的话,有斤两的话! 简短而坚实的句子,就是一声声的"鼓点",单调,但是响亮而沉重,打入你耳中,打在你心上。[1] 他继而指出,田间诗歌所成就的那点,"却是诗的先决条件——那便是生活欲,积极的,绝对的生活欲。它摆脱了一切诗艺的传统手法,不排解,也不粉饰,不抚慰,也不麻醉,它不是那捧着你在幻想中上升的迷魂音乐。它只是一片沉着的鼓声,鼓舞你爱,鼓动你恨,鼓励你活着,用最高限度的热

---

①②闻一多:《闻一多全集》(第二卷),湖北人民出版社,1994,第199页。

与力活着,在这大地上。"②从闻一多先生的评论中我们可以看到,他对
田间诗歌的认识是从诗歌与时代的需求之间的关系入手来进行的。民
族危亡的时刻需要这样的时代鼓手,鼓舞我们去爱,去恨,去活着。

之后,闻一多在1945年昆明诗人节纪念会上做了演讲,对田间和
艾青的诗歌进行了十分简要的评价。在演讲之前,两位联大的同学朗
诵了艾青的《向太阳》和田间的《自由向我们来了》《给战斗者》,听众
们都很激动。闻一多先生坚定地反对"鸳鸯蝴蝶派"之类的诗歌情绪,
并进行了真诚而严肃的自我反思,认为"我们的毛病在于眼泪啦,死
啦"。他认为艾青的《向太阳》这首诗里面,"他用浪漫的幻想,给现实
镀上金,但对赤裸裸的现实,他还爱得不够。"①而田间则是"明天的诗
人",是"新世界中的一个诗人"。②

从闻一多对艾青和田间诗歌的评价中,我们可以看到闻一多对文
艺与现实之间关系的认识。他曾经多次撰文对这个问题进行过讨论,
如《宣传与艺术》(1939年2月26日昆明《益世报》的《星期评论》
栏),《新文艺和文学遗产》(1944年5月),《诗与批评》(1944年9月1
日《火之源文艺丛刊》第2、3辑合刊)等。在《宣传与艺术》一文中,闻
一多回顾抗战以来的宣传工作,并提出了批评,认为我们的宣传品"徒
有形式而缺乏内容",原因在于"技巧不足"。③ 突出表现在太过重视
文字,而忽视了音乐图画戏剧。他认为,"我所谓宣传,在文字方面,是
态度光明而诚恳的文艺作品,在形式上它甚至可以与抗战无大关系,
但实际能激发我们同仇敌忾的情绪,它的手段不是说服而是感动,是
燃烧! 它必须是一件艺术作品。"④从这里我们可以看出,闻一多支持
把诗歌用来做宣传的工具,但是这个工具本身必须是一件艺术作品,
具有艺术的价值,不能是情绪的毫无节制的泛滥,应该去感动读者和
听众。1944年5月8日,在联大新校舍图书馆前草地上举行了一场联
大文艺晚会,参加者包括冯至、朱自清、孙毓棠、沈从文、卞之琳、闻家

①闻一多:《闻一多全集》(第二卷),湖北人民出版社,1994,第232页。

②闻一多:《闻一多全集》(第二卷),湖北人民出版社,1994,第233页。

③闻一多:《闻一多全集》(第二卷),湖北人民出版社,1994,第189页。

④闻一多:《闻一多全集》(第二卷),湖北人民出版社,1994,第190页。

驷、李广田、杨振声、闻一多、罗常培等。闻一多做了题为《新文艺和文学遗产》的演讲。他指出：新文学同时是新文化运动、新思想运动、新政治运动，新文学之所以新，就是因为它是与思想、政治不分的，假使脱节了就不是新的。① 在这里，闻一多又一次指出了文艺必须要对时代的需求做出呼应，必须和时代的思想与政治联系到一起，从这个角度出发，他对"五四"以来的小说创作成绩给予最高的评价，认为"从'五四'到现在，因为小说是最合乎民主的，所以小说的成绩最好，而成绩最坏的还是诗。这是因为旧文学中最好的是诗，而现在作诗的人渐渐地有意无意地复古了。现在卞先生(卞之琳)已经不做诗了，这是他的高见，做新诗的人往往被旧诗蒙蔽了，渐渐走向象牙塔。"② 而在《诗与批评》一文中，闻一多提出了真正的诗歌应该兼顾价值论和效率论，所谓价值，指的是诗歌首先必须是艺术作品，所谓效率指的是诗歌必须是"负责的宣传"，能够鼓舞和影响民众。但闻一多否定那些直接服务于政治任务的诗歌，认为它们"既不是诗又不是宣传品，则什么都不是了"③。"政府是可以指导思想的。但叫诗人负责，这不是政府做得到的，上边我说，我们需要一点外力，这外力不是发自政府，而是发自社会。"④ 可见，闻一多所谓诗歌的效率指的是诗人的创作应该为社会负责，而不是政府。而他认为"去测度诗是否有负责宣传的任务，这不是检查所的先生们能完成得了的，这个任务，应该交给批评家。"⑤ 批评家肩负起为社会选择优秀作品的重担，"我们可以有一个可靠的选本，让批评家精密地为各种不同的人选出适于他们的选本，这位批评家是应该懂得人生，懂得诗，懂得什么是效率，懂得什么是价值的这样一个人。"⑥ 他将选本比作是一个治病的药方，"里面可以有李白，有杜甫，有陶渊明，有苏东坡，有歌德，有济慈，有莎士比亚；我们可以假想李白是一味大黄吧，陶渊明是一味甘草吧，他们都有用，我们只要适当的配合起来，这个药方是可以治病的。所以，我们与其去管诗人，叫他负责，我们不如好好地找到一个批评家，批评家不单可以给我们以好

---

①② 闻一多：《闻一多全集》(第二卷)，湖北人民出版社，1994，第216页。

③④⑤ 闻一多：《闻一多全集》(第二卷)，湖北人民出版社，1994，第219页。

⑥ 闻一多：《闻一多全集》(第二卷)，湖北人民出版社，1994，第220页。

诗,而且可以给社会以好诗。"①他从时代赋予诗的意义入手,指出"封建的时代我们看得出只有社会,没有个人",诗经就是例子,而进入个人主义社会之后,"个人是耽沉于自己的享乐,忘记社会,个人是觅求'效率'以增加自己愉悦的感受,忘记自己以外的人群。"②"我以为不久的将来,我们的社会一定会发展成为 Society of Individual, Individual for Society(社会属于个人,个人为了社会)的。诗是与时代同呼吸的,所以,我们时代不单要用效率论来批评诗,而更重要的是以价值论诗了,因为加在我们身上的将是一个新时代。"③

总结来看,闻一多在抗战之后对文艺与现实和政治之间的关系进行了系统论述,其核心认识在于坚持文艺必须回应时代和社会的需求,在此基础上,提出诗歌必须是价值论和效率论的有机结合。而真正的批评家应该懂得人生,懂得诗,懂得什么是效率,懂得什么是价值,他肩负起引导社会的重任,而选集则如同一剂良方,疗救病态的社会,指引未来的方向。他的这些观点可以说直接启发和影响了白英在诗集选本前言中对中国现代新诗所作的观察。因此可以这样说,这两部诗集在很大程度上是闻一多对中国现代新诗认识的直接反映。

其次是翻译的过程与方法。

翻译过程有宽狭两方面的含义。在宽泛的方面,它可以包括翻译之前的选材,翻译之中的语言转换和翻译之后的编辑与出版;而狭义的方面,它仅仅指翻译之中的语言转换过程。对于翻译史研究而言,一般情况下,研究对象和过程都处于一种历史状态,属于过去时,这种语言转换的过程已经不可能重现或获取。因此,我们这里所谓的翻译过程主要指的是翻译之前和之后的阶段,关于具体的语言转换过程,我们只能从现有的翻译文本的分析中去推测。

整个宏观翻译过程分为三个大的步骤④。首先,中国学者将诗歌翻译成英文。白英在合作翻译的整个过程中,坚持选用技巧高超的中

①闻一多:《闻一多全集》(第二卷),湖北人民出版社,1994,第220页。

②③闻一多:《闻一多全集》(第二卷),湖北人民出版社,1994,第221页。

④这两部诗集是白英在联大教学过程中和联大师生密切合作的结果。在《白驹》中,白英专门辟出一章谈翻译的方法,涉及翻译的过程;另外,在白英写于这个时期的日记中也有对翻译过程的记录。

国学者来翻译,而不是让西方学者来改编。他要求中国学者翻译那些他们认为自己的经验和学术背景最适合翻译的那些诗歌。其次,白英负责将中国学者翻译好的英译初稿进行修改。由于白英不懂中文,他可以在不受汉语影响的情况下对英译初稿的语言进行加工。最后,白英将自己修改后的译文交给中国译者,双方反复商讨直到最后达成一致意见。白英曾说道:我的工作主要是编辑和修订;我对中文的了解还不足以使我在翻译汉语诗歌话语中蕴藏的精妙时扮演决断者的角色。[①]

这些中文诗歌的英译文并没有使用押韵,"只要有可能,我们尽量将中文的一个诗行翻译成简洁、准确和有节奏的英语散文(rhythmic English prose),因为尽量保持准确看起来更好而且更加具有专业性。"[②]白英选择不押韵的处理方法实际上参照了理雅各在翻译《诗经》中的做法。他认为"理雅各在中国经典系列中的《诗经》翻译仍然是所有译者遵循的典范。"[③]在白英看来,如果将中文诗歌翻译成英文,保留了押韵,"这会迫使你把诗行塞满东西,或者改变它们的形式,结果会变成无法识别的东西。"基于上述认识,白英和中国学者们达成共识,"要直译,不要释译,也不要试图重新找回源文的声音,或亦步亦趋音行的样式。"[④]编者对具体翻译方法的陈述主要有两个方面,即总体的直译原则,以及诗歌形式上的无韵原则。对于现代新诗的翻译而言,这两个原则在实施起来应该没有多大的困难,毕竟中国现代新诗已经摆脱了古典诗歌的形式,但问题在于两点。第一,编者所说的这些原则是否真的就在译本中贯彻实施了。第二,中国现代新诗的翻译是否存在其他的困难。关于第二点,阿克顿在他和陈世骧编译的那部诗集中有过比较详细的论述。阿克顿认为:由于他们的语法经常受到研究欧洲语言的影响,现代中国诗歌看起来比律诗或者根据唐代或宋词(根据特定的曲调创作)定下的规则创作的诗歌更加容易翻译。但是如果走进了解的话,这个明显的便利证明是具有欺骗性的。很多白

---

①②Payne, Robert. *The White Pony*: *an anthology of Chinese poetry from the earliest times to the present day*, *newly translated*[M]. The New American Library, 1947, p.19.

③④Payne, Robert. *The White Pony*: *an anthology of Chinese poetry from the earliest times to the present day*, *newly translated*[M]. The New American Library, 1947, p.11.

话诗歌非常自由和灵活,最终对满怀期待的译者而言变成了石楠遍地的灌木丛。某些诗行经常使用重复,就像在郭沫若和卞之琳的很多诗歌中那样,在翻译成英语的时候易于丢掉其效果。[①] 对此,白英肯定也有所了解。但问题在于,这些翻译的困难是否也在白英和他的中国合作者们的翻译中再度出现。为了回答上述问题,我们只能回到诗集译文中去比较和分析,而这是过去很多研究者所忽略的。当然,对比源文和译文的目的并不限于此,我们最终目的在于描述现代诗歌翻译中译者所遵循的文本层面的规范。

下面我们对源文和译文进行对比,重点考察以下几位诗人的译本,即闻一多、卞之琳、冯至、艾青和田间。这5位诗人均出现在白英主编的两部诗集中,尤其是艾青和田间,更被视为中国现代新诗发展新方向的标志,研究译者对他们诗歌的处理,具有很大的代表性。

闻一多的诗歌在《当代中国诗歌》和《白驹》中的选入篇目并不一样。

《当代中国诗歌》选入14首,分别是:《贡臣》(*A Vassal*);《秋色》(*Autumn Beauty*);《死水》(*Dead Water*);《也许》(*Perhaps*);《国手》(*Chess-playe*);《忏悔》(*The Confession*);《末日》(*The Last Day*);《我呐喊着来了》(*I Come, I Shout...*);《小溪》(*The Stream*);《心跳》(*The Heart Beats*);《初夏之夜》(*Early Summer Night*);《死》(*Death*);《春雨》(*Spring Rain*);《荒村》(*The Deserted Village*)。

《白驹》共收入4首,分别是:《死水》(*The Dead Water*);《爱之神》(*The God of Love*);《书桌》(*The Desk*);《初夏一夜的印象》(*Early Summer Night*)。两部诗集的译者都是 Ho Yung(何云,音译)

两本诗集选入的闻一多的诗全部摘自他1922年出版的《红烛》和1928年出版的《死水》这两部诗集。白英在他主编的两部译文集里对闻一多的生平做了简要介绍,对其诗歌创作并没有多少说明和分析。《白驹》里只有一小段作者介绍,其中一句话应该可以概括编者对闻一多的印象。"他只出版了两本诗集:《红烛》(1922)和《死水》(1928),

---

① Acton, Harold and Ch'en Shih-hsiang, trs. *Modern Chinese Poetry* [C]. London: Duckworth, 1936, p.25.

即便篇幅短小,却对年轻诗人产生了影响。他一直以来基本上是一位学者,有时写一些批判性的文章,但更多地投身于纯粹的学术工作,通过考察过去为当前的政治问题提供启发。"①两部诗集都选入了闻一多的著名诗作"死水",下面我们以此为例考察翻译的问题。

(4)源文:死水

> 这是一沟绝望的死水,
> 清风吹不起半点漪沦。
> 不如多扔些破铜烂铁,
> 爽性泼你的剩菜残羹。
>
> 也许铜的要绿成翡翠,
> 铁罐上锈出几瓣桃花;
> 再让油腻织一层罗绮,
> 霉菌给他蒸出些云霞。
>
> 让死水酵成一沟绿酒,
> 飘满了珍珠似的白沫;
> 小珠笑一声变成大珠,
> 又被偷酒的花蚊咬破。
>
> 那么一沟绝望的死水,
> 也就夸得上几分鲜明。
> 如果青蛙耐不住寂寞,
> 又算死水叫出了歌声。
>
> 这是一沟绝望的死水,
> 这里断不是美的所在,
> 不如让给丑恶来开垦,
> 看他造出个什么世界。②

---

①Payne, Robert. *The White Pony*: *an anthology of Chinese poetry from the earliest times to the present day*, *newly translated*[M]. The New American Library, 1947, p.298.

②闻一多:《死水》,新月书店,1933 年版,第 39 - 41 页。

我们在前面一节已经介绍过这篇诗歌的内容与艺术特点,即集建筑美、绘画美和音乐美为一身。下面请看译者的处理,两篇译文如下所示:

译文 1 : **DEAD WATER**

HERE is a ditch of dead and hopeless water;
No breeze can raise a ripple on it.
Best to throw in it scraps of rusty iron and copper,
And pour out in it the refuse of meat and soup.

Perhaps the copper will turn green as emeralds,
Perhaps the rusty iron will assume the shape of peach – blossoms.
Let grease weave a layer of silky gauze
And bacteria puff patches of cloud and haze.

So let the dead water ferment into green wine
Littered with floating pearls of white foam.
Small pearls cackle aloud and become big pearls,
Only to be burst like gnats to rob the vintage.

And so this ditch of dead and hopeless water
May boast a touch of brightness;
If the toads cannot endure the deadly silence,
The water may burst out singing.

Here is a ditch of dead and hopeless water,
A region where beauty can never stay.
Better abandon it to evil—
Then, perhaps, some beauty will come out of it.[1]

---

①Wen Yi – tuo. The Dead Water. Payne, Robert. *Contemporary Chinese Poetry*[M]. London: Routledge, 1947, pp. 52 – 53.

译文 2：THE DEAD WATER

Here is a ditch of dead and hopeless water;
No breeze can raise a ripple on it.
Best to throw in it scraps of rusty iron and copper,
Pour out in it all the refuse of meat and soup.

Perhaps the copper will turn green like emeralds,
Perhaps the rusty iron will assume the shape of peach blossoms;
Let grass weave a layer of silky gauze
And bacteria puff up patches of cloud and haze.

So let the dead water ferment into green wine,
Littered with floating pearls of white foam.
Small pearls cackle aloud and become big pearls,
Only to be burst like gnats and to rob the vintage.

So this ditch of dead and hopeless water
May boast a touch of brightness.
If the toads cannot endure the deadly silence,
The water may burst out singing.

Here is a ditch of dead and hopeless water,
A region where beauty can never stay.
Better abandon it to evil—
Then, perhaps, some beauty will come of it.[①]

　　两部诗集里源文的翻译都出自 Ho Yung（何云，音译）之手，而且出版时间是在同一年。因此我们似乎可以猜测，这两首诗的译本应该完全一样，可细致地对比发现，两种译文存在细微的差别，标题不一样。我们暂时放下译文之间的差别，先来对源文和译文进行比较。

　　读完译文，我们的第一感受是源文所具有的那种整齐匀称的形式

---

①Wen Yi-tuo. The Dead Water. In Payne, Robert. *The White Pony: an anthology of Chinese poetry from the earliest times to the rpesent day, newly translation*[M]. The New American Library, 1947, pp. 298 – 299.

消失了,至于行与行之间的节奏感,也没有源文那么强烈。第4诗节和第5诗节里第1句的重复算是可以读出来一些节奏。第1节的第1行、第3行押尾韵,第2节的第3行、第4行押尾韵。其他诗行则没有。由于编者在翻译之初早就说明,在诗歌的形式上采取无韵体,不考虑源文中的声音或节奏,这样一来,仅有的这种押尾韵的地方看来很有可能是无心为之。在第1个译文中,第1、第2、第4诗节里连词And反复出现,如果说第2节第4行使用and是考虑到和第3行的句法关系,那么其他的and其实可以省略。就第2节第4行的and而言,也可以省略,不过最好在第3行的末尾加上一个逗号。译者之所以会使用这么多and,估计是想传达出源文所具有的口语性质。译文中第5节的第4行十分短小,读起来十分突兀,后面的破折号或许是译者不得不做出的某种补偿吧。但如果将最后两行连起来读,简直就是口语会话了。尤其是最后一行中的两个逗号和口语中使用的词汇 then 和perhaps,更让整首诗歌显得太过草率。第2首译文和第1首实质而言是一模一样的,只不过有少许的修改。第1节第4行,删去了 and,而增加了一个词 all,使得译文在意义上更加忠实;第2节第1行,as 被改成了 like,更符合英语语法,like 后面更常用的是名词;第2行的 peach – blossoms 这个词中间的连字符被删去,改为 peach blossoms;第3行中的 grease 改成了 grass,这在意义上是个错误,不知道是排版打印错误还是有意的改变;第4行则在动词 puff 后面增加了一个介词 up,更符合语法规范,也能表现“蒸”这个字所包含的“升腾”向上的意思。第3节第4行增加一个连词 and,也是出于语法的考虑。第4节第1行删去 and,让诗行更为紧凑和有节奏感;第5节第4行删去 out,原来的 come out of 变成了 come of。两者的语义含义不一样,后者具有“由……导致”之意,更为抽象。这样看来,《白驹》中同样一首译诗却出现微小的变化,这种变化不知道是出自白英的修改还是出版社编辑的修改。总体上看,修改的结果更加符合英语语法和语言使用规范,在诗歌的效果上略微增加了其节奏感。这种改变并不影响两首译诗共同遵循的原则,那就是采取无韵的散文形式进行翻译,忠实于源文的意义,在一定程度上可以获得一些音乐美,但源文所具有的建筑美消失了。这首诗歌的翻译困难在很大程度上源自对源文以口语入诗的处理。汉语源文虽然以口语入诗,却在音韵节奏上做足了功夫,使得诗歌朗朗上口。英语译文如果仅仅在词汇层面模仿汉语口语,会给诗意造成很大破坏。如何解决这个难题对汉语诗歌翻译而言十分重大。另外一个十分重要的问题在于,闻一多的这首《死水》无论从创作的时间、背景、情绪和读者阅读方面,都是中国式的,西方读者是否能够获得同等的阅读效果呢?笔者认为,如果读者对白英在前言中的介绍有所了解,是可以通过这首诗歌来感受到当时的中国所处的环境以及他对人民生活深切的感受。对恶的厌恶,对美的追求,对国家的热爱,这种情感是没有国界的。顺带一提,仔细来看,这里的译文明显借鉴了阿克顿和陈世骧的译文,某些用法和表达甚至格式都一样。这似乎从一个侧面表明了前一部诗集的影响力。

卞之琳的诗歌在两部诗集中的选入情况和闻一多的情况类似。《当代中国诗歌》中选入的有 17 首,分别是:*Peking*;*The Composition of Distances*;*The Aqueous Rock*;*Fragment*;*First Lamp*;*Resounding Dust*;*Solitude*;*Fish Fossil*;*Late on a Festival Night*;*The Rain and I*;*Tears*;*The Migration of Birds*;*The Peninsula*;*The History of Communications*;*The Doormat and the Blotting Paper*;*The Girl at the Dressing Table*;*Notes to Pien Chih-lin's Poems*。《白驹》中选入的仅仅有两首,分别是:*Peking* 和 *The First Lamp*。

卞之琳(1910—2000)是中国现代卓有成就的著名诗人和翻译家,新月派的代表诗人。1933 年毕业于北大英文系,1940 年赴联大英文系任讲师,主要教四年级中英互译课,也教大一英文。[1] 1944 年,应白英的邀请,卞之琳自选了《春城》《距离的组织》等 16 首,并自己翻译成英文。至 1946 年 5 月,西南联大解散这段时间,卞之琳一直在此任教。两部诗集中都选入了篇幅较长的诗《春城》,而且是诗人自己的选择和翻译,因此这个个案更具有它的独特价值。

白英在介绍卞之琳的时候这样写道:他翻译了波德莱尔、魏尔伦、瓦莱里、马拉美、保罗·弗特、弗兰西斯·詹姆斯、苏佩·维埃尔和保尔·艾吕雅等人的作品,数量惊人,质量超群,从这些翻译中可见语言上的熟练和灵巧,但如果这些东西继续下去,会有损他作为诗人的整个一生;1937 年抗战爆发后,他突然迅速地转到了更简单也更欠精妙

---

①张曼仪编:《卞之琳年表简编》,人民文学出版社,1990,第 267 页。

的当代英语诗人身上。他对奥登怀有不安的崇敬,对济慈和艾略特怀有敬意,接近于对神的崇拜。① 这些很难说对读者了解诗人的诗歌有所帮助。诗人在诗中控制自己的情绪,倾向于克制,他"偏爱淘洗,喜爱提炼,期待结晶,期待升华"②,这给解读他的诗歌带来了挑战。

以下是《春城》这首诗的中英文对照。

(1)源文:**春城**

北京城:垃圾堆上放风筝,

描一只花蝴蝶,描一只鹞鹰

在马德里蔚蓝的天心③,

天如海,可惜也望不见你哪

京都!④ ——

倒霉! 又洗了一个灰土澡,

汽车,你游在浅水里,真是的,

还给我开什么玩笑?

对不住,这实在没有什么;

那才是胡闹(可恨,可恨):

黄毛风搅弄大香炉,

一炉千年的陈灰

飞,飞,飞,飞,飞,

飞出了马,飞出了狼,飞出了虎,

满街跑,满街滚,满街号,

扑到你的窗口,喷你一口,

扑到你的屋角,打落一角,

一角琉璃瓦吧? ——

---

①Payne, Robert. *The White Pony*: *an anthology of Chinese poetry from the earliest times to the rpesent day*, *newly translation*[M]. The New American Library, 1947, p.81.

②卞之琳:《雕虫纪历》(增订版),人民文学出版社,1984,第1页。

③仿佛记得鹤儿佐辅说过北京似马德里。

④因想到我们当时的"善邻"而随便扯到,其实京都的天并不甚蓝,1935年在那里住了以后才知道。

"好家伙！真吓坏了我，倒不是
一枚炸弹——哈哈哈哈！"
"真舒服，春梦做得够香了不是？
拉不到人就在车磴上歇午觉，
幸亏瓦片儿倒还有眼睛。"
"鸟矢儿也有眼睛——哈哈哈哈！"

哈哈哈哈，有什么好笑，
歇斯底里，懂不懂，歇斯底里！
悲哉，悲哉！
真悲哉，小孩子也学老头子，
别看他人小，垃圾堆上放风筝，
他也会"想起了当年事……"
悲哉，听满城的古木
徒然的大呼，
呼啊，呼啊，呼啊，
归去也，归去也，
故都，故都奈若何！……

我是一只断线的风筝，
碰到了怎能不依恋柳梢头，
你是我的家，我的坟，
要看你飞花，飞满城，
让我的形容一天天消瘦。

那才是胡闹，对不住；且看
北京城：垃圾堆上放风筝。
昨儿天气才真是糟呢，
老方到春来就怨天，昨儿更骂天
黄黄的压在头顶上像大坟，
老崔说看来势真有点不祥，你看
漫天的土吧，说不定一夜睡了
就从此不见天日，要待多少年后
后世人的发掘吧，可是
今儿天气才真是好呢，

看街上花树也坐了独轮车游春①,

春完了又可以红纱灯下看牡丹。

(他们这时候正看樱花吧?)

天上是鸽铃声——

蓝天白鸽,渺无飞机,

飞机看景致,我告诉你,

决不忍向琉璃瓦下蛋也……

北京城:垃圾堆上放风筝。

1934 年(以上选自《鱼目集》,上海文化生活出版社 1935 年 12月版。)

英译文:**PEKING**

PEKING city: flying kites on a rubbish mound,

here a butterfly, there an eagle

painted on the blue canvas over Madrid.

Across the sea of sky, what a pity that no one can see you,

Kyoto! —

O trailing a trail of dust

and leaving all the passers – by in a showerbath,

flying wheels, you swim in so shallow waters,

yet in so high spirits?

Not so dusty indeed, even they are running away

from something hot at their heels, howling over their heads,

over everyone's head. Here it is again:

The yellow – haired wind makes a mess of the immense incense – pot,

stirring up the ashes of many centuries,

sending them flying, flying, flying,

driving them into frightened horses, fierce wolves, futious tigers,

rushing, rolling, roaring along the streets,

swooping over your windowpanes, giving you a puff,

swooping upon your ears' – eaves, striking off an ear,

---

①北平春天街头常见为豪门送花的独轮车。

or a glazed tile? —

"Dear me! Simply frightened me! Lucky it isn't
a bomb! Ha, ha, ha, ha!"
"Sweet is it? Enough of your fragrant dream?
No rider in your ricksha, yourself lying there as on a sofa,
Lucky indeed the tile has eyes!"
"The bird's dropping has also eyes—ha, ha, ha, ha!"

Ha, ha, ha, ha, what's the fun of it?
hysteria, you understand, hysteria!
Sad, sad,
really sad to see the child imitating the old man,
young as he is, flying kites on a rubbish mound,
he also hums the threadbare tune "On recalling the Past…"
Sad, sad, to hear a city of hoary trees
crying vainly,
crying, crying, crying.
homeward? where? homeward? where?
Ancient capital, ancient capital, what can I do for you?

I am a kite already severed from the string,
having stumbled on you, how could I not cling
on your dear willow – branches? You'll be my home, you'll be my
tomb;
just send your catkins on every bower, every tower,
never mind if my looks are day by day withering away.
That's rotten, pardon: look here,
Peking city: flying kites on a rubbish mound.
Yesterday the weather was really in a nice mess, wasn't it?
Old Fang complains of Heaven every spring: cursed it yesterday,
Because it crowned the city like an immense yellow tomb.
Old Wang said it looked ominous: if you once dropped asleep,
maybe you would never see daylight any more
until the excavations of your descendants many centuries later.
But to – day the weather is really splendid, isn't it?

See the flowering trees posed on barrows for a spring promenade,

and we'll enjoy lanterns of vermilion silk over the peonies.

(Over there, are they now enjoying their cherry – blossom?)

It's the doves' flutes that whistle in the sky,

blue sky with white doves, no airplanes—

Even the airplanes appreciating the view, I assure you,

would not be so hard – hearted as to lay eggs on these glazed tiles.

Peking city: flying kites on a rubbish mound.[1]

初读这首诗,相信很多读者会注意到诗中北京方言口语的使用。整首诗的第一句给人一种儿歌童谣的感觉。如果读到最后一行,看到诗歌在结构上形成了一种封闭式循环,这种感觉更为强烈了。而放风筝更被儿童所喜爱,这又加强了读者这一方面的印象,或者激活读者对儿时的美好记忆。"垃圾堆"则暗示了某种现实。诗人对日常一天的所见进行了描摹,扬升的土灰、飞起的炉灰让我们走进一个脏乱的世界。以下的诗节则出现了一系列人物,有拉黄包车的车夫,少年老成的儿童,普普通通的市民老方和老崔,他们做着春梦、咒骂天气、挪揄炸弹还有飞机,这一切的一切仿佛在暗示这就是浑浑噩噩的生活,这就是诗人出生的地方,死亡的地方,是坟地,是离不开的故土。

不过,我们可以从这首诗创作的时期来考察其时代环境,体会诗人在诗作中所要传达出来的情绪。这首诗创作于1934年,即抗战前3年。这个时期[2]诗人严格来说尚未步入社会,在北大读书,关心国家却看不到出路,由此而生一种苦闷和彷徨,思想与情绪无从排遣。结合上述粗浅的阅读体会,我们应该说大致掌握了这首诗的题旨。至于这首诗的形式特征,读者会很容易觉察。在某些诗节里,单个诗行或两

---

①PIEN CHIH – LIN. Peking. In Payne, Robert. *The White Pony: an anthology of Chinese poetry from the earliest times to the rpesent day, newly translation*[M]. The New American Library, 1947, pp. 83 – 84.

②张曼仪在《卞之琳论》一文中将卞之琳的诗歌创作分为4个发展时期,即抗战前;抗战期间;解放后至文革前以及近期。见张曼仪编:《中国现代作家选集·卞之琳》,三联书店(香港)有限公司,人民文学出版社,1990,第217页。

三个诗行中间使用了顿步,具有强烈的节奏感,如:

> "飞出了马,飞出了狼,飞出了虎,
>
> 满街跑,满街滚,满街号,
>
> 扑到你的窗口,喷你一口,
>
> 扑到你的屋角,打落一角,"

由于原诗较长,我们一节一节地进行对照式分析,先看第 1 节:

源文第 1 节:**春城**

> 北京城:垃圾堆上放风筝,
>
> 描一只花蝴蝶,描一只鹞鹰
>
> 在马德里蔚蓝的天心①,
>
> 天如海,可惜也望不见你哪
>
> 京都!②——

译文第 1 节:**PEKING**

> PEKING city: flying kites on a rubbish mound,
>
> here a butterfly, there an eagle
>
> painted on the blue canvas over Madrid.
>
> Across the sea of sky, what a pity that no one can see you,
>
> Kyoto! —

源文题目为《春城》,很容易翻译成 Spring City 或者 City in Spring。诗人没有这样处理,而是直接用了他所描写的这个城市的对象——北平。原诗第 1 节中有两个注,和这首诗的背景有关,但这几个注在翻译中被删除了。第 4 行有一句明显的口语,带有北京方言的味道,译文也用了口语的表达。第 2 行中有重复,译者用 here 和 there 巧妙应对,倒和阿克顿的处理有相似之处。

源文第 2 节:

> 倒霉!又洗了一个灰土澡,
>
> 汽车,你游在浅水里,真是的,
>
> 还给我开什么玩笑?

译文第 2 节:

> O trailing a trail of dust
>
> and leaving all the passers – by in a showerbath,
>
> flying wheels, you swim in so shallow waters,
>
> yet in so high spirits?

在第 2 节,译者用 O 来翻译那个牢骚语,但后面并没有使用感叹号。动词 trail 和 leave 均没有指出动作的发出者,但应该是汽车。用 flying wheels 指代汽车,可见译者的创造,而译文的 in so high spirits 反而让读者更能明白源文这一节最后一行的含义。

源文第 3 节:

> 对不住,这实在没有什么;
> 那才是胡闹(可恨,可恨):
> 黄毛风搅弄大香炉,
> 一炉千年的陈灰
> 飞,飞,飞,飞,飞,
> 飞出了马,飞出了狼,飞出了虎,
> 满街跑,满街滚,满街号,
> 扑到你的窗口,喷你一口,
> 扑到你的屋角,打落一角,
> 一角琉璃瓦吧? ——

译文第 3 节:

> Not so dusty indeed, even they are running away
> from something hot at their heels, howling over their heads,
> over everyone's head. Here it is again:
> The yellow – haired wind makes a mess of the immense incense – pot,
> stirring up the ashes of many centuries,
> sending them flying, flying, flying,
> driving them into frightened horses, fierce wolves, futious tigers,
> rushing, rolling, roaring along the streets,
> swooping over your windowpanes, giving you a puff,
> swooping upon your ears' – eaves, striking off an ear,
> or a glazed tile? —

第 3 节译文第 1 行中斜体的 they 指的是谁? 应该是人群,从他们身后热的东西跑开,而且在头顶呼啸。这应该暗示日本飞机开始扔炸弹了。可是源文中"那才是胡闹(可恨,可恨)"所谓的那应该指的是日本人的飞机。不过源文语义晦涩,很难确定。"黄毛风"被直译为 yellow – haired wind,的确新鲜,但这应该指的是炸弹爆炸引起的一股风流,搅动了大香炉。后面源文出现了很多重复,创造了一种音乐的效果,译文中的 3 个 flying 看来是想传达出源文的这个特点;下一行的马、狼、虎,在译文中分别添加了修饰语,可能是为了避免某种单调。

原诗最后 3 行在声音方面做了巧妙的安排:窗口————一口;屋角——一角。译者重复使用 swoop,但为了表示变化,搭配了不同的介词,ears'-eaves 与 ear 恰好押韵,但无论如何也无法和后面的 a glazed tile 实现如源文那样的同音、同形而不同义了。

源文第 4 节:

"好家伙! 真吓坏了我,倒不是

一枚炸弹——哈哈哈哈!"

"真舒服,春梦做得够香了不是?

拉不到人就在车磴上歇午觉,

幸亏瓦片儿倒还有眼睛。"

"鸟矢儿也有眼睛——哈哈哈哈!"

译文第 4 节:

"Dear me! Simply frightened me! Lucky it isn't

a bomb! Ha, ha, ha, ha!"

"Sweet is it? Enough of your fragrant dream?

No rider in your ricksha, yourself lying there as on a sofa,

Lucky indeed the tile has eyes!"

"The bird's dropping has also eyes—ha, ha, ha, ha!"

第 4 节是一组对话,属于地道的口语,语气中还透着一股市井世俗对严酷政治现实的调侃、冷漠或者无知。这种态度在很多西方旅游者的眼中可能变成了中国人性格中的一种优点,即便是面对生死存亡,也保持乐观心态,关心世俗生活的乐趣。可是诗人这里显然是持着一种批判的态度。第 4 行源文"在车磴上歇午觉"变成了"lying there as on a sofa",是译者自己的创造。译文里的笑声 ha 重复过多,倒失去了诗歌的味道,有点叙事散文的样子。

源文第 5 节:

哈哈哈哈,有什么好笑,

歇斯底里,懂不懂,歇斯底里!

悲哉,悲哉!

真悲哉,小孩子也学老头子,

别看他人小,垃圾堆上放风筝,

他也会"想起了当年事……"

悲哉,听满城的古木

徒然的大呼,

呼啊,呼啊,呼啊,

归去也,归去也,

故都,故都奈若何!……

译文第 5 节:

Ha, ha, ha, ha, what's the fun of it?

hysteria, you understand, hysteria!

Sad, sad,

really sad to see the child imitating the old man,

young as he is, flying kites on a rubbish mound,

he also hums the threadbare tune "On recalling the Past…"

Sad, sad, to hear a city of hoary trees

crying vainly,

crying, crying, crying.

homeward? where? homeward? where?

Ancient capital, ancient capital, what can I do for you?

第 5 节源文在口语中使用文言语助词,造成一种不协调感,有着讽刺的味道。这些文体风格的突出或前景化在译文中难以再现出来。如"悲哉"只能对译 sad;但"归去也"这一行,译者用了一种结构重复来处理,表现了相当的创造。尤其是译文最后一行竟然还有一种节奏感在里面。

源文第 6 节、第 7 节:

我是一只断线的风筝,

碰到了怎能不依恋柳梢头,

你是我的家,我的坟,

要看你飞花,飞满城,

让我的形容一天天消瘦。

那才是胡闹,对不住;且看

北京城:垃圾堆上放风筝。

昨儿天气才真是糟呢,

老方到春来就怨天,昨儿更骂天

黄黄的压在头顶上像大坟,

老崔说看来势真有点不祥,你看

漫天的土吧,说不定一夜睡了

就从此不见天日,要待多少年后

后世人的发掘吧,可是

今儿天气才真是好呢,

看街上花树也坐了独轮车游春,

春完了又可以红纱灯下看牡丹。

(他们这时候正看樱花吧?)

天上是鸽铃声——

蓝天白鸽,渺无飞机,

飞机看景致,我告诉你,

决不忍向琉璃瓦下蛋也……

译文第 6 节:

I am a kite already severed from the string,

having stumbled on you, how could I not cling

on your dear willow - branches? You'll be my home, you'll be

my tomb;

just send your catkins on every bower, every tower,

never mind if my looks are day by day withering away.

That's rotten, pardon: look here,

Peking city: flying kites on a rubbish mound.

Yesterday the weather was really in a nice mess, wasn't it?

Old Fang complains of Heaven every spring: cursed it yesterday,

Because it crowned the city like an immense yellow tomb.

Old Wang said it looked ominous: if you once dropped asleep,

maybe you would never see daylight any more

until the excavations of your descendants many centuries later.

But to - day the weather is really splendid, isn't it?

See the flowering trees posed on barrows for a spring promenade,

and we'll enjoy lanterns of vermilion silk over the peonies.

(Over there, are they now enjoying their cherry - blossom?)

It's the doves' flutes that whistle in the sky,

blue sky with white doves, no airplanes—

Even the airplanes appreciating the view, I assure you,

would not be so hard - hearted as to lay eggs on these glazed tiles.

源文第 6 节和第 7 节在翻译中被重新划分,这是结构上最大的变化。译文中连词的使用如第 10 行中的 Because,将语义关系变得更为明了,另外也是考虑到源文中大量口语的使用。

整体来看,源文对日常口语和方言的使用对翻译造成了很大的困难,而且无法翻译,不过译者通过其他途径进行了一定程度的补偿。在节奏和韵律方面,译者尽量在有的地方采取押韵以制造一种音乐的效果。源文大量使用重复,译文也通过结构上的对应来处理,在保持部分重复的基础上增加变化和不同。这说明译者深谙英语诗歌中的原则。由于《春城》这首诗歌特点,译文读起来更像是叙事性的散文。如何解决口语入诗给翻译带来的困难是我们必须认真思考的一个问题。

这两部诗集和第 1 部最大的不同在于增加了新的诗人和作品,他们就是艾青和田间。他们的诗作选入的情况如下:《当代中国诗歌》选入艾青的诗歌 8 首,分别是:*The Man Who Died a Second Time*; *Snow Falls in China*; *The Winter Forest*; *Desolation*; *The Land Revived*; *The Words of the Sun*; *Invocation to the Dawn*; *North China*。《白驹》选入 3 首,分别是:*The Trumpeter*; *Snow Falls on China*; *The Highway*。译者是 *Ho Chih-yuan*。《当代中国诗歌》选入田间诗歌 12 首,分别是:*In the Morning We are Training*; *One Gun*, *One Chang - I*; *The Black Horse, the Pistol and the Song*; *Freedom is Coming Towards Us*; *I have only a Draft of Paper and some Stains of Blood*; *The land is Laughing for You*; *Song of the Mountains*; *We are Forever Young*; *More Than One Hundred*; *Down with the Enemy*; *The People's Dance*; *She, too, wants to Kill a Man*.《白驹》则收入 3 首,分别是 *Children's Festival*; *More Than a Hundred*; *Down with the Enemy*。译者是 Chu Chun - I。

白英在《白驹》中这样介绍田间:田间是现代中国诗歌界令人头痛的天才,他尝试创作完全崭新的风格。闻一多称他为"新时代的鼓手","一种崭新诗歌类型的倡导者,这种类型的诗歌和我们的原始情绪和更加持久的情绪密切联系。"他开始的创作十分单纯,几乎是儿童似的天真,仿佛在暗示所见与所录之间没有区别;后期,他实验带有击鼓节奏的诗歌。[①] 在《当代中国诗歌》的前言中,白英指出:田间是这

---

①Payne, Robert. *The White Pony*: an anthology of Chinese poetry from the earliest times to the rpesent day, *newly translation*[M]. The New American Library, 1947, p.316.

场"战争"桀骜不驯的象征,他拒绝遵循任何规则,公开反抗中国诗歌的古典传统,可结果发现他写的诗歌有时候几乎和《诗经》无法区分。他的诗歌质朴,没有矫揉造作的痕迹。① 田间的诗里面充满力量和愤怒,但是即便在他最愤怒的时刻,你也会发现那些最让人惊奇的柔美不时显现。② 田间是一种现象,比任何其他诗人都会改变中国诗歌的发展方向,或起码再次重申了古典质朴的特征。③

白英对田间的批评无疑来自闻一多的影响。后者认为田间的诗"摆脱了一切诗艺的传统手法,不排解,也不粉饰,不抚慰,也不麻醉,它不是那捧着你在幻想中上升的迷魂音乐。它只是一片沉着的鼓声,鼓舞你爱,鼓动你恨,鼓励你活着,用最高限度的热与力活着,在这大地上。"因此,田间被闻一多誉为"明天的诗人","新世界中的一个诗人"。④

下面我们来分析《自由,向我们来了》这首诗。

（2）源文:**自由,向我们来了**

> 悲哀的
>
> 种族,
>
> 我们必须战争呵!
>
> 九月的窗外,
>
> 亚细亚的
>
> 田野上,
>
> 自由呵——
>
> 从血的那边,
>
> 从兄弟尸骸的那边,
>
> 向我们来了,
>
> 像暴风雨,
>
> 像海燕。

田间的诗通过将词组隔行排列,通过重复短小的结构而制造出节奏鲜明的风格,就像闻一多先生所说的像鼓声一样,敲击着你的心,沸

---

① ② ③ Payne, Robert. *The White Pony: an anthology of Chinese poetry from the earliest times to the rpesent day, newly translation*[M]. The New American Library, 1947, p.9.

④ 闻一多:《闻一多全集》(第二卷),湖北人民出版社,1994,第233页。

腾着你的血。这首诗也具有上述特点,如诗歌的开始"悲哀的/种族"起到一种唤起的作用。"从血的那边,/从兄弟尸骸的那边,"则使用了重复;最后两行也是如此。下面我们看看译者如何处理这些明显的特征。

译文:**Freedom Is Coming Towards You**

> We must fight for
>
> This grief – stricken nation.
>
> September lies
>
> Outside the window.
>
> All Asia's fields,
>
> O Freedom!...
>
> From this earth of blood,
>
> From this earth of my brothers dead,
>
> Freedom is coming towards us,
>
> Like a wave,
>
> Like a great sea – wave!①

　　对比源文和译文,发现有很多不同。源文题目中的"我们"被翻译成了"你们",但在诗文里又成了"我们",并不一致,这让人不得其解,不知道题目的翻译是否打印错误。源文的前三行完成了一个召唤,呼语放在了最开始,起到强调的作用。从效果来看,这应该是一种前景化。但译文处理成主谓宾的无标记形式,失去了这种陌生化的效果,源文那种强烈的语气也消失了,只能在译文中以 must 来承担。"九月的窗外,"只能用完整的句子来表达,分行是为了复制源文分行而造成的简短有力的效果。而源文"亚细亚的,/田野上"这里的分行在译文中并没有如此处理,而是用了一个名词短语。源文"从兄弟尸骸的那边,"里的"尸骸"是一个敬语,译文里用了 my brothers dead 似乎并不符合语法,如果改为 my brothers' remain,不知道是否更好。不过这里用 dead 可以和上一行的 blood 押韵,这也许是译者选择的原因。最后

---

①TIEN CHIEN. Freedom is Coming Towards You. Payne, Robert. *The White Pony: an anthology of Chinese poetry from the earliest times to the rpesent day, newly translation*[M]. The New American Library, 1947, p.317.

两行译文对源文进行了一种改造,实际上突出了译文所具有的声音效果,形成一种重复和递进的效果。这首诗的翻译体现译者尝试复制田间诗歌的强烈的音乐性特点,在某些地方进行了创造,源文的分行并没有绝对地遵循,但分行这个原则保留了下来,只不过根据英语语法习惯进行了调整。

再看译者对艾青的《雪落在中国的土地上》这首诗的翻译情况。

(3)源文:雪落在中国的土地上

雪落在中国的土地上,
寒冷在封锁着中国呀……

风,像一个太悲哀了的老妇,
紧紧地跟随着
伸出寒冷的指爪
拉扯着行人的衣襟,
用着像土地一样古老的话
一刻也不停地絮聒着……

那从林间出现的,
赶着马车的
你中国的农夫
戴着皮帽
冒着大雪
你要到哪儿去呢?

告诉你
我也是农人的后裔——
由于你们的
刻满了痛苦的皱纹的脸
我能如此深深地
知道了
生活在草原上的人们的
岁月的艰辛。

而我
也并不比你们快乐啊

——躺在时间的河流上

苦难的浪涛

曾经几次把我吞没而又卷起——

流浪与监禁,

已失去了我的青春的

最可贵的日子,

我的生命

也像你们的生命

一样的憔悴呀

雪落在中国的土地上,

寒冷在封锁着中国呀……

沿着雪夜的河流,

一盏小油灯在徐缓地移行,

那破烂的乌篷船里

映着灯光,垂着头,

坐着的是谁呀?

——啊,你

蓬发垢面的少妇,

是不是

你的家

——那幸福与温暖的巢穴——

已被暴戾的敌人,

烧毁了吗?

是不是

也像这样的夜间,

失去了男人的保护,

在死亡的恐怖里

你已经受尽敌人刺刀的戏弄?

咳,就在如此寒冷的今夜,

无数的

我们的年老的母亲,

都蜷伏在不是自己的家里,

就像异邦人
不知明天的车轮
要滚上怎样的路程……
——而且
中国的路
是如此的崎岖
是如此的泥泞呀。

雪落在中国的土地上。
寒冷在封锁着中国呀……

透过雪夜的草原
那些被烽火所啮啃着的地域，
无数的，土地的垦殖者
失去了他们所饲养的家畜
失去了他们肥沃的田地
拥挤在
生活的绝望的污巷里：
饥馑的大地
朝向阴暗的天
伸出乞援的
颤抖着的两臂。

中国的苦痛与灾难，
像这雪夜一样广阔而又漫长呀！

雪落在中国的土地上，
寒冷在封锁着中国呀……

中国，
我的在没有灯光的晚上
所写的无力的诗句
能给你些许的温暖么？

英译文：**Snow Falls On China**

Snow falls on the Chinese land;

Cold blockades China…

The winds like melancholy old women,
Closely follow one another,
They stretch out cold claws,
Tug at clothes,
Their words are as old as the land,
Murmuring, never ceasing.

Coming out of the forest
And driving a cart,
You O Chinese farmer,
Wearing a fur cap,
Plunging recklessly in the snow,
Where are you going?

The truth is
I am a descendant of farmers.
From your faces
Etched with pain,
I know so perfectly
How people live in the plains,
Passing hard days.

Nor am I
Happier than you.
——Lying in the river of Time
Amid waves of suffering
Which entirely overwhelm me—
Wandering and prison

Have robbed me of the most precious part of my youth.
My life
Like yours
Is haggard.

Snow falls on the Chinese land;
Cold blockades China…
Along the rivers of a snowy night
The small oil – flame moves slowly.
In that worn – out black – sailed boat
Facing the lamp and hanging your head,
You sit. Who are you?

O you
Snot – haired and dirty – faced young woman,
Is this
Your house
——a warm and happy nest—
Burnt out by the enemy?
On such a night as this
You have lost your husband's protection,
And in peril of death
You tremble under the enemy's bayonets.

Aiee, on so cold a night
Numerous
Old mothers
Wriggle away from their homes,
Like strangers
Who do not know where to – morrow's wheels
Will take them.
——And
The Chinese road
Is rugged,
Muddy.

Snow falls on the Chinese land;
Cold blockades China…

Throughout the plains on a snowy night
Are lands bitten by war.

Numerous men of tillage.

Have lost their animals,

Have lost their fat lands,

And now lie crowded

In hopeless lanes.

The hungry good earth

Looks up at the dim sky

And stretches out trembling hands

For help.

Pain and suffering of China;

Wild and long as the snowy night.

O China,

On this lampless night

Can my weak lines

Give you a little warmth? [①]

译文和源文最大的不同体现在前者对诗歌的结构进行了变化,这体现在两个方面,一个是对诗节的重新划分,一个是对汉语诗行的重新分割,源文分开的诗行可能在译文中被合并在一起,或者源文是单独一行的被分为两行或多行。源文的"雪落在中国的土地上。/寒冷在封锁着中国呀……"这两行被单独作为一个小节和其他部分分开,译者显然注意到这两句在全诗中的作用。"风,/像一个太悲哀了的老妇。"在译文中被放在一行里翻译成一个名词词组 the winds like melancholy old women;在后面,译者根据描写的对象,分别将关于他们的诗行单独分开作为一个诗节。"我能如此深深地,/知道了,"源文为两行,在译文中为一行 I know so perfectly;在"也像你们的生命,/一样的憔悴呀。"这里,译者将英文的一句 My life like yours is haggard 分行书写,创造出一种紧凑的节奏,有点像田间的汉语诗所表现出来的特点。在描写乌篷船中的少妇这一节中,源文使用了很多口语的表达,译文

---

①Ai Ching. Snow Falls in China. Robert Payne edited. *Contemporary Chinese Poetry*[C]. George Routledge and Sons LTD, 1947, pp.130 - 132.

也竭力制造出这种效果,如 you sit,who are you? 紧接着下面一节,英语译文亦步亦趋源文的分行格式,这可能是因为英语的句式正好和源文相吻合。在最后一个诗节,译文删去了原诗中反复重复的部分,并用一个叹词 O 来表达诗人的情感。

整体来看,译者在忠实源文的同时表现出一定的自由,这种自由在诗歌结构的重新安排上体现了出来。透过对田间和艾青诗歌的分析,我们可以发现一个很有趣的现象,即译者尝试着将源文的音乐上的特点,尤其是田间诗歌的"鼓点"的节奏给传达出来,这应该是受到闻一多先生对田间诗歌评价的影响。

3.3　中国现代小说的翻译

在所有类型的文学作品中,小说都是对外译介的重点。中国现代文学的成绩最突出地表现在小说方面,这是无可置疑的。小说也因此成为这个时期中国现代文学对外译介的一个重点,涌现出了早期译介鲁迅作品的梁社乾和敬隐渔;之后,王际真开始有规模和系统地译介中国现代小说,做了很多开拓性的工作,被旅美著名学者夏志清赞为"中国现代小说翻译的先驱者"。[①] 到了 30 年代,活跃在北京文艺界的年轻作家萧乾无意中从事了中国文学的对外译介,并规划了十分宏伟的译介蓝图,这份译介蓝图在他 40 年代旅居英国的时候被部分地付诸实践。在同一时期,京派女性作家凌叔华也或与人合作或独自将自己的作品翻译成英文发表,在中国文学对外译介的脉络中增加了女性的身影。他/她们的翻译经历各不相同,呈现出了中国现代文学早期对外译介过程中的多样性,为我们思考如何翻译提供了另一个不同的视角。

3.3.1　梁社乾、敬隐渔和鲁迅小说的早期译介

在中国现代小说早期对外译介的过程中,最早也是被翻译介绍得

---

①马祖毅、任荣珍的《汉籍外译史》以及谢天振的《中西翻译简史》对王际真的翻译活动有所涉及。

最多的作家无疑是鲁迅。1926年,梁社乾①(1898-?)翻译的英译本《阿Q正传》由商务印书馆印行,这是最早的鲁迅小说的西文译本,1933年上海商务印书馆为纪念1932年"一·二九"惨案,再次印行。同年五六月,旅法学生敬隐渔(Yn-Yu,Kyn,1902-1931)翻译的《阿Q正传》法文译本发表在罗曼·罗兰创办的《欧罗巴》杂志第41和42期上。1929年,敬隐渔将《阿Q正传》和鲁迅的其他小说翻译收入他的《中国当代短篇小说家作品选》,在巴黎出版。1930年,他和米尔斯(E. H. F. Mills)合作,他从事中文翻译,米尔斯从事法文翻译,合在一起出版了《阿Q的悲剧和其他中国小说》这样一本译介中国现代小说的集子。

梁社乾英文名为 George Kin Leung,祖籍广东新会,出生于美国新泽西州大西洋城,1918年毕业于大西洋城中学,到纽约研究戏剧和音乐。20年代,梁社乾来到中国,曾在北京、上海、广州、杭州等地居住。1924年,他翻译的苏曼殊的《断鸿零雁记》(The Lone Swan)由商务印书馆印行。1925年5月至6月,梁社乾在联系鲁迅的时候,他已经基本上完成了《阿Q正传》的翻译工作,仅就小说中存在的一些问题,两人以书信的方式进行探讨。鲁迅日记1925年6月20日记载:寄梁社乾信并校正《阿Q正传》。② 译本1926年11月由商务印书馆出版,梁社乾寄给鲁迅6本。鲁迅在12月11日的日记中记录了他收到梁社乾寄来的6本赠书的情况。③

除了翻译小说,梁社乾还尤为热心于京剧、粤剧和话剧的研究,曾用英文写过3本关于梅兰芳的纪实性作品,即《梅兰芳,中国最优秀的演员》(Mei Lan-fang, Foremost Actor of China),1929年上海商务印书馆(Commercial Press, Limited)出版;《梅兰芳美国之行及演剧》(Special Plays and Scenes to Be Presented by Mei Lan-fang on His American Tour)

---

①关于梁社乾的生平,国内虽有零星文章介绍,但都语焉不详,连他的生卒年月都不甚了了。王家平在"20世纪前期欧美的鲁迅翻译和研究"(鲁迅研究月刊,2005年,第4期,48-57页)中以1889年作为他的出生年,但笔者更倾向于采纳董大中(2007:145)在《鲁迅日记笺释,1925年》的说法,为1898年。

②董大中:《鲁迅日记笺释,1925年》,台湾秀威出版,2007,第196页。

③《鲁迅全集》第14卷,鲁迅著,人民文学出版社,1981年版,第627页。

1929 年在北京出版;《梅兰芳的苏俄之行》(*Performance of Mei Lan - fang in Soviet Russian*),1935 年出版。关于梁社乾在中国戏曲研究和译介方面所做的工作,已有研究,此不赘述。①

与梁社乾翻译的《阿 Q 正传》英文本的出版巧合的是,就在同一年,旅法学生敬隐渔(Yn – Yu, Kyn)翻译的法译本《阿 Q 正传》,由罗曼·罗兰创办的《欧罗巴》(*Europa*)杂志于 1926 年 5 月号和 6 月号两期连载。后来,他将《阿 Q 正传》和鲁迅的其他小说翻译收入他编译的《中国当代短篇小说家作品选》,1929 年在巴黎埃德尔书局出版,该书译介了鲁迅、茅盾、郁达夫、冰心、落华生、陈炜谟等著名作家的作品9 篇。1930 年,伦敦的 George Routledge & Sons 公司出版了英译本《阿Q 的悲剧和其他中国小说》,这部集子封面署名是敬隐渔和米尔斯(E. H. F. Mills)。内封上印着这样两行字眼:*Translated from Chinese by J. B. KYN YN YU and from the French by E. H. F. Mills.* 意思是敬隐渔从中文翻译而米尔斯从法文翻译。由于敬隐渔不会英文,因此可以断定这个集子是米尔斯从敬隐渔的法文译本转译过来的。

敬隐渔是谁? 他是第一位翻译介绍罗曼·罗兰的中国人,也是第一位将鲁迅译介到法国的中国人。对于他的事迹,好像并没有多少人知道。他似乎已经被人们遗忘了,翻译史上找不到关于他的半点介绍,就连各种现代文学史、文学辞典,也没有关于他的词条。不过相比梁社乾,对敬隐渔的研究成果虽然算不上丰富,也还算有了一些积累。自 1982 至 2011 年,在中国知网上搜索到 17 篇论敬隐渔的文章。

敬隐渔 1901 年出生在四川遂宁县一个贫困之家,从小在一个天主教的修道院长大,先学会了法文,然后学的中文。后来,他来到上海,在《创造周报》上发表了几篇创作,认识了创造社作家郭沫若、成仿吾等人,并同创造社同人往来,后住在《创造周报》编辑部的楼上处理编辑事务。由于他的法文比中文好,所发表的文章都是先以法文写就,然后翻译成中文,经成仿吾先生润饰后发表。1924 年,他计划自费赴法留学,但苦于没有路费,于是写信向罗曼·罗兰求助,请求翻译

---

① 读者可参考江棘的论文"被遗忘的剧界权威——梁社乾与二十世纪二三十年代戏曲的对外传播"(中华戏曲,2013 年版,第 2 期,第 226 – 248 页)。令人遗憾的是,研究梁社乾的翻译活动的论文目前可以在中国知网上找得到的只有这一篇而已。

《约翰·克里斯朵夫》。1924年7月17日,罗曼·罗兰复信敬隐渔,表示热情支持,并视他为"一位自己的小兄弟"。[①]

接到罗曼·罗兰的回信后,他开始翻译《约翰·克里斯朵夫》,译文后来在商务印书馆办的《小说月报》上发表,由此他得以凑足了去法国留学的路费。1925年8月,敬隐渔赴法,入里昂中法大学读书,至1930年初回国。在这段时间,他与罗曼·罗兰一直保持着通信联系,还曾专程到瑞士拜访罗曼·罗兰。后者给予他很大的帮助和支持。然而旅法期间,敬隐渔的生活一直十分艰难,经常需要当时也在法国留学的四川同乡、著名作家林如稷接济。林建议:"你这样不是长法,要想点办法,你法文好,不如搞点翻译,既有意义,也可挣点钱。"[②]于是敬隐渔开始着手翻译中国一些现代作家的作品,并请罗曼·罗兰审阅。1926年初,敬隐渔致函向鲁迅先生求教,告知他打算翻译其作品之事。鲁迅很快便回了信,将自己参与编辑的4本《莽原》杂志寄给了他。很快,《阿Q正传》法文翻译发表在当年5月和6月号《欧罗巴》杂志。敬隐渔复信鲁迅,一并寄来杂志,鲁迅收到后认为敬隐渔可以为中国现代文学的对外宣传做一些工作,于是应其要求,自费选购了33种国内作家的小说给敬隐渔寄去。后来,敬隐渔又翻译了鲁迅的小说《故乡》和《孔乙己》,还翻译了其他中国现代小说家的作品,于1929年收入他编译的《中国当代短篇小说家作品选》这部集子中。1930年,他和米尔斯(E. H. F. Mills)合作,他负责中文翻译,米尔斯负责法文翻译,合在一起出版了《阿Q的悲剧和其他中国小说》英译本。1930年初,敬隐渔回国,曾拜访鲁迅,但根据1930年2月24日鲁迅日记,鲁迅并没有见他。按理说,敬隐渔翻译鲁迅的作品,鲁迅应该表示高兴才对,但鲁迅为何反而不见,他们之间到底因何产生误会,这成了当时文坛上的一宗不解之谜。后来,根据一些人的回忆,传闻敬隐渔在1931年"以狂疾蹈海而死"。罗曼·罗兰一直对敬隐渔十分关心,曾在30年代中期向傅雷和梁宗岱询问这个"不幸的男孩"的近况,但他们两人对此都不甚清楚。

下面,我们将首先探讨鲁迅作品在英语中的翻译规范问题。

[①]李福眠:《罗曼·罗兰的〈复敬隐渔〉》,江苏省出版总社,1994(5),第14—17页.

[②]林文询:《废园残简 敬隐渔:译介鲁迅第一人》,《龙门阵》,1994(3),第26—28页.

　　译者是一个活生生的人,活动在不同的社会领域,并会在其中建立各种各样的或紧或松的联系。译者的翻译活动就发生在这种社会环境中,而且受到或隐或显的社会规范的约束,这就是所谓的翻译规范(norms)。

　　"规范"一词来自社会学领域,在二十世纪的六七十年代,就有学者在翻译研究中讨论过"规范"问题,如列维(Jirí Levy)和波波维奇(Anton Popovič)。前者认为"翻译是一个决策过程"①,译者的抉择处于"完全可以预测"和"完全无法预测"的两极之间。而后者认为"除了纯粹的主观意愿之外,译者必须面临源语文本和译语文本两套规范和习俗的制约,翻译实际上是在规范制约下的抉择活动"②。然而真正促使翻译规范(translation norms)成为翻译研究的一个热门话题,却是以色列学者——图里(Gideon Toury)。早在 1978 年,他在《文学翻译中规范的本质和作用》一文中认为,翻译规范就是指"一定社会文化语境下翻译行为的规律"③。后来图里在他的 1995 年的著作——《描述翻译学及其他》里,用专章探讨翻译规范的本质和作用,对翻译规范问题予以深入、系统而详细的研究,对翻译规范的本质、功能、分类都有论述。虽然很多学者对翻译规范都有过探索,但图里在翻译规范这一研究领域,举足轻重。

　　在区分了规则(rules)、规范(norms)与个体选择倾向(idiosyncrasies)三个概念后,图里认为翻译规范可以首先分为始基规范(preliminary norms)、起始规范(initial norms)和操作规范(operational norms)。始基规范主要有两个方面的内容,即现存的翻译政策和翻译路径。一个文化系统在特定时期偏爱选择哪类作品进行翻译,是使用直接翻译还是允许通过第三国语言进行转译等。起始规范决定了译者对待文

---

①Levy, Jirí. Translation as a decision process[A]. *The Translation Studies Reader*[C], edited by Lawrence Venuti. Routledge: London and New York, 2000, p.148.

②赵一凡、张中载、李德恩主编:《多元系统 廖七一:西方文论关键词》,外语教学与研究出版社,2006 年,第 56 页。

③Toury, Gideon. The nature and role of norms in literary translation[A]. *Literature and Translation*[C], edited by James S. Holmes, Jose Lambert and van den Broeck. Leuven: Acco, 1978, pp.83 - 100.

本的基本态度和采用的翻译方法及策略,如果译者尽量靠近源文本,就会生产出充分性(adequacy)的译本;如果译者偏向译文文本所代表的文化,生产的文本就体现出较明显的可接受性(acceptability)。操作规范决定了译者具体文本翻译过程中的表现,并最终影响译本在语言上的特点和风格。其中操作规范也分为两类次规范:第一,母体规范(matricial norms),它在宏观层面制约着翻译的原则,如具体段落的划分与合并,译本内容和语言的删减或增添等。第二,篇章—语言学规范(textual – linguistic norms)决定了文本的微观层面的选择,如使用哪种语言、句式、语法、措辞来代替源语文本的表达,等等。①

下面我们将利用图里的翻译规范理论对梁社乾和敬隐渔的翻译做一个描述和对比。

首先,始基规范。就翻译的方向而言,20世纪20年代中国文化系统中的主流翻译活动是外译中。原因在于,中国旧有的"封闭且长期固定不变"②的文学系统,无论在诗学形式还是语言方面已经无法满足新的文学创作的需要,结果出现了佐哈尔(Even – Zohar)所说的"文学遭遇了转折、危机或文学真空"③,使得翻译文学进入了文学多元系统的核心位置,其功能首在引入异质文学文化,挑战旧有诗学,进而革新甚至重建整个文学和文化体系。胡适就认为中国新文学的建设需要"把赶紧多多地翻译西洋的文学名著做我们的模范。"④王哲甫也曾指出,"中国的新文学尚在幼稚时期,没有雄宏伟大的作品可资借镜,所以翻译外国的作品,成了新文学运动的一种重要工作。"⑤因此,二三十

---

①Toury, Gideon. *Descriptive Translation Studies and Beyond*[M]. Amsterdam/Philadelphia: John Benjamins, 1995, pp. 56 – 61.

②Bassnett, Susan and André Lefevere. General editors' preface. *Translation, Rewriting, and the manipulation of Literary Fame*[M], by André Lefevere. London: Routledge, 1992, p. 24.

③Even – Zohar, Itamar. The position of translated literature within the literary polysystem [A]. Itamar Even – Zohar edited, *Papers in Historical Poetics* [C]. Israel: Tel Aviv University Press, 1978, p. 23 from pp. 21 – 26.

④胡适:《1918. 建设的文学革命论》,文学运动史料选(一),上海教育出版社,1979,第80页。

⑤王哲甫:《中国新文学运动史》,杰成印书局,1933,第259页。

年代成为"中国现代文学翻译史上最为兴盛的时期"①,各种不同的主义和思潮竞相登场,"不同流派、不同思想的作家,为着增加自己一派的势力,扮演译者的角色,各自翻译自己所认同的作品,向中国的读者大力推销。"②

梁社乾和敬隐渔从中文翻译成外文的举动在当时的中国文学和文化系统中无疑处于十分边缘的位置,他们的翻译活动被人们所忽视,并一直持续到今天就是最好的说明。然而与同一时期的主流翻译活动相比,中国现代文学的对外译介从一开始并不是通过另外的语言转译,而是地地道道地从源语向目标语的直接翻译。这和外译中初期所出现的从日语转译英语,或从英语转译俄语或其他弱小语种的情况不太一样。通过对不同译者的综合分析可以发现,中译外活动中本土译者所选择译介的作家和作品一般都是同一时期本土文学系统中最重要的作家和作品,也就是说此类作家和作品占据了当时文学和文化多元系统的中心位置。梁社乾和敬隐渔不约而同地选择了把鲁迅的《阿Q正传》作为翻译的必选作品,就说明了这一点。除了他们俩之外,同一个时期参与对外译介活动的萧乾和王际真也选译了不少鲁迅的作品。

根据系统理论的假设,处于边缘位置的翻译会复制处于中心位置的翻译所体现出来的主流意识形态和诗学观念,并很容易认同主流的翻译规范。对于这一点,我们或许可以从另一个角度得出不同的结论,即由于处于边缘位置,翻译活动可能更容易摆脱主流翻译规范的约束,从而出现某种偏离或者完全不同的面貌。

其次,起始规范。起始规范和译者对待文本的基本态度和采用的翻译方法及策略有密切关系。如果译者尽量靠近源文本,就会生产出充分性的译本;如果译者偏向译文文本所代表的文化,生产的文本就体现出较明显的可接受性。由于起始规范只能通过译本的分析进行重建,因此下一步需要重点研究译者的操作规范。

首先,我们以梁社乾翻译的《阿Q正传》的前三章为例来分析这

①查明建、谢天振:《中国20世纪外国文学翻译史》,湖北教育出版社,2007,第89页。
②王宏志:《重释"信、达、雅"——20世纪中国翻译研究》,清华大学出版社,2007,第54页。

部译作所体现出来的操作规范。在分析之前,我们需要将这部作品扫描成电子文档 PDF 格式,然后用 OCR 软件识别并校对,然后就得到一份可以编辑的电子文档。用同样的方法,我们将中文源文制作成可以编辑的电子文档,最后将两个文档进行基于段落层面的对齐。

上面已经提到,操作规范指的是译者所依循的并在翻译过程中对文本的操作过程中所表现的规范,它最终影响译本在语言上的特点和风格。其中操作规范也分为两类次规范,一个是母体规范,它在宏观层面制约着翻译的原则,如具体段落的划分与合并,译本内容和语言的删减或增添等。另一个是篇章—语言学规范决定了文本的微观层面的选择,如使用哪种语言、句式、语法、措辞来代替源语文本的表达,等等。

我们将源文和译文按照段落进行对齐,结果发现译文的段落安排和源文并不一致,几乎全部重排,有三种情况。第一是源文的两个或多个段落在译文中被安排在一个段落中。这种情况一般是当源文一个段落之后紧接着是对话的时候。第二是源文的一个段落在译文中被拆分为两个或多个段落。第三是源文的一个段落没有变化在译文里也是一个段落。在《阿 Q 正传》的前三章里,译文对源文改动的最大也是唯一的一处在第三章"续优胜记略"中阿 Q 和王胡之间捉虱子这个场景的一段描写。译文将这个场景的描写中关于捉住虱子并放在嘴里咬着发出声音的两段删除。除了这处之外,译文严格忠实于源文,没有删减和增添,而且对一些可能造成理解困难的地方加了注。

其次考察篇章语言学规范。单纯从字数上来看,源文的前三章有5165 个字,译文有 5718 个单词。译文比源文长,说明译文总要对源文进行解释。下面我们从词汇和句法两个层面进行对比。词汇层面我们关注源文中的文化专有项是如何翻译的。源文所描写的是典型的江浙一带的民间风俗,有很多具体的表述。小说开始介绍如何给所写文章起个名字,列出了一长串,有列传、自传、内传、外传、别传、家传和小传,这些分别被翻译为 biography, autobiography, mythological record, history of the relations of the emperor's wives, special biography, family history, and short sketch;源文中提到的"秀才"在译文中用拼音表示"Hsiu – ts'ai",译者在小说最后加上一个注释,即有资格参加地区级的官府考试的学者。同样处理的还有"地保"被音译为"ti – pao",并加了一个注释。采用音译的例子还有"条凳",对应"tiao bench",条字后面加注。月亭对应 Yüeh – ting meaning Moon Pavilion,并加注;另外几个赌博用的行话也用了音译,如"天门啦"对应"Tien – men leh";"穿堂一百"对应"Ch'uang – t'ang 100";要么采取字对字翻译,如"青龙四百"翻译为"Green Dragon 400";状元没有采取音译,而是用了解释性的翻译,即"the candidate who receives the highest honor in the government examinations"。有的文化专有项的翻译采取了可接受性的翻译策略,用目标语文化中熟悉的术语和表达代替,如"本家"对应"of the same surname";文童对应"scholars";押牌宝对应"play dominoes";赛神对应"holding festivities in honor of its gods"。

句法层面的特点是,译文的语义更加明晰,句子更长,添加了很多连接词来让译文更为连贯。以下一段是比较典型的例子:

（1）源文:

> 但真所谓"塞翁失马安知非福"罢,阿 Q 不幸而赢了一回,他倒几乎失败了。

英译文:

> But the truth of the saying, "How was it to be concluded that the loss of the old man's horse at the border country was not actually a blessing?"7 was borne out when Ah Q had one unfortunate streak of winning, which proved to be for his own ill luck.①

下面我们结合译者在译本前言中的论述来整体分析《阿 Q 正传》这个译本所体现出来的翻译规范。

梁社乾的译者前言内容极其简单,主要介绍了原作的风格、主题,作者的情况以及翻译遵循的原则。这些内容加起来只有五百字左右。译者指出,《阿 Q 正传》用的是白话文而不是难以掌握的文言,这部作品的主角是百万劳苦大众中的一分子,他们在四千多年的历史上在最出色的中国文学中几乎被遗忘了。这部作品因此赋予底层人民以声音,因此具有启发和解放民众的作用。接着译者指出:汉语源文的风格是波澜不惊的,幽默的,鲜明的;但在每一个汉字底下,人们可以听

---

①Leung, George Kin. *The True Story of Ah Q* [M]. The Commercial Press, Limited Shanghai, China, 1933, p. 5.

到长期以来受压迫的粗野而质朴的贫苦人的呼喊,以及作者对所有这些虚假和卑鄙的吝啬的抗争。① 关于翻译的情况,译者介绍得很少,只是指出:本书译者在两种语言的差异所允许的前提下,尽量小心翼翼地遵从汉语文本,因为意识到很多人会愿意对比英语译文和汉语源文。② 最后译者对鲁迅所给予的十分慷慨的帮助表示感谢,对南京大学的 A. Brede and Mrs. Brede 教授提出的很多有价值的建议表示感谢,对他的朋友 Henry K. C. Law 在译者考察中国戏剧和文学的过程中给予的很多帮助表示感谢。

结合译者的前言,我们可以总结这个译本所体现出来的翻译规范。在选材上,译者选择的是鲁迅的著名短篇小说。为什么选择鲁迅? 译者并未在前言中说明白,但他在致谢的时候提到一个朋友 Henry K. C. Law 在他考察研究中国戏剧和文学的过程中给予很多帮助。从这里我们或许可以做出这样的推测。是他的这位朋友建议他选择翻译鲁迅的作品,因为就源语文化系统而言,鲁迅无疑是经典作家,处在文学系统的中心位置。选择他是自然而然的。这说明所选作家和文本在源语文化系统中的地位是考虑的首选。这当然是译者在选材的时候所考虑的一个方面。有的时候,译者的译介动机会左右他的选择。敬隐渔选择翻译鲁迅,从他所写的前言中可以看出,是为了推动他所倡导的"重新投入高深的道家思想"③因为他认为,"中国徒劳地从欧洲找拯救的方案,这并不能救治她的疾病"④,而他所编译的小说集可以让欧洲人"在里面发现关于中国的一个方面","中国如此神秘、如此简单! 在这个世界上,有一种人冷静、沉稳而且丰富。中国人就是这样的人。他们好的一面没有暴露在日光之下。他们谨慎地而且谦虚地把这藏了起来。他们的思考是直觉式的,逻辑是原始的。他们直觉到的真理突如其来,来去迅速且毫无关系,必须在其无迹可求,

---

①Leung, George Kin. *The True Story of Ah Q*[M]. The Commercial Press, Limited Shanghai, China, 1933, p. 6.

②Leung, George Kin. *The True Story of Ah Q*[M]. The Commercial Press, Limited Shanghai, China, 1933 p. 5.

③④YU, J. B. KYN YN and E. H. F. Mills. *The Tragedy of Ah Qui and Other Modern Chinese Stories*[M]. George Routledge & Sons. 1930, p. 11.

又稍纵即逝所带来的痛苦中把握。"①他认为鲁迅是道家思想的敌人，但"他要比很多儒家或道家更理解道家思想"。可见，除了所选作家在源语文化系统中的地位之外，译者的译介目的和动机也是影响选材的一个十分关键的要素。

其次，在翻译的策略上，我们认为译者兼顾了译文的可接受性和充分性两个方面。从大的方面而言，译者基本上严格遵守了翻译的忠实这条原则。具体而言，译者在词汇层面偏向于充分性，而在句法和语篇层面又偏向于可接受性。译者提到很多人会对比源文和译文，于是在翻译的时候十分小心。这说明他心目中的读者群大部分应该能读懂中文和英文，于是我们可以大胆推测，这个译文针对的读者应该是懂得双语的中国人或外国人。如果专门针对外国读者，完全没有必要担心这一点。此外，这个译本由商务印书馆出版也说明了这一点。这也说明，译者在翻译的过程中受到的约束更多地来自源语文化系统。至于目标语文化系统，它的影响可能更多地和语言有关，而不是诗学或意识形态问题。不过不管怎样，这本书仍然在 1933 年再版，或许可以看出它受欢迎的某种程度吧。

3.3.2　王际真与中国现代文学的译介

无论从翻译的数量还是从翻译文本的种类来判断，王际真可算得上本土译者中的佼佼者。他从 20 年代起就致力于对外传播中国文学，尤其是现代文学，为此做了大量工作，被旅美著名学者夏志清赞为"中国现代小说翻译的先驱者"。②然而，国内对他的研究还远不能与他在对外译介中国现代文学的事业中所发挥的作用相提并论。笔者检索中国知网发现，从 1984 年至今，仅仅有 26 篇文章论述王际真的翻译活动，而其中 25 篇文章发表在 2010 年以后；这 26 篇文章中有 20 篇论述王际真节译的《红楼梦》译本。而实际上，王际真翻译最多的还是中国现代文学，这却没有得到更多的研究，不能不说是一个遗憾。

---

①YU, J. B. KYN YN and E. H. F. Mills. *The Tragedy of Ah Qui and Other Modern Chinese Stories*[M]. George Routledge & Sons. 1930, p.6.

②马祖毅、任荣珍著的《汉籍外译史》以及谢天振著的《中西翻译简史》对王际真的翻译活动有所涉及。

在所刊论文中，夏志清（2009/2011）所撰的《王际真和乔治高的中国文学翻译》一文比较全面地论述了王际真的翻译活动，由于作者与王际真私交密切，因此这篇文章也就具有了十分重要的文献价值。徐晓敏（2014）在《王际真翻译思想初探》中对王际真的翻译思想进行了总结，指出他的翻译思想对于当代中国文化典籍外译具有非常重要的借鉴意义。顾钧在《王际真的鲁迅译介》（2012）一文中对王际真在鲁迅作品的译介过程中所作的工作和贡献进行了论述，作者指出：关于王际真译介鲁迅的重大贡献，国内学者至今尚无专文予以讨论，这一局面显然不宜再继续下去了。的确如此。目前国内对王际真翻译活动的研究仍然处于起步阶段，尚未对他的整个翻译活动展开全面而系统的研究。笔者将在前人研究的基础上，首先对王际真的生平和翻译作品的情况进行整理；其次，描述其翻译活动的历史语境，重点考察其翻译文本的语言特征以及译者在翻译过程中所遵循的翻译规范；最后，将对王际真在中译外过程中所具有的意义进行阐发。

王际真（1899—2001），英文名拼写为 Chi – chen Wang，1899 年出生于山东省桓台县，其父为清光绪年间的进士。1910 年，王际真入清华附中学习，后考入清华学堂，1921 年毕业。1922 年赴美留学，先在威斯康辛大学念本科，1924—1927 年在哥伦比亚大学学习。1928 年，王际真被纽约大都会博物馆聘请为东方部正式职员。1929 年，王际真凭借他节译的《红楼梦》出版后获得的良好评价，受哥伦比亚大学东亚研究所主任富路特（L. C. Goodrich）邀请到哥伦比亚大学任教，从此王际真一直在此教授汉语和中国文化，至 1965 年退休。他退休以后，推荐夏志清接任他的教习。王际真是第一位受聘于哥伦比亚大学中国语言文学教授的中国人，与胡适、沈从文等人是好友。

在 1950 年之前，王际真翻译、编译和写作的作品包括以下内容：

1929 年，翻译的《红楼梦》节译本由 Garden City，New York：Doubleday，Doran & Company，Inc. 出版；1935—1936 年，翻译的《阿 Q 正传》分 3 期连载于《今日中国》杂志 11 月第 2 卷第 2 期和 12 月第 2 卷第 3 期和 1936 年 1 月第 2 卷第 4 期；1939 年，出版《鲁迅年谱》，发表于 China Institute Bulletin，1 月第 3 卷第 4 期；1940 年，翻译了鲁迅等作家的多部短篇小说，分别发表在国内的几家英文刊物上；1941 年，翻译的《阿 Q 及其他—鲁迅小说选集》由哥伦比亚大学出版社出版；1944

年,翻译的《当代中国小说选》由哥伦比亚大学出版社出版;同年出版的还有《中国古代传奇》;1947 年,翻译的《高老夫子》由上海世界英语编译社出版;1947 年,翻译的《战时中国小说》由哥伦比亚大学出版社出版;1950 年,选编的《中国当代文选》由纽约作者书社出版。

从以上王际真翻译的作品来看,他的主要工作放在了中国现代文学的译介上面,经他翻译的中国现代作家有 20 位之多,一些中国现代最著名的作家他都有所译介,如鲁迅、茅盾、郭沫若、巴金、老舍、沈从文、叶圣陶、张天翼、端木蕻良、凌叔华等。难怪夏志清要称赞他为"中国现代小说翻译的先驱者",此言不虚。他译介最多的现代作家除了鲁迅之外,老舍、茅盾和张天翼也是他译介较多的作家。至于每部译文集具体选择哪些作家进行翻译,除了其他很多因素之外,还必须考虑一点,这一点也是王际真在一些译本前言中提到的,那就是他身在美国,不像在中国一样可以很容易地获取很多中国现代小说的原本。1941 年以及 1944 年他翻译出版的小说集就受到原本获取困难的影响,使得他选择某个代表作家的时候,并非一定可以选入某个作家最具有代表性的作品。

下面我们重点考察王际真在翻译的过程中到底体现了哪些翻译规范在发挥作用。上一节已经对翻译规范进行了介绍,如上所述,翻译规范指的是译者在翻译活动中所遵循的一套准则,即"指导译者翻译行为过程中做出决策的规范。"[①]这种规范决定了文本的表现,语言模式的分布。哪些文本要素保持不变,哪些必须修改,都与此相关。这表明翻译是一种受规范调控的社会行为。译者经常需要在两种文化体系中进行协商,并在语言、诗学和意识形态三个层面做出种种调整,因此译本中的翻译转移(translation shifts)是不可避免的现象。其中一部分转移是由于源语和目标语在语言结构上的不对等所造成的,比如英语中的动词时态是曲折变化,翻译成中文便只能用词汇形式表示。这种转换因而是强制性的(obligatory),译者必须做出改变,这也是为什么学者卡特福德(J. C. Catford)把翻译转移定义为"从源语出

---

①Toury, Gideon. *Descriptive Translation Studies and Beyond* [M]. Amsterdam/Philadelphia: John Benjamins, 1995, p. 58.

发到目标语的过程中对形式对应的偏离。"①然而除了强制性的翻译转移之外,另一类转移还包括了出于文学和文化方面的考虑而进行的替换,有时是非强制性的(non - obligatory)。这类转移更多与诗学或意识形态相关。也就是说,随着翻译行为所处的社会文化语境的变化,译者可以选择不同的方式来处理上述转移。当然,这里所说的"非强制性的"是相对于语言系统的差异所造成的翻译转移而言的。在某些情况下,译者可能并没有多少空间施展自身的权力,来自由选择如何处理翻译转移的情况。本文所说的翻译转移包括诗学、意识形态和语言三个类别。这三个层面的转移最终决定了译本是趋向于可接受性(acceptability)还是充分性(adequacy)。充分性指的是"翻译呈现出遵循源文本、语言和文化规范的趋势。"②相反,"遵循目标语文化内的规范会使得译本具有可接受性。"③

下面我们就以上述概念为工具,考察王际真的译本在语言、诗学和意识形态方面体现出来的翻译转移,并以此分析影响译本生产的规范。

我们选择王际真翻译的鲁迅小说《故乡》以及老舍的小说《一封家信》作为考察对象。首先,我们将两部小说的源文和译文进行基于段落层面的对齐,然后再进行句子层面的对齐。之后,我们逐句检查译者在翻译过程中是否对语言、诗学和意识形态方面做出了选择,这种选择是强制性的还是非强制性的,它最终使得译本体现出来可接受性还是充分性。

对比《一封家信》的源文和译文,我们发现译者在以下几个方面表现出来十分明显的选择性转移。

第一种是删减源文。具体例证如下所示:

(2)源文:

①他应当低头! 不错,她也更厉害了,可是他细细一想呢,也

---

①Catford, J. C.. *A Linguistic Theory of Translation* [M]. London: Oxford University Press, 1965, p.73.

②Toury, Gideon. *Descriptive Translation Studies and Beyond* [M]. Amsterdam/Philadelphia: John Benjamins, 1995, p.56.

③Toury, Gideon. *Descriptive Translation Studies and Beyond* [M]. Amsterdam/Philadelphia: John Benjamins, 1995, p.57.

就难以怪她。②女子总是女子,他想,既要女子,就须把自己放弃了。③再说,他还有小珠呢,可以一块儿玩,一块儿睡;④教青年的妈妈吵闹吧,他会和一个新生命最亲密的玩耍,作个理想的父亲。⑤他会用两个男子——他与小珠——的嬉笑亲热抵抗一个女性的霸道;⑥就是抵抗与霸道这样的字眼也还是偶一想到,并不永远在他心中,使他的心里坚硬起来。

译文:

①He ought to be more considerate of her, yield to her whims and moods even more. ② After all, women are women. ③ If one wants a woman, one just has to make allowances.[①]

源文是第 8 段,一共有 6 句,但如果从表达完整意义的小句来看,数量应该更多。译文只有短短的 3 句,删去了源文的最后 4 句,也就是丈夫老范的心理活动。

(3)源文:

①在家里,他听着太太叨唠,看着小珠玩耍,热泪时时的迷住他的眼。②每逢听到小珠喊他"爸"他就咬上嘴唇点点头。

译文:

①He listened to his wife's complaints, played with Hsiao – chu, his eyes often blurred with tears.

以上摘自源文的第 13 段,源文的两句变成了译文的一句,删除了丈夫老范的动作描写。

(4)源文:

①"你爸爸要象小钟的爸爸那么样,够多好!"②她的声音温软了许多,眼看着远处,脸上露出娇痴的美慕:③"人家带走二十箱衣裳,住天津租界去! ④小钟的妈有我这么美吗?"

译文:

①If only your papa were like Hsiao – chung's papa! ②They went to the concessions in Tientsin with twenty trunks of clothes. ③And Hsiao – chung's mama is not as beautiful as I."[②]

---

①Lao She. The letter from home. Wang Chi – chen, translated. *Stories of China at War* [C]. Columbia University Press, 1947, p. 127.

②Lao She. The letter from home. Wang Chi – chen, translated. *Stories of China at War* [C]. Columbia University Press, 1947, p. 128.

源文为第15段,直接引语之间有对范彩珠的表情描写,这些在译文中被删除了。

(5)源文:

①乘小珠和彩珠睡熟,老范轻轻的到外间屋去。②把电灯用块黑布罩上,找出信纸来。③他必须逃出亡城,④可是自结婚以后,他没有一点儿储蓄,无法把家眷带走。⑤即使勉强的带了出去,他并没有马上找到事情的把握,还不如把目下所能凑到的一点钱留给彩珠,而自己单独去碰运气;⑦找到相当的工作,再设法接她们;⑧一时找不到工作,他自己怎样都好将就活着,而她们不至马上受罪。⑨好,他想给彩珠留下几个字,说明这个意思,而后他偷偷的跑出去,连被褥也无须拿。

译文:

①One evening, after Tsai – chu and Hsiao – chu had gone to sleep, Fan slipped into the outer room. ②He put a piece of black cloth over the e-lectric light and got out some letter paper. ③He would write her a note ex-plaining why he must flee from the lost city, why it was better that he go a-lone first and send for her and Hsiao – chu after he had found a position. ④ He made several starts but in the end gave up the attempt.[①]

源文摘自第17段,此时老范打算逃出亡城,给妻儿留下说明信,但自己的内心开始有了种种打算和想法,这些在译文中全部被删除了。在译文中,读者读不出来人物此时的内心活动,显然,译文对源文进行了压缩,让故事发展的更快,更直接。接下来,我们可以看到,下面是源文的第18段,十分细腻地描写了老范的心理反应和动作,体现了老范对家庭、妻儿的依恋,而这些被译者在上一段里用第4句话一笔带过。

(6)源文:

他开始写信。心中象有千言万语,夫妻的爱恋,国事的危急,家庭的责任,国民的义务,离别的难堪,将来的希望,对妻的安慰,对小珠的嘱托……都应当写进去。可是,笔画在纸上,他的热情都被难过打碎,写出的只是几个最平凡无力的字! 撕了一张,第二张一点也不比第一张强,又被扯碎。他没有再拿笔的勇气。

---

①Lao She. The letter from home. Wang Chi – chen, translated. *Stories of China at War* [C]. Columbia University Press, 1947, p.129.

译者这种十分自由的删节在小说的结尾处发挥得更加大胆。在小说的结尾,男主人公老范期盼能收到家信,渴望得知妻儿一切平安,可就在这时,日本人的飞机来轰炸了。在这个戏剧性的场景中,我们读到了大量的内心独白和联想,可这些都被译者给一一删除了。老范看到敌人的飞机,联想到了妻子飞机式的头发,这样一种具有象征意义的内容也被删除不译。如以下三段所示:

(7)源文:

到武昌,他在军事机关服务。他极忙,可是在万忙中还要担心彩珠,这使他常常弄出小小的错误。忙,忧,愧,三者一齐进攻,他有时候心中非常的迷乱,愿忘了一切而只要同时顾虑一切,很怕自己疯了,而心中的确时时的恍惚。

在敌机的狂吼下,他还照常作他的事。他害怕,却不是怕自己被炸死,而是在危患中忧虑他的妻子。怎么一封信没有呢?假若有她一封信,他便可以在轰炸中无忧无虑的作事,而毫无可惧。那封信将是他最大的安慰!

信来了!他什么也顾不得,而颤抖着一遍二遍三遍的去读念。读了三遍,还没明白了她说的是什么,却在那些字里看到她的形影,想起当年恋爱期间的欣悦,和小珠的可爱的语声与面貌。小珠怎样了呢?他从信中去找,一字一字的细找;没有,没提到小珠一个字!失望使他的心清凉了一些;看明白了大部分的字,都是责难他的!她的形影与一切都消逝了,他眼前只是那张死板板的字,与一些冷酷无情的字!警报!他往外走,不知到哪里去好;手中拿着那封信。再看,再看,虽然得不到安慰,他还想从字里行间看出她与小珠都平安。没有,没有一个"平"字与"安"字,哪怕是分开来写在不同的地方呢;没有!钱不够用,没有娱乐,没有新衣服,为什么你不回来呢?你在外边享福,就忘了家中……紧急警报!他立在门外,拿着那封信。飞机到了,高射炮响了,他不动。紧紧的握着那封信,他看到的不是天上的飞机,而是彩珠的飞机式的头发。他愿将唇放在那曲折香润的发上;看了看手中的信纸;心中象刀刺了一下。极忙的往里跑,他忽然想起该赶快办的一件公事。

刚跑出几步,他倒在地上,头齐齐的从项上炸开,血溅到前边,给家信上加了些红点子。

译文:

Finally a letter came while he was working in a military agency at

Wuchang. He forgot everything else. He tore it open and read it with fever-ish excitement. He read it two or three times without actually comprehen-ding what it said, so overwhelming were the images of his wife and child that the letter had conjured up. Yes, what about Hsiao – chu. He glanced through the letter again but found not a word about his son. Instead he found mostly words of complaint, cold unsympathetic words which chilled and benumbed him.

The air raid siren wailed. Automatically he started out for the shelter, still reading the letter and hoping to find words of reassurance of the safety of his wife and child. There were none. He read it yet another time, think-ing, in his desperation, that perhaps the words were there but had somehow got misplaced and dissociated. But he found no fragments which he could piece together to spell such words as "safe" and "well." All he found was that she did not have enough money, that she could not afford any amuse-ment or any new clothes. Why didn't he come back to them? He must be enjoying himself and have forgotten about his wife and child. As the siren wailed its final warning Fan was still standing outside his building, still holding and staring at the letter.

It was not until the enemy planes were almost directly overhead that he awoke from his trance. Then just as he started to run, a bomb fell almost directly on top of him. A large bomb fragment struck his head and almost cut it into two halves, spattering the letter with blood.[①]

仔细对比源文和译文可以发现,源文复杂的情绪被直线条的叙事所打破,作者带有一些黑色意味的讽刺在译文中有所减弱。

译者所做的第二种较大幅度的改变,是对源文段落的重新组合。这种组合有两个方面,一是将源文的一个段落分成两个甚至更多;一个是将源文的多个段落合并成一个。就上面所举的最后一个例子来看,译者实际上对故事的结尾进行了浓缩和概括,将某些段落进行了合并。如下面的段落所示:

(8)源文:

在这里,我们只听见那位太太吵叫,而那位先生仿佛是个哑巴。

---

①Lao She. The letter from home. Wang Chi – chen, translated. *Stories of China at War* [C]. Columbia University Press, 1947, pp. 131 – 132.

我们善意的来推测,这位先生的闭口不响,一定具有要维持和平的苦心和盼望。可是,人与人之间是多么不易谅解呢;他不出声,她就越发闹气:"你说话呀! 说呀! 怎么啦? 你哑巴了? 好吧,冲你这么死不开口,就得离婚! 离婚!"

以上是源文的第三段,译者在处理的时候,将之分为两个段落,如下:

译文:

For we could hear only the raised voice of the wife while the husband to all intents and purposes appeared to be a deaf mute. A more sympathetic interpretation of his silence would be, of course, that he hoped thus to maintain peace in the family. Unfortunately, his silence had a contrary effect on his wife.

"Why don't you say something?" she would scream. "Have you become dumb? Just for this I ought to divorce you, yes, divorce you!"[①]

译文将直接引语放在单独一段中,这种处理在后面的段落中再次出现。如下:

(10)源文:

在彩珠看,世界不过是个大游戏场,不管刮风还是下雨,都须穿着高跟鞋去看热闹。"你上哪儿? 你就忍心的撇下我和小珠? 我也走? 逃难似的教我去受罪? 你真懂事就结了! 这些东西,这些东西,怎么拿? 先不用说别的! 你可以叫花子似的走,我缺了哪样东西也不行! 又不出声啦? 好吧,你有主意把东西都带走,体体面面的,象施行似的,我就跟你去;开开眼也好!"

以上摘自源文的第12段,译者将其分成两段处理。

译文:

To Tsai - chu the world was only a huge amusement park whither she must go in her high heels, rain or shine.

"Where do you propose to go?" she demanded. "How could you be so cruel as to leave me and Hsiao - chu behind? Or do you expect me to tramp around like a refugee? If you'd only be sensible. What are you going to do with the furniture and things? Maybe you can travel around like a beggar

---

①Lao She. The letter from home. Wang Chi - chen, translated. *Stories of China at War* [C]. Columbia University Press, 1947, p.126.

but I can't. I can't get along without the little we have. Acting dumb a-
gain, eh? All right, if you can take along everything we have and travel
with some degree of comfort I'll go with you. We have never had a chance
to travel. "[1]

译者在处理源文的直接引语的时候体现出来一定的规律性。如果源
文有较长的对话,译者一般将其译作单独一段,如果出自同一个人物的直
接引语被隔开,译者设法将其合并。除了以上已经提到的例子,再如:

(11)源文:

"小珠!"他苦痛到无可如何,不得不说句话了,"小珠! 你是小亡
国奴!"

译文:

"Hsiao – chu, you are a little *wang kuo nu*[1] now!" he said to his son
one day when he felt particularly hopeless.

从上述分析可以看出,王际真在段落的组织方面并没有遵循源文
的安排,而是进行了较大幅度的改变,对源文的内容也有所改变。这
些转移并非是由于语言方面的差异所导致的,而是译者主动选择的结
果。什么原因导致了译者做出上述选择的呢? 一个比较简单的回答
是,译者十分清楚自己所面对的英语读者所熟悉的文类规范,他通过
努力使得"翻译呈现出遵循目标文本、语言和文化规范的趋势。"这似
乎说明译文倾向于可接受性。当小说中少了很多心理描写,多了那些
对故事情节的直接叙述,这样无疑可以大大加快叙事的速度。由此,
我们或许可以得出结论,是接受语文化中的文学成规决定了译者的翻
译选择,这就是译者所遵循的翻译规范的一部分。正如有的研究者所
言:"译者删译矛盾心理刻画,使故事情节节奏加快,突出结尾由惊喜
而陡然升至悲剧化高潮的艺术效果,引发迂回路转、出人意料的结局,
以此接近'欧亨利式'小说结尾,而此种小说结尾是欧美读者比较熟悉
及欣赏的。"[2]看来王际真遵循目标语文化系统中的文学规范是为了让

---

①Lao She. The letter from home. Wang Chi – chen, translated. *Stories of China at War*
[C]. Columbia University Press, 1947, p.127.

②李越:《王际真翻译策略选择的制约因素分析——以老舍作品翻译为例》,天津大学
学报,2012(2),第179 – 184 页.

译本获得更多读者的阅读和青睐,但以上解释将译者的翻译选择完全归结为环境的制约,仿佛让人感到译者作为一个社会人实在成为简单的环境决定论的动物。这种解释可以说很好地回应了勒斐伏尔的理论将意识形态和诗学列为影响翻译的最大的两个约束①,但这种解释并非没有问题。"欧亨利式"小说结尾是欧美读者比较熟悉的,这没有问题,但是否一定是读者欣赏的呢?这恐怕很难说。如果所有的小说都变成这个样子,想必没有多少读者对它提起兴趣。王际真的译文在人物塑造方面缺少了立体感,有的地方使得人物的行为看起来十分突兀。如果小说仅仅是为了获得欧亨利式的结局,这似乎既不尊重目标语读者的审美能力,也降低了一个严肃文学的品质。更重要的是,上述解释与王际真对小说的编排标准产生冲突。在《当代中国小说》的前言中,他提到:在安排这些故事时,我按照接受西方技巧影响的大小排列,影响最大的排在前面。② 参考他所列目录可以发现,张天翼和老舍都被安排在最前面,最后才是鲁迅。按照王际真的说法,这是不是说鲁迅的小说最具有原创性呢?如果老舍的小说受到西方技巧的影响十分突出,那么在小说结构上与原作保持一致不是更能符合接受语文化系统内的文学成规吗?这种更加忠实的翻译不是理应更能获得读者的认可吗?

另一方面,王际真偏偏在译文的唯一一处用了一个注脚来说明什么是"亡国奴",他在翻译中直接用汉语拼音"wang kuo nu"来翻译这个词,为什么不用他在注释里提供的直译"lost - country slave,"或者释义"people who live under foreign rule"呢?后者不是更加符合接受语文化的规范,不是更加容易被接受吗?

如果接受语文化系统内的文学成规影响了译者,使他对源文进行了大幅度的修改,以获得所谓的"欧亨利式"的结尾,那么为什么在翻译鲁迅的小说《故乡》的时候并没有这样做呢?《故乡》的翻译出现在1941年他翻译出版的《阿Q和其他》这个文集中。从段落的安排上,

---

①Lefevere, André. *Translation, Rewriting and the Manipulation of Literary Fame* [M]. London and New York: Routledge, 1992, pp. 2 – 9.

②Wang, Chi – Chen. *Contemporary Chinese Stories* [M]. New York: Columbia University Press, 1944, p. 8.

王际真完全忠实于源文,没有做出任何变化。相反,在文化专有项的翻译方面,王际真可以说采取了充分性的策略,让译文绝对忠实于源文。这篇译文所涉及的文化专有项如下所示:

(12)源文:

故乡(标题)

译文:

My Native Heath[1]

Note 1: Though heath may sound more Scottish than English, there is no better equivalent for the Chinese term ku－hsiang (literally, "old country"), which can be town or country and indicates an indefinite region or district rather than any specific place.[1]

(13)源文:

那时我的父亲还在世,家景也好,我正是一个少爷。

译文:

My father was still living then, and our family was in good circumstances. I was, in other words, a shao－yeh, a young master.[2]

(14)源文:

(我们这里给人做工的分三种:整年给一定人家做工的叫长年;按日给人做工的叫短工;自己也种地,只在过年过节以及收租时候来给一定的人家做工的称忙月)

译文:

(In our part of the country there were three kinds of help: those who hired themselves out by the year were known as chang－nien or all－year; those who hired themselves out by the day were known as tuan－kung or short－labor; while those who worked their own land and only hired themselves out during the New Year and other festivals or during rent time were known as mang－yueh or busy－month.)[3]

---

①Wang Chi－chen, translated. *Ah Q and Others: Selected Stories of Lusin*[M]. New York: Columbia University Press, 1941, p.3.

②Wang Chi－chen, translated. *Ah Q and Others: Selected Stories of Lusin*[M]. New York: Columbia University Press, 1941, p.5.

③Wang Chi－chen, translated. *Ah Q and Others: Selected Stories of Lusin*[M]. New York: Columbia University Press, 1941, p.6.

（15）源文：

我们日里到海边捡贝壳去,红的绿的都有,鬼见怕也有,观音手也有。

译文：

We have all kinds of shells, red ones and green ones, devil's – terrors and Kuanyin's – hands.[1]

（16）源文：

"这是斜对门的杨二嫂……开豆腐店的。"（第41段）

译文：

"You ought to remember her. This is Sister Yang from across the way …they have a bean – curd shop."[2]

（17）源文：

我孩子时候,在斜对门的豆腐店里确乎终日坐着一个杨二嫂,人都叫伊"豆腐西施"。（第42段）

译文：

Out of my childhood memories I recalled the image of a Sister Yang seated all day long in the bean – curd shop across the street. She was nick-named "Bean Curd Hsi Shih."2

Note 2: Hsi Shih was the Helen of Chinese antiquity.[3]

（18）源文：

"啊呀呀,你放了道台了,还说不阔? 你现在有三房姨太太;出门便是八抬的大轿,还说不阔? 吓,什么都瞒不过我。"（第48段）

译文：

"What's that you say? You have been appointed a Daotai and yet you say you are not rich. You have three concubines and go about in a huge se-dan with eight carriers, and you tell me that you are not rich. Heng, you can't fool me!"[4]

---

[1]Wang Chi – chen, translated. *Ah Q and Others*: *Selected Stories of Lusin*[M]. New York: Columbia University Press, 1941, p.7.

[2]Wang Chi – chen, translated. *Ah Q and Others*: *Selected Stories of Lusin*[M]. New York: Columbia University Press, 1941, p.8.

[3][4]Wang Chi – chen, translated. *Ah Q and Others*: *Selected Stories of Lusin*[M]. New York: Columbia University Press, 1941, p.9.

(19)源文：

"啊呀啊呀,真是愈有钱,便愈是一毫不肯放松,愈是一毫不肯放松,便愈有钱……"

译文：

"Aiya, Aiya! Truly the more money you have the more you would not let even a hair go, and the more you would not even let a hair go the more money you would have!"[1]

(20)源文

"水生,给老爷磕头。"(第57段)

译文：

"Come, Shui – sheng, and kowtow to His Honor,"[2]

(21)源文：

"老太太。信是早收到了。我实在喜欢得了不得,知道老爷回来……"闰土说。(第59段)

译文：

"Lao – tai – tai" Yun – t'u said, "I received your message and I was very happy to hear that His Honor had come back."[3]

(22)源文：

啊呀,老太太真是……这成什么规矩。(第61段)

译文：

Aiya, how kind you are! But that won't do.[4]

小说题目"故乡"翻译成 My Heath,足以引起我们的注意。王际真给出一个注释,详细说明源文这一词汇所具有的深层意蕴。在例13中,译者用音译来翻译"少爷"这个称呼,没有采用注释,而是在译文中给出了一个解释。这样做可能是因为这个称呼并不复杂,不需要给出一长串的解释。在例14中,"长年""短工"与"忙月"属于地道的乡土

---

[1]Wang, Chi – Chen. *Ah Q and Others：Selected Stories of Lusin*[M]. New York：Columbia University Press, 1941, p. 9.

[2]Wang, Chi – Chen. *Ah Q and Others：Selected Stories of Lusin*[M]. New York：Columbia University Press, 1941, p. 11.

[3][4]Wang, Chi – Chen. *Ah Q and Others：Selected Stories of Lusin*[M]. New York：Columbia University Press, 1941, p. 12.

文化概念,译者采取了音译,但由于源文作者对之进行了解释,所以译者处理起来十分方便。在例 15 中,"观音手"这个贝壳的名字也被音译处理,但译者并没有对背后的文化习俗进行介绍和解释。例 16 也是关于称谓,把杨二嫂翻译成 Sister Yang,很难说是个忠实源文的翻译,但译者以源语文化为中心的处理方式是显而易见的,杨二嫂和"我"没有任何亲属关系,可译文却以"姐姐"翻译。例 17"豆腐西施"也是个典型的例子。译者在正文中音译出来,然后利用注释解释"西施"是谁,"Helen"这个文化对等词使用得十分贴切。例 18 中的"道台"是清朝的官职,译者音译但没有给出任何处理,恐怕读者难以理解,或者需要进行一番积极的认知努力进行猜测。剩下的几个例子都是关于口语中的语气词的翻译,译者直接用了汉语拼音,以模仿出中国人日常交际中的情景。从上述几个例子中可以看出,王际真在处理文化专有项的时候使用的几乎全部是音译,是最为忠实于源文的处理方式。

两相比较可以发现,王际真在翻译鲁迅的小说时,没有增删、没有段落的重新安排、对文化专有项进行音译,这些都表明译者的翻译规范是以源语文化为导向。这种做法和他在老舍小说的翻译中的表现可以说形成了两个极端。这种自相矛盾之处提醒我们注意王际真翻译的出发点、目的以及他所持的文学观念等一系列影响他翻译选择的外部和内部因素。

在《阿 Q 及其他》的前言中,王际真对鲁迅小说的特点进行了总结,认为:鲁迅的确继承了西方的精神,尽管他没有和西方文明第一手的接触。西方文学中的反抗精神鼓舞他决心发出反抗的声音。西方的现实主义和心理分析小说让他清楚地认识到,小说可以用作社会批判和改革的工具。最终,通过和西方气质的比较,他能够看到中国人性格中的弱点,并大胆地对早就应该进行批判的对象进行批判。在他身上,现代精神第一次在一个中国人的心灵中成熟,通过他以及其他像他这样的人,这种精神的成熟成为整个中华民族的主导精神。在他身上,那种精神以反抗并揭露人吃人的现象表现了出来;在中国人身上,它以民主主义的形式表现出来。他代表了第一次真正与传统相决裂的人。①

---

①Wang, Chi - Chen. *Ah Q and Others: Selected Stories of Lusin*[M]. New York: Columbia University Press, 1941, pp. 8 - 9.

因此,鲁迅的这些小说不会对一些人感兴趣,这些人视中国为死掉的文明,只有过去的历史可供参考;这些小说也不会对另一些人感兴趣,对他们而言,中国代表一种观念和圆满,要么是因为他们恰巧被北京宫殿建筑的辉煌和对称美所迷惑,或者因为他们在中国的土地上看到闲散而快乐的主人,以及劳苦但却更加快乐的苦力和仆人,于是彻底地享受这种所谓中国人的生活方式。这些故事甚至会让东方学者和中国人感到震惊和不悦,这些人告诉西方世界中国是一个多么神奇的国度(或者曾经是,如果他们恰巧对古老中国怀着渴望之情),尽管有着肮脏和疾病,中国人是多么快乐的民族,他们以此为职业。

这些翻译因此面向的是那些人,他们对人性的认识和兴趣远比外表的装饰更加深刻,他们厌倦了那种对生活的不真实和个人化的表现,一般对中国表示赞扬的人发现传统中国文学和艺术如此迷人。对他们而言,这些现代中国故事就像一股清新的空气,一扫腐臭的沼泽,净化它的环境并使之充满活力,他们会欢迎鲁迅,作为一个中国觉醒的象征,作为一个承诺,即中国将会扮演自己的角色,不论是更好还是更糟,在人性永远不停歇的戏剧舞台上。①

译者指出,从中文进行翻译是一项困难的任务。鲁迅造成了特殊的困难,他的风格的力度以及幽默,大部分建立在他在使用古典典故和当代流行语的时候所赋予的那种讽刺性的迂回曲折。我们希望,译者本人在译文的某些地方成功传递出这些效果的一部分,尽管他充分认识到要想将鲁迅的作品有效地翻译成英语需要比译者目前掌握的办法要更多。②

王际真在对鲁迅的评价过程中提到了他小说艺术的特点,但更多地谈论的还是他小说反映现代中国现实尤其是另一面的力度和广度。或许,在王际真看来,鲁迅才是真正的爱国者,他勇敢地直面惨淡的现实,在与黑暗的斗争中争取光明的未来。他对鲁迅的这种认识和尊重使得他特别努力翻译他的小说,做到尽量忠实于原作。而对于老舍等

---

①Wang, Chi–Chen. *Ah Q and Others：Selected Stories of Lusin*[M]. New York：Columbia University Press, 1941, pp. 9－10.

②Wang, Chi–Chen. *Ah Q and Others：Selected Stories of Lusin*[M]. New York：Columbia University Press, 1941, p. 24.

作家而言,他的处理方式有了变化。王际真之所以采取比较自由的方式翻译老舍的小说,与他所持的文学观有很大关系。后者可以从1944年和1947年出版的这两部译文集的前言中一见端倪。1944年的《当代中国小说》译文集的前言中有一段话可以看出王际真选编文集的目的以及他对文学的看法,值得在这里全文引出如下:

本文集收入的很多故事是关于当代中国的,它们很可能让大部分"善良"的中国人感到难堪,因为很多故事如同鲁迅的那些小说一样,一门心思描写的是"中国人生活的另一面"。提供这些故事,并非为了"揭露",而是我们相信,驱逐黑暗的唯一途径在于将真理之光探照于黑暗之上,我们更有理由坚信中国的未来,因为今天它最具影响力的作家给人们精选出来探照灯的电池,而不是站在魅惑的月光下对着褪色的老妖婆扮演小白脸。此外,不可避免的是,任何一本真正代表当代中国的故事选集都必须充分反映出中国人生活的另一面,因为现代中国小说是作为上世纪末(19世纪,笔者)的大众改革运动的一部分而起步的,那个时候,知识分子领袖如严复和梁启超在小说中找到了政治鼓动的强有力的武器,决定采用作为工具,以"开启民智"。[1]

从王际真的这番叙述中,我们可以看出他对小说这种文学体裁的认识。小说应该反映社会现实,成为启迪民智的工具,如同梁启超发起小说界革命时的看法一样,小说是改革社会的工具和利器。同样,对王际真而言,这部选集也可以成为他介绍现代中国、中国社会现实的工具。这个现实就是中国已经不再是那个东方神秘莫测的古老华夏,而是有着很多痛苦与黑暗、挣扎与反抗的现代中国。他的小说观念可以说更加倾向于现实主义,而他对小说艺术本身的认识也局限在这个范围以内。这种文艺观念无疑深刻影响了他的选材。在前言的稍后部分,他对入选小说的标准作了更加详细的说明。"然而,总体而言,我考虑以下三点:(1)入选故事在技巧上是否优秀;(2)入选作家一般公认的所占据的位置;(3)故事是否反映出中国人的生活和遇到

---

①Wang, Chi-Chen. *Contemporary Chinese Stories* [M]. New York: Columbia University Press, 1944, p.7.

的问题。同时,我还考虑这些作家的作品是否在英语翻译中能够找到。"①第一点应该是纯粹的美学上的标准,看重的是小说的叙事技巧。但可惜的是,王际真在前言或正文中对此并没有具体说明他所谓的技巧到底指的是什么。在1947年出版的文集的前言中,我们也找不到多少对小说本身艺术和美学上的分析与评价,只有一句总结的话,即"总体看来,中国战时文学的技巧没有多大变化"②。这种总结性的评论看起来十分苍白,没有任何说服力。在对第一点语焉不详的情况下,只有后面3条才具有真实可靠的可操作性。入选作家一般公认的位置,这可以从国内文坛或其他领域的朋友处获得;故事是否反映现代中国社会现状,这可以从阅读故事本身获得;而作者是否已经有了英文翻译,这可以很轻松地通过查询得知,因为王际真此时就在美国,在英美出版的中国现代文学译本集尚不多见。对于那些没有翻译过的作家和作品,王际真主要通过国内友人来获取。他在1947年出版的这部文集的前言中对潘公展所提供的源文有过说明。

可见,王际真选材的真正标准在于小说是否反映真实的中国现状,而他翻译的最终目的是想通过小说译介来反映一个真实可靠的现代中国。这个中国不是西方普通民众想象的充满着神秘、落后、野蛮、狡诈的中国人;这个中国也不是西方汉学家理想中的抒情优美的田园乐土。因此,他所翻译的小说实际上不是作为小说这种文学类型来进行美学欣赏的,而是作为社会变迁的忠实记录,作为西方人了解中国现实的社会学读物。他瞄准的读者群更多的是普通的美国民众,而不是身居校园的知识阶层或者学生。③ 王际真对源文结构和内容进行较大幅度的改变,与他所持的文学观念、翻译目的、针对的读者群都有莫大的关系。

---

①Wang, Chi - chen. *Contemporary Chinese Stories*[M]. New York: Columbia University Press, 1944, p.8.

②Wang, Chi - Chen. *Stories of China at War*[M]. New York: Columbia University Press, 1947, p.6

③此时的美国,东亚系可以说才刚刚普遍建立,但它研究和关注的重点不是文学,而是政治、经济、社会、历史和文化,文学只是其中很小一个部分,而且研究的动力是为了二战以后美国的国际政治和外交服务的。小说译介并没有多少市场。

3.3.3　萧乾与中国现代文学译介蓝图的规划

在中国现代文学早期的对外译介阶段,除了王际真有较系统和长期的译介之外,另外一位就非萧乾莫属了。虽然他从事中国文学的译介有较大的偶然性,但他后来的所作所为表明他从开始的偶然为之逐渐走上了自觉译介的道路,制了一幅对外译介中国文学的蓝图,并身体力行从事这方面的工作。30 年代,另外一本十分重要的中国现代小说译文集,即斯诺组织编译的《活的中国》,就离不开萧乾、杨刚、姚克等人的努力。而他在 40 年代旅居英国的时候担负起对外传播中国现代文学和文化的重任,可以这样说,他是这个领域当之无愧的"筚路蓝缕的先行者"。

萧乾,原名萧秉乾(又萧炳乾),中国现代著名作家、记者、文学翻译家,在文学创作、批评、编辑、新闻采访、翻译、文化交流等领域皆做出了卓越的成绩,可称得上是现代中国文坛上"罕见"的"多面手"[①],被誉为"20 世纪中国文学的一位奇才"。[②]

萧乾 1926 年夏初中学毕业,为谋求个人的独立和自由投考了北新书局并被录取,成为一名练习生。北新书局为萧乾提供了一个接触"五四"新风,学习文艺创作的窗口和舞台。作为"五四运动"后期带点同人性质的新型出版社,北新书局与当时文学界的很多人物都有业务往来,如鲁迅、周作人、刘半农、沈从文、冰心、冯文炳、江绍原、钱玄同、章衣萍等。萧乾在这里的工作就是打杂。"卷《语丝》,跑邮局,跑印刷厂以至给作家们送稿费。自然,经常干的是校对"[③]。此外,书局老板还安排他到北大图书馆抄书,要求"不能漏一个字,错一个字,连标点符号也要一笔一划地不改样。"[④]这些文字工作耗时费力,可对于初中毕业的萧乾来说,却能让他在不知不觉中领会"文字的经济学",逼迫他一字一句地精读文坛大家的创作与翻译,吸收他们的手法和技巧,可以算得上他的文学启蒙。难怪萧乾回忆这段经历时坦言,这个

---

①傅光明、孙伟华编:《萧乾研究专辑》,华艺出版社,1992,第 2 页。

②杨义:《萧乾全集序》,新文学史料,2004(2),第 52－57。

③④萧乾:《一本褪色的相册》,当代,1980(4),第 198－217 页。

差事对他日后从事文学工作是极好的训练,也使他精读了一些作品,如徐志摩译的《曼殊斐尔小说集》。受她/他们的影响(曼殊斐尔和契诃夫),他也喜欢"用简略笔触来勾勒人物"[1],在画面外留有弦外之音。

北新书局除了提供萧乾学习的书籍之外,还为他接触当时文坛上的著名人物提供了便利。由于给鲁迅、冰心、刘半农、周作人、沈从文等送稿费,萧乾得以受到他们的亲自教诲和扶掖,有的后来介绍他踏入文学的园地,有的对他的文学创作给予引导和指点,成为他有力的赞助人。这对于出生贫寒,没有半点家学背景的文学少年而言,重要性不言而喻。

可见,北新书局成为萧乾的"第二课堂",为他准备了从事文学创作的基本文字修养、文本阅读和人脉沟通。在北新书局当练习生的短短两个多月的时间奠定了萧乾日后走上文艺道路的基石,从此确定了他此生的道路:从事文学。[2]

1930年,萧乾开始了自己的大学生涯,至1935年夏结束。这段时期是他创作欲的旺盛期,一共发表了20多篇短篇小说。1933年9月,他的第一篇短篇小说《蚕》发表在《大公报·文艺》上,其它著名的短篇还包括《邮票》(1934)、《花子与老黄》(1934)、《邓山东》(1934)、《篱下》(1934)、《栗子》(1935)、《皈依》(1935)、《昙》(1935)等。与他旺盛的创作力相比,他的翻译成果并不多,但发表时间在1930年左右,早于创作的时间,更值得注意的是他的翻译与同时期的主流翻译活动相比,在翻译方向、翻译方法、翻译目的等方面都显示出与众不同之处。

这一时期萧乾的翻译活动包括以下几个方面:

1930年,他帮助丹麦女汉学家孟特夫人翻译几本《东华录》,源文属于清代史学,翻译方向为中译外,翻译方式是萧乾口译,对方笔受;同年,他帮助捷克汉学家普实克读鲁迅的《野草》,翻译方式也是口译。1930—1931年,协助美国青年安澜编译《中国简报》(China in Brief),

---

①萧乾:《我偏爱雨夕——余墨文踪》,百花文艺出版社,2000,第16页。

②萧乾:《校门内外——点滴人生》,文化艺术出版社,1997,第21页。

翻译内容为中国现代文学,翻译方向是中译外,翻译方式是萧乾翻译并编辑;1932 年,翻译郭沫若的《王昭君》,田汉的《湖上的悲剧》,熊佛西的《艺术家》,翻译内容是中国现代文学(戏剧),翻译方向是中译外,翻译方式是萧乾笔译;1933—1935 年,受斯诺邀请,参与翻译《活的中国》(*Living China*:*Modern Chinese Short Stories*),翻译内容是中国现代小说,翻译方向是中译外,翻译方式是萧乾翻译,斯诺润色。1937年,翻译美国 Frank G. Tompkins 的《虚伪》和英国 Oliphant Down 的《梦的制作者》(*The Maker of Dreams*)①,翻译内容是英美戏剧,翻译方向是外译中,翻译方式是萧乾笔译。

萧乾这 5 次翻译有 4 次是从中文翻译成外文,这与当时中国主流的翻译方向并不合拍。须知,从晚清到"五四"之后的整个现代时期,外译中始终是中国翻译活动的主流。原因在于,中国旧有的"封闭且长期固定不变"②的文学系统无论在诗学形式还是语言方面均已无法满足新的文学创作的需要,结果出现了佐哈尔(Even‐Zohar)所说的"文学遭遇了转折、危机或文学真空"③,使得翻译文学进入了文学多元系统的核心位置,其功能首在引入异质文学文化,挑战旧有诗学,进而革新甚至重建整个文学和文化体系。胡适(1918—1979)就认为中国新文学的建设需要"把赶紧多多地翻译西洋的文学名著做我们的模范"。④ 王哲甫也曾指出,"中国的新文学尚在幼稚时期,没有雄宏伟大的作品可资借镜,所以翻译外国的作品,成了新文学运动的一种重要工作。"⑤因此,二三十年代成为"中国现代文学翻译史上最为兴盛

---

①萧乾:《小树叶》,商务印书馆,1937,第 200‐262 页。

②Bassnett, Susan and André Lefevere. General editors' preface. *Translation, Rewriting, and the manipulation of Literary Fame*[M], by André Lefevere. London:Routledge, 1992, p.24.

③Even‐Zohar, Itamar. The position of translated literature within the literary polysystem [A], Itamar Even‐Zohar edited, *Papers in Historical Poetics*[C]. Israel:Tel Aviv University Press, 1978, p.23 from pp.21‐26.

④胡适:《1918. 建设的文学革命论》《文学运动史料选》(一),上海教育出版社,1979,第 80 页。

⑤王哲甫:《中国新文学运动史》,杰成印书局,1933,第 259 页。

的时期"①，各种不同的主义和思潮竞相登场，"不同流派、不同思想的作家，为着增加自己一派的势力，扮演译者的角色，各自翻译自己所认同的作品，向中国的读者大力推销。"②

在这样热闹的大背景下，能熟练驾驭英语的萧乾非但没有多翻译外国文学，却转而对外翻译"五四"新文学，简直是逆潮流而行的冒险。他的第 1 次对外翻译是在 1930 年。这一年，他刚刚进入辅仁大学英文系学习。用他自己的话说，此次翻译是为了挣点生活费，因此在回忆录中也只顺便提及而已。

第 2 次翻译也有很大的偶然性。他在课余教外国人中国话的时候认识了美国青年安澜（Allen），后者带着父母的资助来中国"撞大运"，打算办一个向西方人介绍中国社会的刊物《中国简报》（China in Brief），于是请萧乾负责中国现代文学部分。安澜对中国"五四"新文学并不了解，这反而给萧乾很大的发挥空间，使他可以更加自由地选择作家，表达己见。就这样，萧乾利用他在老师杨振声那里听课得来的中国现代文学知识以及自己的阅读，选了鲁迅、茅盾、郭沫若、闻一多、郁达夫等人的作品片段。《中国简报》从 1931 年 6 月 1 日开始出版第 1 期，到同年 7 月 29 日停刊，前后办了 8 期，最后没办下去，一是资金不足，二是没有多少市场。

《简报》一开始并没有打算系统地对外介绍"五四"新文学，第 1 期里没有关于文艺的介绍，发刊词里也没有提及相关的计划。然而从第 4 期开始，《简报》摘译了郭沫若、鲁迅、茅盾、闻一多、郁达夫、沈从文等人的作品，并配有萧乾简短而犀利的文学评论。在评论鲁迅的时候，萧乾写到："他是一个犀利的讽刺家，主要成功是在短篇小说的形式上，他的风格充满个性，他那深广的观察，使他成为一个成功的现实主义者。"③关于郁达夫，萧乾这样评价："郁达夫是一位典型的歇斯底里的诗人。他最出色地表现出中国的享乐主义和颓废主义。他的作品充满着情绪，是对社会的批判，绝无理智的前提，而是靠情绪的反

---

① 查明建、谢天振：《中国 20 世纪外国文学翻译史》，湖北教育出版社，2007，第 89 页。

② 王宏志：《重释"信、达、雅"——20 世纪中国翻译研究》，清华大学出版社，2007，第 54 页。

③ 李辉：《安澜、萧乾与中国简报》，新文学史料，1988（3），第 202－205 页。

抗。对社会,他抱怨甚于抗议,彷佛他就是为了感情而生活。他主观,所以在他的作品中,我们只能发现心灵的表现,而绝少外界的描写。"①这类评论用极其简要的文字勾画作家艺术上的特色,十分适合对中国"五四"新文学不甚了解的外国读者。

在最后一期,编者和盘托出了他们对外译介中国"五四"新文学的庞大计划,涉及的作家包括徐志摩、郭沫若、胡适、周作人、林琴南、苏曼殊、冰心、冰莹、白薇、丁玲、卢隐、沅君。此外,刊物还计划在今后6个月内介绍中国现代文学期刊,中国革命期间(1911—1931)重要文学作品索引以及引起中国文化变化的两次文学论战等等内容。②这简直就是一部缩写版的中国"五四"文学史。除了这份对外介绍计划之外,安澜和萧乾还发行了一份单页中文宣传广告,介绍《简报》的办刊目的、内容和设想,对上述计划有所扩大。刊物决心"向欧美关心东方的人士介绍关于中国的动向,以引起他们对中国当代文学之兴趣,而促进国际间的了解。"这可以说是刊物重新定位的声明,反映了萧乾在偶然接触对外译介中国"五四"新文学的过程中逐渐产生了自觉对外译介的意识。这份意识弥足珍贵,不仅仅因为他较早涉足于此,更关键的还在于当海外汉学家沉醉于古老的"华夏",当林语堂把充满古风、闲适、优雅的传统文化传播到西方世界时,萧乾却率先从诗学的角度为尚处在青春期的"五四"新文学摇旗呐喊,以传达出行进中的现代中国的魅力以及中国人的情感、思想和心灵。可惜的是,这份刊物发行不到2个月就停刊了,对外译介中国"五四"新文学的宏伟计划也只能是想象中的"蓝图"而已。

第3次翻译是萧乾在当时辅仁大学英文系主任的鼓励下完成的。关于这次翻译,萧乾在回忆文章中并未多费笔墨。系主任是一位来自美国的爱尔兰裔神父,觉得萧乾的英文很好,就邀请他做自己的助手,帮助处理教学上的杂务,如批改试卷。在他的鼓励下,萧乾先后翻译了郭沫若的《王昭君》、田汉的《湖上的悲剧》以及熊佛西的《艺术家》3部剧作,分别发表在英文版的《辅仁学报》(*Fu Jen Magazine*)1932年第1,2,4期上。萧乾此次介绍3部戏剧,而不是短篇小说,并未解释

---

① ② 李辉:《安澜、萧乾与中国简报》,新文学史料,1988(3),第202-205页。

原因。据推测,很可能系主任因为教学上的需要指定萧乾翻译戏剧。萧乾曾经提到,"在他的启发下,我读了不少美国爱尔兰裔作家的创作,特别是奥尼尔的戏剧。"①

限制了选材,萧乾只能在译本中展示译者相对的自由了。他在这3部戏剧中使用的翻译手法大体一致,下面主要以《王昭君》的中英对译为例进行说明。

《王昭君》的翻译刊登在《辅仁学报》1932年(3—4月)第1卷第1期上。源文是二幕剧,讲述王昭君(Wang Chao Chun)被选入宫,因为家贫,正直的她不愿以钱财贿赂宫廷画师毛延寿(Mao Yen Shou),结果毛延寿故意将其丑化,使得汉元帝(Emperor Yuan Ti)在未见其人的情况下指定她对外和亲,嫁给匈奴单于。毛延寿的女儿淑姬(Shu Chi)和他的弟子龚宽(Kung Kuan)联手在元帝面前揭发了他的恶行,最后他被元帝斩首,而王昭君也决意远嫁匈奴,淑姬则主动要求陪她一起离去。最后整个剧情在元帝独自忏悔中结束。

萧乾为译文加上了关于原作者和剧作艺术特色的评论,译文里添了源文没有的4个注释,以解释"匈奴""嫦娥""西施"和"扁鹊",这很自然。译者在语言层面并未留下多少值得注意之处,反倒是戏剧对话的合并、拆分、增添与删节表现明显。如下所示:

(1)源文

毛女 陛下,他(指毛延寿,笔者加)到掖庭去了,我要献一幅画像给你。

(毛女开画轴,与龚宽各执一端,示元帝)

元帝 (起立,观画,赞赏)啊,好一幅美人画!(下略,笔者)

译文:

SHU CHI: He went to the Interior Palace.

YUAN TI: The Interior Palace?

SHU CHI: Why yes. Will Your Majesty consent to see this portrait? (Shu Chi and Kung Kuan hold either side of the roll.)

---

① 萧乾:《未带地图的旅人——萧乾回忆录》,江苏文艺出版社,2010,第40页。

YUAN TI（standing up to see the portrait）：Oh，what a beauty！（O-mission）①

从英译文头两句台词可以看出，这里使用了添加和拆分的方法。

（2）源文：

延寿（埃母女盘桓至桥头时）王昭君！

昭君（扶母延仁）……

狂母（作欲驰脱势）（略，笔者）

延寿 王昭君！你假如是个聪明人（略，笔者）

昭君 你的目的，始终不过想要（略，笔者）

译文：

无

这里译者直接将这一部分删除了。

（3）源文：延寿

哼哼，陛下，那倒彼此都是一样。你喜欢的是美色，我也是有眼睛，你做皇帝的人不会 比我多生得一双竖眼！

元帝

（怒，招侍卫）来！你们快把这禽兽拿去斩了，把首级给我送来！

译文：

MAO（humbly）：Your Majesty，forgive me．Hereafter I shall paint…

YUAN TI（to the guards）：Behead this brute！And bring his head to me！②

下划线部分显示这里使用了改译。

（4）源文：

毛女 在这天下为私的制度之下，你喜欢要钱，在这一夫可以奸淫万姓的感化之下，你喜欢渔色，这个我们何能怪你，爸爸，我是错怪你了。啊啊，但是，但是你死了也干净，你可以少作些恶，少使人因你的作恶而受苦。（授首于元帝）陛下哟，这是一张镜子，你可以照照你自家的面孔罢！（挽昭君）昭君姐姐，走，我陪你到沙漠里去！

二女下，元帝及侍卫瞠目而视。

舞台沉默。

---

①Hsiao Ch'ien．Wang Chao Chun．*Semolina and Others*．Joint Publishing Co．，1984．

元帝(向侍卫)你们下去罢,这儿用不着你们。

侍卫下。

舞台沉默。

元帝 唉,到沙漠里去!……我也陪你们到沙漠里去!……啊,但是,我是老了。……匈奴单于呼韩邪哟,你是天之骄子!……但是,我虽然失掉了她,我也还有我的宝物存在。

(把延寿首置桥栏上,展开王昭君真容览玩一回,又向延寿首)

延寿,我的老友!(以下是元帝自言自语的反省,全剧终,笔者)

译文:

SHU CHI: Now I realize my mistake. The system made you ask for money. How can I condemn you. I know that it is better that you die. Otherwise you would have done more evil. (Presents head to the Emperor.) Your Majesty, let this head be your mirror. See in it your own reflection. (Taking Wang's hand) Chao Chun, my sister, let us go. I will go with you to the desert.

KUNG KUAN (Tremulously): Shu Chi, will you leave me?

WANG CHAO CHUN: Kung Kuan, this morning you asked me to run away with you. Instead of that, I shall run away with Shu Chi, run away to the desert. (Wang and Shu Chi exit. Emperor and Kung Kuan look at each other. Silence.)

YUAN TI (meekly): Kung Kuan.

KUNG KUAN (fearfully): Your Majesty, Wang Chao Chun's word isn't true. She wronged me.

YUAN TI: Kung Kuan, you also are to be pitied. Today I believe I can understand you. I hope that you, too, can understand me. You may go. Leave me alone. I do not wish to return to the Palace just now.

KUNG KUAN: Thank you, Your Majesty. I shall proclaim your edict.

YUAN TI: You may go, but never come here again. You may paint pictures in the Interior Palace. For this I grant you complete freedom.

KUNG KUAN (Kneels and kotows): I understand.

YUAN TI: You need not fear me. Though I am Emperor, before women we are alike. You may go. (Kung Kuan exits.)

YUAN TI: (A moment of silence.) Ah, Han Hsieh of the Tartars, I envy you! ①

这里则用到了多种翻译方法,如改译,添加与创造。

上面例3和例4值得深究。例3中,毛延寿眼见在元帝面前恶行败露,索性扯去平日的虚伪,对元帝进行了辛辣的讽刺,其形象和性格也更显复杂;而读了译文,并没有这种感觉。我们看到的不过是一个毫无个性、唯唯诺诺的可怜虫而已。不过,这样处理反而凸显了元帝这个暴君的凶残。例4译文添加了王昭君对龚宽的一段话,这在源文里根本没有。源文里,毛延寿在将死之时告诫女儿,她所喜欢的龚宽其实早有妻室,以此暗示龚宽的为人,但这一点并未在人物之间的矛盾和冲突中展开。可在译文中,萧乾添加了王昭君对龚宽的这段话,一下子把这个人物丑恶、卑琐和阴险的一面暴露出来,也顺道引出了龚宽与元帝之间的对话。王昭君拒绝了元帝,也拒绝了龚宽,其女性形象更加丰满和立体,值得读者玩味。萧乾如此修改源文,让女性主义的意蕴更浓,仿佛回应了自己对这部剧作的评论,即认为"全剧以略显革命性的方式处理了独夫政治和女性主义这两个问题,但仍然不失典型的中国人的典雅或含蓄。"②批判独裁未尝不是萧乾对现实中政治强权的憎恨,赞美女性的独立亦可看出译者同情的理解和情感的期许。

在翻译完这3部戏剧之后,萧乾与系主任吵了一架,于是在这年8月份主动休学一年,到福州英华中学教国语。1933年夏,萧乾由福州重返北京,转入燕京大学新闻系三年级,因为选修斯诺开设的"特写—旅行通讯"等课程,结识了斯诺。在他的邀请下,萧乾与杨刚一起协助斯诺编译《活的中国》,这本书主要介绍中国现代文学,是萧乾这个时期的第4次翻译活动。

这次翻译有几点值得注意。首先,斯诺自始至终担当着赞助人的角色。他决定选译什么类型的作品,入选标准不在于作品语言粗糙或细腻,"他要的是那些揭露性的,谴责性的,描述中国社会现实

①②Hsiao Ch'ien. *Wang Chao Chun. Semolina and Others.* Joint Publishing Co. , 1984.

的作品。"①同时，他还负责润色修改译文。其标准不在于字句的对应，而主要看"作品的兴味、连贯性、风格的统一和形式的紧凑"②。"他憎恨冗长散漫，十分注意紧凑。他往往感到中国作品写得松散。为了补救，就只好往下砍。"③斯诺追求的是"传达每一篇作品的精神实质，是诠释而不是影印复制"④。其次，在选材上，萧乾"比较看重笔调和写法"，而另一位参与者杨刚则"更偏重内容分析"，看重作品反映的社会现实和战斗性。由于斯诺"出发点首先是通过小说来向西方揭示中国的现实"⑤，因此在选材上，更多采用杨刚的建议；而在翻译上，则倚重萧乾更多些。《活的中国》包括两个部分，第一部分专门介绍"鲁迅的小说"，选译的作品有：《药》《一件小事》《孔乙己》《祝福》《风筝》《论"他妈的！"》《离婚》；第二部分"其他中国作家的小说"选译的有：柔石的《为奴隶的母亲》，茅盾的《自杀》《泥泞》，丁玲的《水》《消息》，巴金的《狗》，沈从文的《柏子》，孙席珍的《阿娥》，田军（萧军）的《大连丸上》《第三枝枪》，林语堂的《忆狗肉将军》，萧乾的《皈依》，郁达夫的《茑萝行》，张天翼的《移行》，郭沫若的《十字架》，失名的《日记拾遗》，沙汀的《法律外的航线》。这里每一篇都展现出一个崭新的文化时期里，"人们具有怎样簇新而真实的思想感情"⑥，从这里可以看到"活的中国的心脏和头脑，偶尔甚至能够窥见它的灵魂"⑦，编者的意图一目了然。

最后，关于他们之间的分工合作，萧乾有过记录。"这些小说分别由杨刚和我译成英文，经他润色——有时是用打字机重新打一遍再定稿。我经常站在他身后，看他修改我们的译稿。对我来说，这比任何

①②③埃德加·斯诺编：《活的中国——现代中国短篇小说选》，湖南人民出版社，1983，第6页。

④埃德加·斯诺编：《活的中国——现代中国短篇小说选》，湖南人民出版社，1983，第5页。

⑤萧乾口述.、傅光明采访整理：《风雨平生：萧乾口述自传》，北京大学出版社，1999，第63页。

⑥⑦埃德加·斯诺编：《活的中国——现代中国短篇小说选》，湖南人民出版社，1983，第7页。

翻译课都更有启发性。"①萧乾参与这次翻译,更多地是练笔,认为斯诺教给他的是"文字的经济学"。赞助人的选译标准与萧乾的艺术标准相冲突,至于他心中潜藏着的宏伟"蓝图",这里暂时无法实现。不过,萧乾认为从这次经历中学到"不少翻译上的基本道理",即译文要简洁畅达,这对他40年代在英国编译自己的小说集时影响很大,他也大感"抡起斧头的必要。"②

萧乾提到自己曾应斯诺的请求把自己的《皈依》这篇小说翻译成英文,并收入《活的中国》里,这篇译文是否也经过斯诺的润色不得而知,不过对比源文和译文或许能提供一些线索。

笔者利用 Paraconc 对源文和译文进行基于段落层面的对齐,结果发现译文在段落的拆分和合并方面表现最为明显,共有29处拆分,即源文1段对应译文的2段甚至5段。多对一情况,共有6处,即源文2段甚至更多的段落在译文中被合并为一。第3种情况较为复杂,即调整段落前后顺序,源文的1,2,3的顺序在译文里被处理成3,1,2等诸如此类的情况。另外第4种较常见的方法是省略。源文中人物心理、动作等方面的修饰语一般被简化处理。不过整体看,译文忠实源文,还添加了6个注释,补充背景信息。这种表现与他翻译其他的作品是一致的。

第5次翻译是萧乾在这个时期唯一的一次把英文的两部短剧译成中文。虽然发表的时间在1937年,但据笔者推测,这两部剧作的翻译很可能是他在辅仁大学英文系跟随系主任学习英美戏剧的时候开始动笔的。关于翻译的起因,萧乾未作一字的说明,倒是在附录里极其简要地提到翻译的困难。

综上所述,萧乾在自己文学创作的起步阶段通过个人的交往偶然涉足翻译,起先无心,后来有意将中国"五四"新文学介绍给对中国感兴趣的西方人。面对不同赞助人的邀请,萧乾或为了生计而译,或为了学业而译,或为了练笔而译,然而他始终坚持以艺术的标准选材,用

①萧乾:《未带地图的旅人:萧乾回忆录》,江苏文艺出版社,2010,第42页。

②埃德加·斯诺编:《活的中国——现代中国短篇小说选》,湖南人民出版社,1983,第7页。

简洁的语言,精炼的布局传达出"五四"新文学的个性与魅力。他的翻译心态是自由而轻松的。其一,他无需考虑太多的因素,赞助人包揽了一切责任。其二,作者处在自己文学创作的初期,翻译更多地是一种练笔。如萧乾本人所言,"斯诺曾把这些译文发表在《亚细亚》杂志上。一次,他要塞给我一个装满钞票的信封,说是分给我的稿费。我坚决不肯收,并且告诉他,我从这项工作中所得到的,远多于付出的。"①其三,身为无名的译者,相对比较自由,他也不曾想利用翻译"为不同的意识形态制造话语霸权"②,卷入革命文学论战的硝烟与纷争。

然而让人疑惑的是,在二三十年代外国文学译介热闹非凡的时代背景下,萧乾为什么偏偏独辟蹊径,去做一项当时极少有人从事的工作。背后的原因,除了他主动避开硝烟尚未散尽的革命文学论战之外,是否还有其他隐忧。如他自己所说,仅仅把翻译看作"副业"③,涉足其中实属偶然。他向往的是不带地图的旅行,永远走在路上,"去体验那光怪陆离的大千世界"④,成为时代的观察者。或者是他本人的个性倾心艺术,翻译仅仅是传达目的的工具而已;或者他自愿选择一条无人通行的崎岖山路,进行一次文学的冒险和挑战;或者他萌发"感时忧国"之情而寄托于翻译中,实现自我文化身份的建设;抑或上述因素兼而有之? 这一切只有离乡去国之后的萧乾才能感受得更加深刻。

1935 年大学毕业后,萧乾负责编辑《大公报》的《小公园》和《文艺》在内的其他副刊,由此结识了京、津、沪文艺界的很多知友。1939年初夏,萧乾完成滇缅公路的采访后,回港便收到伦敦大学东方学院的来信,邀其担任中文讲师一职。9 月 1 日,萧乾离港赴欧,开始了 7年的海外生涯。下面这段话记录了他在离开码头那一刻的复杂心情:

---

①萧乾:《未带地图的旅人——萧乾回忆录》,江苏文艺出版社,2010,第43 页。

②王宏志:《重释"信、达、雅"——20 世纪中国翻译研究》,清华大学出版社,2007,第54 页。

③萧乾:《我的副业是沟通土洋——文学回忆录之五》,新文学史料,1992(1),第 4 -25 页。

④萧乾口述,傅光明采访整理:《风雨平生——萧乾口述自传》,北京大学出版社,1999,第 57 页。

"带着辛酸和惆怅，走向战云密布的远方，走向不可知的未来。"①离别的不舍与对不可预测未来的恐惧占据了他的内心。旅途遭遇的种种磨难更让他对"祖国"的意义有了切肤的体会。没有祖国的旅人如同失了魂的游鬼，无法得到母亲的关爱。童年爱的缺乏让萧乾渴望拥有温暖和归属，这从一个侧面表明"对于包括知识分子在内的中国人民来说，国家乃至民族这个问题具有何种重大意义。"②

在这段旅欧的时间里，萧乾出版了 5 本英文书，比较系统地向西方读者介绍"五四"新文学和现代中国，具体如下所示：

1941 年出版了 *Etching of a Tormented Age：A Glimpse of Contemporary Chinese Literature*，London：George Allen & Unwin Ltd，本书共 6 章，从小说、诗歌、戏剧、散文和翻译 5 种体裁介绍"五四"新文艺运动。

1942 年出版了 *China But Not Cathay London*：The Pilot Press，本书共 15 章，介绍战时中国的历史、政治、经济、社会、妇女问题、教育和文学，配有大量照片。

1944 年出版了 *The Spinners of Silk*，London：George Allen & Unwin Ltd，本书是自选自译的散文小说集，收入《雨夕》《栗子》等 12 篇。

1944 年出版了 *The Dragon Beards Versus The Blueprints*（*Meditations on post – war Culture*），London：The Pilot Press，本书包含 4 篇演讲稿，即"龙须与蓝图""关于机械文明的反思""易卜生在中国"和"文学与大众"。

1944 年出版了 *A Harp With A Thousand Strings*，London：The Pilot Press，本书 500 多页，从多种角度介绍中国和中国文化，汉学家阿瑟·魏礼作序。

这 5 本英文书中，第一本的出版机缘最为关键。1940 年初，伦敦的英国笔会中心邀请萧乾参加一次活动并作"关于中国新文学运动"的演讲，当天演讲的题目是《战时中国文艺》。就在这次笔会上，他认识了汉学家阿瑟·魏礼（Arthur Waley）和著名作家《印度之行》的作者

---

①萧乾口述，傅光明采访整理：《风雨平生——萧乾口述自传》，北京大学出版社，1999年，第 107 页。

②丸山昇著、李黎译：《从萧乾看中国知识分子的选择》，中国现代文学研究丛刊，1990，第 241 – 258 页。

福斯特(E. M Forster)等人。活动之中,国际笔会邀请萧乾为《笔会丛书》写一本介绍中国新文学运动的书,要求简明扼要。于是我们就有了这本薄薄的英文小册子,从小说、诗歌、戏剧、散文和翻译5个方面介绍了中国"五四"新文学的方方面面,从左联到新月派,从民族形式到大众文艺无所不包,提及的作家和翻译家包括鲁迅、郭沫若、沈从文、冰心、郁达夫、巴金、叶绍钧、胡适、徐志摩、闻一多、陈梦家、卞之琳、戴望舒、李金发、何其芳、曹禺、梁遇春、丽尼、李广田、林琴南、赵景深、郑振铎、梁实秋、张谷若等。这个名单上出现的人物可以构成一部中国现代文学史了。对于萧乾来说,这本书将1931年7月他心中勾画的那幅宏伟"蓝图"第一次完整地展现在西方读者面前。而他或者后来者所要做的就是把这幅"蓝图"付诸文字,让西方读者领略并欣赏现代中国文学的柔美和刚强。

正是这次笔会,萧乾私下里结识了福斯特和阿瑟·魏礼这两位当时英国著名的文艺界名人,两人后来举荐他进入剑桥王家学院攻读硕士学位。1942年夏,萧乾辞去伦敦大学东方学院的教职来到剑桥学习,在导师乔治·瑞兰兹的指导下研究英国心理派小说,重点是劳伦斯、伍尔芙和福斯特三位作家。这段学习经历对萧乾而言十分重要,因为他直接受了英国著名作家和批评家的指导,在文学艺术的批评方面更加系统,自己对作品的美学分析更加准确和深刻。剑桥浓厚的学习氛围和丰富的校园生活让萧乾收益不小。他参加了一个"读剧会",主要是朗读和表演文学作品,然而正是通过参加这个学会,他"认识到文字流畅上口的重要性。有时写完一篇东西,常自己先朗读上一遍,看看中间有没有疙瘩,或者语感上有没有问题。"[①]这对他日后翻译自己的作品以及英文创作产生了影响。有西方评论者评价他英文写作的风格"简洁而明快",就是最好的证明。

1944年出版的《吐丝者》(*The Spinners of Silk*)是萧乾旅英期间唯一的一部翻译作品,收有《雨夕》《蚕》《篱下》《雁荡山》《栗子》《矮檐》《俘虏》《破车上》《印子车的命运》《上海》《邮票》及《花子与老黄》12

---

①萧乾口述,傅光明采访整理:《风雨平生——萧乾口述自传》,北京大学出版社,1999,第138页。

篇。萧乾"简洁明快"的文风没有改变,译文的处理仍然更多地表现在段落层面的合并、拆分、增添与删节等方面。值得注意的是选译的这些散文小说的内容。如果说《雨夕》"像一小幅写意画"(萧乾,2000:15),《蚕》比较像散文诗,那么剩下的10篇都几乎是作者生活情感经历的实录。《篱下》与《矮檐》是作者童年生活的剪影;《栗子》专为纪念"一二·九"运动而作;《花子与老黄》寄托了作者对下层人民悲惨命运的同情和悲悯;《邮票》也直接反映了战时中国的现实。可见,作者选材主要考虑的是作品能直接反映中国现实,让西方读者了解中国人在当下遭遇的种种磨难,激发国际的理解、同情和支持。这本书内封印的出版社的广告也认为:

> 这里看不到温柔的浪漫,没有虚假的表象,我们看到的是真切实在的中国。我们很少翻译过直接为中国人所写的小说和故事;因此萧乾叙述的故事引起我们的兴趣,给我们展现了一个饱受悲惨与贫困之苦的国度,但同时这个国家的历史证明了自身的更高价值,经历苦难的灵魂展现出悲剧的崇高,这为全世界人民所赞赏。

此时的萧乾感到自己不是代表个人对西方读者讲话,他更是代表中国向世界传达时代的声音。虽然萧乾与中国之间在空间与地理的距离增大了,但两者心灵之间的距离却消失了。于是我们看到,随着萧乾美学批评能力的增强,他对苦难中国的"感时忧国"之情也在增加。此时的英文写作和翻译就不是为生计所迫,也不是练笔所需,而是作为一名中国人远离祖国表达自己文化身份和情感归属的必然使命。远离了国内文坛的纷扰,处在相对自由的环境,他的这一翻译心态更趋单纯,目的更加明确。

作为英伦为数不多的直接来自战时中国的代表,萧乾始终清醒自己在英国的身份。其实刚到英国的萧乾,并未感到自己是受欢迎的客人。他像其他中国人一样,"被划作'敌性外侨'",日常起居都受到限制。然而珍珠港事变后,他就经历了一次"价值突变",身份由"敌性外侨"一变成为"伟大盟邦成员"了[①]。这时他也忙了起来,先是出版社约他出书,电影公司邀请他为其拍摄了一部《中国人在英国》的影

[①]萧乾口述,傅光明采访整理:《风雨平生——萧乾口述自传》,北京大学出版社,1999,第118页。

片,英国广播公司也约他用自己的母语向自己的祖国播报欧战局势和英国的战争努力。负责远东组的组长—英国作家乔治·奥威尔,还邀其对美国及印度作过文学范围内的专题广播。① 不仅官方开始关注中国,连普通民众也对中国这个盟邦产生了自然的亲密之情。萧乾就曾写过碰到的一件趣事。珍珠港事件的第二天,他坐在公共汽车里碰到了一个喝醉酒的英国乘客,误把他当作日本人,于是出言不逊,可当他得知萧乾来自中国时,马上又道歉,又敬军礼,说着"向伟大的中国致敬!",感慨着"啊,中国,李白的故乡! 火药的发明者!"诸如此类的话。可见当时英国上下对中国的态度多么友好,这种环境恰恰是文化交往最为通畅的保障。

对于自己的英文写作和翻译能如此顺利地出版以及受到热烈反响,萧乾有过切实而公允的评价。他认为,"更重要的是当时的历史背景。尤其是珍珠港事变以来,英国读者想了解中国的愿望空前地强烈。天下的出版商都追求'热门货'。"②当时旅居英伦的熊式一在谈到自己出版英文剧本《王宝钏》时也认为"自从日本侵略中国之后,报端天天提到中国,一个刚由中国来的人,谈谈中国情形的书,一定受普通读者欢迎!"③萧乾当时是在英国唯一的中国记者,来自抗战中的中国,因此约稿和邀请不断也不奇怪。这是问题的一个方面。另外,当时英国"除了林语堂的《京华烟云》和蒋奕用文字及速写记述他对英国印象的书之外,关于那时期的中国的书太少了。"④有了渴望了解中国的广大读者,有了英国出版商的热情邀请,加上英国赞助人的推荐,已有准备的萧乾向西方读者介绍中国现代文学自然能获得成功。可见,文学跨国界和跨语言与文化的传播只有在一定的历史条件下才有

---

① 萧乾口述,傅光明采访整理:《风雨平生——萧乾口述自传》,北京大学出版社,1999年,第119页。

② 萧乾口述,傅光明采访整理:《风雨平生——萧乾口述自传》,北京大学出版社,1999,第156页。

③ 熊式一:《八十回忆》,海豚出版社,2010,第37页。

④ 萧乾口述,傅光明采访整理:《风雨平生——萧乾口述自传》,北京大学出版社,1999,第157页。

可能实现预期的效果。然而,获得成功的萧乾十分清醒地认识到,作品在异国受到欢迎并不一定代表作品的美学高度,相反他一直坚持"不猎奇,不因异国情调的吸引而忘却美学标准"①。这也是为什么萧乾无论翻译他人的作品还是自己的创作,始终用"简洁明快"的风格,灵活流畅的叙述结构传达作品的美学特色。同时更重要的是,他的翻译风格和方法也恰如其分地适应了那个时代一个决心走出传统"华夏"形象的鲜活而有力的中国。此时,过度忠实的直译反而容易让人将其与汉学家笔下塑造的古老华夏建立联系,翻译方法的选择发挥了意想不到的意识形态的功效。

1946 年 3 月,萧乾结束了 7 年之久的旅欧生活返回中国。1948年 10 月,他赴港与同人一起策划了香港《人公报》起义,翌年 3 月,他谢绝了剑桥大学邀其讲授"现代中国文学"课的机会,于 1949 年 8 月离港回到祖国。他的翻译生涯也由此呈现了另一番景象。

萧乾从 1930 至 1944 年的两个不同时期将"五四"新文学介绍到英语世界,"算得是筚路蓝缕的先行者"②。

在第一个时期,他或出于生计所迫,或出于学业和练笔所需,无意中踏入对外译介中国现代文学的领域,成为当时为数不多的开路者之一。他身处文坛的边缘,无需考虑派别之争,也无意介入翻译的意识形态,即便他的翻译不合时代的主流,却也能保持自由洒脱的心态,在翻译的操作中施展对艺术标准的尝试,但他却逐渐有了独立的意识,心中勾画出一幅宏伟的译介"蓝图"。赞助人提供给他机遇,影响了他的翻译手法和风格,同时也限制了他对艺术标准的追求,这份"蓝图"只能暂时搁置下来。

到了第二个时期,萧乾去国离乡,经历了历史事件造成的"价值突变"。英国社会上下渴望了解中国,出版商也看到了新的市场,于是给萧乾提供了传播中国文学和文化十分良好的条件与环境。借着有利

---

① 萧乾口述,傅光明采访整理:《风雨平生——萧乾口述自传》,北京大学出版社,1999年,第 157 页。

② 符家钦:《记萧乾》,时事出版社,1996,第 6 页。

的历史时机,他得以将心中的宏伟"蓝图"付诸笔端呈现给异国的读者。异国的生活和学习远离祖国,却增加了他的"感时忧国"之情。翻译更成为时代的呐喊,文化身份的证明与民族国家情感塑造的需要。此时,他的翻译心态仍然自由,但却增加了一份沉重的使命感,对艺术标准的追求让他用英文写出的评论,更加犀利、深刻而明快,而时代的重托让他不得不摆脱"忧郁"的沉思,选译能直接反映中国现实的作品,让西方读者了解中国人在当下遭遇的种种磨难,激发国际的同情和支持。因为他知道,此时"冷些的力量比情感更合格。"①而他采用简洁明快的语言、紧凑的形式、统一的风格恰如其分地传达出了一个行进中的"沸腾着健康的骚动的"强有力的中国。

3.3.4 凌叔华与她的自我翻译

"五四"时期,凌叔华以大量的文学创作奠定了自己作为重要女性作家的地位。鲁迅 30 年代在总结"五四"新文学取得的成就时,对她的创作给予中肯评价,称其表现了"高门巨族的精魂"②。后世评论家如夏志清在《中国现代小说史》中认为,"整个说起来,她(凌叔华)的成就高于冰心"③。身为"五四"时期作家,凌叔华除文学创作,也旁涉翻译,但数量不多,她的翻译活动也因此一直没能成为翻译史的叙述对象,如国内出版的《中国翻译文学史稿》(陈玉刚,1989),《中国现代翻译文学史:1898—1949》(谢天振、查明建,2004),《20 世纪中国翻译史》(方华文,2005),《中国翻译文学史》(孟昭毅、李载道,2005)以及《中国 20 世纪外国文学翻译史》(查明建、谢天振,2007)均对她的翻译活动只字不提。

然而深入研究发现,凌叔华的翻译活动在 30 年代之后采取了自我翻译模式(Self - Translating Model)与文化翻译模式(Cultural - Translating Model),在中国近现代翻译史上具有典型意义,其重要性不

①萧乾:《答辞——珍珠米》,晨光出版公司, 1948,第 125 页。

②鲁迅:《中国新文学大系小说二集·导言》(1935),上海文艺出版社,1980,第 11 - 12 页。

③夏志清:《中国现代小说史》,香港中文大学出版社,2001 年,第 71 页。

言而喻。

整个 20 年代,凌叔华从事翻译主要是为了响应当时社会环境的刺激,满足自我创作的需要,翻译的主要功能是引进新质,虽未对丰富本土文学做出贡献,但为译者本人的文学创作提供了文学技巧、题材、语言及文体等方面的借镜。随着凌叔华在小说叙述技巧、语言文体上的成熟,她有意识地模仿逐渐减少,作者文学上的独立意识增强。此时的凌叔华开始步入中译外的领域,而她最先翻译的就是自己的作品,因此也可以称之为自我翻译模式时期。

30 年代,凌叔华的文学活动起了一些变化。除了继续短篇小说的写作,她的散文创作数量与小说基本持平[①],另外她还发表了少量的文学评论、绘画欣赏及童话等,创作涵盖的种类更加丰富。但从另一个方面看,凌叔华的小说创作速度已大不如她在 20 年代的表现。其中缘由,一部分是随着她文学名声渐隆后,其作品获得经典地位[②],创作欲望有所退潮;但很大一部分是,当时文学系统中相异诗学为争夺主导地位,相互冲击,对她产生了影响。

进入 30 年代,文学的生存环境有很大变化,突出表现在左翼文学掀起的文学论争对当时固有的文学观念造成猛烈冲击。论争自太阳社和创造社于 1928 年发动的"革命文学"运动起。运动发起者们视文学为"武器的艺术"[③]、宣传的利器和革命的工具,大力提倡"无产阶级的社会主义的写实主义的文学"[④]。他们将矛头直指鲁迅、茅盾等人,批判他们所代表的"五四"传统,呼唤"普罗文学"时代的来临。1930

---

① 整个 30 年代,凌叔华共创作了约 20 篇短篇小说、19 篇散文,散文中一部分是纪念自己去世不久的好友徐志摩的。

② 凌叔华前期创作的很多作品被收入各种文集,专门研究她作品的文学评论也日渐增多,重要的是,1935 年,她受《武汉日报》之邀,负责主编"现代文艺"副刊,则是她文学生涯成功的重要标尺之一。

③ 李初梨:《请看我们中国的 Don Quixote 的乱舞——答鲁迅＜"醉眼"中的朦胧＞》(1928 年 4 月 15 号《文化批判》第 4 期)。

④ 郭沫若:《革命与文学》,创造月刊,1926,1(3)。

年3月"左联"成立①，暂时平息了双方之间的论战，共同将斗争的矛头指向自称为"自由人"的胡秋原和"第三种人"的苏汶，两派就文艺与政治的关系等论题展开了激烈论战。通过论战及中国共产党文艺政策的支持，左翼文学在30年代成长为一股重要的文学力量，大有成为当时"文艺的主潮"②的趋势。

　　意识形态对文学施压日增，面对如此形势，凌叔华也不可能置身于外。1932年，贺玉波在其所著《中国现代女作家》一书中，站在左翼文学立场，严厉批判凌叔华的小说，认为她是属于"酒后的一派"，作品不外是"黄金的赞美，安乐的追求，与茶余酒后的消遣"③；认为她的作品"充满着物质赞美和幸福歌颂的气味"；批评其作品的题材只限于"资产阶级的家庭琐事"，作品充满了"不自然的玩笑和浅薄的滑稽"④，并进而认为凌叔华的创作态度"不严肃郑重"，作为"有闲阶级的夫人，便养成了无聊，轻薄，滑稽，开玩笑的恶习。"⑤前面的批评措辞严厉，但尚集中在作品本身，后面的批判则直指其人，简直算得上人身攻击。可以想见，面对文坛新的主导性诗学的迫压，凌叔华不得不有所调整。尝试多种文类如散文等，可看作凌叔华所作的努力之一，毕竟散文作为一种文学体裁，不论记事抒情，还是独抒性灵，相对远离意识形态，比较安全。其二，她利用自己主编《武汉日报》中《现代文艺》副刊的机会⑥，在理论上声言自己所持文学观念和立场：

---

①"左联"成立后，宣告以"援助而且从事无产阶级艺术的产生"为重任，而"介绍国外无产阶级艺术的成果"则成为"左联"日常工作的重点之一。为此，"左联"在自己负责的50余种报刊及外围刊物上大量译介马克思主义文艺理论和苏联文艺政策，其中包括世界无产阶级革命文学名著，尤其是苏联反映十月革命、国内战争、五年计划的建设"英雄"的名著。见李今，《三四十年代苏俄汉译文学论》，人民文学出版社，2006年，第7页。

②郭沫若：《革命与文学》，创造月刊，1926，1(3)。

③贺玉波：《中国现代女作家》，现代书局，1932，第49页。

④贺玉波：《中国现代女作家》，现代书局，1932，第58页。

⑤贺玉波：《中国现代女作家》，现代书局，1932，第56页。

⑥1935年2月，跟随丈夫陈西滢来武大的凌叔华应《武汉日报》之邀，负责主编"现代文艺"副刊，第一期刊发了由她执笔的《发刊词》。

我们以为文艺的任务在于表现那永久的普遍的人性,时代潮流虽日异而月不同,文艺的本质,却不能随之变化。你能将这不变的人性充分表现出来,你的大作自会博得不朽的声誉,否则无论你怎样会跟着时代跑,将来的文学史绝不会有你的位置。……文艺也似其它学术一样,有它绝对的,尊严的独立性,它不能做任何主义的工具,也与学术不能专在实用上讲一般。①

"文学表达普遍的人性"正是梁实秋文学"人性论"②的翻版,而"文学不做主义的工具"与左翼文学将文学视为"革命的工具"的观念针锋相对。不过,在20年代末左翼文学与梁实秋就"文学与革命的关系"大论战之际,凌叔华并没有介入其中。事过多年,凌叔华"老调"重弹,与其说她此时有心反抗主流诗学,毋宁说她表明自家立场不变,以此显示自己调整的努力。

其三,凌叔华的翻译活动则构成了调整的重要部分。与前一阶段不同,这一时期,她采取了忠实于源文的自我翻译模式,或独立进行,或与人合作,将自己先前的中文创作译成英文发表。1936年8月,凌叔华与她在武大结识的英国青年诗人朱利安·贝尔(Julian Bell)合作,将自己的小说《无聊》翻译成英文 *WHAT'S THE POINT OF IT*?,发表于温源宁主编,上海出版的《天下》(*T'ien hsia*)月刊第3卷第1期。1937年4月,她又与贝尔合作,将自己的小说《疯了的诗人》翻译成英文 *A POET GOES MAD*,发表于《天下》月刊第4卷第4期。同年12月,她独立将自己的小说《写信》译成 *WRITING A LETTER*,发表于《天下》月刊第5卷第5期。

《无聊》原作发表于1934年6月23日天津《大公报》的《文艺》副刊。小说叙述了年轻太太如璧一天的"无聊"生活,大量的人物对话及心理描写是这部短篇的特色,它们很好地烘托出主人公面对家庭内外

---

① 陈学勇编:《凌叔华文存》,四川文艺出版社,1998,第810页。

② 1928年起,梁实秋在《新月》杂志上相继发表文章"文学与革命"(1928年6月《新月》第1卷第4期)及"文学是有阶级性的吗?"(1929年9月《新月》第2卷6、7期合刊),从普遍人性论出发,否定文学的阶级性,认为"伟大的文学乃是基于固定的普遍的人性","文学是没有阶级性的",反对无产阶级文学,从此引发了与鲁迅等人的一场大论战。

琐碎的生活而感到的孤独、无聊和哀怨。从写作技巧看，心理描写部分使用了大量的直接引语，表现为心理独白，仅有少部分人物心理活动采用了间接引语。对照源文来看，译本十分忠实源文，基本是"一句挨一句翻"①，句法紧贴源文，专有名词如人名直接采用音译；源文中不多的几处俗语都采用了直译，如"一儿一女一枝花，多儿多女多冤家"译成 One son, one daughter—a branch of flowers; many sons and many daughter—little demons; "人要衣装，佛要金装"译成 human beings need dresses, and Buddha gold paint; 译本与源文唯一差别较大的是在段落的划分上。源文的 68 个自然段在译文中则被合并成 40 个自然段，这使得译文读起来文意更加顺畅，显然是为了照顾西方读者的口味而作的微调。《疯了的诗人》原载 1928 年 4 月 10 号《新月》第 1 卷第 2 期。源文篇幅较长，译文也是采取了忠实的直译，译者补充了 11 个注释，对译文中有可能构成理解障碍的地方做了详细说明，其中包括小说里人物的名字，小说涉及的中国传统文化如古诗的作者，中国特有的一些花木的名称，中国人特有的一些关于死生的传统观念等。之外，译者还在注释里对小说情节，人物身份也做了说明。凌叔华自己翻译的《写信》也是采取了忠实的直译，源文中很多地方有形象生动的比喻，为了尽量传达这种修辞性语言，译者尽量采用直译。为了防止可能的误解，译者在比较难以理解的地方还加了少量的注释。总体来看，凌叔华十分严肃地对待自己的母语作品，翻译时，尽量采用忠实的直译，在可能的地方利用注释帮助译文读者理解源文。

这三篇译作与前一阶段的相比，变化相当明显。由于采取了自我翻译模式，翻译路径由英译中改为中译英；翻译方法采用了十分忠实的直译，译本在可能造成理解障碍的地方添加了注释，作品结构方面的微调照顾了译文的可读性；翻译内容已经不限于儿童题材，而是选择了文学性较强，或能够体现作者文学成就的作品翻译；发表的刊物

---

①杨绛：《杨绛文集》（戏剧·文论卷），人民文学出版社，2004，第348页。

也不再是大学里的学报,而选择了在当时闻名的《天下月刊》。① 这些变化表明,凌叔华竭力通过完整而忠实地翻译以传达出自己的中文创作思想,延长自己作品的生命,使自己的作品进入异域文学空间,扩大自己的文学影响。从这个角度看,此时的翻译其实是她创作的重要组成部分,为她开辟了崭新的文学空间,成为她文学生涯的转折点。凌叔华的所为表明了女性作家在面对外部文学环境变迁的时候,选择怎样的可能途径来延长自我艺术生命,她的努力自然有十分特殊的意义。

30 年代后期,凌叔华经朱利安·贝尔②介绍,与英国现代著名作家弗吉尼亚·伍尔芙(Virginia Woolf)建立了通信联系,开始了一段难忘的中西文学姻缘。在后者的文学赞助下,凌叔华采用文化翻译模式,将自己的本土经历转化为英文创作,成功地在异域延续了自己的文学生命。

1938 年,凌叔华开始与伍尔芙通信,倾诉她在抗战期间的苦闷心情。伍尔芙则鼓励她从事自己喜爱的工作,并在致凌叔华的第二封信中写道:"我所要说的唯一重要的事是请你撰写你的自传,我将欣然拜读,并作必要的修改。"③伍尔芙热情的鼓励、帮助、支持和肯定直接促使凌叔华开始用英文写作自己的传记,将自我的本土体验"翻译"成英文。凌叔华每完成一章,便寄给伍尔芙请其修改。后来在 1953 年,凌叔华将这 18 章集为 Ancient Melodies④(《古歌集》),在伍尔芙及其丈夫合办的霍加斯出版社(Hogarth Press)出版。

---

①《天下》月刊 1935 年在上海创刊,温源宁任主编,林语堂、吴经熊、全增嘏、姚莘农(克)等任编辑,由中山文化教育馆印行。《天下》是民国以来水平最高的英文学术性刊物,后来由于太平洋战事爆发而停刊。载林太乙著《林语堂传》,台北联经出版事业公司,1989年,第 146 页。

②英国现代著名女性作家弗吉尼亚·伍尔芙(Virginia Woolf)是他的姨母。

③这封信写于 1938 年 4 月 9 日。以下所引伍尔芙的书信内容全部来自杨静远,〈弗·伍尔芙致凌叔华的 6 封信〉,载《外国文学研究》,1989 年第 3 期。

④本文引自 Ancient Melodies 的不多内容均来自 Su Hua Ling Chen, *Ancient Melodies*, New York: Universe Books, 1988.

小说英文版内页上"献给弗吉尼亚·伍尔芙"的字眼向读者默默诉说着两人之间曾经的文学因缘。而英国桂冠女诗人萨克威尔·威斯特(V. Sackville-West)为本书做的介绍则详细记录了两人之间往来的缘由及通信的许多细节,或许读者对此略表好奇。然而本书真正特殊的地方却隐而未见。首先,本书其实是伍尔芙直接把关下的产品,无论从作品体裁,到创作内容,语言表现以及预设的读者对象,伍尔芙都给了详细的建议。作为凌叔华,用英文创作,语言是最大的障碍,毕竟不是自己的母语,在文学氛围的营造和风格的塑造方面肯定有所欠缺,难免在作品中留下"令人费解的地方"。但伍尔芙还是对凌叔华的语言能力表示了肯定,认为"相当不错,能给人留下希望造成的印象"。不过,这种赞美鼓励大于肯定,是出于"姐妹情谊"的需要而做的礼仪性表演。伍尔芙后来也不得不承认,"如果有个英国人在文法上加以润色,使它在一定程度上变得容易理解",这样会更好。正因为如此,伍尔芙才尽力给凌叔华推荐并邮寄英国18世纪写实主义作家的作品阅读,如司各特(Sir Walter Scott)与简·奥斯汀(Jane Austen)的小说,因为这些小说的语言都很"清晰易懂"。然而幸运的是,凌叔华创作的是自己的传记,叙事的技巧可以暂放一边,而故事所具有的异国情调可以掩盖作者在语言方面表现的陌生性,成为吸引西方读者的决定因素。因此,伍尔芙没有过多要求凌叔华语法上的精准及语言上的成熟,连那些"十分奇特的明喻",伍尔芙看了也觉得"富有诗意",更是对故事所反映的文化现实大加赞赏,认为具有"中国风味",能给人带来"新奇"。这样,Ancient Melodies实际以非虚构类作品的身份得到接受,而不是纯粹意义上的虚构类小说。

其次,本书是创作和翻译的合成品。小说英文版第4章"A Happy Event"是作者对自己30年代中文创作的翻译。凌叔华小说《一件喜事》原载1936年8月9日天津《大公报》的《文艺》副刊。后来作者将其译成英文,放入《古歌集》,一变而成为文学创作。"A Happy Event"也因此成为地道的"伪创作"(pseudo-writing)。作者以翻译当创作,实则模糊了两者间的鸿沟。她的所为,直接为伍尔芙的观察做了佐证。后者评价凌叔华的写作,鼓励她"要自由自在地书写,不要在乎自己是否直接从中文翻译成英文。"可是,如果仅仅视《一件喜事》的翻译为单独的个案,无疑将抹杀它所暗含的象征意义。其实,把作者整个的创作从文化交流的角度看,就是一种"文化翻译",因为作者将自己的本土体验和经历"翻译"成另外一种语言,实现了文学体验的跨文化传播。而这就是斯坦纳(George Steiner)理论视野中"理解即翻译"的真正涵义和翻译应起的功能。① 文明的传承与文化经历的跨文化传播离不开没完没了的翻译。到底是创作成就了叔华,还是翻译成就了创作,这其实是无法分得清楚的。

最后,伍尔芙作为文学把关人,对凌叔华采取文化翻译策略施加了决定性影响。这从《一件喜事》的翻译中一览无余。《一件喜事》本不是为 *Ancient Melodies* 而作,在将其翻译放入 *Ancient Melodies* 中,凌叔华不得不在小说叙事视角方面进行修改,将中文小说里的第三人称叙事视角改为第一人称叙事视角。对比《一件喜事》与 *A Happy Event* 可以发现,*A Happy Event* 对《一件喜事》进行了大量删减,共 17 处之多,那些有碍小说理解的地方都被删掉。对那些文化特色词,译者采取了归化译法,如"八仙桌"译成"big table";"紫檀贵妃床"直接译成了"sofa";译者可能觉得源文中人物穿戴打扮的描写看起来过于琐碎,在译文中都直接删去。更有甚者,译文中有两处凌叔华顺着英文的上下文语境而进行了创作,一处在小说中凤儿的爸爸迎娶六姨太,孩子们给爸爸磕头道喜的那个场景,另一处在小说最后五姨太与凤儿谈论晚上看戏这一场景。这种做法与凌叔华在 30 年代的翻译迥然不同,这显然是采纳了伍尔芙的建议,为了照顾了西方读者的口味而作的调整。这种调整是成功的。*Ancient Melodies* 发表的第二年,《泰晤士文学副刊》(*Times Literary Supplement*)就特别撰文介绍这部作品。不久后,它还被译成法、德、俄、瑞典语出版。多年后,凌叔华本人在访谈中还对此记忆犹新,认为这部作品"非常的受到注意!"。

---

①斯坦纳持宽泛的翻译概念,认为人类的阐释行为也是一种翻译,翻译因此成为人类文明传承的关键。载 George Steiner. *After Babel*: *Aspects of Language and Translation* [M]. Shanghai Foreign Language Education Press, 2001, pp. 28 – 29.

凌叔华"五四"时期便赢得文学名声。身为现代著名女性作家,她的短篇小说创作很早就引起人们的注意和批评,而她为数不多的翻译作品却鲜有人关注,一直处于被遗忘的状态,国内翻译史和翻译文学史均对她只字不提,使她至今在中国近现代翻译史的"主叙事"(Master Narrative)中未能"浮出历史地表"(孟悦、戴锦华语)。其中缘由根本在于,国内诸种类别的翻译史皆以影响模式为潜在标准,那些对本土文学体系未造成影响者因此不在考虑范围之内,凌叔华的翻译活动未能对本土文学体系带来实际影响,被排斥在史的叙述之外也不足为怪。但这不足以抹杀凌叔华翻译活动具有的重要象征意义。

凌叔华面对外部环境的变化,不断调整着自己的翻译模式。20年代,凌叔华初登文坛,首部作品便遭意外冲击,创作受阻刺激作者转向翻译,以此锻炼和培养自己的创作力和对"五四"文学新文体的掌握。谁能否定,凌叔华的翻译试笔与她的首部成名作之间没有丝毫关联。凌叔华翻译活动所体现的冲击 – 响应模式具有普遍的概括力。从晚清至"五四"时期,众多思想家及作家的翻译活动均符合这一模式。严复、林纾带有强烈目的性的翻译,鲁迅"拿来主义"的翻译立场均是对外部冲击所作的反应。

30年代,凌叔华的小说渐成经典,她对翻译也有了新的需求,于是采用自我翻译模式,用十分忠实的直译将自己文学性较强的作品译成英文,发表在当时知名的《天下》月刊上,希冀在异域文学空间扩展自我的文学生命。虽然《天下》月刊也曾发行至西方世界,颇有一定影响,但凌叔华并没有因此在欧美文学界留下足印。30年代后期,凌叔华借着一段文学姻缘,在西方诗学赞助人的把关下,采用文化翻译模式,着眼于文学的交流效果,将自己的创作及童年的经历"翻译"进另一种语言。凌叔华使用了大量的归化翻译策略,竭力保留故事层面的异国情调以及语言方面的精准到位,充分照顾到了西方读者的口味,满足了他们的期待视野。*Ancient Melodies* 在西方世界引起的注意则表明凌叔华的文化翻译模式是成功的。当前,中国文化思考怎样"走出去"[1],凌叔华的例子无疑提供了人们深入探索的基点,这正是她的翻译活动所具有的最大现实意义。

3.4　中国戏剧译介

相比于小说和诗歌,中国戏剧的译介是不被重视的一个文类。这是问题的一个方面。从另一个方面看,中国戏剧译介的重点又在古典戏剧如元杂剧,而现代戏剧的翻译可谓凤毛麟角。在古典戏剧的译介过程中,国外译者无疑发挥了更为积极的作用。在 20 至 40 年代这段时期,本土译者从事戏剧译介的代表有专注于古典戏剧译介的熊式一和尝试翻译中国现代戏剧的姚克。熊式一的翻译情况是:1935 年,他翻译了《王宝钏》,译本由英国麦勋书局出版;同年,又翻译了《西厢记》,发表于 9 月在上海出版的《人民论坛报》(*The People's Tribune*)第 5 号(第 10 期 779—813 页)。姚克则借助在上海出版的刊物《天下月刊》译介了曹禺的经典戏剧《雷雨》以及其他古典戏剧。

3.4.1　熊式一与古典戏剧的译介

熊式一(Hsiung Shih–I, 1902–1991),江西南昌人,近代著名戏剧家和双语作家,早年曾在北京高等师范英文科学习,1923 年毕业。[2]在学习期间,他积极参加剧社工作。1922 年,他在北京的晨光剧社担任副社长。从 1923 至 1931 年的 9 年时间里,熊式一主要在北京、上

---

①2000 年 10 月,中国共产党十五届五中全会审议通过《中共中央关于制定国民经济和社会发展第十个五年计划的建议》,首次明确提出"走出去"战略,但仅着眼于经济方面。在 2007 年 10 月 25 日召开的中国共产党第十七次全国代表大会上,胡锦涛主席的报告中明确提出要"加强对外文化交流,吸收各国优秀文明成果,增强中华文化国际影响力。"中国文化"走出去"的观念开始形成。

②关于熊式一的生平介绍,可以参考龚世芬的文章"关于熊式一",载《中国现代文学丛刊》,1996(2),第 260–274 页。

海、南昌等地从事教学、翻译和戏剧的管理工作。他曾将萧伯纳、巴里（James Matthew Barrie，1860－1937）及王尔德（Oscar Wilde）等人的剧作译成中文，受到郑振铎、徐志摩、陈源等人的赏识。1929年他还曾担任上海的"万神殿剧社"（Pantheon Theatres Ltd.）的执行导演。然而，让他不满的是，"不管我教得多认真多好，多么受学生欢迎，每逢有一个好一点儿的职位空缺，如是属国文科的，一定是他们国文系毕业生得去了。若是英文科的，留英留美回国的，哪怕只是出过一次洋，镀了一点金就回来，好位置一定会全给他们。"①由于自己并无留学背景，不能在大学担任教授职务，对于已经有了5个孩子的熊式一而言，生活的压力迫使他破釜沉舟，下决心赴英伦深造。熊式一后来入伦敦大学专修英国戏剧博士学位，原打算研究莎士比亚戏剧，后来，在英国戏剧专家——莎士比亚研究权威——聂柯尔（Allardyce Nicoll）教授的提议下，他改写中国戏剧，接着，又在萧伯纳（Bernard Shaw）、巴蕾（J. M. Barrie）和俊克瓦脱（John Drink Water）等人的鼓励下，他在1934年夏的6个星期之中，将叙述薛平贵与王宝钏故事的传统京剧折子戏《红鬃烈马》编译成了一部四幕的喜剧，这就是《王宝钏》（*Lady Precious Stream*）。此书被伦敦文艺性出版社麦勋书局看中并出版，同年11月28日周三在伦敦约翰街的小剧院（Little Theatre）演出。这个译本以话剧形式编排，主要由英国演员主演，但保留了不少中国戏曲的舞台表现法，上演后，风靡一时，以至中国驻英国大使郭泰祺称"1935年好像成了伦敦的'中国年'"。"此戏3年间先后演出900余场，英皇室成员也前来观剧。1935年秋又登陆纽约百老汇，并在爱尔兰、瑞士、荷兰、比利时等国演出，在国际上掀起一股热潮。"②

继《王宝钏》之后，熊式一在随后的几年内接连出版了3部戏剧，分别是 *Mencius Was a Bad Boy*，1934年由 London：Lovat Dickson and Thompson 出版社出版；《西厢记》（*The Romance of the Western Chamber*），1935年由麦勋书局（London：Methuen）出版；《大学教授》（*The*

---

① 熊式一：《八十回忆》，海豚出版社，2010，第24页。
② 龚世芬：《关于熊式一》，中国现代文学研究丛刊，1996（2），第260－274页。

Professor from Peking),1939 年由麦勋书局出版。这 3 部戏剧中只有第2 部是他翻译的作品。除了戏剧的写作和翻译之外,熊式一还创作了2 部小说,分别是《天桥》(*The Bridge of Heaven*)(New York:Putnam's Sons,1943)和《王宝钏的故事》(*The Story of Lady of Precious Stream*)(London:Hutchinson,1950)。

然而,《王宝钏》这部戏剧的特殊之处在于它并非我们一般意义上理解的翻译。

一般当我们谈论翻译的时候,首先想到的是语言 A 中的某个文本和语言 B 中的某个文本具有转换关系。在现实语境中,大量存在的就是这类的翻译。然而,某些情况下我们知道某个文本是从某种语言翻译而来,但原本已经很难确定,或者已经失传,比如中国古代的佛经翻译就是这种情况,很多中文译本依据的源文早已失传。这种情况虽然难以确定原本,但翻译关系还是存在的,属于我们常识所接受的翻译。这类翻译用雅克布森的术语来说,是语际翻译(interlingual translation),也就是跨越不同的语言的翻译。可除了这类翻译之外,雅克布森还指出另外两类翻译,即语内翻译(intralingual translation)和符际翻译(intersemiotic translation),后者又称为"符号转换"(transcoding)。语内翻译的例子十分常见,如将古代汉语的文本转换成现代汉语;符际翻译指的是将语言文本转换成舞蹈、歌曲、电影等其他符号。这样一来,翻译概念的范围就扩大了。这种对翻译的新认识并非雅克布森一个人所持有。翻译研究领域的著名学者 Lefevere 提出了"翻译就是一种重写"的观点,将翻译、改编、评论、教科书、文集、编剧、电影等等视为重写的不同类型,翻译和改编之间的关系也不是绝对的界限分明。如果我们读过一部小说,然后用自己的语言将它重新组织,写出一个剧本,然后导演并上演,那么后两种形式都属于某种程度的翻译,因为它们都有一个来源。更有甚者,译学理论家 Toury 提出了只要目的语文化认为某个文本是翻译,不管是否真的存在翻译关系,都可以将其视为翻译。阐释学翻译研究也在比较宽泛的概念上使用翻译的概念,因为翻译这个术语 translate,它的词源意义指的是携带并跨越,和 communicate 同源。从这个角度来看,我们的任何阅读、写作都可以看作是对某种话语形式的翻译,整个人类文化的创造离不开这种不断的翻译。

有了上述的理论准备,我们可以来考察熊式一的第一部剧作《王宝钏》。这部剧作自出版以来,很快被搬上舞台演出,在英美等国获得巨大成功,上演达到近1000场。然而围绕着这部剧作也引起了很大的争议,那就是它是不是一部真正的中国戏剧?

赞赏这部剧作的评论家认为,"这部剧将日常现实主义和奇妙的故事融为一体,让人着迷,属于典型的中国戏剧,比如第一幕中更为现实的部分呈现出有关中国家庭和风俗的真实画面。在不懂源文的情况下,我只能说这部剧的翻译看起来是出色的,起码它读起来不错,熊先生为了照顾读者而在文本中插入的大量解释做得十分令人满意。""人们对中国戏剧了解十分少,因此希望在这方面尤为擅长的熊先生能制作出其他欧洲观众欣赏得到的中国戏剧。"[①]有的评论者指出:这部古老的中国作品值得称赞之处在于复杂精细:它是彻头彻尾的传统戏剧,使用了它自身传统的戏剧技巧。其中每一幕中的开始就把将要发生的事件进行说明是一个很好的技巧;这一点不得不承认。相较于高雅观众,一般观众会感到惊喜。[②] 普拉特(J. H. Pratt)借用伏尔泰的话评价《王宝钏》这部戏剧"明亮而清晰"(Tout est de la clarite la plus lumineuse)。并认为,"这部剧令人信服地表明,尽管我们在中国戏院里看到那些蹦蹦跳跳和各种动作形态,这部戏剧并不像我们想象中的那样虚假。它具有十分人性的一面,把真实的中国人展现出来。正如《王宝钏》这本书前言的作者Lascelles Abercrombie所言,这部戏剧中的人物比我们更加了解生活。"[③]

有的评论者指出,"一般来说,西方人在中国戏院里看戏会遇到困

①Erkes,Eduard. Review of *Lady Precious Stream* by S. I. Hsiung[J]. *Artibus Asiae*, Vol. 6, No. 1/2, 1936, p. 152.

②R. O. Mc. G. Reviews of Sydney Drama[J]. *The Australian Quarterly*, Vol. 8, No. 29, Mar. 1936, pp. 116–118.

③J. H. Pratt. Review of Lady Precious Stream. Journal of the Royal Asiatic Society of Great Britain and Ireland. No. 2, Apri. , 1935, pp. 366–367

难:他对汉语和戏剧传统一无所知,戏剧伴奏让他分心,道具员和观众人数太多,可是中国人自己却能娱乐其中。现在我们有了《王宝钏》的故事,能够理解中国戏剧的迷人之处,我们要感谢熊先生出色的翻译。另一位评论家说道:没有任何一部戏剧像这部剧一样更加清晰地表现了东方的神韵。的确,这部为了英语观众而翻译的戏剧的方式具有某种神韵。"

与此同时,也有不同的声音质疑这部戏剧是否是真正的中国戏剧。《格拉斯哥晚报》(*Glasgow Evening News*)认为它似乎是三四名当今欧洲最杰出剧作家的合作产物;《简讯报》(*Notes and Queries*)的评论家认为这个戏可能是一个英国人的作品;Hosie 女士在《观察家报》(*The Observer*)的评论文章中断言此剧一定有一个英国合作者。① 也有很多人质疑这部剧是不是真正的中国戏剧,因为他们认为,中国戏剧一次应该上演一个星期,否则不能称其为中国戏剧。② 对此,熊式一进行了解释。中国戏剧并不分幕,但每折都可以单独来上演,比如《红鬃烈马》中以王宝钏为主线的八出戏叫作"王八出",包括《花园赠金》《彩楼配》《三击掌》《平贵别窑》《探寒窑》《武家坡》《算粮》《大登殿》。这八出戏每个都可以单独演出,根据观众的喜好而安排悲伤的段落还是喜庆的段落。

面对种种质疑之声,熊式一在《王宝钏》出版的介绍中进行了辩解。"在这部剧中,我丝毫都没有改变任何东西。这里所呈现的是一个典型的在中国舞台表演的戏剧。它是一出彻头彻尾的中国戏剧,除了在语言上,就我有限的英文能力允许的情况下,我对这部剧尽我所满意的程度进行了阐释。"③他的这种自我辩解似乎赢得了很多人的支持。从上述的正面评论中,很多评论者都认为熊式一的翻译是出色的、地道的。然而,实际情况并非如此。

熊式一并非依据任何一个书面剧本进行翻译,而是对传统京剧曲

---

① 转引自:江棘:《戏曲译介与代言人的合法性——20 世纪 30 年代围绕熊式一〈王宝钏〉的争论》,汉语言文学研究,2013(2),第 63－75 页。

② Hsiung, S. I.. *Lady Precious Stream*[M]. Methuen & Co. Ltd. 1934, p.16.

③ Hsiung, S. I.. *Lady Precious Stream*[M]. Methuen & Co. Ltd. 1934, p.17.

目进行了综合改写。这样一来,我们就无法通过对比源文和译文进行比较和分析,但我们可以根据京剧的曲目内容和这部作品的内容进行比较。

　　熊式一创作此剧时所依据的文本来源是传统京剧《红鬃烈马》。其剧情梗概为:唐丞相王允,生有三女,分别是大女王金钏,二女王银钏,三女王宝钏。大女嫁户部苏龙,二女嫁兵部侍郎魏虎,唯有三女尚未婚配,但她并不听从父母之命,而喜欢上了在王家的花郎薛平贵。王宝钏执意高搭彩楼,抛球选婿,结果球中花郎薛平贵。王允嫌贫爱富,悔却前言。王宝钏力争不果,与父三击掌,随薛平贵投奔寒窑,两人困守寒窑,苦度光阴。后来,薛平贵降服红鬃烈马有功,唐王大喜,封为后军督府。王允参奏,改为平西先行。西凉作乱,平贵为先行。平贵与宝钏告别,出征西凉。平西当中,苏龙、魏虎分别为正副元帅。魏虎与王允合谋,屡寻借口要斩薛平贵,经苏龙阻拦,遂加鞭笞即令回阵。薛平贵竭力苦战,获得大胜。魏虎又以庆功为名,灌醉薛平贵,缚马驮至敌营。西凉王爱才,反以代战公主许之。至西凉王死,平贵乃继位为王,并驾坐西凉。过了18年,王宝钏清守寒窑,备尝艰苦。老母亲身探望,并无懈志。一日,平贵正思念王宝钏不已,忽有一宾鸿衔书至,薛平贵见系王宝钏血书,遂急欲回国探望。然恐代战公主不允,因设策用酒灌醉代战,己乃盗令而出,一路偷过三关而回国。路过武家坡,遇王宝钏。夫妻相别18年,王宝钏已不识薛平贵。薛平贵假问路以试其心,王宝钏逃回窑,薛平贵赶至,直告己名及别后经历,夫妻相认。值唐王晏驾,王允篡位,兴兵捉薛平贵。由代战公主保驾,薛平贵乃登宝殿,王宝钏亦被封为正宫娘娘。[①]

　　这出传统剧目共包括13场折子戏,分别为《花园赠金》《彩楼配》《三击掌》《闹窑降马》《别窑投军》《误卯三打》《母女会》(即《探寒窑》)、《鸿雁修书》《赶三关》《武家坡》《算军粮》《银空山》《大登殿》。另外根据王宝钏为主要故事线索,又有"王八出"之说,包括《花园赠金》《彩楼配》《三击掌》《平贵别窑》《探寒窑》《武家坡》《算粮》《大

---

　　①引自:百度百科,《红鬃烈马》,http://baike.baidu.com/subview/718234/8151401.htm

登殿》。

另外根据林语堂的评论,在 30 年代的中国,《红鬃烈马》以每折分演的形式为主,而且"传统上以薛平贵占据更为主要的地位"。据林语堂称,"当时只有两位女演员,北平的章遏云和上海的华慧麟曾经一晚上完整演出过全部王八出,共 3 小时左右"①。

可见,传统京剧《红鬃烈马》至少有 8 折戏,可是熊式一的《王宝钏》只有 4 幕,他实际上将原剧的内容整合并压缩在了 4 幕中。原剧的内容多少都能在《王宝钏》这部剧中找到对应的部分。有论者指出:它之所以受到这么多的欢迎,部分源自熊式一的语言才能,部分源自它真实的中国舞台表演,服装,以及主题。熊式一这个剧的写作依靠的是他的记忆而不是书面版本的故事,因此容易根据西方戏剧的韵律模式改编。② 虽然熊式一在剧本刚出版的几年里坚持这是他从源文忠实翻译的结果,自己仅仅扮演着一个译者的角色,但时过境迁,在他后来写的文章中又提供了完全不同的论述。在回忆他写作《王宝钏》的情况时,他这样谈到:想当年我写任何文章,或者翻译稿件,全是字字推敲,逐句斟酌,增增减减,涂涂改改,总想它尽善尽美! 这一次却不然! 我信手信笔乱挥一通,因为这东西本来就用不着把原本奉为规范,所以我虽然说这是照中国旧的戏剧翻译的,其实我就只借用了它一个大纲,前前后后,我随意增加随意减削,全凭我自己的心意,大加改换;最先我就自撰了一个介绍主要角色的第一幕,我又把最后一幕的大团圆也改得合理。总而言之,我把一出中国旧式京剧,改成合乎现代舞台表演,入情入理,大家都可欣赏的话剧。剧名我用的是:"王宝钏"。③ 他的这一番夫子自道颇能说明问题,比较符合实际的情况。其实,仅仅从这部剧本的前言中,我们都能找到一些可疑之处,比如《王宝钏》这部剧本前言的作者透露:"熊先生真诚地告诉我,这部剧

---

①Lin Yutang. Book Reviews: *Lady Precious Stream*[J]. *T'ien Hsia Monthly*, 1935,1(1), p.106.

②Zhou, Yupei. Shih - I Hsiung[A]. *Asian American Playwrights: a bio - bibliographical sourcebook*[C]. Edited by Miles Xian Liu. Greenwood Publishing Group, 2002, p.122.

③熊式一:《八十回忆》,海豚出版社,2010,第30页。

属于商业剧。的确,它不完全是从某一个剧作翻译过来的;它是熊式一先生对几个著名的戏剧主题的综合,十分古老,具有连续性,每个上演这个剧的剧社都有自己的曲目:有点像《福斯特博士》(*Dr. Faustus*)或英国的传统木偶剧《庞奇先生》(*Mr. Punch*)一样。[①]

正因为熊式一只是按照原剧的大意进行了再创作,才能比较容易地使之融合古典与现代、东方与西方的特点,创造出了一出西方人喜闻乐见的中国戏剧。他所作的改编主要体现在以下几个方面:第一,传统京剧形式被改编成为西方的话剧形式,原剧的唱变成了英语中的对话。传统京剧分唱腔和念白,唱腔占主要位置,可是在熊式一的《王宝钏》剧本中,唱的部分没有了,只剩下了对话,变成了西方的话剧形式。于是,在每一幕的开始,当新的人物上场的时候,都对着观众来一番自我介绍,将人物关系和一部分剧情讲述清楚。比如在第一幕,王允一个人单独上场,面对观众,对自家情况做了自我介绍。原来他最喜爱的小女儿年方16的宝钏不愿父母为她说媒,婚嫁富贵人家,于是他邀请家人对她进行一番说服。这种形式可以让观众知道下面将要发生什么事情,对观众是一个很好的引导。这都是传统京剧里没有的形式。这种形式符合目标语文化系统中的文学成规,对观众的接受来说并不造成什么障碍。第二,利用舞台提示语等文本空间,熊式一加入了对中国传统文化的现代阐释。在吩咐仆人请夫人上场这个情节中,熊式一利用戏剧的舞台指示语,对夫人进行了一番描述:夫人是一位慈祥的女士,年龄不详。对她的孩子们,她仿佛超过了100岁,可是她丈夫认为她还只是一个孩子。她是女人,知道古代妇女品德的重要:年轻的时候听父命,嫁人后听夫命,生了孩子后听子命! 可她发现她无法听从父亲和丈夫的时候,她总是选择丈夫;最后,她发现听从丈夫和孩子的比较困难,她认为丈夫应该被忽略,因为人们一般不想总是接受命令。[②] 这段台词里面有中国传统文化中的"三从"观念,这显

---

①Lascelles Abercrombie, Preface. Hsiung, S. I.. *Lady Precious Stream*[M]. Methuen & Co. Ltd. 1934, p.9.

②Hsiung, S. I.. *Lady Precious Stream*[M]. Methuen & Co. Ltd. 1934, p.5.

然属于封建的糟粕,但熊式一却对之进行了现代性的修改,使之凸显出女性的地位。再比如,王允对女儿反对自己对她婚姻的安排十分愤怒,可是夫人却说:女儿说了,己所不欲,勿施于人,这不是孔夫子的重要教导吗,她希望你不要忘了。[①] 这里也突出了女性在家庭生活中的重要性。加上熊式一所使用的英语十分地道,处处有着幽默的对白和台词,吸引观众自然也就不难了。

3.4.2 姚克与《雷雨》的译介

继熊式一之后,本土译者在戏剧译介方面做出了开拓性的贡献的是姚克。与熊式一译介中国古典戏剧不同,后者译介的重点是中国现代戏剧。姚克借助于《天下月刊》这个刊物,重点译介了曹禺的经典戏剧《雷雨》,在中国现代戏剧的译介方面可以说起到了开拓者的作用。

姚克(1905 – 1991),原名姚志伊,字莘农,生于厦门,祖籍安徽歙县。中学毕业后,姚克考入东吴大学文科。经常向上海的《字林西报》《密勒氏评论报》等英文报刊投稿。从1936年8月《天下月刊》第3卷第1期开始,姚克成为《天下月刊》5名编委之一,其余4位分别是吴经熊(编辑主任)、全增嘏、林语堂和温源宁(总编辑),他们是刊物创刊时的4位编委。1939年8月第9卷开始,又增加了第6位编委叶秋原。

姚克在《天下月刊》发表的著译主要作品如下:

1935年11月第1卷第4期的《元杂剧的主题与结构》(The Theme and Structure of The Yuan Dramas);1936年1月第2卷第1期的《昆曲的兴衰》;京剧译作《贩马记》(Madame Cassia),1935年12月第1卷第5期;京剧译作《庆顶珠》(The Right to Kill),1936年5月第2卷第5期;译作《雷雨》,自1936年10月第3卷第3期以后连续5期连载(其余4期为11月第4期,12月第5期,1937年1月第4卷第1期;2月第4卷第2期)。

---

①Hsiung, S. I.. Lady Precious Stream[M]. Methuen & Co. Ltd. 1934, p.6.

下面我们根据姚克所翻译的《雷雨》来分析他在现代戏剧翻译中采取的种种方法和手段。姚克所译曹禺的经典剧作《雷雨》,自《天下月刊》1936 年 10 月第 3 卷第 3 期开始,一共分 5 期连载。1936 年第 3 卷第 3 期上登载的部分是曹禺为《雷雨》所写的前言(preface)以及整个剧的开场白(prologue);1936 年 11 月第 4 期上登载的是《雷雨》的第 1 幕;同年 12 月第 5 期登载的是《雷雨》的第 2 幕;次年 1 月第 4 卷第 1 期刊载的是第 3 幕;随后一期刊载的是第 4 幕和尾声(epilogue)。由于译文较长,我们采取抽样的办法考察翻译的情况。我们选取每期(除曹禺所写的前言部分)从开始出现人物对话的地方往后 1000 字的内容范围进行文本比较。

首先是戏剧的形式。曹禺的《雷雨》是作者的处女作和代表作,更是中国现代话剧成熟的标志。该剧为 4 幕悲剧,创作于 1933 年。1934 年 7 月,该剧本由巴金主编的《文学季刊》发表。据学术界考证,同年 12 月 2 日,该剧的首次演出是在中国浙江省上虞县春晖中学。

姚克所翻译的《雷雨》(*Thunder and Rain:A Tragedy in Four Acts with a Prologue and an Epilogue*)严格按照原剧的形式进行,包括曹禺为作品所写的一篇前言也被姚克逐一译出。从戏剧中人物对话部分的安排来看,除了第 1 幕的开头,译者将人物的舞台指令融合到一起进行翻译之外,其余则严格遵守源文的人物对话的顺序和安排,没有丝毫的变通,如下面的例子:

(1)源文:

鲁贵:(喘着气)四凤!

四凤:(只装作不听见,依然滤她的汤药)

鲁贵:四凤!

四凤:(看了她的父亲一眼)喝!真热,(走向右边的衣柜旁,寻一把芭蕉扇,又走回中间的茶几旁扇着。)

译文:

　　Lu Kwei.(Gasping)Shih – fêng!(Shih – fêng pretends not to hear him and continues to filter her medicinal broth.)

　　Shih – feng.(Casts a glance at her father)Phew! So hot!(Moves to

the right side of the clothes – press, searches for a rush fan, and returns to
the tea – table in the centre, fanning herself.)①

以上摘自源文和译文的第一幕的开头。译者根据源文的实际情况,将四凤只有舞台指令的部分放到了鲁贵对话的后面,并省略了接下来鲁贵招呼四凤的一次呼语。这可以说是整个译文中唯一出现改动原作的地方。从这里我们可以得出结论,姚克在戏剧形式上与原作保持了高度的一致,可以算是十分忠实的翻译了。

其次,文化专有项和粗语的表达与传译。文化专有项指的是某个文化所特有的表达方式,涉及风土、文物、习俗、谚语、典故、思维方式等方面的内容。《雷雨》表现的内容是 1919 年"五四运动"之后中国的社会现实,剧本中并没有太多的文化专有项出现,但从数量有限的文化专有项的翻译中,我们还是能够看出译者的翻译取向是以源语文化为导向的。另外一个是关于粗语的处理。译者对粗语的翻译也采取了字对字的翻译,甚至到了让人难以理解的程度。以下列出了十分典型的文化专有项和粗语的翻译情况:

(2)源文:

鲁贵:(一向是这样为女儿看待的,只好是抗议似地)妈的,这孩子!(摘自第1幕)

译文:

Lu Kwei. (Having always been so treated by his daughter, he can on-
ly remark protestingly) Mothers̓! 1 This child!

A popular Chinese oath. —Translator.②

源文中鲁贵口中的"妈的"算是国骂了,被译者按照字面直译,并加上注释。

(3)源文:

鲁贵:(汹汹地)讲脸呢,又学你妈的那点穷骨头,你看她! 跑他妈

---

①T'sao Yü. *Thunder and Rain*[J]. Authorized translation by Yao Hsin – nung. *T'ien Hsia Monthly.* Vol. 3. No. 4, 1936, p.365.

②T'sao Yü. *Thunder and Rain*[J]. Authorized translation by Yao Hsin – nung. *T'ien Hsia Monthly.* Vol. 3. No. 4, 1936, p.365.

的八百里外,女学堂里当老妈:为着一月八块钱,两年才回一趟家。这叫本分,还念过书呢;简直是没出息。(摘自第1幕)

译文:

Lu Kwei. (Quarrelsomely) Care for face, eh? You are again following the ways of that pauperish bone of your mother. Just look at her. She wants to save her face, and has run her mother's distance of more than eight hundred li to become a maid – servant in a girl's school and cannot return home more than once in two years——merely for eight dollars a month. And you call this "knowing where she stands" and "having read books", eh? It's simply good – for – nothingness.[①]

鲁贵口中咒骂的话"跑他妈的八百里外"竟然也被按照字面直译。

(5)源文:

鲁大海:(放下手枪)你要骂我就骂我,别指东说西,欺负妈好说话。

译文:

Lu Ta – hai. (Puts down his revolver) Scold me if you like. But don't point to the east when you mean the west, and be mean to Mother because she is so meek.[②]

"指东说西"这一口头常用的俗语被按照字面直译。

(6)源文:

鲁贵:(……)文明词越用得多,心里头越男盗女娼。王八蛋! 别看今天我走的时候,老爷太太装模作样地跟我尽打官话,好东西,明儿见! 他们家里这点出息当我不知道?(摘自第3幕)

译文:

Lu Kwei. (……)The more high – sounding words they use, the more dastardly they are. Eggs of a tortoise! When I left the Chou House today, the master and the mistress played up and gave me 'the mandarin's talk'.

---

① T'sao Yü. *Thunder and Rain* [J]. Authorized translation by Yao Hsin – nung. *T'ien Hsia Monthly*. Vol. 3. No. 4, 1936, p.367 – 368.

② T'sao Yü. *Thunder and Rain* [J]. Authorized translation by Yao Hsin – nung. *T'ien Hsia Monthly*. Vol. 4. No. 1, 1937, p.64.

Fine fellows! I shall see them tomorrow. And they think that I don't know the secrets of their house. [1]

鲁贵口中的粗语"王八蛋"被直译为"王八"的"蛋";"打官话"也翻译成 give the mandarin's talk。

从以上不多的几个例子中,我们可以看出姚克在处理文化专有项和粗语的时候采取的是以源语文化为导向的翻译策略,然而问题在于,这些按照字面意思直译的表达能否让西方读者看懂。或许在上下文的帮助下,我们可以推测出来它们的意义,但像最后一个例子的处理方式却让人费解。这只能有一个可能的解释,那就是译者这样做的目的不是为了这个译本作为舞台表演之用,而是作为文学作品的阅读来用。否则,就姚克自己的文学经验尤其是戏剧方面的研究和编剧的经验,他不会不知道这样翻译的效果的。

最后,句子层面的安排以及是否存在增删源文的情况。通观姚克翻译的《雷雨》译文,源文和译文之间在句子层面的对应程度十分高,很少有对源文句子进行合并或拆分的处理。这很可能和戏剧文本的特征有关。戏剧文本以对话为主,句子相对来说比较短小,加上话轮之间的转换较快,如果进行增删或合并拆分,会打乱源文的安排,造成前后语义或语境的不连贯,影响戏剧情节的发展。这可能就是为什么我们在译文中找不到译者对源文的任何删减或增添。综合来看,姚克在翻译《雷雨》的时候,采取了以源文所代表的文化为导向的策略,忠实于源文文本和剧作家,或许这就是为什么他在每期译文标题的下面都注明 Authorized translation by Yao Hsin‐nung(姚莘农)的原因,因为他认为这个翻译是绝对忠实于源文作者的,具有权威性。对于这次翻译的经过,姚克在 1937 年发表于上海《中流》杂志(4 月 5 日,第 2 卷第 2 期)上的一篇名为"我为什么译《雷雨》?"的文章中进行了解释和说明,而从他的一番自我表白,我们却能看出来他采取这种翻译方式背后的原因。

姚克为什么选中《雷雨》来翻译? 有什么特别的目的吗? 原来姚

---

[1]T'sao Yü. *Thunder and Rain* [J]. Authorized translation by Yao Hsin‐nung. *T'ien Hsia Monthly*. Vol. 4. No. 1, 1937, p.66.

克自1936年7月开始担任《天下月刊》的编辑之后,有一天和月刊主编温源宁先生谈起了沟通中西文化的问题,他主张在月刊的翻译栏中多介绍一些中国现当代的文艺作品。这个意见得到了温源宁的赞同。考虑到小说方面已经有人在着手翻译,但戏剧方面却还没有人注意到。于是温源宁就问姚克为什么不找一个好剧本译成英文呢? 姚克脱口而出地说:好,那么让我来翻译《雷雨》吧![①] 就这样简单。可见姚克翻译的最初动机是想多介绍一些中国现当代的文学作品出去。此外,《雷雨》这部戏剧中的人物周蘩漪给他留下了异常深刻的印象,"这对于我翻译《雷雨》的动机多少有一些关系。"[②]是蘩漪身上那火炽的热情,强悍的心,和敢于冲破一切的桎梏勇气让译者的心中永远不能将她忘记,因为他一向憧憬着一个"敢冲破一切的桎梏,做一次困兽的斗"的女性。正是这种对剧中人物的喜爱,加上一个机缘,姚克就选择了翻译《雷雨》。或许正因为译者对原作如此喜爱,才使得他不忍对原作进行增删,生怕对原作造成半点损害。在另一篇写于1954年的题为"英译《雷雨》——导演后记"的文章中,译者提到当年开始翻译《雷雨》的时候,他的一位研究欧美戏剧的朋友对《雷雨》评价很低,于是竭力怂恿他放弃这费力不讨好的工作,认为不值得他浪费精力。可是,姚克认为这部剧虽不是曹禺最成熟的作品,无意中露出了许多借鉴于西洋剧本的痕迹,但他认为正因为"我们不难从《雷雨》的主题、结构和人物中探测曹禺所受到的西洋戏剧的影响;我们也可以由此推寻现代中国戏剧怎样向西洋学习而渐渐发育、长成的来龙去脉。"[③]这里也暴露出姚克翻译《雷雨》的目的。

　　关于翻译的过程,姚克并没有谈到多少,但有几句话十分关键。他这样说道:"我所用的译本原是1937年我在英文《天下月刊》陆续发表的译文。不过当时只顾忠于原著,并没有把对白译成适合舞台演出的英文口语。[④] 这次为适应演出的要求,不得不将原译修改,使演员们

---

①姚克:《我为什么译雷雨?》,中流杂志,1937,2(2),第24-29页。

②姚克:《我为什么译雷雨?》,中流杂志,1937,2(2),第26页。

③姚克:《我为什么译雷雨?》,中流杂志,1937,2(2),第32页。

④姚克:《我为什么译雷雨?》,中流杂志,1937,2(2),第36页。

易于上口;可是事实上这步工作不仅是修改,因为剧本的大部分是需要完全改译的。"①姚克的这番话证实了我们以上的分析,他的译文以忠实于原著为目的,提供的是一个用来作为文学作品阅读的文本,而不是用来进行舞台演出的剧本。这里当然涉及戏剧翻译的最为重要的一个理论方面,即戏剧翻译是否需要考虑"表演性"。这当然是一个很大的题目,我们无意在这里展开,但有一点是明确的,那就是如果译者是为了舞台表演而翻译戏剧,其最终的文本将会呈现出与以上分析的对象完全不同的面貌。这就是翻译的目的对翻译产品的制约所在。

3.5　小结

20世纪20年代至40年代是中国文学主动对外译介的一个快速发展的时期。这个时期涌现出了一批本土译者,他们因为各种因缘、机会参与了对外译介中国文学的活动,体现出不同的翻译模式。有的译者抱着将最优秀的中国文学作品传播到海外的志向,以源语文化中的诗学和意识形态为参考框架,选择经典作品进行译介;有的译者则将翻译视为塑造自我文化身份的一种工具,通过自我翻译延续在异域的文学创作活动,翻译成为他们文学创作的一种形式;有的则或独立进行或与他人合作,将行进中的充满着健康的骚动的现代中国形象传递给西方世界,在塑造中国形象的同时,让西方读者通过文学译介领略中国人在逆境和痛苦中表现的勇敢和坚韧。这种种翻译行为表明了翻译作为一种社会文化现象,深深受到它所置身的语言、文化、社会语境的影响和制约,而翻译往往能突破这种语境的限制,发挥它在形象塑造、身份建构和知识传递等方面的巨大功用。

---

①姚克:《我为什么译雷雨?》,中流杂志,1937,2(2),第37页。

结语　中国文学对外译介：一种翻译　模式的形成及意义

纵观从19世纪中期至20世纪中期，围绕着中国文学主动对外译介形成了一种占据主导地位的翻译模式，即协作翻译模式。这个模式在沈汀和理雅各的翻译活动中体现了出来，在江亢虎和宾纳翻译《群玉山头》的时候体现了出来，在萧乾、杨刚、姚克和斯诺翻译《活的中国》的时候表现了出来，同时也出现在阿克顿和陈世骧翻译《中国现代诗选》以及白英和卞之琳、闻一多、俞铭传等人翻译《中国当代诗歌》和《白驹》的过程中。协作翻译模式由这样的几个过程或部分组成：首先，有一个或几个或一群中国本土译者从事语际翻译，将中文源文翻译成目的语英语；其次，有一个合作者（一般由国外人士充当）继续将已经翻译成英文的文本改写为更为符合目的语语言、文化、社会规范的英语文本；最后，双方经过反复协商最终达成一致意见，最后完成译本。在这三个过程中，中国合作者和外方的合作者带着各自的目的，出于相同或不同的动机，分别参与翻译活动，并在其中扮演了不同的角色，发挥了各自的功能。

语际翻译

所谓语际翻译（interlingual translation），指的是"用其他某种语言来解释语言符号"①，即我们日常意义上所说的翻译。在协作翻译中，中国本土译者负责将源语文本转换为目的语文本，在转换的过程中，中国译者一般以源语文本和文化为导向，忠实于源文所代表的文化和传统。这样做的主要原因有两点：第一点是中国译者将文学翻译视为爱国主义的一种体现，想借着文学翻译向异域尤其是当时强大的西方文化传递优秀的中国文学作品。这突出体现在选材方面。中国本土

①谢天振主编：《当代国外翻译理论导读》，南开大学出版社，2009，第7页。

译者在选择要翻译的作品的时候,衡量的标准主要是作品本身在源语文学和文化系统中的位置。一个文本越是占据了经典位置,越会被选中作为翻译的对象;反之,则不予考虑。受其影响,在20至40年代的小说译介中,现代小说译介的重点首推鲁迅,其次有老舍、沈从文、巴金等人。他们在当时的中国现代文学这个领域中无疑都占据着十分重要的位置,影响也最大。第二点是和他们的翻译动机有密切关系。有的译者参与译介,根本目的不在于对外传播中国文学和文化,而是将翻译作为一种语言转换的练习,为了语言学习之用,这样的翻译无需考虑译本的接受情况,忠实于源文自然可以最大限度地满足这种需要。有的译者带着这样的想法,要借着翻译向西方世界传递中国社会的信息,反映现代中国的变化和不同。这使得译者尽量保持原作的特点,保留原作具有的异质性的东西,即所谓的保持原汁原味,或者说忠实再现原作所反映的社会现实。

语内翻译

语内翻译(intralingual translation)指的是"用同种语言内的其他符号来解释语言符号"①,又叫作重述(rewording)。由于是协作翻译,中国译者翻译完的译本还要经过国外合作者的重述,也就是说国外合作者根据中国译者已经完成的译本再做一番重新表述的工作,这样做的标准一般会根据目的语的语言、文化和社会成规进行。之所以需要这一步,是因为中国译者如早期的沈泂,20至40年代的闻一多、卞之琳、陈世骧、萧乾、杨刚、姚克等人在参与翻译活动的时候,多数并非身处目的语文化和社会,虽然他们对西方文化和文学的了解与掌握已经十分深刻,但作为社会存在的人,他们毕竟没有长期在目的语社会和文化中生活,比起自那一社会和文化的人来说,在翻译细微之处的处理方面还是有不足之处。这个不足在这个阶段就被相当程度上解决了。可以这样说,国外合作者成为译本进入目的语文化系统的一个过滤装置。通过这个装置,译本会很容易和目的语文化系统中的主流诗学、意识形态或占据核心位置的赞助人形成某种契合,被接受的程度大大

---

① 谢天振主编:《当代国外翻译理论导读》,南开大学出版社,2009,第7页。

增加。

反复协商

上述两个过程很可能会发生因为诗学观念、意识形态的差异而导致的某种不协调甚至冲突。而此时，参与翻译活动的双方参与者通过相互协商而达成一致意见。这个过程之所以重要，是因为国外参与者实际上就是译本的第一读者，他们的反映很可能成为译本被接受的效果的风向标。要达成反复协商的效果，必须满足一定的条件。首先，国外参与者必须对源语文化怀有一种同情的理解，甚至是某种内心的渴求。比如阿克顿和陈世骧师生的合作就是典型的例子。前者深深地被中国文化所吸引，产生了走进了解的渴望与需求，于是对陈世骧所带来的几位同学的新诗创作产生了浓厚兴趣，继而产生了后来合作的佳话。其次，双方参与者必须在心灵或者物理上保持足够近的距离，这个距离允许双方反复协商。比如白英当时在西南联大授课，他和联大的老师和同学保持了很好的师友关系，双方可以经常就一些翻译的问题进行磋商和讨论，这无疑大大促进了译本达至一种比较完美的境地，既照顾了中国文化的特殊性，又符合目的语文化的期待视野。

这种协作翻译模式对于今天中国文学和文化走出去的国家战略有着十分重要的启示。众所周知，中国文学走出去目前存在一些现实的掣肘，突出体现在两个方面。这一页和下一页红色圈起来的 7 行文字调整为：一个是汉学家的数量毕竟有限，真正从事文学翻译的人数更少，依靠这少数的汉学家承担对外译介的重担，不太现实。另一个是，汉学家的选择眼光和标准并非总是和原语文化的出发点相一致，如果出现冲突，将难以调和。这是问题的一个方面，另一方面，我们需要将大量的中国文学译介出去，增强中国文化的国际影响力，但如果全部依靠我们自己译介，又会出现很多难以克服的障碍，如翻译的语言问题，译本的接受问题，译本的评价问题，等等，而且国家层面的译介实践现实证明并没有取得多大的明显效果。这说明这条路存在问题，需要调整思路。于是，很多学者提出了中外合作对外推介中国文学的思路。这条思路是对的，但它并未注意到这样一个细节，即合作翻译的主角被假设为懂双语,也就是英汉两种语言的译者。这个假设本身存在问题。对于中国文学的对外译介而言,译者真的必须掌握英汉两种语言吗?

本研究的很多个案表明,协作翻译的一方可以不用掌握汉语,他的任务不是核对源文和译文的忠实与否,而是负责语内翻译,将已经翻译成英文的译文进行重述,或者借用勒斐伏尔的术语,再度进行重写(rewriting),使之更加符合目的语文化的成规。这种模式的效果已经得到了历史的验证,我们所要做的是将之推广,探索更为合理和成熟的模式。如果采取这种模式,相信中国文学对外译介会大大突破依赖汉学家的这个瓶颈,真正有效地将中国文学推向世界,增强中国文化和文学的国际影响力。